國
直
州
盛
遼東灣
京
省
奉天
遼陽
海城
營口
錦州
復州
金州灣
金州
旅順
長興島
大連灣
西朝鮮灣
黃

日露戦争従軍将兵の手紙

大濱徹也監修
済々黌日露戦役記念帖編集委員会編

同成社

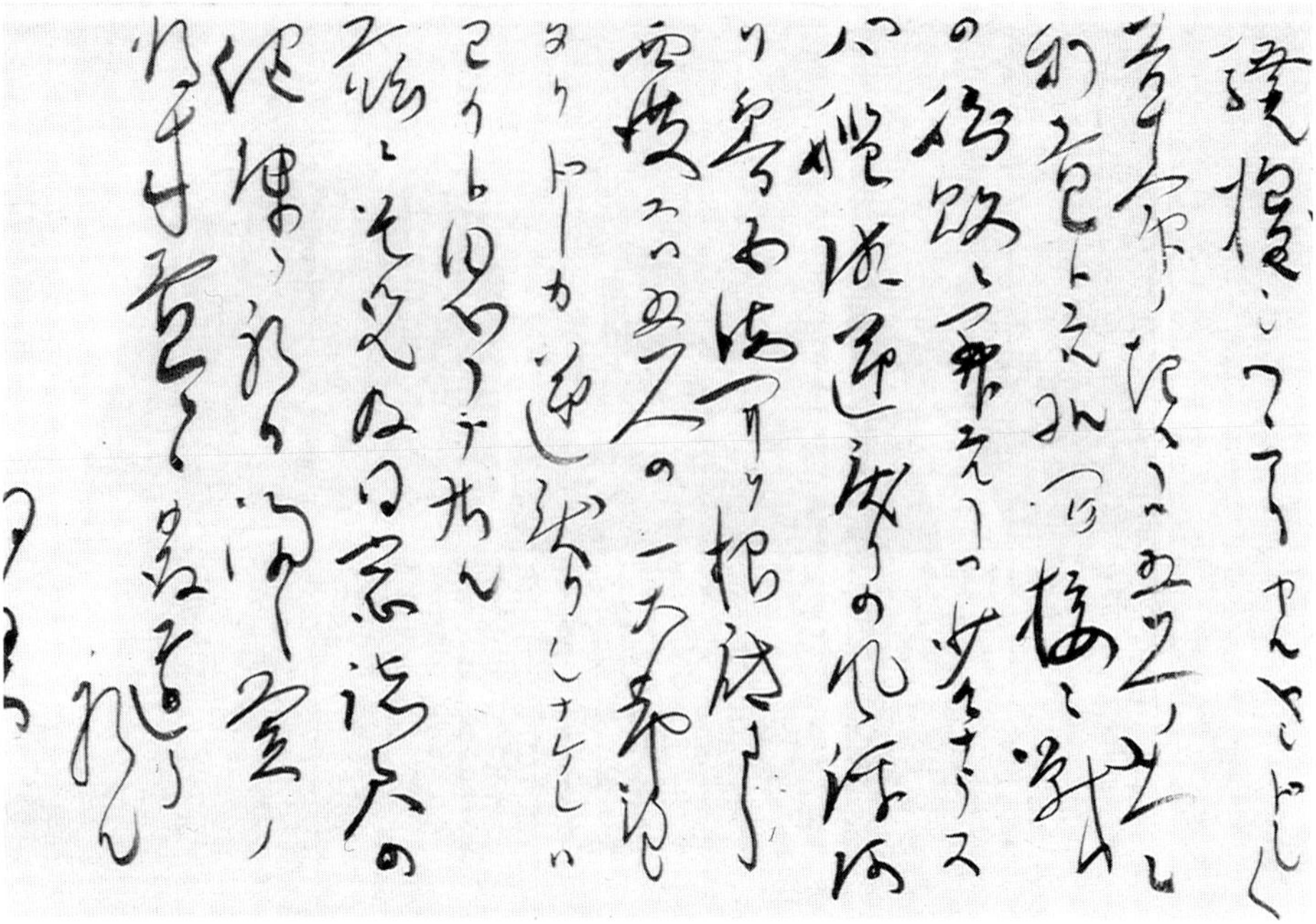

鵜殿輝長氏の手紙から（明治38年２月１日付、本書34頁）

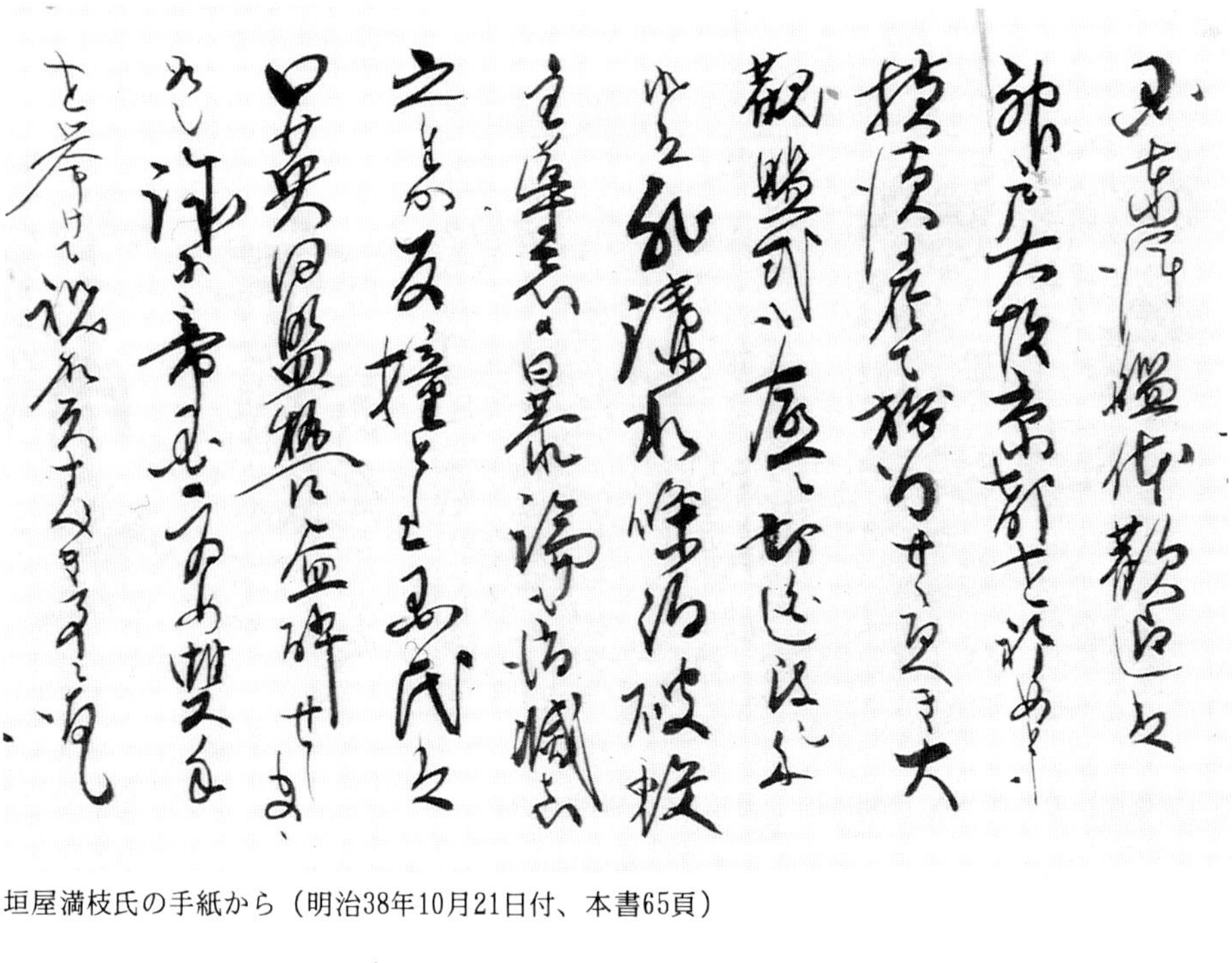

垣屋満枝氏の手紙から（明治38年10月21日付、本書65頁）

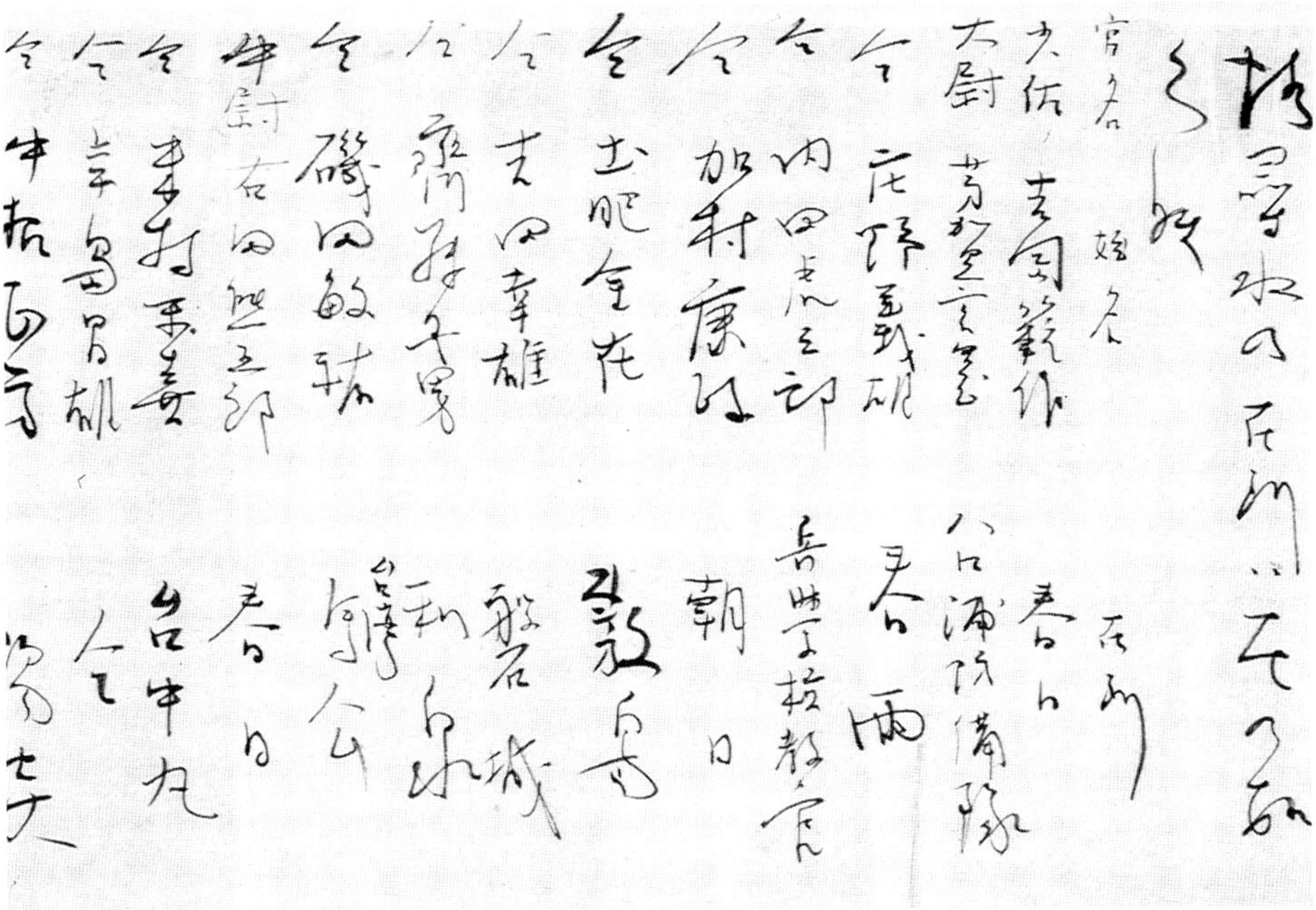

春日正量氏の手紙から（明治38年５月13日付、本書75頁）

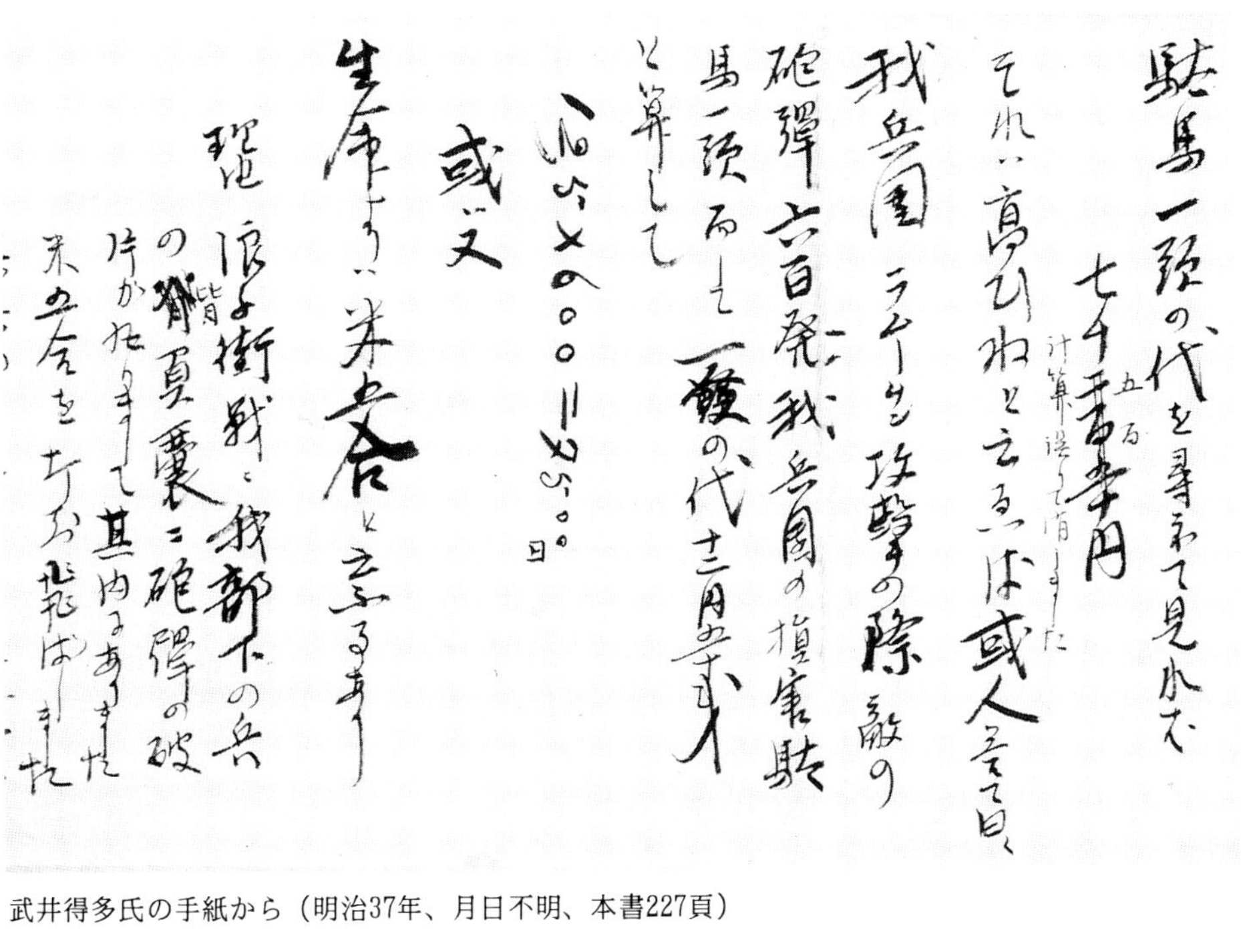

武井得多氏の手紙から（明治37年、月日不明、本書227頁）

澤友彦氏の手紙から（明治38年９月24日付、本書180頁）

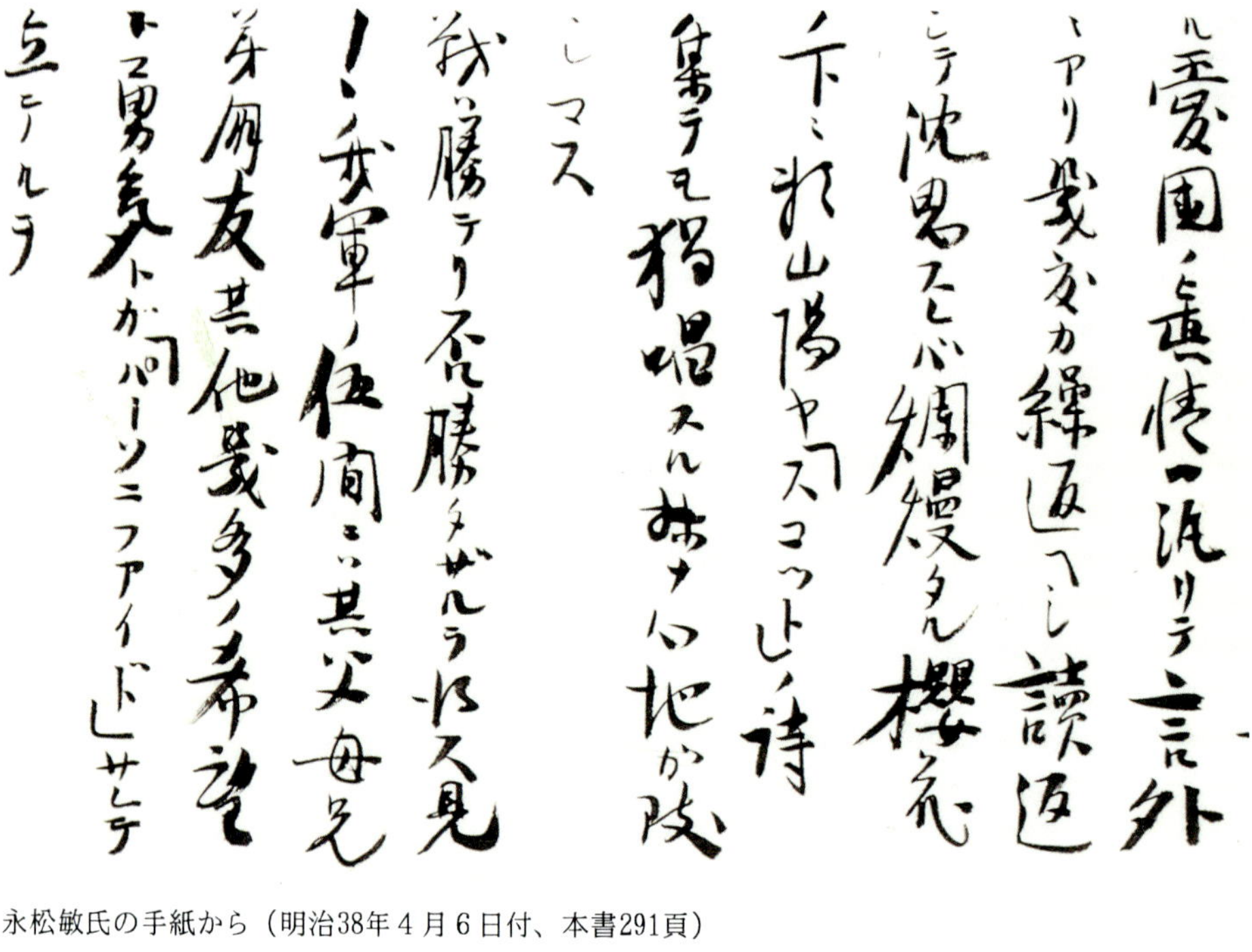

永松敏氏の手紙から（明治38年４月６日付、本書291頁）

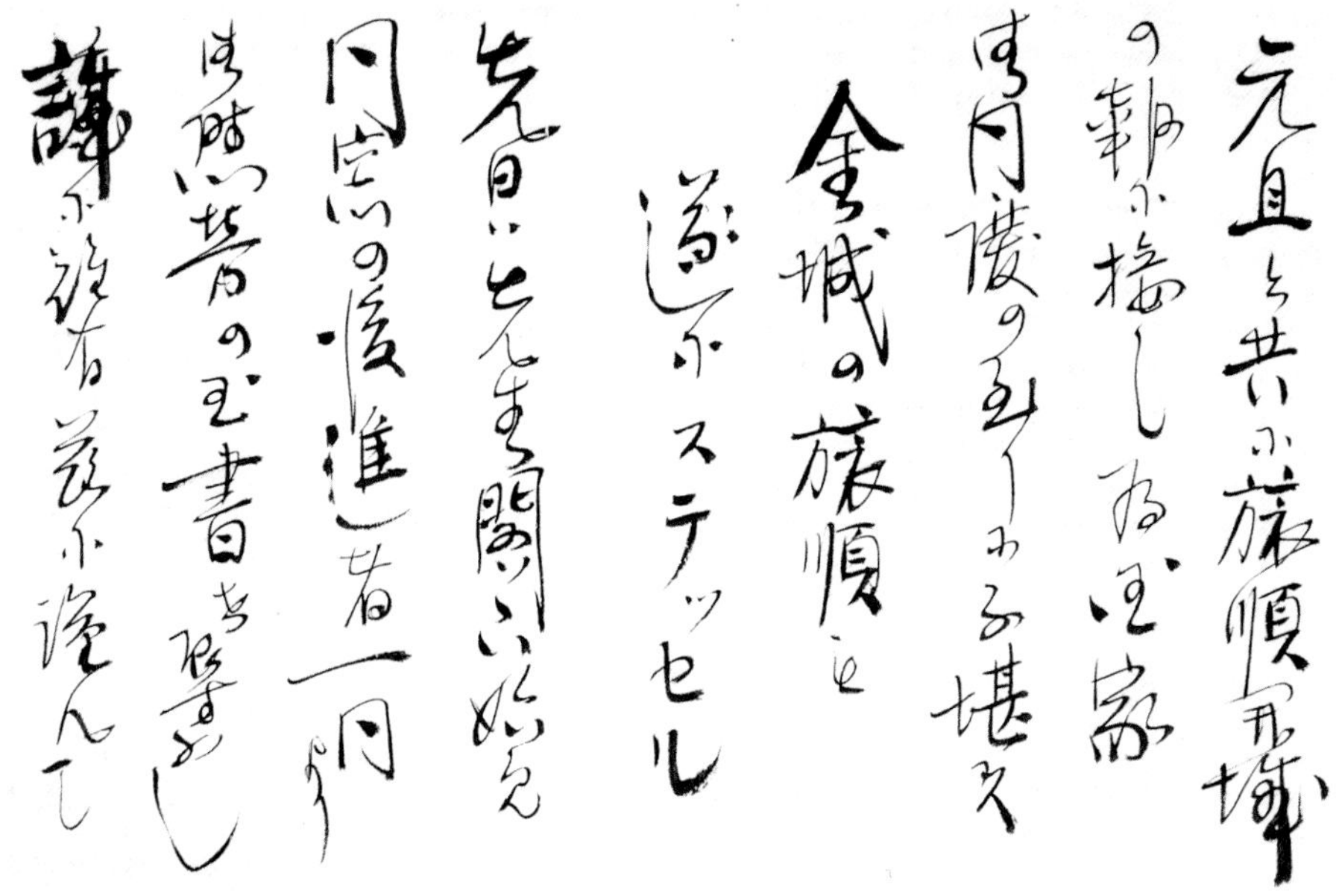

中村正一氏の手紙から（明治38年１月７日付、本書297頁）

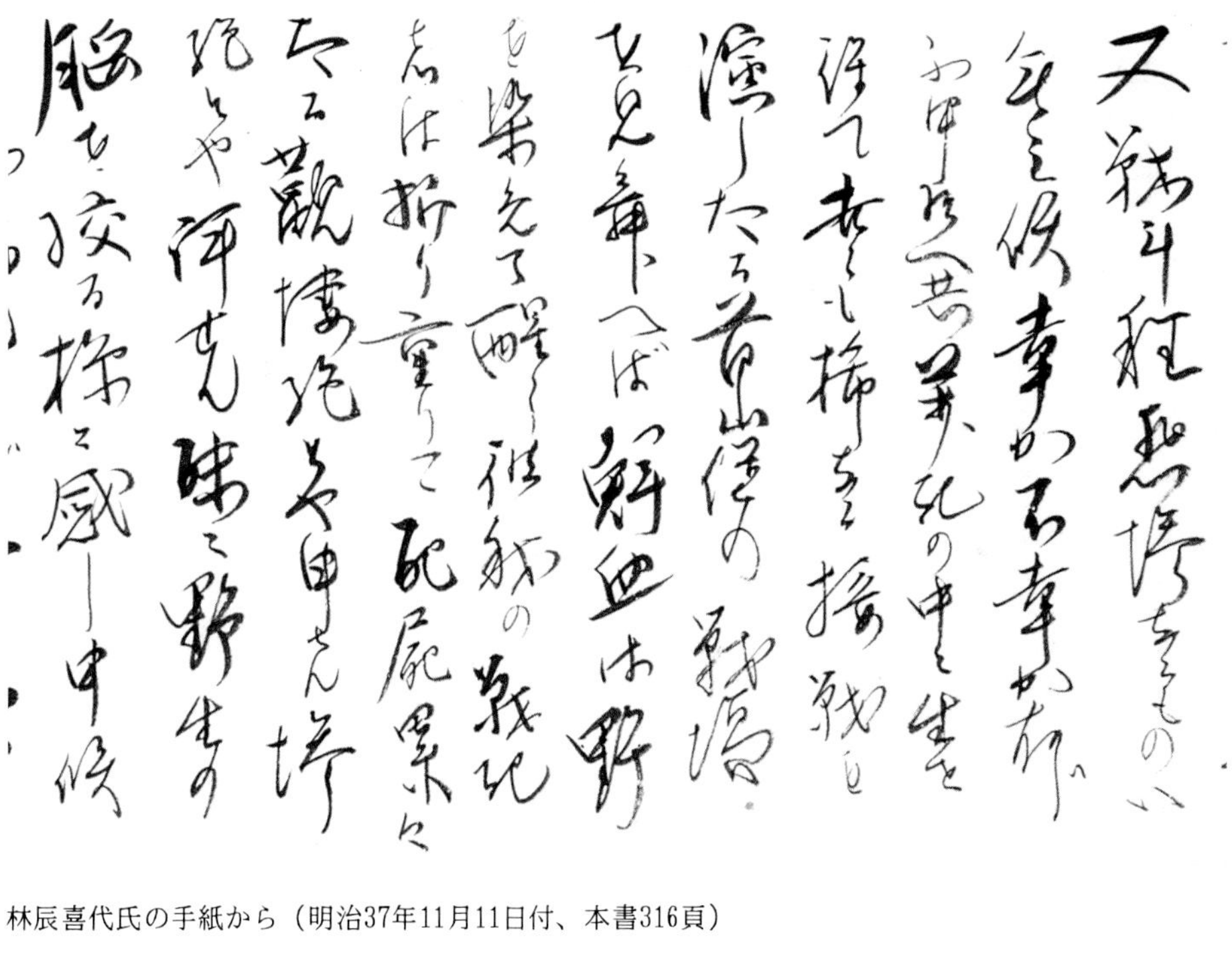

林辰喜代氏の手紙から（明治37年11月11日付、本書316頁）

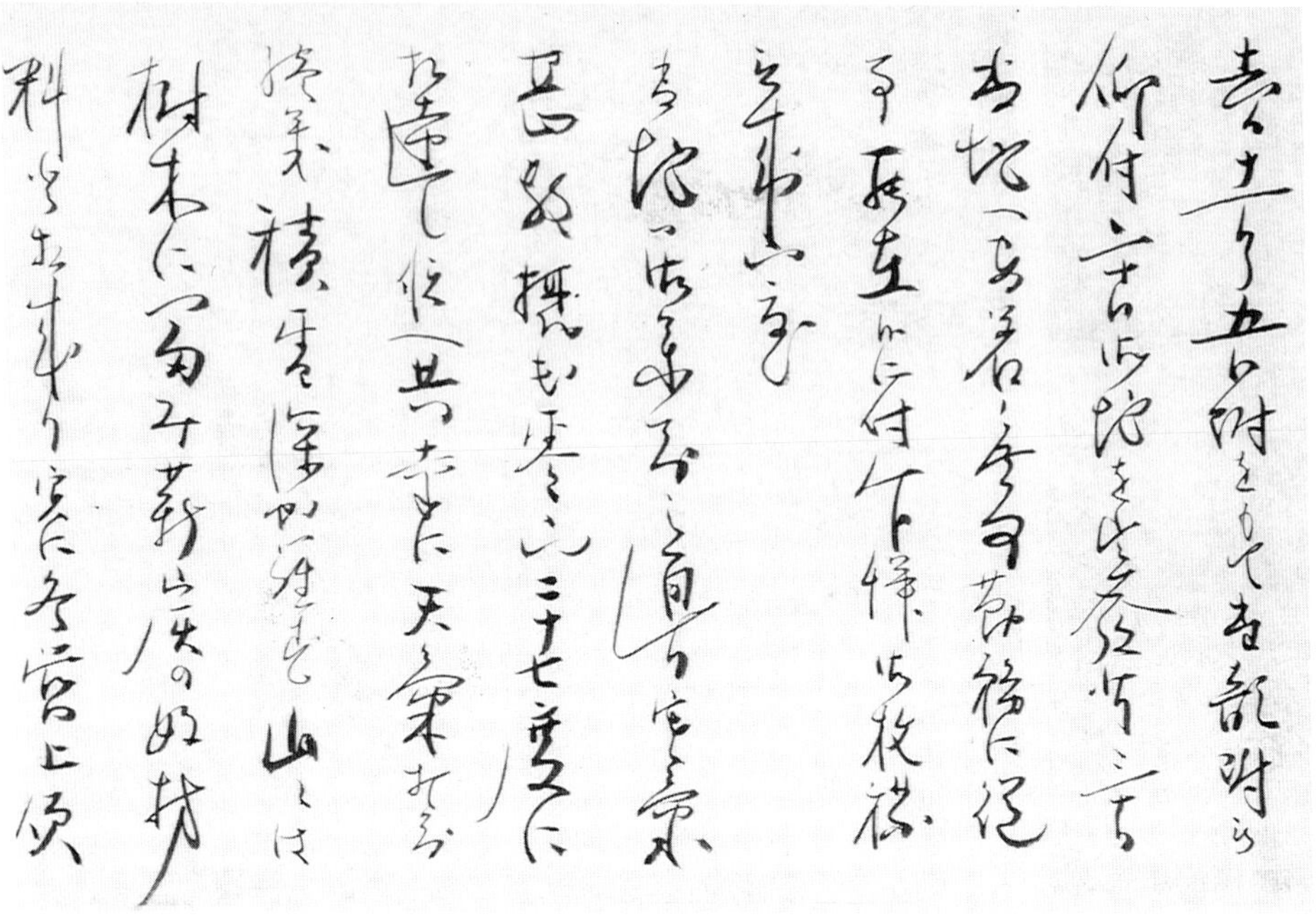

藤井宇志男氏の手紙から（明治37年12月28日付、本書363頁）

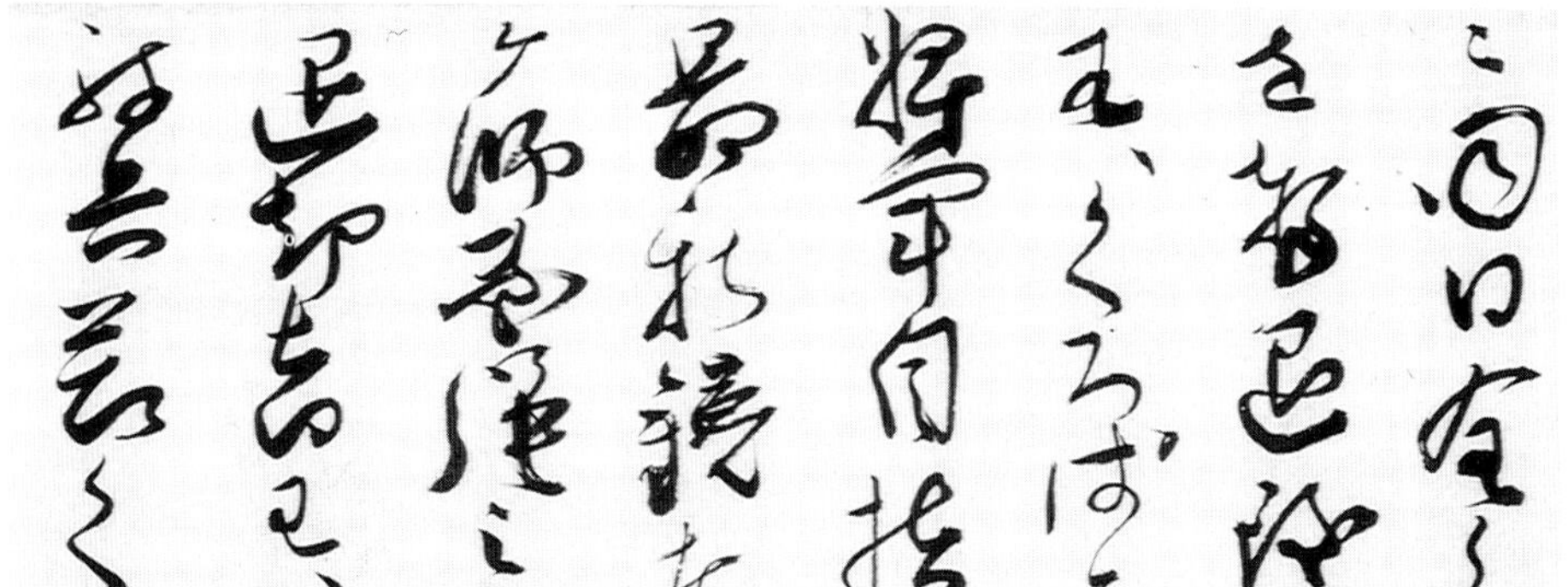

二子石官太郎氏の手紙から（明治37年８月上旬、本書368頁）

明治36年12月８日焼失の
黒髪黌舎（明治33年竣工）

火災後の藁葺きの仮校舎
（〜39年６月）

明治39年６月16日再建後の黒髪黌舎（〜昭和34年９月）

水師営で会見する両軍の司令官たち（明治38年１月５日）
中央２人が乃木（左）とステッセル　前列右の津野田是重大尉は済々黌同窓生（本書129頁）

井芹経平黌長
（明治29年～大正12年）

済々黌校庭に建つ忠烈之碑
（明治39年11月20日竣工）

まえがき――済々黌と日露戦役記念帖

済々黌は熊本の先覚者佐々友房が同志高橋長秋らと図り、明治一〇年の西南の役後、灰燼と化し勉学の道絶えた熊本の青少年の士気と向学心を鼓舞するため、明治一二年一二月五日、高田原相撲町に開校した「同心学舎」に源を発し、明治一五年二月一一日、時習館訓導飯田熊太を初代黌長とし、『詩経』の「済々たる多士」に依り「済々黌」と名を付け発足した。設立の趣旨は滔々たる欧化主義の時潮に抗し「皇室の尊厳」と「国権の拡張」とを謳い、三綱領「正倫理明大義、重廉恥振元気、磨知識進文明」による徳・体・智三育併進の人材育成をめざさんとするものである。翌明治一六年その教育方針は同黌を視察した参事院議官渡辺昇や熊本県出身の侍講、元田永孚によって明治天皇の知るところとなり、特旨をもって五〇〇円の恩賜金を下賜された。

済々黌は明治二四年一〇月には、「熊本文学館」「熊本法律学校」「春雨黌」（医学校）等の他の私立学校と合併し一時「九州学院」と称した時期もあったが、その後元の校名に復し、明治二九年生徒数の増加により、城南分黌、城北分黌、天草分黌を附設した。次いで明治三三年、前年の中学校令の改正により第一済々黌（定員八〇〇名）、第二済々黌（定員六〇〇名）とに分かれ、第一済々黌は現在の黒髪の地に移転し済々黌と称し、第二済々黌は藪の内に残り熊本中学校となり、それぞれ県立に移管した。

第五代黌長・井芹經平は東京高等師範（第一回生）卒業と同時に佐々友房の懇請に応じ、明治二一年に着任した。翌明治二二年、幹事（教頭）に抜擢され明治二九年には黌長心得、翌三〇年には黌長となり、それ以来大正一二年、五八歳で退任するまで、在職三六年間、自他共に佐々友房の後継者を以って任じ、徳・体・智三育併進の校是の継承実践につとめた。明治三四年正科以外に「奨学部」「運動部」という特別教育活動を設立しているが、奨学部というのは今日の「文化部」に相当するものであり、クラブ活動の先鞭をなすものといえよう。

井芹經平は参峰と号し、その趣味は、書画、骨董、刀剣の鑑定、詩文、園芸等多岐にわたった。明午橋際の自宅を「二三学舎」と名づけ、生徒を預かり、家庭的な教育を施したが、日本海海戦の東郷平八郎元帥の長男、東郷彪もその一人であり、卒業に当り二幅の書が元帥より済々黌に贈られている。当時の教育界にあって「東は水戸の菊池（謙次郎）、西は熊本の井芹」と称される教育家であり、済々黌にとって佐々友房を「生みの親」とするならば、井芹經平は「育ての親」ともいうべき存在であった。

明治三七年、日露戦争が始まると済々黌より職員や卒業生が出征し、満州その他の戦場で戦った。井芹黌長は戦地の同窓兵士に向けて都合四回職員慰問状を送り、また生徒慰問状も四回送られた。その際、校内雑誌『多士』も送られたが、同誌は第三号から第五号まで「戦没の学友を悼む」として戦没同窓兵士の写真と経歴および戦地からの書簡の一部を掲載している。

また戦後には、井芹黌長は同窓戦没者の霊を弔い武勲を後世に伝えるために、同窓生に醵金を募り、校内に「忠烈之碑」を建立し、明治三九年一一月二〇日竣工した。済々黌の同窓で出征した者は約三〇〇名であり、その八割強が中尉・少尉を中心とした将校であったため、そのうち五〇名余が戦死している。日露戦争とこれほどまでに深く関わった学校は当時としてもめずらしいといえよう。

済々黌からの慰問状に応えて、将兵たちも戦場の様子、所属部隊や近隣部隊にいる同窓兵士についての情報、あるいは自らの近況等について井芹經平黌長や在校生に書き送った。現存する書状はその数四四三通、書状を書いた実人数二〇八名である。これらの書状は「忠烈之碑」が建立された折に、永久保存のため、本巻一四巻、別巻六巻および戦死者の手紙を集めた三幅の掛け軸にまとめられた。本巻一四巻のうち第一三巻と第一四巻（ともに葉書類を集めたもの）は現在は見当たらない。掛け軸は一幅のみ残されている。ただ太平洋争後は永らくこれらの書状の存在は忘れられていたようである。

平成四年、済々黌に歴史資料館が建設されることとなり、笠美雄黌長（当時）の指示のもと、歴史資料保存委員会が設置され、校内に散在する学校関係の歴史資料の整理・保存作業が始まった。その年の夏、念のためにと調べた応援同好会の部室奥の棚上の、大きな杉製の木箱の中から発見されたのが『日露戦役記念帖』である。太平洋戦争終結、さらにアメリカ軍進駐という特殊な政治情勢・社会情勢のなかにあって、人目につかぬところへしまい込んだことも十分想像される。

平成一〇年度になって緒方孝臣黌長（当時）の強力な支援のもとにこれらの書状の解読作業に少しずつ取り組むこととなり、翌平成一一年度になると、校務分掌の一つとして八名の委員からなる、日露戦役記念帖編集委員会が設置され、本格的な解読作業、および兵士の子孫からの聞き取り調査がスタートした。日露戦争から百年近い歳月を経た時点での調査は難航をきわめ、熊本県下はもとより、長崎県の壱岐の島や京都方面にまで足を伸ばすこととなった。幸いにして八〇歳代から九〇歳代という老齢の二世や、あるいは三世にあたる方々からのさまざまな情報を得、写真等を借りることができた。

当時としては、かなり知的水準の高い兵士集団が、当時のゆるやかな検閲制度のもとで、敬愛する母校の校長、後輩生徒に対して、率直に戦闘の様子、現地の社会風俗、各自の戦争観などを書き送っており、四四三通という量的なまとまりからしても、史料的価値は高いものと思われる。また兵士たちはほとんどが明治一〇年前後の生まれであり、手紙の文体には幕末から明治への移行期の色合いを強く宿しているといえよう。「明治の青年が書いた手紙が九五年の歳月をかけて、平成の今、やっと届けられた」と言うことができようか。

解読作業に当たっては、「済々黌所蔵の資料解読を済々黌の教師集団が自力でやり遂げよう」を合言葉に頑張ったが、いかんせん専門家の集まりではない。筑波大学の近代史の大濱徹也教授に監修をお願いし、編纂にあたってご指導を受けることとした。この史料の歴史的背景や学問的意義については、大濱教授の解説をお読みいただきたい。

やがて迎える日露戦争百周年を前にして、日露戦争研究の第一級史料を作ろうというのが編集委員一同の目指すところであり、その思いに少しでも近づけているならば幸いである。

済々黌『日露戦役記念帖』編集委員会

目次

日露戦役記念帖　凡例

一、掲載の順序は、差出人の五十音順とし、同一差出人の場合は日付の早い順とした。
二、各書簡文の冒頭には、投函の日付、宛先、投函時の階級、投函時の所属部隊、を掲げた。
三、欄外には差出人についての簡単な紹介を載せ、併せて人物・地名等については注記をほどこした。
「済々黌入学年」は、他校からの編入学の場合も含めた。「入学後、一度退学し、再入学」の場合は最初の入学年とした。
四、漢字については「手紙文のまま」を原則とした。
五、判読出来ない文字は□で示した。
六、原文には句読点は無いが、適宜加えた。
七、各書簡末尾の数字は原史料の整理番号。

書簡集

（発信人名五十音順）

あ行

相賀寅甫

○明治38年2月20日付　釁長宛——騎兵中尉　第2軍騎兵第1旅團第14聯隊第1中隊

拝啓　屡々御慰問ノ辞ヲ辱フシ奉深謝候。貴釁増々御隆盛、為邦家慶賀此事ニ御坐候。却説、如仰

大元帥陛下ノ御威稜ニヨリ本年ハ実ニ愉快極マル新年ヲ迎へ、向后我作戰上、一大発展ノ端ヲ開クニ至リタルハ吾人ノ狂喜ニ堪ヘザル処ニ御坐候。雖然、旅順攻囲八閲月、此間犠牲ノ鬼トナリタル多数ノ良人ニ對シテハ、吾人ノ痛嘆亦タ比スベキモノ無之候。時下嚴冬未ダ大軍ヲ動カスノ期ニ非ラザルモ、曠日彌久ハ敵ニ利ヲ與フルノミ。不遠我百萬ノ貔貅ガ奉天ノ附近ニ活動スル事ト信ジ候。去日、我左翼ニ攻撃シ来リタル敵ノ大部ハ、目下徐々ニ后退且ツ工事ヲ行ヒツヽアリ。前記ノ敵ニ対セシ部隊ハ今、明カニ言フヲ得ザルモ、死傷将校ノ人名ニヨリ已ニ御承知ノ事ト存候。当聯隊モ一時非常ノ苦戰ニ陥リ、多大ノ損害ヲ蒙リタルモ、遂ニ其任務ヲ完フシ、感状ヲ授與セラルルノ名誉ヲ荷ヒ候。

相賀寅甫

明治11年生。熊本県飽田郡横手町。

明治26年入学、29年退学。成城学校へ進学。

1　熊本市小幡町出身。陸士及び陸軍乗馬学校卒業。明治38年1月29日黒溝台沈旦堡付近で負傷。同31日、野戦病院にて死去。

※この手紙はペン書き（ペン書きは非常に少ない）。

此戰闘ニ於テ騎兵少佐森田猛雄殿ハ[1]、勇戰奮闘二回敵ノ砲彈ヲ受ケ、遂ニ名誉ノ戰死ヲ遂ゲラレ候。出征以来屡々敵地ニ潜入シ、偉大ノ勲功ヲ挙ゲラレタル此勇猛中隊長ヲ失フタルハ、吾々全縣人ハ勿論、旅團一同ノ嘆惜ニ堪ヘザル処ニ御坐候。

先ハ貴慰問ヲ深謝シ併セテ貴黌職員、生徒諸兄ノ健康ヲ祈ル。頓首

二月廿日　相賀寅甫

井芹経平殿

14-10-02

○明治38年11月20日付　黌長宛——第2軍司令部副官

拝啓　各位益々御健勝奉大賀候。

却説戰役中ハ、屡々御懇篤ナル慰問ノ詞ヲ辱フシ奉深謝候。

如仰、今ヤ媾和モ成立シ、満州軍モ続々凱旋ヲ始メ候ニ就テハ、不遠各位ニ親シク拝眉ノ榮ヲ得ル事ト相楽ミ居申候。承リ候ヘバ、貴黌ノ再築工事[1]モ着々進渉ノ趣キ、独リ貴黌ノ為メノミナラズ、為邦家奉賀候。先ハ右御返事迄、乱筆ヲ揮テ申上候也。

第二軍副官　相賀寅甫

濟々黌長　井芹経平殿　其他職員御中

14-01-05

1　明治36年12月8日、済々黌の校舎が全焼し、同37年9月～39年6月まで再建工事が行われた。

天草種雄

○明治38年1月1日付　黌長宛――歩兵大尉
第1軍出清師團歩兵第1聯隊

恭賀新年

旧臘は御丁重なる御慰問に接し、雑兵の身に取り瞑加に餘り候次第、御芳志の段深く肝銘仕候。併て御黌の御近状を詳にし、對陣徒然の折柄、今昔の感に堪ず候。光輝ある戰死同窓諸君既に数十名、可祝乎、可悼乎。瘖寐轉々切也。豚児餘命を沙河の南崖に保つ。猶遼遠なる前途の戰局に對し、誓て御芳志と黌恩に酬ん事を期す。乍末筆、御黌の隆盛と、校長閣下始め職員諸先生の御健康を祈る。

明三十八年一月一日　天草種雄

井芹経平先生

昨年上陸以来､木下先生とは同一軍に在て行動罷在候處、先日来先生は脚氣病にて東京へ。

14-02-07

○明治38年1月1日付　生徒宛――歩兵大尉
第1軍近衛師團歩兵第1聯隊

恭賀新年

天草種雄

生没年不明。熊本市南千反畑町。

明治23年卒業。

同窓の天草友雄、天草貞雄は兄弟と思われる。天草友雄は日本画家（号は神来)、東京美術学校で横山大観と同期。天草氏は天草五人衆の一、代々、小西、加藤、細川に仕えた。

名誉ある済々黌生徒諸君の御慰問に對し一書を呈するは、小官の光栄とする處也。沙河方面の戦局に、漸く雲蒸龍変の機を得つゝあり。而も旅順の運命は既に定まれり。頃日、学者普佛戦争に於る独乙学生の敵慨行動を称揚せり。帝國目下の状況は挙國一致の要あるは勿論なれども、学生にして千八百七十年に於ける独乙学生の敵慨行動の如き言行あらば、是正に戦争熱に浮さるゝ学生の狂態にして、列國の呆を買はんのみ。戦局の進捗は是を帝國の陸海軍人に佑し、諸君、希はくば冷静なる頭脳を以て清心学生の本分たる学藝に奮励せられん事切望の至に堪ず。小官済々黌を去てより玆に十五年、諸君の御慰問と共に井芹校長より御丁重なる御慰問に接し、同時に御校の御近状を詳にし、對陣徒然の折柄轉々今昔の感に堪へず。我の親愛する学生諸君！戦争は是を外吹く風ときゝ流し、大國民的態度を以て其本分に盡砕せられん事、くれぐれも切望に堪ず。終に臨んで御黌の隆盛と生徒諸君の御健康を祈り、敬意を表す。

明治三十八年一月一日　歩兵大尉　天草種雄

済々黌生徒諸君

14-06-12

荒川真郷

○明治38年4月11日付　生徒宛――歩兵少尉
出征第4師團歩兵第38聯隊第8中隊

拝復　迂生儀今回負傷仕候に付ては、丁重なる御慰問状を忝ふし、御芳情奉深謝候。然るに、會戦の初期に於て、此失敗をとりしため、遂に　君國に對して、何等の貢献する事能はざりし次第、面目も御座なく候。然し創所も今日にては殆んど全快、元気も倍旧仕候間、次第の戦斗の折は、今回の入あはせに瘠馬ながら層一層奮励仕る心得に御座候。桃李春風に薫るの候、諸兄の愈御勇健なるを祝し、ますく御勉学あらん事を祈上候。
先は御禮申上度、此のごとくに御座候。敬具
四月十一日　荒川眞郷
濟々黌生徒御一同　御中

14-06-28

○明治38年8月2日付　生徒宛――歩兵中尉
出征第4師團歩兵第38聯隊第8中隊

先もって各位の御健康を祝し申候。過日は暑中御たづねの玉墨を忝し奉深謝候。迂生儀も不相変頑健如旧候ば、乍他事御放慮被下度候。
尚、時候柄御自重祈上候。拝具
荒川真郷

荒川真郷
明治14年生。熊本県託麻郡本庄村。
明治28年入学、33年卒業。
陸士15期。昭和6年歩兵第21聯隊長。昭和8年陸軍少将。
昭和17年熊本市文化報国会顧問。

済々黌生徒各位　14-08-11

○明治38年11月□日付　黌長宛——歩兵中尉
出征第4師團歩兵第38聯隊第11中隊

拝啓仕候。秋冷嚴しく御座候折柄、先生愈御清適奉賀候。降て私儀遂に瓦全の醜をさらし先生の御教示にそむき候のみならず、千秋煌々たる亀鑑を示して玉砕されし各先輩に對しても、面目もなき次第に御座候。これも武運つたなき身の不運に御座候まゝ、尚一層駑馬ながら自から鞭を加へて激励し、まだこむ春の散際を夢みつゝ只管盲追仕るべく候。学校も漸次落成相成申候趣、なによりうれしく存申候。さぞかし萬歳御世話の御歳と奉察上候。尚々時候柄御自愛祈上候。　頓首　拝具

井芹先生　荒川真郷　14-02-02

有田忠次

○明治39年1月1日付　黌長宛——（階級記載なし）
在遼陽出征第16師團司令部

恭賀新年

有田忠次

尚先生の御健祥を祈る
正月元日　有田忠次
井芹経平殿

14-04-24

生田勝平

○明治39年1月1日付　黌長宛——在旅順口第16師團歩兵第64聯隊第8中隊 歩兵少尉

謹賀新年
　併て祈御黌の隆盛。
客臘は御懇篤なる慰問状を忝なくし難有奉鳴謝候。
回顧すれば二十有閲月前、戦宣の詔勅下るや遼陽に旅順に奉天に海に陸に皇軍の進む所連戦連勝、以て皇威を発揚し帝国をして世界の強国に列せしむるを得たるも、畢竟諸氏が熱誠なる後援ありしに外ならずと深く確信仕居候。先は年頭の御祝儀旁々御禮迠。時候柄各自御自愛専一に存候。拝具
三十九年一月一日　　歩兵少尉　　生田勝平

明治12年生、昭和48年没。熊本県八代郡吉野村。明治26年入学、31年卒業。日露戦争後米国に遊学。

生田勝平
明治12年生。熊本県玉名郡玉水村。明治27年入学、34年卒業。水産傳習所へ進学。

済々黌長　井芹経平殿　職員諸賢

14-07-10

石川喜代見

○明治37年7月□日付　黌長宛――砲兵中尉（所属記載なし）

謹啓　時下暑氣殊に厳敷折柄、学堂皆々様御揃、益々御清光奉大賀候。時候柄随分御用心専一に奉祈候。偖て先日は慰問の辞を送られ恐縮の次第に御坐候。御厚意の段奉謝候。小生よりは頓斗御無音勝、平に御容赦被下度候。

却説生儀第十五聯隊附として征露出戦。上陸以来日夜無事金洲、南山攻撃後、敗敵を某地迄追撃。此れを掩助する敵南下し来るの情報に接し、北方に急進し、得利寺の勝戦に参加、敗兵を追ふて本月七日蓋平の攻撃に着手、愈々九日早朝より攻撃の砲火を開始したるも、敵は前日来の我軍機動に恐怖せしか、或此の地砲兵の使用に適せず、（蓋し退却を豫期して）依て防禦に不適當としてか、単に一部を以て隘路を守備するのみにて主力は後方に退却せしめあり。為めに花々敷戦闘も無之、某師團歩兵の戦闘を以て午後二時頃全く占領を終り申候。為めに前の二大戦闘に比して、何か物足らぬ心地仕り候。而し彼れも能く防禦し、能

石川喜代見
明治8年生。大分県直入郡豊岡村。
明治24年入学、30年卒業。

く戰ひ申候。得利寺の戦闘の際の如きは、彼れが砲兵を撲滅するに、如何に我が砲兵が苦心せしかは筆紙に難尽候。殊に其の砲兵の射撃正確なるには驚き申候。而し常に彼れが兵の運用妙期を失し、又積極的の攻撃精神に欠ぐる所あるは、敵ながら残念に存候。彼れが天険の地を利用し徒に我が兵を傷つくるは悪らしく御坐候。地の利は人の和に不勝。我軍は下一兵卆に至る迄、時に人をして泣かしむる点有之候。今は某地に露営滞在中。不遠一大快報可有之候。それも今の様に敵が退却しては面白き事も當分無之やも難計候。先は右御返事迠。乱筆御免被下度候。早々

於蓋平の某地　石川中尉

井芹先生様

6-02-20

○明治38年1月5日付　黌長宛——砲兵中尉 第4軍野戰砲兵第15聯隊

謹賀新禧

併て祈各位の御健康と貴黌の隆盛

過日は慰問の辞を辱ふし難有奉感謝候。當方面戰機未だ不熟、日々斥候の衝突位に御座候。旅順は陥落、士氣益々旺盛なり。御安神有之度候。頓首

征露第二年一月五日　石川喜代見拝

済々黌職員御中

14-12-23

○明治38年3月18日付　黌長宛——砲兵大尉 第4軍野戰砲兵第15聯隊

謹啓　益々御勇健黌務御精励の段奉大賀候。毎度御慰問の辞を辱ふし、御厚甚の段奉感謝候。昨冬以来彼我共に精を尽し塁を高くし、厳として動かざりし沙河の対陣も、見事皇軍の大捷に帰し、國民も嘸かし満足の事と存候。委細は目下大戰後隊伍の整頓中なれば、採筆の時間無之、新紙上明なれば、別に不申上候。明早朝よりは益々北進の筈に御座候。奉天は遠く背後にありて不見候。却説小官儀御蔭を以て二月一日附大尉に進級、第六中隊長の重任を拝しました。不肖果して其の職任を全ふし得るや否や。益々粉骨砕身以て皇恩の萬一と、先生各位の教訓に答ん事を期し申候。
今回の大會戰又々無事、御安心被下度候。去月十一日は全く敵の背後に出でたる為め、奉天の敵は一方の血路を求めんとして、夜十時頃各方面に来襲し来り。我中隊は歩兵僅か一ヶ中隊と某任務にありて、敵歩兵の夜襲を受け遂に最後の運命となり霰線を射撃するに至り、我中隊にて捕虜四十一名を得ました。追撃戰の如何に猛烈なりしや御推察被下度候。敬具
明治三十八年三月十八日　陸軍砲兵大尉　石川喜代見

井芹経平殿

水道端木村先生宅へも宜敷御傳言奉願上候。

14-01-16

○明治38年5月3日付　生徒宛——砲兵大尉（所属記載なし）

謹啓　過日は御慰問の辞を辱し御厚志の段奉感謝候。同窓各位益々御壮健御勉學の段奉大賀候。邦家多事の今日、諸氏が将来に属望する所不尠と信ず。諸氏自愛自重以て他日の大成を期せられん事を希望仕り候。降て小官儀不相変無事消光罷あり候間、乍憚御安心被下度。桜花と散らず野草と残り、誠に面目なき次第に御座候。目下某地に滞在、人馬の教育に専心従事罷あり候間、乍他事御安心被下度。此度はあまり敵が遠く退却せし為め、昨冬来久しく沙河対陣の當時に比較して気抜け仕り候様の感有之。会戦後は一時病兵等も出来致し候得共、昨今は充分の休養を得、前進の時を待ち居ばかり。昨日より前進の命下り、只今は一日勇躍最中に御座候。而し當分戦斗の模様も無之候間今暫時は快報を呈する事を不得ばかり。當地昨今の天候は桜花笑を呈し、柳芽春色を帯びたる位に御座候。風塵強く行軍は甚だ困難仕り居候。先は右御返事迄、如斯御座候。頓首

明治三十八年五月三日　陸軍砲兵大尉　石川喜代見

熊本縣立尋常中学濟々黌　生徒御中　14-04-30

○**明治38年7月30日付　生徒宛**――砲兵大尉 出征第4軍野戰砲兵第15聯隊

謹啓　時下炎暑の砌、各位益々御清光奉賀候。邦家の前途愈々多事多望ならんとす。諸氏自愛自重以て學海の彼岸に勇往邁進あらん事を奉願候。當方面極めて静穏なり。奉天戰後将に半歳、戰機發展も近きにあらんか。是非哈爾賓[1]迠と士氣は益々旺盛なり。御安神被下度候。　頓首

石川喜代見

七月卅日　健在　14-11-18

石川十平

○**明治37年6月23日付　黌長宛**――（出征兵士の父親）大分縣直入郡豊岡村

謹啓　至御清勝奉賀候。陳バ御問合セ相成候愚息喜代見儀所属部隊ハ、千葉縣下志津野戰砲兵射撃學校ノ處、先般第一師團野戰砲兵第十五聯隊第六中隊ニ編入セラレ、第二軍ニ属シ、本年四月廿四日廣嶋ヨリ出船、遼東半嶋某港ニ無事

1　ハルピン。黒竜江省の省都。

石川十平　生没年不明。大分県直入郡豊岡村。石川喜代見の父。

到着、各地ニ轉戰ノ上、金州南山ノ劇戰ニ参加セシモ、身体無事トノ書面一度到来、其後ハ何タル通報モ無之候得共、無事軍務ニ従事致シ居リ候モノト相考居リ候間、御承知被成下度。

先は御問合セ以外ノ餘事ヲ加ヘ御答迠不取敢。乱筆不整。

六月廿三日　石川十平

井芹経平殿

14-01-07

石坂三戍

○明治38年5月25日付　釁長宛――歩兵少尉 出征第6師團歩兵第13聯隊第7中隊

晩春の頃と相成候て満州の野も大分暖かに相成申候も、朔風強く例の塵は渦巻き上げて大閉口に存候。偖て先生には益々御壮康に被下渡候御事と存じ奉大賀候。降て私には毎日〳〵兎角致し居候間、乍他事御放神被下度願上候。偖て去る四日熊本出發以来海陸無事、去る十六日到着致し候て、一昨廿三日表記の部隊に所属致し候間左様御承知被下度く候。只今戰線は至て静かにて時々砲聲を聞く事有之候も遥か遠方にて、呑氣なる事は内地よりの想像以上に有之候。終

石坂三戍

明治14年生。熊本市四軒町。明治28年入学、34年卒業。陸士へ進学。

に候へども、先生の御健康を祈ると共に益々御教訓を垂れられむ事を祈る。
先は到着御知らせ傍御見舞まで。匆々　拝具
五月廿五日　石坂三戍
井芹経平殿

14-03-20

○明治39年1月1日付　黌長宛——在清國第6師團歩兵第13聯隊第6中隊歩兵中尉

恭賀新年
舊年は非常なる御厚情を煩はし有難く存上候。尚ホ本年もよろしく御厚顧の程願上置候。就ては愈々健在雪中の新年仰ぎ仕候間、左様召思被下度く候。尚ホ益々諸賢位の御多祥を祈る。拝具
三十九年一月一日　石坂三戍
井芹経平殿　學黌御中

14-09-03

石橋末喜

○明治38年11月13日付　黌長宛——第20聯隊第2大隊第5中隊砲兵特務曹長

石橋末喜
明治13年生。熊本市寺原町。
明治29年入学、33年退学。

謹呈仕候。陳ば目下向寒に趣き候處、閣下を始め生徒諸君一統、益々御勇壮の由奉大賀候。却説毎度御厚徳なる御書状を辱ふし、誠に難有御礼申上候。私事も御蔭を以て満野の氣候にも障なく軍務勉勵致し居候間、何卒御休心被下度。私事猶ほ満州軍撤去も遠からざる事に候得ば、不日閣下御一統の温顔を拝し得るかと只管相楽み居候次第に御座候。先は不敢取一應の御礼迠。生徒御一同へ宜く御傳言を希候。末喜九拝頓首。私事も今般第十四師團野戦砲兵第二十聯隊へ轉入致し候間、何卒左様御承知被下度候。

二伸　実は御校の紀念標本として、露助の睾丸なりとも塩漬に致し、帰国の上御校へ奉納致し度き存念なりしも、目下平和克復にて誠に残念に存居候。

明治三十八年十一月十三日　石橋末喜

井芹経平殿

14-10-06

石丸志都磨

○明治37年11月13日付　生徒宛——歩兵中尉 出征第6師團歩兵第13聯隊第2大隊

拝復　先日沙河附近の會戰に於て負傷致し候に就ては、早速深厚なる御同情を

石丸志都磨

明治11年生、昭和38年没。佐賀県杵島郡山口村。

明治26年入学、30年退学。陸

以て御見舞の書を辱ふし候段、感銘の至りに御坐候。小生の負傷は頸部盲管砲創にて候ひしも幸に急所を外れ候為め傷後の経過非常に宜しく後送の難を免れ申し候。畢竟するに是れ天が小生の為したる所を不足とし、将来尚ほ一層の活動を要求する者と深く信じ居り申し候。小生等軍人の任を終るの時は乃ち戰場に横はるの時にして夫れまでは数十百回の負傷も只だ天が小生等を試みるの悪戯と存じ居り候。兎に角傷も早や相癒へ候へば再び戰場に馳せ参じ申すべく候間御安心被下度候。同窓諸君、小生は諸君の健全なる御発達を祈ると共に我帝国が愈々武装して大陸に乗り出したるの今日は、只に海の日本にあらざる事を警告致し候。戦争の経過時々御報道致し度候へ共、新聞通信員の筆反て詳細を極め、且つ又小生等は将校として軍機を守るの義務一層嚴に候へば、遺憾ながら何事も記し申すまじく候。先は御礼旁々如斯候也。

明治三十七年十一月十三日　於青泥窪兵站病院　石丸志都磨

済々黌仝窓生諸君

14-10-11

磯田敏祐

士へ進学。旧姓相良。陸士11期。昭和3年陸軍少将。歩兵第14旅団長。昭和8年5月より満州国皇帝溥儀の侍従武官および満州国陸軍中将、のち侍従武官長。

○明治37年9月29日付　黌長宛――（階級記載なし）大阪商船（株）汽船「日英丸」

拝啓仕候。却説私事廿四日長崎出帆の日英丸に搭乗、途中基隆に寄港碇泊。一日同所一寸見物の上、本日無事任地に到着仕り候間乍他事御休心被下度候。出發の際は柏木、田中両先生罷々御見送り被下難有御禮申上候。又校長御用向の為とて見送り御怠りの御手紙抔頂戴仕り、御厚情の段奉深謝候。御招に依り参校致し候節は、出發の前日に差迫り時間なき為め、生徒諸子に充分に実歴談を為す事出来不申、甚だ残念に存候。其節は、今川先生[1]早速謝禮の為め、拙宅へ御来臨を辱ふし、難有奉鳴謝候。何卒右諸先生へよろしく御申傳へ被下度候。右は取不敢御禮旁無事到着のみまで如斯に御座候。草々　頓首

九月廿九日　台湾馬公要港中　布□隊　磯田敏祐

井芹経平殿

14-05-06

伊東助太郎

○明治38年7月21日付　黌長宛――砲兵中尉（長崎縣南高来郡島原上野町平戸屋）

磯田敏祐

明治11年生。熊本市西坪井町。明治26年入学、28年退学。海軍予備科へ進学。

1　今川覺神。明治29～41年、済々黌教頭（物理・数学担任）。

伊東助太郎

経歴不明。

謹啓　霖雨欝陶しく候處、貴下御差障も無之候哉、御伺申上候。次に小生は患部の経過悪しく、再び轉地療養せざる可らざる悲境に陥り、去る十七日熊本出發、暴風雨の為め三角に滞在し、本日当地に着仕候。伊東菊次轉校の件に就ては、度々貴慮を煩はし、誠に恐縮の至りに御坐候。其後天草分校長殿[1]の御廻答は如何にて候哉。御面倒ながら御一報下され度御願申上候。先は右御通知旁御依頼まで如此に御座候。早々　頓首

七月廿一日　伊東助太郎

校長殿　侍史

14-02-20

伊藤大九郎

○明治38年4月12日付　黌長宛——第6師團騎兵第6聯隊第2中隊　騎兵中尉

乱筆御免シ被下度候。

謹啓　春暖ノ候ニ相成リ候處、当地は尚時々雪降リ道路悪シク実ニ迷惑致シ申候處、貴官益々御清栄大賀ノ至リニ御坐候。次ニ小官、内地諸官ノ御蔭ニ依リ不相変健康ニテ消光罷在ノ間、何卒御安心被下度。却説貴官ヨリ度々御書面頂

1　日清戦争後、明治27年に設置された済々黌三分校（山鹿、八代、天草）の一つ。

伊藤大九郎
明治10年生。熊本市妙躰寺町。明治25年入学、32年卒業。第二挺進隊（長谷川戍吉少佐指揮）の小隊長としてハルピン付近まで進出。第一挺進隊指揮は永沼秀文中佐。

戴致シ難有奉鳴謝。実は早速御礼申上可キ筈ニ候へ共、小官ハ正月ヨリ第二挺進隊ニ加入シテ、遠クハルピン附近ニテ行動シアリシ事とて、本隊との連絡全ク絶エ、約七十日ノ後、本隊ニ復帰シタルヲ以テ、始めて御書面ヲ拝見致シタル次第、為めに本日マデ御無礼致シ候。奉天モ一挙皇軍ノ有トナリ、尚北進シテ、小官等ハ遠ク開原ヨリ北方ニテ敵と対向致シ居リ候。御尋の同窓生は、小官中隊ニテ交野精一[1]ト言上等兵有之候ニ付、御通知申上候。時候柄、御身御大切ニ被成、益々御健康ノ程祈上候。先ハ御返事マデ。早々

四月十二日　伊藤中尉

井芹経平殿

14-09-06

井上弟五郎

○明治38年3月15日付　釁長宛——歩兵大尉　後備歩兵第17旅團司令部

拝啓　益々御壮光奉喜上候。次ニ小生今般後備歩兵第十七旅団副官トシテ去月七日東京発九日廣嶋着、十九日宇品出帆、三月一日無事韓国咸鏡道ニ上陸、續テ北進シ、仝月、清正公以来初テ日本軍ノ至リシト云フ地方迄進ミ居候間、此

1　同窓兵士（明治35年卒業）。

※同氏の「明治38年1月付、井芹釁長宛」書簡の封筒のみが残っている。

井上弟《てい》五《ご》郎《ろう》

如御知申上候。在京中済々黌同窓生ナル軍人ヘノ奨励状、正ニ拝収。戰場ニ於テハ済々黌、否ナ、肥後出身ノ将校タルニ恥ヂザル働致ス可キ覚悟ハ充分有之候間、御配慮被下間敷候。啻外ノ心配致シ居候ヘ共、然ル可キ場合ノ情況ニ遭遇スルノ運命ハ存スル哉否哉ニ有之候。先ハ無事上陸ノ御報ト近情御伺迠。敬具

三月十五日　井上弟五郎

井芹先生

14-02-15

井場　直

○明治38年1月1日付　黌長宛――歩兵少尉（所属記載なし）

恭賀新年
併て謝平素疎遠
尚祈貴官将来御壮健
明治三十八年一月一日
陸軍歩兵少尉　井場直

明治6年生、昭和2年没。熊本県宇土郡花園村。明治21年入学、25年退学。陸士へ進学。明治天皇崩御の際の柩を護った七青年将校の一人。陸士9期。大正8年、歩兵第22連隊長（大佐）。

井場　直

明治9年生。熊本県託麻郡小山戸島村。

井芹經平殿

6-06-13

明治25年入学、33年卒業。一年志願兵。明治38年～大正4年、第五高等学校助教授(体操担任)。

○**明治38年11月16日付　黌長宛**——歩兵中尉　出征后備第1師團后備歩兵第13聯隊第5中隊

謹啓仕候。如仰征露の大詔降りし以来、外忠誠なる陸海軍の北緯満州の曠野に鉄火を冒すあり、或は狂瀾を日本海に凌ぐあり。内眞摯なる國民の熱誠なる同情協力あり。

大元帥陛下の御稜威の下に、國民茲に一致協力、其間一糸乱れず寸毫謬らず、以て驕露を挫き、我國光を宇内に燦然たらしめ候。然り而して、吾同窓の諸先輩諸彦の多数、此の空前の大偉業に、直接間接に参加の栄を荷はれ申候は、窓末に列する不肖、等しく此濟々たる偉士を教養せられたる諸先生と共に、衷心より欽喜致居候。然るに只其員に備はるの不肖迠も、先輩諸彦に加讃せらるべき諸君満腔の赤誠迸りて、赫烈殊勲となる、是即ち諸君の令譽たるのみならず、本黌も亦其余栄を受けて、黌の歴史に無上の光彩を加ふ云々の讃辞を辱ふするに至り、慚愧冷汗の額面に滴るを覺へ申候。

今や日英の協約再び成り、世界平和の基礎に永遠の保障を與へ候と同時に、益々平和の資力を要すべく、即物資の充実と武力の進張と相待つべく、今新に大詔を拝読し、感嘆措く能はざるは御同様に御座候。伏して惟るに是等資力の原動力、一に係りて國民の精力に存じ、精力の強不強は、教育の力に渕源す。嗚呼吾帝國は茲に偉大の発展をなさんとす。其発展して止まざるの基礎一に諸師の双肩に待つ。諸師、為邦家御自愛御自重を奉希候。是處に書を裁して、御鄭重なる御慰問に返信を兼ねて御機嫌御伺上申候。尚又御黌再築工事も、本学年中には落成の御見込の趣き、大慶至極に御座候。

十一月十六日　井塲直

濟々黌長　井芹經平殿

追伸　講和の批準と共に不肖所属の部隊も帰國準備として、奉天附近に滞在中に御座候。来月中旬を以て着熊の予定に御座候へば、温乎たる御容姿に接せんも近きにあらんと相楽み居候。

14-05-23

今津次雄

○明治37年10月17日付　生徒宛——熊本陸軍予備病院　歩兵中尉

謹で祝敬愛なる同窓諸賢の御健康

陳ば先般は小生の負傷に対して鄭重なる朶雲を辱ふす。相変らざる御芳情を感

今津次雄

佩候。爾後治癒の経過も至て良好愉快に不堪。不日全快の暁には、野□の陣頭に破邪の剣を揮ひ、同窓知遇の榮を辱めざらむ事を期居候間、幸に御安神被成下度候。次に小生今回の負傷□は□の拙なるものにて、過分の御賛辞頂戴、却て恐惶奉恐謝候。今や秋高肥馬床上の吐息切なる折柄、彼満州の戦雲は惨憺亦惨憺たるを見る。斯感更に交轉禁ずる能はざるもの有之候。先づ寸楮御挨拶迠如此に御座候。頓首

十月十七日　中尉　今津次雄

濟々黌生徒諸賢御中

14-06-29

上野小一

○明治38年2月4日付　黌長宛――第一軍野戰第12師團第12補助輸卒隊 騎兵曹長

御懇篤ナル御慰問書ヲ賜ハリ奉拝誦候。御尊命ノ如ク快絶壮絶空前ノ新年ヲ迎フルト仝時ニ、難攻不落チウ旅順開城ノ大快報ニ接シ痛快ノ至リ手ノ舞ヒ足ノ蹈ム所ロヲ知ラズ候。先以御黌、日ニ月ニ盛大ヲ極メ尊師益々御健勝加之、御精勵奉大賀候。次ニ私儀出征以来、于今無事軍務ニ汲々罷在候間、乍憚御休神

明治10年生、昭和11年没。山口県佐波郡三田尻村。明治25年入学、30年卒業。のち平田に改姓。

上野小一
生没年不明。熊本県菊池郡四町分村。
濟々黌草創期在籍。
日清戦争にも参加。

被下度候。回顧スレバ客歳二月、日露国交断絶シテ両国樽俎ノ間相見ルヲ得ズ。戦端ヲ開キシヨリ茲ニ一歳、陸ニ海ニ連戰連勝、今ヤ彼強敵ヲシテ沙河右岸ニ壓迫シ、尚ホ彼ガ遼東ノ険要ヲ利用シ、加フルニ精巧ナル人工ト武器ヲ以テ恃ミ為セシ旅順ハ、精強ナル彼ノ艦隊ヲ全滅スルト倶ニ開城ノ止ムヲ得ザルニ至ラシメ、戰機稍々熟シテ将ニ近キ将来ニ於テ大發展ニ垂ントスルノ色彩ヲ放ツニ至ラシメシモノ、第一　大元帥陛下ノ御威徳ニ據ルハ勿論、国民諸氏一致協力和衷親愛以テ文ヲ修シ、工ヲ勵シ、商ニ勤、農ニ精、各々其本分ヲ盡シ、或ハ恤兵ニ、或ハ巨額ノ軍費ヲ甘負シ、或ハ出征者家族救援ニ天地ヲ驚動セシムルノ熱誠ヲ以テ、出征軍ノ後援ヲ企計セラルヽノ致處ロタラズンバアラズ。是レ教育ノ淵源ニ基スルヤ論ヲ俟タズ宜ナル哉。戰ヘバ必ズ勝チ、攻ムレバ必ラズ取ルノ光栄ヲ収メツヽアルモノ、而モ彼露国ハ世界ノ最大最強国トシテ歐亜ニ跋扈シツヽアリシモノ、連戰連敗ノ結果、今ヤ其首都ニ於テ驚天動地ノ騒擾ヲ醸出シツヽアリ。然リト雖モ彼ハ甚ダ頑強ナリ。前途尚遼遠ナルモノヽ如シ、堅忍持久倍々奮ッテ初志ヲ貫徹シ国恩萬分ノ一ヲ報ズルヲ得ルコソ希望ニ堪ヘズ候。目下御繁務ノ折柄嚢ニ御薫陶ヲ辱フセシ師弟ノ故ヲ以テ為ス無キノ不肖小一、茲ニ御慰問ヲ忝フシ感佩措ク能ハズ、蕪辞ヲ呈シ御高志ニ報イン為メ微意ヲ表シ候。恐惶拝復。

明治三十八年二月四日　清国奉天省江官屯ニテ
騎兵曹長　勲八等　上野小一　謹白
濟々黌々長　井芹経平殿

14-10-18

○明治38年4月13日付　黌長宛――（階級記載なし）
出征第12師團第12補輸隊

敵ガ金城鉄壁ト信頼シ居タルノミナラズ、是ニ依リ遼陽ヲ回復セント企圖シツヽアリシ沙河ノ戰線ハ、具體的ニ其丹精ヲ盡シ之ヲ目撃シテ鬼神モ尚且ツ是ヲ避クルノ思ヒアラシム。我軍ガ是ヲ撃破スルヤ十有余日ノ長キヲ費セシト雖モ、彼ヲシテ多大ノ損害ヲ與ヘ捕獲数萬、撫順、奉天ヨリ鉄嶺、開原ノ要地ヲ占領シ、意氣将ニ天ヲ衝クノ慨アリ。振古未曽有ノ大戰ニシテ如斯偉功ヲ奏シ、威武ヲ輝スニ至リシモノ、第一　大元帥陛下　ノ御威徳ニ依ルハ勿論、五千萬ノ同胞一致協力忠愛ノ至誠以テ此ニ至レルニ外ナラズ。不肖寸功ヲ有セズ、只ダ出征ノ班ニ列スルノ故ヲ以テ、尊師ヲ始メ職員御一同ヨリ御懇篤ナル御慰問ヲ辱フシ感謝ノ至ニ奉存候。彼ハ今回ノ戰闘ニ於テ致命的大損害ヲ蒙ムリシト雖モ尚海陸多数兵員ノ増遣ヲ企圖シ、徐ロニ後計ヲ為スモノヽ如シ。前途又遼遠ナリト謂フベシ。尚堅忍持久　大詔　ヲ奉戴シ有終ノ勝局ヲ期シ、國恩萬分ノ一ヲ報ズルヲ得バ本懐ノ至リニ奉存候。玆ニ蕪辞ヲ呈シ御厚志ヲ謝スル爾リ。

明治三十八年四月十三日　奉天省焼達勾　上野小一
井芹釁長　外職員御一同御中
追テ、當隊付三等軍医筑紫磯彦氏ハ（大分縣日田郡小野村）曩ニ済々釁出身ノ旨承リ、出征以来同隊ニ於テ苦楽倶ニシ来リ候處、此節御照会ノ次第モ有之。仝氏へ一応窺出デ候上、御通知申上候間御参考迠申添候也。
14-10-23

○明治38年11月12日付　釁長宛――清國鉄岑州於張家楼子第一軍森兵站司令部附 騎兵曹長

客歳初メ出征ノ命ニ接シ、韓半島ニ上陸以来今日ニ至リ二十閲月。此間數回ノ御慰問ヲ蒙リ、茲ニ重ネテ亦御高志ヲ辱フシ御懇篤ニ加フルニ御叮寧ヲ以テセラレ、無為碌々ノ不肖、多大ノ感謝ヲ表スルト同時ニ光栄身ニ餘リ、汗顔ノ至リニ奉存候。思フニ先ニ社会人道ノ為メ米國大統領ノ斡旋アルアリテ日露両國ノ全権折衝ノ結果、九月上旬ヲ以テ愈講和条約ノ締結ヲ完了セラレ、今回平和克復ノ　大詔　ヲ拝スルニ至リ、彼我両國ハ對敵行為ヲ撤シ、両國ノ交誼舊ニ復シ、出征ノ将卒ハ着々凱旋ノ途ニ上リツヽアリ。不肖ノ如キモ幸ヒ本戰役間ノ役務畧ボ相了へ、近キ将来ニ於テ帰國ノ上御薫陶ノ鴻恩且従来被浴スル處ノ御高情對シ深謝スルノ日ヲ期待シツヽアルノ光栄ヲ有シ、一日千秋ノ思ヒヲ惹起致シ居候。御高示ノ如ク今回日英ノ新協約締結ニ付テハ東洋平和永遠ノ基礎ヲ確立スルニ益々鞏固ヲ加ヘタルハ慶賀ノ至リニ存候處、協約其モノヲシテ益活動シ、且ツ有効ナラシムルモノハ教育ノ渕源ニ基スルハ勿論、教育ノ発達ハ武士道ノ振興ヨリ國力発展ノ実行ヲ期スベキ事、本戰役間ニ於テモ従軍ノ各國武官是ヲ公言セシ所ニ有之。帝國ノ責務愈大ニ且ツ重シト同時ニ教育ニ俟ツモノ多々倍々大ナリ。然リ而シテ今回ノ戰役中御黌ニ御薫陶ヲ被リシ同窓生ニシテ海陸従軍ノ人最モ多ク、中ニハ尊師始メ外職員御一同ノ熱誠ナル御鞭韃ノ結果ニ外ナラズ候。以上数多ノ同窓者ニ對シ各方面ニ向ヒ一々数回ノ御懇書ヲ発送セラルヽ労苦ノミニシテモ萬端ノ御配意ノ程拜察仕候處、曩ニ不幸ニモ御黌ノ全部火災ノ為烏有ニ帰シ候由ニ付テハ、御一同ノ御苦心実ニ察入申候。今日迄御見舞モ相怠リ取紛レ居候段、恐縮ノ至リ不悪御海容奉仰候。承レバ再築工事モ目下着々進捗シツヽ有之候由、一日モ早ク落成ノ日ヲ期待仕候。私事モ客月下旬ヨリ第一軍森兵站司令部附（第五師團所属）ニ轉任仕候。目下ハ給養倉庫主任トシテ相変ラズ毎日執務罷在候間、乍他事御放意被下度、何レ帰國参黌ノ上萬謝縷々可申述候。時候柄御自愛御専一ニ奉遥祈候。右以愚礼不取敢御返書旁御禮迠如斯ニ御座候。匆々　敬具

明治三十八年十一月十二日　清國鉄岑州於張家棲子

第一軍森兵站司令部附　騎兵曹長　上野小一

済々黌々長井芹経平様　外職員御一同様　14-10-27

魚住清海

○明治38年11月25日付　黌長宛――（階級未記載）
出征第6師團野戦砲兵第6聯隊本部

奉拝啓候。陳ば内地は今や野も山も紅葉錦繍、最と麗はしき眺めにて心地爽かなる頃と存じ候。当胡地は漸雁高く飛び渡りてより、四山の黄翠は忽ち凋落致し、寂寞たる光景にて、萬里遠征の愚生等をして、轉た故園を偲ばしむるの時、計らずも多年御誘導御教訓を蒙りし閣下よりの御朶雲に接し、難有感涙に咽び申候。熟々惟るに驕露の行為に逆鱗ましましてより、百萬の肱股は熱誠燃るが如き献身的精神興奮して、他を顧みず唯だ夫の征途に後れん事を恐れたる次第にて、陸に海に一度び敵に出會ふや隆暑祁寒をものともせず鉄火を冒し狂瀾怒涛に耐ゑ、萬難を排し一身を君國に捧げて、世界無比と稱する勁敵を破り、以て我が大和民の偉烈を中外に発輝致し候は、國民と相慶賀致す処に御座候得共、然ども不肖の如きは、無能何の為す事もなく、唯々驥尾に附してこの名誉を亨け、今日の如く瓦全致居候は、眞に汗顔の到に御座候。却説翻て、此の戦役に

魚住清海

明治14年生、昭和45年没。熊本市新屋敷町。明治26年入学、34年卒業。

我が同窓生にして参加されし者多数有之候由、其の中には或は鋒鏑に斃れ、或は二豎に逝かれし者も亦た、尠からずと聞及申候。是固より身を野曝にし、屍を馬革に包むは戦士の最も栄誉と致す□□□申ながら、又た一片の愁傷の感に耐ゑざる次第に御座候。

御芳墨に依れば、閣下に於かせられては益御健昌、日々御教訓に御従事の由、御疲労の御事と存じながら、是れ眞に國家の為め慶賀の到に御座候。尚ほ先年祝融後閣下並に諸先生の御盡力に依りて、今日黌舎も半成の域に達せし御模様、何よりの事に御座候。不肖等、来陽春三月頃凱旋の時は、愈完成致し居る事ならんと、今より楽み居り候。今や満州の厳霜地に置き氷凍数寸に及び、寒威烈しきとは申ながら、防寒の用意充分にて、相変ず健全に暮し居り候間、乍憚御安神被下度候。実は御芳墨到着致候節は、旧宿営地より約五里ばかりの開原の西、二里水と申す村落に冬営準備設営者として二週間ばかり以前先発致し居り申候事とて、今日迄延引致申候段、平に御断り申上候。先は御貴酬迄申述べ候。時正に迎寒の節、折角國家の為め御自愛専一に奉祈候。尚ほ諸先生方へも宜敷御鶴聲被下度願上候。早々　頓首

十一月二十五日　於二里水　清海

井芹経平殿閣下

14-01-23

牛島　潔

○明治38年8月21日付　黌長宛――海軍中尉 水雷艇「福竜」

謹啓　御校益々御隆盛諸賢愈々御健勝の段奉慶賀候。出征後屢々御慰問の状に接し御厚意の段千萬難有奉鳴謝候。今回日本海々戦の大勝は實に千古未曾有の快事に有之。該海戦に従事したるものも恐らく其結果の如斯完全なるものならんとは豫想せざりし處ならんかと存候。御校仝窓の諸氏にして海戦に参加したるもの皆悉く何等の異状無之。尤も極軽傷の人一、二は有之候へ共、別に是と申す程の事には無之、御安意奉願候。目下多少の変化は有之候へ共、戦局の大発展とも申すべきものは既に過去に属し、至極平々凡々たるものに御坐候。先は御状に接し不取敢御礼迠如斯に御坐候。草々　頓首

明治卅八年八月廿一日　水雷艇「福竜」海軍中尉　牛島　潔

井芹経平殿

二白　御校生徒諸氏ヨリ屢々御慰問に接し申候に付ては、御序の節宜敷御鳳聲奉願候。五月卅一日附の御状一昨日落手仕り候。

14-03-03

牛島　潔

明治15年生。熊本県八代郡八代町。

明治28年入学、32年退学。海兵へ進学。

牛島政八

○明治38年4月1日付　黌長宛――海軍中尉　佐世保軍港々務部氣付　軍艦「冨士」[1]

謹啓　春陽融和の候、校長閣下御始め諸先生、益御泰祥御精勤の段奉欣賀候。降て小生瓦全軍務に服し罷在候間、乍憚御放神被下度。昨春開戰以来、幾度となく御懇篤なる御慰問状を辱ふし、御厚情謝辞の申述べ様もなき次第に奉存候。其都度御禮状も差上兼ね不可測の深罪、何卒御寛容被下度。征戰以来、海には朦臚を砕き、敵の東洋艦隊全く殲滅に帰し、陸には、遼東の野に溢る貔貅、百戰百勝遼陽を抜き、奉天を陥れ、開原、昌圖を掃落し、哈爾賓に國旗を翻す近きに有て、一戰毎に壮快なる発展、御同様踴躍措く能はざる所に御坐候。是偏えに　大元帥陛下の御威稜と同胞團結心の発揮に基く事と存候。出征軍人も忠勇々々と無暗に称賛せらる事、却て赧面の次第に奉存候。悪事快事多しと雖も、蠻的に云へば戰争程愉且快なる者は御坐なく、此快園に後顧の患なく、思ふ儘龍飛虎躍せらるるも、全く在郷先生方の御蔭と感謝する処に御坐候。

御報に接すれば、済々校同窓生諸賢戰死戰傷者、数十人の多きに及び候由、千載一遇の機に國事に斃るゝは、此上もなき栄誉に御坐候も、今後尚有為の諸賢を失ふ亦痛惜の次第に奉存候。都鄙賢愚の別なく、奉公義勇は我國民の稟性精

牛島政八
経歴不明。

1　第一艦隊第一戦隊所属の一等戦艦。明治30年イギリス製。

神とは申候ものゝ、御校同窓生諸先輩の今回の栄誉は、諸先生御示訓を遵奉せられしに依る事と奉存候。御校の栄誉先生方も嘸かし御満足の御事と察し申候。小生幸か不幸か、開戰以来碌々功なく今日迠存らへ罷在候。戰局の前途尚遼遠、太平洋艦隊は隻影を認めをるも、マダガスカル附近に彷徨せし後継艦隊ズンダ海峡邊へ向ひし景跡相見え候へば、邀撃一挙して殲滅するの機を得んかと踴躍、之が迎接に我旁前罷在候機を得ば、平生の御示訓を遵奉し御恩顧の萬一に酬ひん事を期し申候。

乍末尾諸先生の御健勝と御校益御隆盛を祈り申候。不文ながら謝辞迄。

四月一日　海軍中尉　牛島政八

済々黌長　井芹経平殿

乍序、御校同窓生諸賢の任所任艦次の如くに御坐候間、御報申上候。

朝日	海軍大尉　加村康政	敷島	大尉	土肥金在
磐城	大尉　吉田幸雄	和泉	大尉	齋藤國雄
馬公敷設隊	大尉　磯田敏祐	鎮海湾防備隊砲塞		春日正量
軍艦春日	中尉　右田熊五郎	臺中丸	中尉	米村末喜
臺中丸	中尉　辛島昌雄	笠置		蔵原惟皓
陽炎	中尉　中根正方	第十八艇隊付	中尉	猿渡真直

第十一艇隊附　中尉　湯池秀生
吾妻　中尉　冨田新八
常磐　少尉　高木平次
日光丸　少尉　村上透
磐手　少尉候補生　吉山百重
冨士　少尉候補生　緒方末喜
吾妻　少尉候補生　森田良能
第五艇隊附　中尉　牛島潔
敷島　少尉　松崎直
八幡丸　少尉　奥田秋一郎
日進　少尉　緒方三郎
音羽　候補生　大塚由勇
八雲　少尉候補生　島田直記

14-01-19

鵜殿輝長

○明治37年12月17日付　黌長宛――（階級・所属記載なし）

拝啓　時下雅兄愈々御清穆奉大賀候。降て小弟本月七日夕方無事到着致。乍他事御放神被成下度候。當地方の情況は新聞紙上にある通りに御坐候。目下午前三、四時頃より六、七時頃尤も寒く、零点下二十度を超過する事あり。一、二月に入れば大分酷烈は安相成が如し。乍去比例年暖氣の方の由ナレば、大に仕合の如し。出立の折は御見立被下多謝ス。貴校職員諸君へもよろ敷。先は右着

鵜殿輝長

慶応3年生、昭和24年没。熊本県飽田郡花園村。

の御報迠。早々　拝具

時下御自愛御専一に。

十二月十七日　井芹大兄

於　林盛堡の土蔵窟　鵜殿少佐

御家眷様へ宜しく

14-12-20

○明治38年2月1日付　釁長宛――歩兵少佐（所属記載なし）

貴墨拝見仕候。時下大兄愈々御健全奉南山候。降テ小弟例ノ如ク頑健、乍余事御静慮被成下度候。陳バ当地方ハ十二月初メ前後ハ甚寒氣強ク、零下二十四、五度ニ降リシガ、其後暖氣ニ相変ジ候。大ニ凌易ク相成候。然ルニ頃日来又々寒氣増加シ、折ニハ降雪相交ハリ二、三日前、朝ハ零下二十四度ニ降リ候。乍去概シテ支那人ノ曰ク、当年ハ暖氣ナリト。我々もサ程寒サヲ感ゼズ。一ハ氣候ノ変化ト、一ハ防寒服ノ整頓セル御蔭ト存候。氣候ノ融和ト共ニ漸ク戰機發展シ、尓来内地同胞ハ御待兼ナルベク、我々も又待兼ナリ。ナカ〳〵穴住居ハ久シキニ亘レバ閉口至極。情報ニヨレバ魯本國ニハ大分騒擾シツヽアリ。ヤルベシドシ〳〵。革命ノ起ル事ハ吾人ノ大ニ利益トスル処、間接ニ戰の勝敗ニ関スル事ハ少々ナラズ。バ艦隊逆戻リの風評あり。魯國海軍ヲ根底ヨリ覆スハ吾

明治20～24年、済々釁職員（体操担任）。奉天会戦時は歩兵第23連隊第1大隊長、歩兵少佐。

人の一大希望タリ。ドーカ逆戻リシナケレバヨイト思フテ居ル。
茲ニ貴兄及同窓諸君の健康ヲ祈リ、済々黌ノ将来益々發達ヲ祈ル。拝具
二月一日　輝長認
井芹大兄　机下

6-05-10

○明治38年2月25日付　生徒宛――歩兵少佐（所属記載なし）

我友愛ナル済々黌生徒諸君、此頃奉天付近ノ会戦ニ於テ郎ノ負傷ニ對シ特ニ御懇切ナル御見舞状ヲ辱フシ、諸君ガ御懇情、誠ニ感謝ニ辞ナシ。郎ハ二月七日午前十時頃敵情偵察中、后頭部ニ左側ヨリ銃創ヲ受ケシモ幸ニシテ軽ク、繃帯終ルヤ直ニ突撃ニ移リ漢城堡ノ堅塁ヲ奪取スルノ光栄ヲ得タリ。尓来不相替、戦線ニ指揮ヲ採リツヽアリテ今日ハ已ニ八、九分通快癒ニ□候。貴慮ヲ安ンゼラレ度候。茲ニ諸君ノ御高誼ヲ拝謝候。終リニ、諸君ノ御健康ヲ祝シ、併テ益々学業ニ御精励、将来我帝國ノ一大発展ニ御貢献アラン事ヲ切望ス。拝具
二月廿五日　於鉄嶺西南方　鵜殿少佐
済々黌生徒各位

14-08-07

江島　巌

○明治38年1月12日付　**黌長宛**——歩兵中尉
出征第2軍後備歩兵第2聯隊第2中隊

謹啓　厳寒の候、各位益御清穆の段奉謹賀候。降りて不肖以御蔭無事奉公罷在候間、乍他事御放心被下度候。扨て先日は御懇篤なる御慰問を蒙り、御厚意の段千万辱く奉謹謝候。皇軍の作戰は良好の結果を以て着々進捗し、彼の険難を頼みたる旅順要塞も艦隊と共に終に全滅に帰し、降伏を請ふに至りたるは、偏に陛下の御稜威と内外同胞の協同一致の結果と存ぜられ候。不肖不及乍ら以後益々奮励し、軍國最終の目的を達せん事を期し申候。先は右御禮迨斯の如くに御座候。尚乍末筆御黌の隆盛と各位の御健康とを奉祈上候。謹言

明治三十八年一月十二日　江島巌

井芹経平殿　外各位御中

14-07-13

○明治38年2月16日付　**生徒宛**——（階級・所属記載なし）
在廣島

拝復　各位益々御勇健、御勉学の由奉大賀候。扨て小生此般負傷に付き、早速御懇篤なる御慰問を蒙り、御厚意の段難有奉謝候。其後幸に経過良好にて、漸

江島　巌

明治12年生。熊本県飽託郡清水村。

明治27年入学、30年退学。中央幼年学校へ進学。

次全癒に趣き居候間、乍憚御安心被下度候。実は寸功なく、空しく内地後送と相成り候段、誠に残念至極に存じ候。全癒の上は是非再び出征致し度き存念に御座候。先は右御礼迠如此御座候。頓首

二月十六日　　江島巌

生徒各位

14-06-05

江橋貞一

○明治37年5月29日付　纍長宛——（階級・所属記載なし）

謹啓　愈々御多祥奉大賀候。さて、此の度は御懇篤なる御慰問を給り有難く肝銘仕候。小生儀御蔭を以って上陸以来幸に無事軍務に従事致し居り、今後共乍痩腕極力奮励国家の事に努むべく候間、幸に御放慮被下度願上候。不備を顧みず茲に一書を足下に呈し、御厚礼申し上げ候。敬具

明治三十七年五月二十九日

3-01-02

江橋貞一

明治12年生、明治38年戦死。
茨城県水戸市下市同心町。
明治27年入学、30年卒業。
父貞雄は熊本幼年学校第二代校長。

大浦熊雄

○明治37年9月27日付　爨長宛――騎兵中尉 騎兵第15聯隊

謹敬仕候。五月廿日御発状廻リ〈テ、本日石炭坑南方大窑ニテ拝受仕候。此地ニ於テ吾人ト成タル済々爨ヲ代表セラレシ貴下ノ御懇篤ナル御訓示ヲ辱フシ古懐ハ遠ク熊城ノ天ニ馳セ、特ニ感慨深キハ、近々ニ於テ吾爨友ノ戦死者多数ナル事ニ候。戦地ニ到着スル新聞ニ依テ、海ニ陸ニ快戦シツヽアル戦友、否済々爨ニ於ケル同寝ノ學友ガ戦没ノ報ニ接スル毎ニ、悼惜ノ情ニ堪エ不申候。當旅団ニモ少々損害有之候へ共、小官ハ以御蔭、今日迄ハマダ天佑ヲ保全スルノ一人トシテ生存致居候。

旭の昇る辿の命や草の露

目下滞在中ニシテ、前面百二十中隊ノ敵ノ騎兵相対峙シ、日々奉天、鉄嶺ノ雲ヲ睨ミ居候。

鉄嶺もとけよと沙河で大気焔

御訓示ノ旨、一々肺肝ニ銘シ、終生遵守シ、将ニ来ラントスル奉天鉄嶺ノ激戦ニハ、奮励一番戦友ノ吊合戦ト覚悟致居候。

ロスケーにはらわた見せんを国ぶり

大浦熊雄

明治12年生。熊本県飽託郡出水村。

明治26年入学、31年卒業。

陸士13期。大正15年軍馬補充部三本木支部長（大佐）。

九月二十七日　大浦熊雄

14-10-03

○明治38年11月23日付　黌長宛——騎兵中尉
騎兵第15聯隊浦の中隊

戦役中ハ屡々御慰問御後援ヲ辱ウシ仕候段、奉鳴謝候。又講和成立ニ際シテハ御鄭重ナル御玉函ニ接シ難有奉謝候。不肖事今回新兵教育ノタメ浦ノ中隊へ帰隊ヲ命ゼラレ去廿日東都へ到着致候。昨夏戦友ト駒ヲ并ヘテ渡リ行キシ墨田ノ川モ、ナツカシキト共ニ涙ノ種ト相成候。御意ノ如ク帝国ノ発展ト共ニ国民ノ責務モ亦重キヲ加へ仕候折柄益々奮励可致候。終ニ望ミ貴黌ノ益々隆盛ナラン事ヲ偏ニ奉祈候。　匆々　敬白

廿三日　大浦熊雄

井芹黌長殿

14-04-12

大賀一男

○明治38年11月9日付　黌長宛——歩兵少尉
出征第14師團歩兵第56聯隊第5中隊

大賀一男

明治16年生。熊本市東寺原町。明治28年入学、31年退学。地

粛啓仕候。陳ば時下向寒の砌に御座候處、先生には愈々御多祥の御事と奉祝賀候。次に迂生儀、御陰を以て日々無事軍務に鞅掌仕り候間、乍他事御安意被成下度願上候。却説、今般御慰問状を辱くし、誠に難有、感謝の至りに堪え申さず候。仰の如く、今回の戰役中、同窓諸賢にして、名誉の戰死傷を致されたる方々も随分有之、其の他の諸賢にありても、赫々たる武功を建てられ候處、獨り小生は仝じ學窗より出でながら、一度だに干戈の巷に驅馳するを得ず、誠に汗背の至りに御座候。尊翰の通り、日露平和も克復仕り、諸軍も逐次凱旋致候處、當師團は来年三月頃、守備地に相向ふ可く候。平和克復を祝すると共に、黌長閣下ならびに御校の萬歳を祝し申候。時候柄、※玉〔尊〕躰御自愛の程奉祈候。職員御一仝様へも、宜敷御雀声被下度御願申上候。先は右御禮迄。此の如くに御座候。敬具

十一月九日　於内蒙古　大賀一男　百拝

井芹黌長閣下　執事

6-06-04

○明治39年1月1日付　黌長宛——歩兵少尉
在清國第14師團歩兵第56聯隊第5中隊

謹賀新年

併謝平素の疎遠

方幼年学校へ進学。陸士16期、陸大28期。昭和5年歩兵第36聯隊長。昭和8年陸軍少将。のち代議士。

※「玉躰」を「尊躰」と訂正してある。誰が訂正したか不明。字体からは、おそらく別人と思われる。検閲か？

尚祈尊家の萬福
明治三十九年一月一日　大賀一男
井芹経平殿

14-04-05

大嶋徳平

○明治37年9月27日付　黌長宛──(階級記載なし)出征第6師團架橋縦列

拝啓　増々御壮健の段奉遠賀候。小生儀今回遼陽攻撃に於ては臼砲兵隊に配属になり参加致し、未だ無事軍務罷在候条、左様御承知被下度候。扨て宿元より通知によれば、愚弟祐親儀転校許可証交附被下度由承り候。此れ全く兼て御配慮の結果茲に至りし者にて、実に感涙の外御座なく候。凱旋拝眉の上御厚礼申上べく候。不取敢書状を以て御礼申上候。草々
九月二十七日　於遼陽　大嶋徳平
井芹経平殿

14-03-22

○明治38年1月1日付　黌長宛──(階級記載なし)出征第6師團架橋縦列

大嶋徳平
経歴不明。

謹賀新年
明治三十八年一月一日　14-12-08

○明治38年4月12日付　釁長宛――（階級記載なし）出征第6師團

出来は頓々御無音に打過ぎ失敬御海容被下度候。毎度御慰問を忝ふし却て恐縮の至りに御座候。扨て手寫の寫真五葉差上申候条、御受納被下候はば幸甚の至りに御座候。該寫真は前進途中倉卆の間に撮影せし者にて、加之技術の拙劣実に遺憾とする処多く有之候。然し潰乱の情況其他當時の有様等偲ばるれば、大に満足致候。先づ要用まで。
四月十二日　奉天以北約十二里の某村より　大嶋徳平
井芹経平殿　14-03-29

大島文八

○明治38年8月11日付　生徒宛――（階級記載なし）野戰歩兵第14聯隊第12中隊

拝復　我軍の前に不落の城なし。世界の天険無雙と誇りし遼奉岑も、過去の間

大島文八
経歴不明。

に占領せられ、哈爾賓又指顧の間にありと。此レ
大元帥陛下の御稜威に依るは勿論なりと雖も、又陸海軍人の、偉大なる勲功に因らずんば、何んぞ斯る偉大の功を奏せんや。然りと雖も、遠征軍人をして後顧の憂なからしむる事ならんば、何んぞ破竹の勢を以て進む事を得て望む可からず。此レ挙國一致せし所以なり。生昨年出征の途に着きしより、幸にして幾回の戦斗に参加せしも未だ不幸にして功を奏せず。密に楽城の時誉ㇾ名を失墜するを恥づ。折から斯かる信書に接しては、轉た慚愧の至りに堪えず。されば、此上は砕身粉骨千軍萬馬の只だ中を奮戦致し、敵をして再び□つ能わざらしめ、我が帝国の武威は、輝々として世界各國に発揚せん事、此レ余が決心なり。諸君幸ひに余の心中を諒解し賜われよ。先は墨書を飛して返書に□□。匆々
明治三十八年八月十一日　雪振子
中学済々黌生徒御中

14-06-31

○明治38年11月12日付　黌長宛――歩兵二等卒 野戦歩兵第14聯隊第12中隊

宣戦の詔勅一たび下りしより以来、陸には九連城を責めとり、海には仁川の海戦□□幾十回の戦斗に連戦連捷せし所以の者はなんぞや。此れ畏くも陛下の御威徳とは申しながら、陸海軍人の勲労と国民の熱誠とに外ならず。小生不幸

にして身を軍籍に任せず、密に外交に心せず、折から日露の開戦。小生等も幸にして補充員として遠征の途に着くなれども未だ一として戦功を奏せず。密に尊校の名声を失墜するを恐る。勿論尊校の記念たるべき者とては□無仕候段、先生にも宜敷□と御諒察なし下され。何れ凱旋も近き内に仕候得ば先生にも御拝顔致さん。先は多忙のため乱筆を以て御返事旁々御報迠で。同窓諸君にも先生より御傳言なし下され度候や。

歩兵二等卒　大島文八拝　14-10-04

済々黌長　井芹先生殿

大田黒龍亮

○明治37年12月29日付　**職員宛**――参謀 出征第8師團司令部

拝復　陳バ吾人軍人ノ出征ニ対シ態々御慰問被下、御厚情ノ段奉謝候。氷雪後ノ時ニ當リ、吾人ガ梱外ノ任ニ服スルハ當然ニテ、外敵ニ対シテハ誓テ後レハ取リ可不申、此事ハ御安心被下度候。又貴校生徒諸彦ヨリモ同様御尊書ヲ辱シ千万奉謝候。生徒諸彦ニ於テハ此際何卒慎重ノ態度ヲ持シ、戰争熱ニ浮カレズ

大田黒龍亮

明治5年生、大正13年没。熊

一意本分ニ従ヒ議論ノ人タランヲ避ケ、実行ノ人タラレン事不堪希望候。此等ハ申迄ノ事モナク、或ハ又礼ヲ失スル哉ヲ畏レ候得共、同窓ノ誼御厚志ニ酬イン為メ一言仕候。目下戰局依然敵モ味方モ出来得丈ケノ手略ヲ尽シ、兵力ノ集中中に御座候間、一大會戦ハ此奉天附近ニテ起ルベク、戰役ノ局モ亦此辺ニテ相決可申斗ト存候。第六師團モ遠カラザル所ニ位置シ、時々ハ故國ノ人士ト面接スル事モ有之候。敬具

十二月廿九日

14-12-04

○明治38年1月5日付　生徒宛——(階級記載なし)出征第8師團参謀

同じまどべにまなびてし　友誼と知のつどひあゐ
おくりおこせし誠心は　如何で無にせん安かれよ
剣の林たまのあめ　などかひるまむ大和武士
胡沙吹く風はあらくとも　何をかいとわむ大和魂
常磐の松のひかへ□　しこつ安かぢ□追はらゐ
いさほを建てゝ富士のねの　高きに比へ□なぞたかき

たまの雨剣の林くぐるとも　死所はまよはじ武士の道

本県合志郡瀬田村。濟々黌草創期在籍。陸士6期。陸大16期。日清戦争にも従軍。大正9年騎兵第4旅団長。同年陸軍少将。

正月五日　龍亮

同窓諸彦

14-11-14

○明治38年11月15日付　饗長宛——出征騎兵第1旅團司令部参謀

平和克復に際し、日露戰役に従事したる事に関し、御鄭重なる御挨拶に接し恐縮に堪えず。本戰の好果は一に大元帥陛下の御稜威に基くものにして、吾人は若干の労苦は之を嘗たるも、勲功とては微弱にして、反て赧顔の次第、私に省みれば我陸軍に於ても数多の弱点伏在し、永久の平和を確保せんが為には鋭意整備を計り、常に他に勝るの兵力、否實力を保有する事必要と存候。此我に関しては、向後乍不及微力を尽す覚悟に候間、尚先輩諸君の御鞭撻を得ば、一層僥合と存居候。先は御禮迠。終に臨み諸君の御健康を祝し、特に後進諸子の発展を祈候。敬具

十一月十五日　大田黒少佐

井芹経平殿　同窓生諸彦

追申

一、小生は目下騎兵第一旅團参謀の職を奉仕申候。即去八月上旬、第八師團を離れたる次第にて、當時我騎兵集團は第一旅團長の指揮下に属して征軍左

翼蒙古境に滞陣、来るべき戦闘には若干企図を蓄へ居候も、遂に水泡に皈し居段、個人としては遺憾千萬に存候。目下戦備を解き、後退して東傾山子附近（新民鉄岑街道上にて新民より約八里東北）に冬営中に候。当團内には阿蘇郡の中路平吉氏有之候も、月初新兵教育の為め先発皈朝仕候。

二、第八師團歩兵第五聯隊第一大隊長、少佐小山岩太郎氏も同窓の一人。或は御調漏かとも存候間御報申上候。

14-04-01

大塚英雄

○明治39年1月1日付　饗長宛——歩兵少尉 出征第16師團歩兵第64聯隊第9中隊本部

謹賀新年
併謝各位の旧恩
尚祈御饗の隆盛
在旅順
正月元旦　大塚英雄
濟々饗御中

大塚英雄
明治14年生。熊本県菊池郡陣内村。
明治32年入学（京都同志社中学から編入）、36年卒業。

旧年は御慰状拝受万奉謝候。

14-09-12

大塚彌七

○明治38年3月31日付　黌長宛──（階級記載なし）廣島豫備病院本院第六號病舎

拝啓　時下春光佳適。貴校職員各位益御安盛奉祈賀候。扨小生客年沙河會戦ノ際、負傷帰都致候ニ付テハ當時懇篤ナル御慰問状ヲ辱フシ、感謝ノ至リニ奉存候。剰々小生ノ勤務ニ對シ、過當ノ讃詞ヲ蒙リ、却テ汗顔ニ不堪候。如貴翰開戦以来戦局ノ發展頗ル偉大ニシテ、前途益好望ト相成、為邦家御同慶不過之候。早速御答礼可申入ノ所、大手術相受ケ候為メ、一時非常ニ衰弱ヲ来シ意外ニ御無沙汰仕候段、御海恕被下度候。頃日漸ク体力ハ快復致候得共、骨折ノ為メ、全癒迄ハ尚ホ多数ノ日子ヲ要スベキ趣ニ御座候。何分今日ノ場合此境遇ニ在ルコト遺憾至極候。御慇察被下度。

先ハ乍延引右御挨拶申上度、如此ニ御座候。草々拝具

三月三十一日　大塚彌七

濟々黌長　井芹経平殿

14-07-15

大塚彌七

生没年不明。

濟々黌草創期在籍。

大津山津直

○明治38年1月14日付　生徒宛——（階級記載なし）
出征後備歩兵第10聯隊第1大隊本部

御手紙拝見仕候。屡々御懇切なる御慰問にあづかり万謝奉り候。次に迂生事名にをふ満野の寒も未だ身をためすに不足唯々鶴首して次の大會戰を待居候間御安神被下度候。

大津山津直

濟々黌生徒御中

14-11-02

緒方三郎

○明治37年6月20日付　黌長宛——（階級・所属記載なし）

謹啓　御懇篤ナル御書状頂戴、感激謝スルニ詞ナク候。熟往時ヲ回顧スルニ、出征以来茲ニ半歳ニ垂ントシテ一ノ貢献スルナク轉々漸愧ノ情ニ堪ヘズ候。然レドモ飜テ遼野ヲ観望スルニ、港口閉塞以来第一軍ノ九連城ニ、鳳凰ニ、岫巌ニ、賽馬集ニ大捷ヲ得テ、第二軍ノ金洲ニ、南山ニ、大連ニ、時今又黒将軍ノ

大津山津直

明治12年生、昭和35年没。熊本県飽託郡川上村。明治29年入学、33年卒業。陸士へ進学。大正14年退役（京都福知山第20旅団副官、歩兵少佐）。

南下軍ニ對シ邀撃、大ニ之ヲ敗リ、今ヤ旅順ノ陥落滅盡モ旬日ヲ出デズト察セラレ候。希クバ配慮ヲ煩シ給ハザラン事ヲ。生存者益奮勵国家萬分ノ一ニ報ジ奉ラン覚悟ニ御坐候。先ハ拝答マデ。　謹言

親愛ナル我師黌長閣下初メ御一同ノ健在ヲ惟祈ル

六月廿日　緒方三郎

井芹黌長殿

6-05-07

○明治37年7月4日付　中川一人（済々黌生徒）宛——（階級記載なし）軍艦「磐手」

謹啓　御丁寧ナル御書面頂戴致シ感激謝スルニ詞ナク候。熟回顧スルニ、早ヤ出征以来茲ニ半歳ニ垂ントシテ、一ノ貢献スルナク、轉々慚愧ノ情ニ堪エズ候。然ルニ飜テ考フルニ我忠勇ナル先輩諸子ノ奮闘ニヨリ、海ニ陸ニ敵軍ヲ壓迫シ、目指ス旅順ノ陥落モ旦夕ニ迫リタレバ、必ズヤ海ニ陸ニ目覚マシキ活劇演ゼラルナラント察シ候。我親愛ナル銀杏城下[1]ノ男子、既ニ立テリト聞及候。其天晴ナル活動モ、近キニアルナラント察シ候。我親愛ナル同窓ノ諸君ヨ、我外征中ノ戰友ハ遺恨重ナル敵軍ヲ全滅セザレバ止マザルノ好漢タレバ、安心シテ學事専心御勉勵アラン事ヲ偏ニ切望致シ候。先ハ御禮マデ如斯ニ候。　敬白

七月四日　於磐手艦[2]　緒方三郎

6-05-02

緒方三郎

明治15年生、昭和10年没。熊本県下益城郡豊田村。明治29年入学、33年退学。海兵へ進学。タンカー艦長をつとめ、海軍大佐で退役。

1　加藤清正築城による熊本城の別称。

2　第二艦隊第二戦隊所属の一等巡洋艦。第二戦隊旗艦。明治34年イギリス製。旅順封鎖、日本海海戦などに参加した。

○明治38年1月1日付　黌長宛――（階級・所属記載なし）

謹賀新年
併謝平素ノ御疎遠
明治三十八年元旦　緒方三郎
井芹経平殿

本艦昨日當港帰朝仕候。

6-02-18

○明治38年11月10日付　黌長宛――（階級記載なし）
横須賀軍港泊　軍艦「日進」

謹啓　海陸共ニ曠古ノ大捷ヲ博シテ怨恨十年ノ敵タル傲露モ、今ヤ刄ヲ擲チテ降リ轅門ヲ乞フニ至レリ。私等此千載一遇ノ戦役ニ参與スルノ機ヲ得、茲ニ戦勝ノ栄ヲ負フテ大纛ノ下ニ凱旋致シ候。惟レ偏ニ
一天萬乗ノ大君ノ御稜威ニヨルト雖、又以テ國民諸賢ノ熱誠ナル御後援ノ然ラシメシニアラズシテ何ゾヤ。出征以来、黌長閣下初メ生徒諸賢ノ御慰問ヲ辱フスル事既ニ幾度ナルヲ知ラズ。私ハ最早諸賢ニ向フテノ感謝ノ詞ヲ知リ不申候。唯々諸賢ガ我々ニ向フテノ御慰問ノ誠心コソ私ノ感謝ノ心ト御諒察アレ。
先ハ御禮迠如斯ニ御坐候。匆々　頓首

1　第一艦隊第一戦隊所属の一等巡洋艦。明治36年イタリア製。

三十八年十一月十日　軍艦日進　緒方三郎

黌長　井芹経平殿

各先生御一同　各生徒御一同

御一同ニ向フテ感謝ノ微意ヲ表スル為メ、他日歸郷ノ節、紀念品ヲ呈スル積ニ御坐候。

14-04-26

緒方整粛

○明治37年8月9日付　黌長宛——陸軍通譯　第1軍第2師團騎兵第2聯隊本部

拝啓　炎暑の候、先生益々御壮健に渡らせらるゝ御事と、遥に満州の野より伺上候。次に不肖事、三月中旬韓國鎮南浦に上陸以来益々健康、無事従軍致居候間、乍憚御放念被成下度候。其後は不思不肖事御無沙汰のみ仕り、洵に相済み不申候。是れ色々軍中の事とて粉雑いたし、片時も閑静を不得りし為、如斯に御無礼申上候。何卒不悪御思召被下度候。最早陸海軍の目ざましき行動と連戦連勝の状況とは、敏捷なる新聞雑誌等にて篤と御承知の御事に候へば、今爰に管々敷申上げず候。目下満州に於ては炎熱烈敷候て、恰も瓶中に坐するの思有

緒方整粛

明治15年生。熊本県下益城郡山野部田村。明治30年入学、32年退学。露清学校へ進学。昭和2年頃ニコライエフスク市領事。

1　ロシアの満州軍総司令官アレクセイ・ニコライウイッチ・クロパトキンのこと。

らしめ候。之に反して、夜と相成り候へば急に冷却し、殊に払暁頃にはケット一枚では何となう寒さを感じ申候。中如的氣候に慣れたる日本人には、奇異の感有之べく候。玉蜀黍、黍等は、殆んど全満州の野を掩ひ、青々鬱叢として、洵に一大美観たるをうしなはず候。野菜の類も此頃は豊富に相成り、葱、馬鈴署、茄子、南瓜、胡瓜等には全く不自由を感じ不申候。渡韓以来野菜類に不自由を感ぜし小生等は、この時ぞといはむ斗りの勢もて、少量の鑵詰に色々とごたまぜ、大鍋一杯を平げ居候。折々は玉蜀畝にかけ込み三、四本をかぎ来り、焼いて食ふを以て陣中の楽と致し居候。

目下我一軍も、摩天嶺、様子嶺等の激烈なる戰に勝ち、遼陽近くまで攻め寄せ申候。小生の目下滞在中なる謝家堡子よりは、遼陽も八、九里を出でず候。万人の期待しつつある一大快戰も茲数日を出でずと存候。戰えば必ず敗を取る露兵等の間には、此頃日本兵には到底如何なる手段を用ひても戰勝絶対的に六ヶ敷と噂とりどりなりと。又日本兵の姿さえ見れば、敵對の勇氣頓に挫けるとの事に候とは、小生の迅問に答えし或捕虜の言に御坐候。最はや、かく士氣の沮喪せしからは、如何に黒鳩公[1]智署を廻らしても六ヶ敷候。反之我日本兵は敵は少しも恐れず、只恐ろしきは南京虫の襲撃のみと語り会ひ居候。彼我士氣の差御推了被成下度候。小生は騎兵隊附の事とて、常々邉避なる間道のみを通過致し、険悪なる山河を越えし事其幾回なるを不知候故に、脚丈けは臺湾の西蕃にも譲らざるかと存候。呵々。
先は暑中御見舞旁々如斯御坐候。早々　頓首
八月九日　於謝家堡子
井芹先生　御膝下　緒方整粛拝
14-10-17

○明治37年12月30日付　爨長宛——陸軍通譯　出征第1軍第2師團騎兵第2聯隊本部

謹啓　先日は御叮嚀なる御見舞状を辱ふし厚く奉感謝候。御爨先生始め其他各御職員方益々御清寧學務御鞅掌の由奉慶賀候。降て不肖事、以御蔭無事頑健従軍致し居候。御爨の新工事は已に着々進捗し其規劃も一層御擴張の由、詢に欣喜に堪えず候。當戰地に於いては酷寒日々相加はり候も、當局者の周到なる用意あるが故に、防寒被服の如き普く充分に配布され、給養も亦充分にして其他恤兵品及各地方よりの寄送品等も潤沢に有之候へば、何等の不自由を感ずることなく、出征者の意氣益々軒昂の有様に御坐候へば、幸に御安意有之度候。
於盛京省太窪
十二月卅日　緒方整粛拝
井芹経平殿
14-12-07

緒方　武

○明治38年11月12日付　黌長宛――（階級記載なし）
出征第7師團歩兵第28聯隊第8中隊

謹呈　時下向寒の候益々御健勝御奉務の段大賀候。次に武儀以御蔭頑健服務罷在候間、乍他事御放慮被成下度候。却説度々御懇切なる御慰問に接し深く肝銘鳴謝の至に御座候。小官も去る五月以降は第七師團（北海道）に属し満州軍の末班に列し居り候處、武運拙なく一囬快戰に参加せず遺憾の次第に御座候。是命是従ふの吾人命令の如何も為す能はず。明年三月には凱旋の運びに立至るべき豫定に御座候。何れ近き将来に拜顔の栄を得る事とそれのみ相楽み居申候。当時は奉天の南方約七里の四方台と云ふ村落に冬営致居候。只だ〱支那村落の不潔なるには閉口致候。併し村民等は概して柔順に御座候。兎に角戰勝の結果は難有ものに御座候。

先は御禮旁御無音御詫び迠。余は次便より可申述候。不一

十一月十二日　緒方　武

井芹先生　虎皮下

尚ほ当師團には殆んど同窓生否同縣人も稀れに見る位ひに御座候。

時候柄御自愛専一に祈上候。

14-05-08

緒方　武

明治6年生、昭和15年没。熊本県合志郡西合志村。明治18年入学、27年卒業。新陰流第十九代当主。明治30～33年、五高勤務。明治43年～大正14年、旅順工科学堂学監。

奥野義雄

○明治39年1月1日付　饗長宛──（階級記載なし）出征第6師團工兵第6大隊本部

謹で戰捷の新春を祝し、併せて先生の御清健を祷る。

　昨春拉木屯附近の　備機陣地に於けりし
　硝煙下の元旦は　既に〱一時の夢
　辺塞夷狄の地も　今や瑞氣陣営に満ちて
　相揃城外　歓聲頻りなり
　知らず故山の新春　魁花の梢頭黄鳥果して
　何事をか囀りつゝ　あるものぞ

在満州

明治三十九年一月元旦　義雄拝

井芹先生

14-05-27

奥野義雄
明治10年生。
明治25年入学、26年退学。

甲斐恒喜

○明治37年11月2日付　釁長宛——（階級記載なし）
出征後備第1師團後備歩兵第13聯隊本部

拝啓仕候。寒氣相加わり候處、先生は益々御壮康被遊候段奉賀候。降て恒喜儀、今迠對州守備に任ぜられ、蟄居致シタルまゝ、永らく申訳も無之御無禮仕候。然るに去月十三日不図大命に接し、十七日安東縣上陸、目下鳳凰城に駐屯罷有候も、近々前進すべく候。多分賽馬集、或は靉陽辺門ならんと存候。幼少よりの御勲薫に預り、目下聯隊旗手として、須く戦期を待居候次第に付き、今囬は愈戰斗に参與すべく愚考致し居候。夢々人後に落間敷候間、此段は特に御安意被下度、先は御伺傍々、御通知申上度候。謹言

十一月二日　　甲斐恒喜

井芹経平殿

14-02-12

○明治38年1月1日付　釁長宛——（階級記載なし）
出征後備歩兵第13聯隊本部

甲斐恒喜
明治12年生。熊本県上益城郡甲佐町。
明治27年入学、33年卒業。陸士へ進学。

恭賀新禧
　併謝平素疎遠
明治三十八年一月一日　甲斐恒喜
熊本縣立中学濟々黌長　井芹経平殿
　憚ながら御家内様へ宜敷願上候。

旧冬追々御手紙□□難有奉謝候。目下賽馬集にありて敵に對し居候。冬期中は當方より求メテ戰ハザレバ、多分決戰は三月以降と御承知被下度、先は御禮迠。
早々不一
14-12-26

○明治38年1月1日付　職員宛――（階級記載なし）出征後備歩兵第13聯隊本部

恭賀新春
併て謝平素厚意並に疎遠
明治三十八年一月一日
　後備歩兵第十三聯隊　甲斐恒喜
熊本縣立中学済々黌　職員御中

二伸　旧年は御慰問など被成下難有奉存候。私儀賽馬集附近にありテ、満州軍右翼警戒に任じ居候。冬期間は當方より戰期を求めざる事に候へば、決戰は三月以降と存候。時候柄各位の御健康を祈り申候。恐惶謹言

14-11-09

○明治38年1月1日付　生徒宛——（階級記載なし）出征後備歩兵第13聯隊本部

恭賀新禧

明治三十八年一月一日

出征後備歩兵第十三聯隊　甲斐恒喜

濟々黌生徒御中

旧年は態々□輩に至ル迄御慰問の栄を賜わり難有奉謝候。目下此地にありて満州軍の右翼警戒に任じ居候。二月以降大決戰の期を期待致居候。

祈各位健康。　於賽馬集

14-11-01

垣屋満枝

○明治37年11月12日付　黌長宛——歩兵少尉 出征歩兵第48聯隊第8中隊

垣屋満枝
明治12年生。熊本市竹部七軒町。

謹啓　愈々御清適、益々御精励の御事と奉拝察候。降て迂生儀、無事軍務に勉励罷在申候間、乍他事御放神被下度願上候。却説、五月以来、當補充隊に在て、今日教育にのみ従事致居申候処、今般愈々出征の命を受、愉快此上なき次第に御坐候。出征致したる上は、諸先輩に優るとも劣らざる覚悟に御坐候間、左様御承知被下度、先は不敢取右御暇乞迠。向寒の候、諸彦御尊躰御自愛専一に奉祈候。

草々　不備

明治三十七年十一月十二日　垣屋満枝

井芹経平殿

職員各位

6-05-13

○明治38年2月15日付　職員・生徒宛——（階級・所属記載なし）

謹啓　厳寒の候に御座候處、黌長初め教員各位益々御壮穆御精励の御事と奉遥察候。降て迂生儀出征以来各位の御庇護に依り兎角無事君国の為め勉励罷在申候間、乍他事御放心被下度候。然るに先達ては鄭重なる慰問状に接し難有披見仕候。各位のみならず我五千萬の同胞は斯迠で吾々軍人に対して感謝の意を表せらるゝかと思へば、如何でか敵前に在て空しく病魔のために斃れ、或は不名を後世に残す如き振舞をなさざる様覚悟するは勿論、常に我同胞の非常なる歡

明治27年入学、33年卒業。山口税務署勤務。一年志願兵。明治37年4～5月、済々黌職員（体操担任）。のち橋本に改姓。

迎を拂ひつゝあるかを記憶せざる可けんや。彼を思ひ是を考ふる時は感涙湧て止まる處を知らず候。

御芳書の趣きに依れば、御黌も愈々工事も進捗し落成の期も近きに在りと。嗚呼一旦天災に罹り烏有に帰したる御黌も、教員各位の御尽力の結果年久しからずして、旧舎より却て宏大なる講堂に於て学ばるゝ生徒諸氏の幸福、之れより大ならざるはなく、生は此の機を利用して御黌の落成を祝すると共に、生徒諸彦の幸福を祝するの光栄を有す。迂生の征途に上るや、時機既に晩く古今未曽有の沙河の大会戦も、既に其局を結び彼我河を隔てゝ対陣し、冬営の準備に孜々汲々たるの時機に有之候得ば、到着以来幸に第一線部隊に編入せられたりと雖も、一も戦斗することなく唯警戒に任ずると、工事に従事するのみに御座候。併ながら、警戒と一言以て是を現さば、極めて單簡なるものなれど、一葦帯水敵と肉迫せんとし、寒氣と戦ひ敵と其位置を争ふ各兵士の困難、敢て筆紙の盡す所に無之候。加之、工事の如き、土地は凍りて（三尺位）岩石も三舎を避け、斧鍬は鈍れて用を為さずと雖も、我が忠勇なる兵士は日夜従事して敢て不平を唱へざるは、天晴帝国軍人の華の華たる所以と存ぜられ候。今は各兵士等戦に馴れ、日夜絶ゆることなき銃砲彈も恐るることなく、彈丸雨飛の裡に在て、却て露助が効なき彈を打つものかなと軽蔑致し士氣益々旺盛に御座候。沙河会戦以来殆ど四閲月、敵味方互に防備に余念なかりき。結果目下殆ど塞レ要戦の如き有様に有之候得ば、今後発生すべき戦斗たる、此こそ古今未曽有の大野戦ならんと存候。解氷の期とならば沙河の水は紅と化し、腥氣天地に充ち、振天動地の一大修羅の巷となるも遠きに在らざる可く、吾々の鉄拳を揮ふも此の時と、一刻千秋の思して寉首相侍居申候。各位も憂慮せらるゝことなく、此の光輝ある時機を待たれんことを祈候。

先は乍延引御返事旁御通知まで。余は後便より可申述候。各位御尊躰御自愛専一に奉祈候。敬具

二月十五日　垣屋満枝

教員各位、生徒各位

6-06-03

○明治38年3月29日付　黌長宛――歩兵少尉　出征第6師團歩兵第48聯隊第8中隊

拝復　先達ては早速鄭重なる御見舞状を辱ふし難有奉感謝候。却説御承知の通り、今回の戰斗は古今未曽有の大会戰なるは以前より予期せし處なれば、奮励一番他日養成したる鉄拳を揮ふ覚悟にて、去る三月五日午後三時頃散営壕にある敵を攻撃する目的を以て前進中、敵の小銃彈の為めに左脇下盲管銃創を蒙り、遺憾ながら萬斛の涙を呑んで后方に退き假繃帯所に於て治療を受け、後方なる

第四野戰病院に入院致し翌日彈丸を抽き取り候處、至りて軽傷の事とて経過至極宜しく、遂に去る十二日乞ふて退院をなし、従卆と共に奉天に向て前進し翌日満在中なる中隊に帰隊し、目下壮健にて奉天の北方約十五、六里の某地点に滞在罷在候間、左様御放慮被下成度候。諸新聞紙上に於て御了知の通り非常なる大会戰のことゝて、敵の死傷約十二万、捕虜四万以上、捕獲品は莫大なるものにて、小生等去る十三日奉天出發鉄道線路に沿ふて北進する際、線路両側は敵の遺棄したる死躰、被服、小銃、彈薬、車輛、糧食等、殆ど七里の間は断間なく散乱せる景況を観察する時は、敵は如何に狼狽して退却せしやは火を見るよりも尚明かに候。此の景況を実見せし吾人の胸中将たして如何。快と呼び愉と叫び足の舞ふ所を知らず。為めに十里余の遠路も尚遠しとせず大に疲労を減じ申候。目下の情況にては前途尚遼遠なれば、尚一層奮励し今囬の不名誉を快復する覚悟に候。先は不取敢御礼旁御報導迠。委細は新紙に於て御承知被下度、如斯に御座候。　匆々　謹白

明治三十八年三月廿九日　歩兵少尉　垣屋満枝

済々黌長井芹経平殿

教員各位

生徒各位

14-03-09

○明治38年4月20日付　池田一幸宛――（階級・所属記載なし）

拝啓　本日到着したる愚兄[1]の通知に依れば、小生今回の大会戦に於て不幸にも負傷致したる處、早速生徒惣代として態々御来光の栄を辱ふせし由、誠に感謝の至りに不堪候。実は一々御礼状可差出筈の處、多人数の事なれば、乍畧儀大兄より諸子へ宜敷御鳳聲被下度。先は不取敢御禮迠、如斯に御座候。匆々

明治三十八年四月廿日　垣屋満枝

池田一幸殿[2]

生徒各位

6-01-09

○明治38年7月10日付　黌長宛――（階級・所属記載なし）

拝啓　愈々御勇猛御精励の段、慶賀此事に奉存候。降て野生儀、各位の御庇護に因り至極健在罷在申候間、乍憚御安慮被成下度候。御錦地目下霖雨の候にて、本年は至りて降雨多量なる趣き、新紙に依承知仕候。當地も近日は雨天勝にて、御了知の如く雨期に相向ひ候得ば、千河一時に増水、為めに交通杜絶し悲境に陥るも遠きに非ずと悩察罷在候。目下の如き少雨にても、時として増水致し候。荒漠たる満州の平野も春を迎へ暑と相成候得ば、種々名も知らぬなつかし

1　垣屋一雄（済々黌明治27年卒業）。
2　済々黌生徒（明治38年卒業）。のち第五高等学校教授（図画・測量）。熊本大学講師。

き花、野山に咲き満ち、轉た郷関の風景を想起せしめ候。頃日平和克復の聲は朝野否な宇内に喧しく相成申候處、我後援者たる五千余万の同胞は如何なる感情を抱くや否やは敢て謂はず。満州に在る忠勇なる将卆の耳朶には平和なく目には克復なし。唯是戦ふのみ。換言すれば哈爾賓を陥れ城下の盟をなさしむるは、吾人軍人の目下の任務に候。乞ふ幸に御安心ならんことを。生等は目下昌図停車場附近某部落に宿営し、前哨と相成、時々斥候の小衝突あるのみにて大なる変化無之候。併し日ならずして大活動の演ぜられ、一躍して吉林、長春の線迄前進するも計り難く、只指を屈して期の熟するを相待居候。快電飛来せし暁は御喝采あらん事を。

先は時候御伺迠。時節柄各自御尊躰御□養の程奉祈候。草々　不備

明治三十八年七月十日　垣屋満枝

井芹経平殿

職員生徒各位

6-06-10

○明治38年10月21日付　黌長宛——出征第6師團歩兵第48聯隊第8中隊　歩兵少尉

謹啓　秋高く肥馬好料の時期と相成候處、黌長初め各位益々御壮穆御精励の御事と奉遠察候。降て迂生儀、各位の御庇護に依り兎角無異精勤罷在申候間、乍

他事御安心被下度候。近日各新聞の所載記事に依れば、日英攻守仝盟締結後、國民の士氣大に奮昂し、英國東洋艦隊觀迎は神戸、大坂、京都を初めとし、横濱に於て施行せらるべき大觀艦式も愈々切迫致したれば、非講和、條約破毀主導者の暴論も消滅し、之れが反撞として國民は日英同盟熱に盡砕せしもの〻如し。誠に帝國の為め雙手を挙げて祝賀すべき事に存候。批准交換為と仝時に、満州にある百萬の精兵も悖々撤兵を開始し、幾多の艨艟は舳艫相接し、門司湾頭、凱歌の声天地を震動せしむるの期は、将に昨今にあるならんと存候。併し當第六師團の貔貅、熊本の天地に帰着する期は、明年三、四月桜花爛熳たるの候と存候。平和克復後戦線は至極沈静に□、唯々耳にするは歩砲兵演習する銃砲彈の声のみに候。當師團は目下開原北方約三里の處に宿営し、本年は當地に於て冬営すること〻決定致候。昨今は寒氣一変し、一昨十九日の如き午後二時頃0度以下四度を示し候得ば、今日払暁に於ける温度は七、八度位ならんと推察仕候。本年の初降雪は去る十八日にて、仝日は0度との事に御座候。大陸的氣候の変化は奈何に激甚なるかは御推察被下度候。実は時々御報導可致存念は有之候得共、先日来志氣の發揚、健康保全、軍紀養生等の目的を以て日々演習有之。其他戰地の繁多に忙殺せられ、不本意ながら欠礼仕候段、不悪御寛宥被下度願上候。各位の健康を祝し、釁運の旺盛を祈る。

右御伺迠如斯に御座候。草々　不備
征露第二年　秋十月廿一日　垣屋満枝
井芹爨長殿　職員各位

6-03-21
○明治38年11月18日付　爨長宛――（階級・所属記載なし）

謹啓　秋月高く肥馬好糧の期既に去て、将に厳寒の候に向はんとするの候に御座坐處、爨長初め職員各位益々御多祥の段奉慶賀候。降て迂生儀諸彦の御庇護に依り至極壮健にて勉励罷在申候間、乍他事御放慮被成下度候。却説、先日は鄭重なる御慰問状に接し感拝措く能はず候。出征以来既に十有二閲月間満州の野に於て敵と戦ひ寒暑と相争ふたりと雖も是れぞと他人に廣言する程の事にも無之、却て各位の御厚意に對し汗顔の至りに不堪候。平和も既に克復し凱旋の期も近き将来に有之候得ば、何れ御面会の上各位の健康を祝すると共に、御礼可申述存念に御坐候。新紙の報ずる處に因れば後備諸隊続々凱旋致居候得ば、定めし市況も活氣を呈せしならんと存候。当地は目下厳寒に差向ひ朝夕は0度以下十七八度に降下する事も有之。本月五六日頃より河水凍結仕候。如何に寒氣の酷なるか御推察被下度候。
先は右時候御伺旁々御礼迠如斯に御座候。草々　敬具

十一月十八日　垣屋満枝
井芹経平殿
職員各位

6-05-03

○明治39年1月1日付　黌長宛——（所属・階級記載なし）於清国大営盤

謹賀新年
併謝平素の疎情
尚祈将来の御交誼
黌長初め職員生徒各位愈々目出度御超歳被遊、慶賀此事に奉存候。
降て不肖事満州の陣営に於て無恙加齢仕候間、左様御了知被成下度候。
生も不遠凱旋仕予定に有之候得ば、其節は倍旧の御厚情垂れ賜はんことを。
先は乍略儀年頭の御祝詞迠、如斯に御坐候。　敬白
征露第三年　正月元旦　　於清国大営盤　垣屋満枝
井芹經平殿
職員生徒各位

6-01-03

加来一夫

○明治38年1月5日付　職員宛——歩兵大尉　小倉陸軍予備病院

祝戦捷新年
　併テ祈将来ノ御萬福
旧冬ハ御見舞ノ栄ヲ辱フシ奉萬謝候。目下疵モ漸次快方ニ赴キ申候間、御放念
被下度候。
一月五日　小倉陸軍予備病院

3-01-03

○明治38年1月5日付　生徒宛——（階級記載なし）小倉陸軍預備病院

祝戦捷新正
　旧冬ハ御見舞被下難有奉謝候。
一月五日　小倉陸軍預備病院ニテ　加来一夫
済々黌生徒諸士　御中

14-06-19

○明治□年□月□日付　生徒宛——（階級・所属記載なし）

拝復　秋冷の候益々御壮剛奉恭賀候。陳ば早速御見舞を辱し御厚情の段奉深謝

加来一夫

明治6年生、明治38年戦病死。
熊本市草葉町。
済々黌草創期在籍。
幼年学校、陸士卒。顔面貫通銃創を受けたが死体置場で蘇生、小倉陸軍預備病院に入院、のち死亡。

候。爾後経過往々良にして、遂日快方に相趣き居候間、乍憚御休心奉願上候。
先は右不取敢代筆にて御返事迠如此に御座候。敬具

加来一夫

済々黌生徒各位

6-02-19

柏木辰生・高木平次・磯田敏祐

○明治37年6月1日付　生徒宛——（階級・所属記載なし）

謹んで奉答貴書。顧れば二月六日佐世保出港以来已に三閲月、此間幾多の海戦あり。遂に旅順の敵艦隊立つこと能はず。その陥落旦夕に迫り、九連、金州の敵又遠く逃れ、海に陸に皇軍連勝の好果を奏し、彼の貪欲あくなきの敵国を膺懲し、我神州の武威旭日と共に其の光を争ふに至りしは、快心此の事に御座候。是れ偏に我仁慈なる
大元帥陛下の御威徳の然らしむる処にて、聊かも又我神州たる所以にてしかも熱誠溢る后援大に與りて力あるは申す迠もなき事に御座候。然るに生等幸にて此の好機に際會し、千古未曾有の戦場に臨むを得たるは、閣下並に諸先生の賜、

柏木辰生

明治15年生、明治37年戦死。
熊本県上益城郡廣安村。
明治28年入学、33年卒業。海兵へ進学。
巡洋艦「済遠」に乗り組み、昭和37年11月30日、旅順口封

一死君国に報ゆると共に、又御校の御高恩に応と欲するも尚未熟の輩徒になすなきは千秋の恨事に候。然るに却って御懇篤なる御慰問状を辱ふし、汗顔の至りに不堪候。只日夜奮励以て国恩の万一に報ひ併せて御校の御訓戒を無にせざらん事を期し候。
軍国の事前途尚遼遠、諸先生の御健在を祈ると共に、御校生徒諸君の奮勉を是れ祈候。敬具
六月一日　柏木辰夫　高木平次　磯田敏祐
3-01-05

梶原景憲

○明治37年6月18日付　黌長宛——野戦歩兵第46聯隊第5中隊　歩兵大尉

謹啓仕候。此度征露従軍致候に就ては鄭重なる御慰問状を忝ふし、私の光栄不過之、千萬奉謝候。我軍の向ふ處、連戦連勝の好果を得たるは一に
陛下の御威徳と我同胞の後援とに倚る事と存候。従軍の将卒尓後益々奮勵し、以て
皇威を發揮し、以て我同胞の義気に酬ひん事を期し候。私も従軍将士の末尾に

鎖強行中に戦死した。

高木平次
柏木辰生と済々黌の同級生。鹿児島県出身。海兵へ進学。

磯田敏祐
（本書一六頁参照）

梶原景憲
明治7年生、昭和9年没。熊本県飽託郡松尾村。済々黌草創期在籍。幼年学校へ進学。大正12年富山聯隊区司令官で退役。のち在郷軍人会熊本県連合分会長。

列し、常に吾人を教育指導してある済々黌三綱領[1]の精神を發揚し、聊か國家に奉じ先師の恩に報ぜん事を期すと雖も、未だ其機會を不得。僅に靉河及蛤蟆塘の戦闘に列したるのみ、慙愧不過之候。併し後来も決して三綱領の精神を脱逸せざらん事を務むべく候間、御了知被下度。先は御礼申述度、乍末筆貴黌の益々隆盛と満堂諸君の御壮武とを奉祈候。早々頓首

野戰歩兵第四十六聯隊第五中隊長

六月十八日　歩兵大尉　梶原景憲

黌長井芹経平殿

6-02-22

○明治37年7月7日付　生徒宛——歩兵大尉　野戰歩兵第46聯隊第5中隊

謹啓仕候。時下暑氣の候、各位愈御壮武、欣喜此事に御坐候。小生儀此度征露大師の末座に列し候に就ては、旧来御縁故に繋るの故を以て過分なる慰撫の御辞を賜り、私の光栄不過之候。出征以来既に数月を経過致し候得共、未だ何たる動作も出来兼、赧面の次第に御坐候。尚一層奮勵、我同胞殊に貴黌諸君の御希望に適へん事を可務候。先は御礼申述度、乍末筆貴黌の益々隆盛と満堂各位の御勇壮とを祈り申候。　謹白

野戦歩兵第四十六聯隊第五中隊長

1　済々黌建学の精神として佐々友房が明治15年に起草したもので、「正倫理明大義、重廉恥振元気、磨知識進文明」

七月七日　陸軍歩兵大尉　梶原景憲

熊本縣済々黌生徒各位

6-02-06

○明治39年4月23日付　黌長宛——清國天津駐屯歩兵隊第四中隊長歩兵大尉

謹啓仕候。時下晩春の候に御坐候處、愈以て御勇壮欣喜の至りに御坐候。降て小生儀幸無事消光罷在申候間、乍憚御放神被成下度奉願候。扨て一昨卅七年二月、日露戰端を開き、不肖等征途に就てより以来、黌長殿御初め満黌各位より、度々御慰問を忝ふしたる而已ならず、雑誌其他の御送附を受け、御懇情の段肺肝に銘じ奉感謝候。将来長く記憶に存候。大に名誉とする處に御坐候。然ルに当方よりは、一々御返信御返礼も届き兼ね、失礼の段幾重にも御容赦奉願候。又此度出征者の為メ、態々祝賀會[1]御催し相成候に就テは、御招待を蒙り、重々御懇情の程奉萬謝候。丁度、清国天津駐屯軍派遣の命を受け、準備中多忙の為メ、又御返事も不仕、重々失礼の段御断り申上候。私事愈去る十二日大村出發、十三日門司に於て乗船し海上尤も平静、十六日大沽沖に着候。同夜上陸、十七日任地天津に到着仕候次第に御坐候間、乍憚御安神被下度願上候。着任当時にて、未だ当地の状況も不明に御坐候得ば、何レ後便により萬々可申述候。先は御礼を兼ね御断り迠、如斯に御坐候。　早々　謹言

1　明治39年4月15日に済々黌において催された凱旋祝賀会。

四月廿三日　　大尉　　梶原景憲
済々黌長　井芹経平殿
二伸　漸次向暑に相成候間、御保養専一に奉祈候。尚、職員生徒御一統へ宜敷願上候。

14-07-03

春日正量

○明治38年1月28日付　黌長宛――（階級記載なし）戰地鎮海湾防備隊

先日は法外なる御慰問状を辱ふし恐縮の至りに存じ候。此度の勝ちいくさは恐れ多くも
大元帥陛下の
御威徳に依る事にて候。挙國一致邦國の為め、私事を忘却し盡忠報國の四字を守りたるに外無く候。小生の如きものは只戦線に列するのみ。只一意君命を奉ずるのみ。然るに有難き御同情を表せられ感涙措く所を知らず候。戦は前途遼遠にて、益々勉め、一日も油断無之候。日夜武を搆じ技藝を學び、國民の後援に背かざることを。勿論殊に小生は済々黌に於て尊敬すべき先生等の教育を受け

春日正量
明治10年生。熊本県飽託郡黒髪村坪井。
明治25年入学、30年退学。海兵へ進学。

たるもの、大和男子に恥ぢざるの決心有之候故、御安心有之度候。切に望みます。済々黌幾百の有望なる多士は、今般進んで我輩等の後任を盡されんことを。先生に望みます。最も壮健活潑怜悧にて充分なる英國的文明の知識を消化し、大和男子古有傳来の武勇とを具備する人を養成し賜わらんことを。先は御礼迠。

戦地

一月廿八日　春日正量

井芹経平殿

6-04-07

○明治38年5月13日付　黌長宛——鎮海湾防備隊砲塞（階級記載なし）

先日は、小生に取りては分不相應な御慰状に接し、感謝措く能はず。益々勉励、済々黌三綱領の主旨を貫徹致す可く候。御安心有之度候。

時候柄、職員御一同、生徒諸子の御健全を願ふ。

御尋ねの在所は左の如く候。

官名	姓名	在所
少佐	吉岡範策	春日
大尉	芳賀宮量	八口浦防備隊
仝	庄野義雄	春雨[1]

1　第二艦隊第四駆逐隊所属の駆逐艦。日本海海戦時の艦長庄野義雄大尉は済々黌同窓。

仝　内田虎三郎　兵學校教官
仝　加村康政　朝日
仝　土肥金在　敷島
仝　吉田幸雄　磐城
仝　齋藤國男　和泉
仝　磯田敏祐　台湾馬公
中尉　右田熊五郎　春日
仝　米村末喜　台中丸
仝　辛島昌雄　仝
仝　中根正方　陽炎
少尉　猿渡眞直　十八艇隊
少監　松澤敬憶　千早機関長
中機　福田剛太郎　台中丸
少キ　宮脇信彦　千歳

五月十三日　春日正量

井芹経平殿

14-08-05

片野誠太郎

○明治37年7月21日付　児玉亨・生徒宛――騎兵大尉 第2軍第4師團騎兵第4聯隊第1中隊

拝啓　貴校益々隆盛を極め各位弥々御壮康御奮勵の趣、慶賀の至りに不堪候。降て小弟も依旧頑強罷在候間、乍他事御安心を乞ふ。

陳ば今般日露の開戦ハ為皇国眞に不得已の次第にしテ我ガ忠実なる國民の屈スルに忍びずして、遂に発展セる義戦ニテ、開戦以来、日猶ホ浅きも連戦連捷、彼露國をしテ顔色なからしむに至れるも、單に我ガ忠勇なる國民の敵愾心に因る者ニシテ、誠に皇威の精輝を発表スルに足れり。然れども、露又決しテあなどるべきにあらざれば、戦争は数年を経過スルの決心なかるべからず。外、出征将卒の補充を為し、内、殖産工業を盛にし、文物智識を興し國帑を扶植し、我人をしテ後顧の憂なからしむる者は、実に兄等有為学生ノ務なり。貴兄等訓導職にあるノ人は願ば、一時ノ発熱にからるゝなく、着々としテ諸生を誘導ありて、益々富國強兵ノ基を堅固にせられむことを希望す。不肖幸に五月十九日上陸以来、南山金州ノ役、得利寺、蓋平の戦に参与スルノ栄を得、幸に頑健罷在候間、御安心を乞ふ。次に来るべきは遼陽ノ決戦ならむ。戦況は新紙ノ報ずる所詳かなるを以

片野誠太郎

生没年不明。熊本県託麻郡大江村。済々黌草創期在籍。陸士4期。明治42年騎兵第6連隊長・騎兵中佐。

て省略ス。爰に謹で兄等御厚意に報ズル為メ愚意を呈ス。恐惶謹言
七月廿一日　片野誠太郎
児玉亨兄
済々黌生徒御中
追て貴兄より井芹学校長始め各職員諸君に宜しク御傳言を乞ふ。

6-04-16

○**明治37年10月4日付　黌長宛**――（階級・所属記載なし）

拝復　時下向寒の砌、各位益々御清栄奉慶賀候。
遼陽の戦捷は我が國民の均シク待期せらる所なり。而シテ其の成果ノ、諸氏ノ希望ヲ満たす能わざりしは実に遺憾とする所なり。然れども開戦以来未だ六閲月を過ぎざるに、業に今日ノ効果を収メ、海に陸に未だ一タビモ恥づべきノ戦ヲ交へたることなきは、実に是れ大元帥陛下ノ御稜威と我ガ忠厚深義ナル四千万ノ同胞ノ内助アルにあらずんば、何ゾ能ク爰に至らむ哉。然るを返て賞詞を忝ふし汗顔の至りに不堪候。如命我が同窓の氏にシテ已に名誉ノ戦死を遂げられ、報國の義務を全ふせられたるのみならず、其働作九州殊に熊本男子ノ眞面目を発揚せられ、大に世人の賞讃を受けらるに至レリ。亦た負傷シテ戈を採ルヲ得ざるに至りし諸氏も多かるも、其ノ

働作一も難ズル所なし。能ク膽勇と智能とを発揚せられたりと聞り。降て不肖等も幸に日本男子ノ面目を汚スことなク今日に至りしは、是レ全ク諸先生始め諸先輩並に同窓諸君ノ御訓董ノ深且つ厚ナルに頼らずんばあらず。爰に謹て諸先師ノ恩を謝す。而シテ此ノ厚恩に報ズルの為メニは一死以テ赤誠ヲ挙グルあるのみ。願クば意を安ぜられんことを。戦闘ノ前途ヲ観察スルに猶ホ遼遠にシテ、其ノ結果ノ如きも決シテ劇に速断し難き者あり。我等三軍ノ将士は唯身命を抛ッテ斃レテ後已むのみなれども、是レガ原動力タル因ガノ耐久的思想と不屈ノ精神とは、実に諸先師諸先輩に一任せざるを得ざるなり。尓来戦捷は経済上ノ優勝者に帰せむ。願クば諸先師邦家ノ為メに盡瘁セラれむことを。恐惶謹言

十月四日　片野誠太郎

済々黌長井芹経平殿

外職員一同御中

6-04-22

○明治38年1月30日付　黌長宛——千葉縣四ッ街道臨時中央馬廠下志津支廠 騎兵少佐

拝復　屡々御訪問を忝ふし恐縮の至りに不堪候。如命我が同窓の士にしテ名誉の死傷者四十余名に登りしは、独り本人の名誉のみならず済々黌の名誉として長く黌記に存スべきことゝ存候。貴黌も益々盛大に趣く由誠に為國家慶賀の至

りに不堪候。降て不肖も客冬まで沙河の第一線にありしが、遺憾ながら幾多忠良の愛児を残し、将に発展せむとする戦機を後にして、内地勤務の已を得ざるに至れり。然レドモ好時機を得ム。再び戰場に向ふノ決心に御坐候。

先は御礼まで。草々　敬具

明治三十八年一月卅日　片野誠太郎

井芹経平殿

14-03-11

加藤　定

○明治38年8月15日付　黌長宛——砲兵中尉（所属記載なし）

拝啓仕候。残暑尚劇敷御座候處、先生愈御高祥の段賀上候。陳ば在熊中は一方ならず御愛誼を蒙り、誠に難有御禮申上候。出發の際は御伺可申筈の處、多忙のため御無沙汰申上候段、不悪御思召被下度候。去月廿四日は大連湾に到着、氣車にて奉天の前方新台子で下車、夫れより行軍にて遼河を渡り、蒙古の地に万里長柵を越へ申候。長柵は全所に点々あるのみにて、只想像の外なく候。當師團は第三軍の左翼掩護の命を受け申候。當地は露國側の馬賊出没するも、抵

加藤　定

明治13年生。熊本県飽託郡黒髪村。

明治30年入学、33年卒業。陸士へ進学。

抗はせずも軍隊に對して悪戯をなすのみ。又、中立地にてミシテンコの襲撃を受けるのみ。當前面の敵は騎兵六千、砲二十門との報にて候。氣候は昼中は暑いけれども夜は大に冷エ申候。植物は内地と大差なく候。先は御通知迠。尚残暑御身体自愛専一に奉祈候也。

八月十五日　加藤　拝

井芹先生　侍史

14-04-02

加藤貞雄

○明治37年10月24日付　生徒宛——（階級記載なし）葦北郡日奈久泉屋

拝啓　現生徒諸氏愈々御清康御精勵の段、為邦家大賀此事に御座候。先日は遠路の處、態々御見舞を辱し奉多謝候。御蔭を以て日々快方に趣き、目下日奈久[1]へ轉地療養中にて、不日帰隊を致筈には候得共、軍事多端の折柄、御禮へ参堂致兼候を難耐候に付、乍略儀以て書状御禮迠、如此に御座候。草々　頓首

十月廿四日　加藤貞雄

濟々黌現生徒諸賢御中

14-08-20

加藤貞雄

明治8年生。熊本市北千反畑町。

明治24年入学、30年退学。

明治44年～大正2年、第五高等学校講師（体操担任）。

1　熊本県南部有数の温泉地。

加村康政

○明治38年3月15日付　奨学部宛――海軍大尉（分隊長）
佐世保気付　軍艦「朝日」[1]

拝呈　昨月発行の多士なる芳誌御恵授にあづかり、有難奉万謝候。愉快に拝見仕るべく候。先は不取敢御礼迠一筆仕候。敬白
諸賢の御健康を祈る。
三月十五日　加村康政

14-06-22

辛島昌雄

○明治37年6月3日付　黌長宛――（階級記載なし）
第21艇隊水雷艇第47号

拝啓　過般は昔日の阿蒙を見捨て給はず、遥に御懇篤なる御慰問状を忝ふし、深謝の至りに堪へず候。戰争も目下漸く佳境に入らんとし、我等の責任も一層重大を覚え申候。就ては兼ネての御教訓に基き益々奮勵、一死母國に酬ふるの外他意なく候間、乍憚御安神被成下度。右は早速御禮可申上筈の處、少しく事情のため今日迠私信の発送を見合せ居申候間、御無禮の段は平に御寛容下され

加村康政
明治11年生。熊本市薬園町。明治25年入学、29年退学。海兵へ進学。

1　第一艦隊第一戦隊所属の一等戦艦。明治34年イギリス製。

辛島昌雄
明治10年生。熊本市新屋敷町。明治26年入学、31年卒業。日本海海戦では「蛟龍丸」指揮官（中尉）。

度。尚、終に臨み御黌の御隆盛と貴台の御健康を祈り申候。頓首
六月三日　辛島拝
井芹經平殿　侍史

14-05-15

○明治38年6月23日　黌長宛――海軍中尉　御用船「台中丸」[1]気附2号砲艦
犬馬の労に対し御懇篤なる御慰問状を忝ふし難有奉萬謝候。戰局の前途は尚ホ遼遠に御座候得ば、益々奮勵し、戦果の美を完ふせん事を相努め可申候。時下炎暑の候、御一同御自愛専一の程祈上候。先は御禮迠。頓首
六月廿三日　辛島中尉
濟々黌職員御中

6-02-04

河野正武

○明治37年7月2日付　黌長宛――（階級・所属記載なし）
甚暑の節、先以御黌益々御隆盛職員各位弥増御健祥に御精励の由、奉慶賀候。
降て小子儀去月十二日門司港出帆後海上も至て平穏にて、名高き玄海も風波な

1　第二艦隊付属艦船部隊第一特務隊所属の仮装巡洋艦。

河野正武

く、只朝鮮沖にて濃霧の為メ八時間斗り停船致申候。時日は丁度十四日午後四時過にて仁川沖合ヂントの瀬戸を過ぎて間もなき處にて有之候。停船間は一分時毎に号鐘を打ち、五分時毎に瀛笛を吹き、衝突の危険を預防致候。其間種々の妄想を起し、余り面白き心地は致し不申候。夜十二時の頃より濃霧漸く薄らぎ候故再び進行を始メ十五日午後五時清国盛京省南尖沖に着船致、仝七時三十分より十余艘の小船にて上陸を開始し、午後十一時無事上陸を終り、其夜仝所の後丘に露営仕候。舩中にて松山先生に御出合申候。先生は奏任通譯にて大孤山兵站司令部に至に、其処にて任地相定り候由、御話に有之候。上陸地点にて御別れ申候。隊は前進を継續し二十二日岫巖に到着し、目下第一線兵站線路の守備に服務罷在候間、乍他事右様御了知被成下度候。去月二十六、二十七、二十八、三日間、分水岑攻撃の際は遥かに砲声を聞きつゝ、守備地に在て戦地より捕虜を護送し来り候のを見しのみに有之候。着当日より前哨中隊の任務に服し、本日迠継続任務を服行罷在。目下の居所は岫巖より二里半斗り離れたる所に一ヶ中隊分遣致居候に付、岫巖城の景況等委細に御通報申上度も其意を得ず、右様の儀に付、未ダ何等の面白き御報の種子も得不申。其内には何か面白き事も出来致すやも難斗候得ば、萬事は後便に譲り先は着御報迠荒々如斯に御坐候。頓首

生年不明、昭和11年没。熊本県玉名郡高瀬町繁根木。明治34～37年、同39年～大正14年、済々黌職員（体操担任）。

逐て御釁目下第一期試験にて一層御多忙の御事と奉恐察候。尚漸々酷暑に近き居候得ば、随分玉体御摂養被為在度奉祈上候。
尚軍事郵便の都合も有之候に付、萬事延引の段は何重にも御容赦奉願上候。
乍恐何の御先生にても宜敷候間、中山萬吾殿へ宜敷御申傳被下度願上候
七月二日　　河野正武

6-02-23

○明治37年7月2日付　町野晋吉・神江恒雄・下林繁男・中路三五（5年級生徒）宛
（階級記載なし）
――在清国　第10師團後備歩兵第46聯隊第3中隊

拝呈仕候。其後は御尋ねも不申上、失礼の段何重にも御宥免可被下候。扨去月十二日門司港出帆、海上至て平穏にて、名高き玄海の荒波も、風なき為にか眠るが如く、蒼々たる海水もさながら鏡の如し。舩長の言に、此迠多くの航海もなせど斯る静かな航海は始めてとの事にて幸此事に候。十三日無事。天候前日に仝じ。湖水を渉るが如き航海に候得ば、舩酔者は薬にしたきも一人も無之。舩室には十兵衛□□浄瑠璃、新内、長歌、一方にわ祭文講釋、剣舞等、思ひ〳〵の秘密の特有なる技藝を見いし。甲板にわ勇敷軍歌を調子よく歌ひ、其他上等室にはオルガン、ピアノを始めあらゆる楽器を備へあれば、思ひ〳〵にあやつり、圍碁将棋、かるたの類を戰かわし、舩中の徒然を凌ぎ申候。十四日は

前日に比し余り好天氣にて空に一点の雲なく、ぴり〳〵照り付け申候。船長の言に、本日は或は濃霧に逢ふやも難斗と。我々は斯る好天気に濃霧とは合点行かずと考へ罷在候處、午後四時過、朝鮮仁川沖ヂントの瀬戸を過ぎて間もなく、濃霧の襲撃に遭遇し、暫時にして呎尺を弁ぜざる迠に立至り申候故、船の進行危嶮の為メ、其処に八時間斗り停船致候。停船間は一分時毎に号鐘を打ち、五分時毎に滊笛を鳴らし、船の衝突を預防致候。其間船は揺々と汐のまに〳〵上下左右に動き、心何となく淋敷、種々の妄想を起し、余り面白からざる心地致候。其夜十二時頃濃霧漸く薄らぎ候故、再び進航を始メ、一五日午後六時、清国盛京省南尖沖に着船、仝八時より十餘艘の小舟にて上陸を始、仝夜十一時上陸を了へ、其後丘に露営致候。仝船中に松山先生乗船ナシ居られ候に付、余程好都合に有之候。松山先生の話に依れば、先生は大孤山兵站司令部に至り、夫より自分の位置が極まるとの事にて有之候。上陸地点にて先生に別れ、隊は継續行進し、二十二日岫巌に着致候。目下第一線兵站線路の守備に奉務罷在候。去る二十六、二十七、二十八日の三日間、分水岑攻撃の際は遥かに砲声を聞きつゝ守備地に居申候。其時の心地は丁度鰻屋の門口を通りて其香を嗅ぐ斗りと同じく、見ることも出来ねば食ふことも出来ず、只戰地より捕獲の送られて来りしものを見候迠に御座候。目下の守備地は岫巌城より二里半斗り隔たる所にて候得ば、岫巖の景況を御報申上候事も出来不申、遺憾此事に候。併し其内にわ又何か御報申上候種子も出来申やも難斗候に付、其節は委細御報申上べく候。時甚暑の節ニテ、既に第一期試験に差懸り、一層御精励の期、折角御自愛御専一に被為在度奉祈上候。先は乍延引着御報迠、荒々如斯御坐候。頓首

七月二日　　　河野正武

團什長　生徒諸君御中

今春御卒業の五年生の御方へは、現諸君より御面會の節、宜敷申上候由御傳言被下。尚目下の模様、乍憚御話被下候様奉願上候。

14-08-02

○明治37年12月7日付　職員宛——歩兵少尉 出征第4軍第10師團後備歩兵第46聯隊第3中隊

謹啓　時下向寒の節に御坐候處、各位益御健祥に御精勵の由と奉慶賀候。降て小生儀其後、析木城、海城、七嶺子（鞍山站東南約二里強）巨家崗子、遼陽等へ轉営致し、目下遼陽の西北約八里強、小北河と中処の陣地を守備罷在候。御存にも御座候はんが、小北河は渾河と太子河の双合点より約十町斗り上流にして太子河の右岸に在る一市街に有之候て、我第一線の最左翼にて至極要点に有之候。太子河と渾河は約八百米突を鬲て〵西方に流れ渾河は現今水流の巾約五十間位。太子河も畧仝様に有之候。遼陽以南は山又山に有之候得ど遼陽より小

北河の方面にわ山と云ふ山は一向見へ不申、見渡す限りは鏡の如き廣原にて只村落の点々と見ゆるの所に有之候。原と申候ても内地の原とは其趣き大に異り廣原は皆耕地に有之。藪もなく森もなく林もなく一部落より一部落に至る巨離、近くて千乃至二千もあり、少し遠き處は三千乃至四千米突も有之。其間は一面の平地にて少しの遮蔽物もなき故、人馬の運動一目瞭然に有之候。現今我に對峙致居候敵兵は歩騎混合にて約二千、騎砲八門を有し居申候。我守備隊は第二軍中の或ル一ヶ大隊と騎兵二ヶ中隊、砲兵一ヶ中隊（コレハ二十五日に来着）と私等の一ヶ中隊に有之候て彼我最近の巨离は約三千五六百米突に有之候故、双方斥候の衝突及小部隊の小闘は日夜絶ゆる事無之候。又露探甚ダ多く、我に砲兵なきを探知せしものにや、去ル十五、十六日の両日は午前十時頃より盛に砲撃を加へ申候得共、我には未ダ砲門の到着せざりし為メ巨离遠くして乍残念應戰する能はず大に苦しみ申候。越へて二十五日の夜は敵亦もや夜襲を企て午後九時頃襲来致候得共、其節は前以て敵状を探知せし故充分準備を整へ居る事とて近巨离に引き寄せ一斉に猛射を注集せし故少しの應射をなせしのみ。散々に敗走致候。其後は我に砲兵の来着を探知せしものにや、来襲の模様無之候。只前方の村落に敵騎三五、時々往来するを見受申候。私共の任務は舩舶により て糧秣を運送致候に付、要点に在りて敵の妨害を拒止する迠の任に有之候に付、敵来れば撃却する迠の事にて攻撃動作を執る事能はず。之のみ残念に存候。渡清以来後方勤務のみにて有之候處、此度初めて彼我の動作を実見致欣喜此事に御坐候。敵方の負傷は相分り不申候得と我方には二名の軽傷ありしのみ。敵も随分大擔に有之候。又地方にわ馬隊数多有之、其数二三千も可有之。至る處の村落に宿営罷在候。其の内にわ大分内地人も有之よしにて、去る二十五日にわ我が中隊長の在国の知己と申し三名集り三四時間、彼是と種々の談話をなし酒杯を傾けて帰り申候。又露探を捕縛するにわ其手にて探り出すの外、中々我々の手にては出来不申候。右の馬隊は東奔西走種々の情報を探知し、大に我軍に便利を與へ居申候。目下の寒氣は土人の言によれば本年は余程暖かに有之候由なれど氷点以下（以下欠落）

14-10-10

○明治38年1月1日付　職員宛――（階級記載なし）出征第4軍後備歩兵第46聯隊第3中隊

恭賀新年

併て

御黌の隆盛と職員諸君の奉祈健康

出征第四軍後備歩兵第四十六聯隊第三中隊

明治三十八年一月一日　河野正武

熊本縣立中学済々黌　職員御中　14-12-05

○明治38年1月1日付　生徒宛──（階級記載なし）出征第4軍後備歩兵第46聯隊第3中隊

恭賀新年
併て祈諸君の健康
明治三十八年一月一日
　出征第四軍　後備歩兵第四十六聯隊
　　第三中隊　河野正武
熊本縣立中学済々黌　生徒諸君御中　14-11-12

○明治38年4月26日付　黌長宛──（階級・所属記載なし）

奉謹呈候。毎度過賞の御慰状を賜はり、御厚志の段奉深謝候。先以御黌益御隆盛、閣下奉始御職員諸君弥増御壮健御精勵の由、慶賀此上もなき事と乍恐奉祝上候。降て私儀去月上旬表書の隊へ轉任被命、仝下旬より鉄嶺守備罷在申候。途中福陵にて守永大人へ面謁を得、尚本月上旬第六師團此度の戦死者招魂祭へ参拝の節、廣吉兄へも面會を得申候に、御両君とも至て大元氣に有之候間、乍恐御休意被下度候。福陵に一泊致候節、有名な天柱山に参拝致申候に、御陵の

1　同窓兵士。熊本県宇土郡宇土町出身。

構造さすが清國皇帝陛下御祖先の御陵程ありて、規模宏大、構造森厳にして善、且ツ美を尽し巧妙を極め居申候。鉄嶺も余程要害の地に有之。露國兵站大起地の由にて、着任昨今は糧秣積載の焼残り及焼け跡何十ヶ所有之候也。実に夥ただしき程有之候。城内は十町四方位に有之候得ど、商店の物品の整頓したる事は、却て遼陽の上に有之候はんかと被存申候。第四軍兵站線路中「張沙木屯」と申す處に一泊致候節、当兵站司令官にて富田七郎[1]とか申上候少佐の司令官にて、御當人の御話にわ、宇土出身にて済々黌卒業生の由被申候に付、御参考迠御通知申上候。

先は右御禮旁御通知迠荒々如斯に御坐候。頓首　再拝

四月二十六口　在鉄嶺　河野正武

済々黌長　井芹経平殿

6-01-17

○明治38年4月26日付　生徒宛――（階級・所属記載なし）

奉拝呈候。先以て御黌の隆盛と生徒諸君の御成業を奉祝上候。日に月に弥増御壮健御勉学の段、奉欣賀候。扨是迄度々過賞の御玉章を給はり、御厚情の段奉深謝候。本學年末の御成績も御良好との由、是実に平素諸君の御勉勵の御効と御悦申上候。申上候迠も無之候得ど、御成績の良不良は、獨り御自身の上に止

まるのみならず、團隊生活の者にありては、軍隊も學校も御仝様にて、小にしては御一身に止まるも、大にしては、其良不良は一隊一校に及ぼし候事は、諸君は遠く御存じの事に候へば、今更に條々と申上候はず候得ど、俗言にも一年の径画は一月一日に定むるものとかや申候事も聞き及び居申候に付き、諸君に於かせられても學年間御修業の階梯も、或は學年始に御定められ候はんかとも乍恐存られ候へば、甚だ失礼には候得ど、何重にも御奮発被為在度、老婆心切御咎め下され間敷様、偏に奉願上候。降て私儀も去月下旬より鉄嶺守備罷在、途中福陵と申す處にて守永先生に御面謁を得、尚本月上旬第六師團戦死者招魂祭参拝の節、廣吉先生にも御面會致申候。御両君にも至極御壮健にて御座被為在候に付、乍恐御休神願上度候。福陵一泊の節、天柱山に参拝致候に、さすが清國皇帝陛下の御祖先の御陵程ありて、規模庞大、善且つ美を極め居申候。鉄嶺も余程要害堅固の地に有之。西北は廣漠なる平野にて、東南は余り高からざるも、起伏突起せし禿山何十となく並列して、其山々には台場を築き、又平野にも台場を築き、中々以て容易に攻め取ることは六ヶ敷様被考申候。城内は巾十町位有之、至て小き古城に有之候得ど、商店物品の整頓致居る事は、却て遼陽よりも上に有之候はんかと被存申候。停車場は城の稍西北に有之。城を離るゝこと約十町にして、規模廣大の仕掛に候。其近傍は露西亜風の家屋五、六百軒も有之べく候得ど、彼退却の際焼毀致、今は其四分一位完全の建築物存在致居候。外に種々御報申上度事も沢山有之候得ど、余り委細述ぶる時は、軍事に渉り禁を犯すの恐れあれば、先は是迠に致ます。右御礼旁荒々如斯。時節柄何卒御玉体御摂養御勉學の程、偏に奉願上候。頓首　乱筆御免

四月二十六日　河野正武

済々黌生徒諸君御中

6-05-16

○明治38年11月11日付　黌長宛――（階級記載なし）在新民府　出征後備歩兵第46聯隊第7中隊

謹呈　先は御黌の益々隆盛と、御職員諸君御一同の弥増御健康御精勵の段奉祝上候。扨出征以来数度御懇篤なる御状を拝受致し、何の光栄か之に過ぎ不申。眞に諸先生御一統の御厚志辱く奉深謝候。弾丸雨中の間を叱咤奔走せし諸士はいざ知らず、我々の如きは只出征従軍と申す名目あるのみにして、之と申す程の御奉公も出来不申、赤面此事に御坐候處、常に過賞の御詞を戴き実に汗顔の次第に御坐候。

如貴命、今や両國の平和克復の

御詔勅も有之、為邦家慶賀此上もなき事に御坐候。軍よりも種々御訓示も有之。軍隊も至極静穏にて、日々練兵等致居申候。満州地方も漸々寒氣を増し、先月

末迠は池水も漸く薄氷を見るのみに候處、本月に入り寒氣頓に激烈を加へ、目下は氷上人の往来にも聊か危険を感じ不申候。殊に十一月三日天長賀節当日の如きは、殊の外寒氣烈敷、加ふるに西北風強くして一層寒氣を加へ、砂塵の飛揚甚敷、十間位先きは人馬見分付不申。当日診断所の寒暖計は零度以下九度を示し居申候由。当日は北郊の原野に閲兵分列式等有之候に、顔面手足殆んど感覚なき迠に有之候。以来五、六度の間を昇降し、漸々冷氣を増すのみに御坐候。当時駐屯罷在候新民府は、東清鐵道の支線、営口よりの終局点にして、奉天府の西北約一七里（日本里）遼河右岸より約三里強の所にて、人戸千以上を有し、満州西北部よりの物資は多く此地に集積し、此地より営口、奉天等へ輸出致候赴きに御座候。故に物資は概ね此地に於テ并せられ申候得共、御存の如く、新民府は中立地点なりし為メ、例の支那根情を見いし、中々横着に御坐候。軍隊の輸送も先日より開始相成り、聯隊も何日頃輸送の計画になり居り申候やは、確とは相分り不申候得共、仄カかに聞及候處に依れば、十二月中にわ乗船帰國するやの噂有之候に付ては、諸先生の龍顔も拝し、是迠の御礼等、萬縷申上候事も遠からず内と、其機を大に相楽しみ居申候。守永大人も同所駐屯、至て大元氣にて、奉務致被居申候間、乍恐御放心奉願上候。又目下は勲績調査中にて、時日を被限居候に就テハ、昼夜勤続の姿にて、先月末より大多忙を極め居申候。

御釁建築工事も大に進捗致、御教室も本學年中に御落成の赴き、職員諸君御一同萬端嘸かし御配慮被為在候御事と奉恐察候。

時月之レ向寒の節、折角御玉体御保養被為在度奉祈上候。多忙の際認メ候に付、亂筆亂文の儀は、何重にも御容赦奉願上候。

右謹で御礼申上候。頓首　再拝

生徒諸君ニモ御礼状差上申べくの処、調査書類調製上大多忙にて認め兼候間、重々恐入候次第にわ御坐候得共、御教授の御序に、御先生方より宜敷御鳳声被成下度奉懇願候。

後備歩兵第四十六聯隊第七中隊　在新民府

十一月十一日　　河野正武

済々釁長　井芹経平殿

職員諸君御中

6-03-16

川畑宗次郎

○明治38年12月19日付　釁長宛——歩兵少佐 出征后備歩兵第37聯隊第2大隊

川畑宗次郎

生没年不明。鹿児島市草牟田町。

拝啓　向寒ノ候愈御清祥ノ段慶賀至極ニ奉存候。偖テ昨年以来再四御懇篤ナル御慰問状ヲ辱フシ、千万難有一生ノ光栄ト銘肝罷在居次第ニ御座候。然ルニ未ダ一片ノ御礼状ヲ差上ズ多罪ノ段ハ平ニ御宥恕下賜候。実ハ事理ヲ轉倒致シタル義ニ候得共、小子ハ三十五年夏季、台湾守備ニ分遣セラレ其侭本戦役ニハ取リ残サレ、漸ク昨年十月末沙河ノ滞陣中ニ追ヒ着申候故、少々ニテモ報恩ノ万分一ニ對スル戦闘有之候ハバ、直ニ御礼状差出ス心組ニ有之候處、対陣中ハ申迠モナク、一生ノ希望ニ沿ヒタル奉天會戰モ差シタル事モ仕出来し不申。次イデ、范河、開原、並ニ昌圖停車場東方ト、多クハ第一線ノミニ従事仕候得共、不肖何ノ致ス所ナク遂ニ茬苒状レ礼ノ差上時機ヲ逸シ今日トナリ候次第、然ル處平和ノ今日トナリテハ是非共皈國セザル可ラザル場合ニ立チ至リ、其侭ニ通スハ却テ罪ヲ重ヌル儀ト存ジ意ヲ決シテ認ムル事ニ致シタル訳ニ有之候得バ、此段ハ不悪御思召被下度シ。先生ノ御慰問状（数度）並ニ同窓学生諸君ノ温キ筆ニナレル葉書等ハ確ニ其都度拝領仕候。貴校舎御変災後益々御隆盛ニ趣キ候御報ニ接シ偏ニ御祝賀申上候。

何ラカ紀念品ヲトノ義ニ候得共、何分前記ノ次第、殊ニ奉天北方ニ於テハ多数ノ分捕品有之、恰好ノ物モ有之候得共、何分旧我隊ハ十一月早々ヨリ転進〳〵〳〵ヲ命ゼラレ戦況之ヲ許サズ、何物モ遂ニ獲ル所無之候。只ダ当時地圖ニ、

済々黌草創期在籍。

1　明治3年生。済々黌から東京のドイツ協会学校へ進学。熊本学園大の前身、東洋語学専門学校の創立に携わった。

三葉手ニ入レ申候故眞ニツマラヌ品物、而モ完成ナル紙、数ナキ上、破損甚シク、御目ニ掛ケル丈ノ物ニ無之候得共、唯小子ガ奉天北方魚鱗堡附近ニ於テ決戦後之ヲ手ニシ、尓後ノ行動ノ為メ被損セシメタル紀念トシテ、御笑納被下候ハバ望外ニ存候。不揃ナル此地圖ハ、一ハ旅順口北方ノ栄城子、長嶺子（何レモ旅順線ノ停車場アル所）附近、一ハ鳩湾附近ナランカト存候。尚ホ破レタル為メ従卒ニ裏張ヲ致サシ申候。不悪御思召被下度し。

去月末旬ノ旅順見物ニ参申候處、久方ニ阿部野利恭兄[1]ト邂逅致シ、滞在中日々久濶ヲ敍シ申候。至極壮健ニテ益々好況ニ向ハレツヽアル様見聞仕居候。当鉄嶺軍政署ニハ緒方二三兄御在職ニテ、是亦タ時々會合ノ機ヲ得居申候。目下開放直後ニテ、御多忙ノ様ニ見受申候。而シ壮健肥満ノ態ハ、浦山敷存候。本日ハ十時頃ヨリ降雪致シ最早五、六寸モ積ミ申候。少シ風生ジ候得バ明日ヨリ寒気頓ニ加ハリ可申カト存候。夫迠ハ零下十二度内外ニ有之候。（朝）

当地ハ御承知ノ如ク満州軍ノ殆ンド全部ガ乗車地ニ有之候故、帰還軍隊ノ萬歳ト汽笛ノ声ハ日夜強ク耳朶ニ徹シ、取リ残サレノ小子等ハ閉口無此上存候。然モ開放ノ結果内地商人（醜業婦ハ絶対ニ禁ゼラレタル由）入リ込ミ、一獲的ノ企業ニ吸々タル有様ニ有之候故、幾カ賑合申候段ハ慰安ノ一ニ相成居申候。小子ノ隊ハ大阪ノ后備隊ニ有之。后備ノ名ハアリテモ御都合上来年三月上旬帰國ノ筈ニ御座候。第六師團ヨリ少シ前ニ出發ノ事ニ相成居申候。本年九月当隊へ轉任仕候。帰還後ハ如何相成ルヤ不明ニ属シ申候得共、何レ一度ハ拝眉ノ栄ヲ得ル事ト期待罷在候。乍末筆先生ノ御健康ヲ祈上申候。尚ホ貴校職員諸兄並ニ同窓諸君へ御序ノ節宜敷御傳言秘奉願上居候。乱筆、不文ハ昔日ノ通リト御容許ノ上御推読被下度し。匆々　敬具

十二月十九日夜　鉄嶺西門外ニ於テ　宗次郎

井芹先生　膝下

追筆　若シ同窓諸君ノ御消息ヲ伺ヒ得ル雑誌様ノモノ御発行相成居候ハバ、御恵贈被成下度奉願上居候。別紙地圖ハ、第十三ノ堀之内大尉方ヨリ、御届ケ致ス様取計ヒ置候間、左様御承知被下度候。

14-03-10

菊城道雲

○明治38年1月5日付　黌長宛——(階級記載なし)出征第6師團歩兵第13聯隊第12中隊第1小隊

謹奉賀新年

拝啓　先日は慰問状迄被下、難有御礼申上候。小生も去六月出征以来、蓋平、

菊城道雲
明治12年生。熊本市古桶屋町。
明治26年入学、30年退学。

大石橋、海城、鞍山店、首山堡、遼陽、沙河の會戦等、数度の戰に参加致、御蔭にて身に一彈も受けず只今に到る迠無事にて國家に御奉公致居候間、乍憚御安心被下度候。前途尚遼遠に御座候へ共、寒気と病気に打勝、益國家の為忠義を尽す覺悟に御座候。先は一寸御礼迠。早々　不一

一月五日　菊城道雲

済々黌長　井芹経平殿　職員御中

14-12-10

○明治38年11月11日付　黌長宛――歩兵伍長（第4分隊長）出征第6師團歩兵第13聯隊第12中隊第1小隊

拝啓　陳ば時下益々冷氣相催候處、御黌職員御一同には何の御障りも御坐なく校務御精勵の由奉大賀至極存候。次に私事も出征以来身に一彈も受けず、御蔭を以て幸に一命を保ち不相変無事軍務勉勵罷在候間、乍他事御休心被下度候。偖て先日より度々御慰問被下、且今度は御丁寧なる御書状被下、誠に難有御礼申上候。今や平和の時季と相成、後備團は最早凱旋を始め、我々第六師團も来春早々は凱旋の由、付ては職員御一同及生徒諸氏と再び御面会を得るの時節を楽みに相暮し居り候。御黌も最早半成の由、誠に喜敷次第に御坐候。國家の戰後の経営と共に御黌前途の御隆盛を祈上候。先は御返事迠。早々　頓首

十一月十一日　菊城道雲

済々黌長井芹経平殿
外職員生徒諸君御中

14-10-07

岸田　清

○明治37年9月17日付　職員宛——（階級記載なし）出征軍第12師團歩兵第14聯隊第1中隊

拝復　各位益御多祥奉大賀候。軍國多事ノ際、日夜教育ニ御盡碎被遊候事奉感謝候。何卒爲邦家御自寵被為在度奉祷候。偖テ陸ニ海ニ毎戰我ノ大勝ヲ博シ、彼露国ニ大損害ヲ與フルト同時ニ、世界各國ヲシテ震駭セシムル事、天皇陛下　ノ御稜威ニ依ルハ勿論ナルモ、又國民上下一致熱誠ナル後援ニ依テ、陸海軍ハ能ク活動シ、常ニ機先ヲ制スルヲ以テ、大成効ヲ奏スル義ニ御坐候。前途遼遠ナル交戰、最早第一段落ニ優勝ヲ占シ事ナレバ、将来又仝様層一層ノ大打撃ヲ彼ガ頭上ニ加フル事、御互様ニ眞ニ愉絶快絶ノ極ミニ御坐候。

過ル七月十九日、橋頭（細河沿）戰ニ於テ小生受傷ニ就テハ、去月十八日附ヲ以テ、御丁寧ナル御見舞状ヲ辱フシ、御懇切ノ段深ク御禮申上候。幸ニモ軽傷ニテ、入院十一日ノ後元隊ニ復シ、尓後毎戰闘ニ参加仕候間、乍他事御休神被

岸田　清

慶応3年生。福岡県企救郡小倉町。

陸軍教導団歩兵科卒業、陸軍戸山学校体操科卒業。日清戦争にも参加。明治31～35年、済々黌職員（体操担任）。

下度願上候。先ハ御禮申上度、如此ニ御坐候。遼陽総攻撃戰況ハ、新紙ニ就キ御承知ノ御事ナラン、依テ更メテ不申上候。

私所属隊ハ、今村聯隊中ノ中川大隊長崎中隊ニ候。敬具　　岸田清

九月十七日　於遼陽東北約五里　烟台炭坑附近　韓家伯岑子

中学済々黌　職員御中

御黌出身ノ久吉君、野田君、川本君、河野君四氏ハ、名誉ノ戰死トハ乍申、実ニ残念ノ御事ニ候。

14-09-15

○明治37年9月17日付　生徒宛——(階級記載なし)
出征第12師團歩兵第14聯隊第1中隊

拝啓　諸君益御清康、日夜御勉學の段奉賀候。陳ば去七月十九日、橋頭役に於て小生負傷に就ては、去月十八日附を以て御丁寧なる御見舞状被下、難有存上候。幸に軽傷の為め、僅か十日斗の入院にて、全快と迄はまいらず候得共退院、尓後の戦闘に参加(退院後十日斗にて全快)致し候。我第十二師團は、御承知の如く敵の左翼を包囲する如く常に運動し、毎度要衝の敵に衝突したるも悉く撃退、去月廿五日よりは、七、八盤岑及寒坡岑の敵を攻撃し、引き續て大安平、大窟、達連城の敵と大衝突、遼陽左側背包囲任務を全ふせし我に候。此方面は敵の尤も憂ふる所にて、従て其兵力大なる者に候ひし。目下は、遼陽の東北約

1　遼陽の北方にある炭坑。

五里、烟台炭坑[1]の附近に駐軍、第二軍と連繋し、警戒駐陣、第四軍は第二線となり居候。遼陽占領に就ては、各軍共随分損傷有之候得共、敵の損害は例に依り我に数倍、尤も機敏に汽車にて後方に運搬し去る其巧妙、感心の外なし。詳細は新紙上にて御承知ありたし。

先は御礼旁右迠。時下御自愛専一に奉存候也。匆々　敬具

九月十七日　遼陽附近　岸田清

中学済々黌　生徒諸君

14-06-13

北里幾助

○明治39年1月1日付　生徒宛——(階級記載なし)出征第6師團歩兵第45聯隊第1大隊本部

謹賀新年

明治三十九年一月一日

出征第六師團歩兵第四十五聯隊第一大隊本部

北里幾助

熊本中学済々黌生徒御中

14-10-12

北里幾助

明治15年生。熊本県阿蘇郡北小国村。明治28年入学、33年卒業。陸士へ進学。陸軍中佐。のち東京第一無線工科学校（東京市芝区、昭和10年設立）校長。

北里謙太郎

○明治37年6月17日付　黌長宛――（出征兵士の父親）阿蘇郡北小国村大字北里

拝復仕候。増御安康奉拝賀候。然シ二男幾助儀、御尋問被下御厚情忝ク奉謝候。昨年ヨリ鹿児嶋四十五聯隊ニ入隊仕居候処、去月十日動員令有之、出征ノ途ニ付申候。上陸ノ地点ハ不明ニ有之候得共、遼東半嶋ト想像仕候。何レ其内本人ヨリ上陸地点申参レバ直ニ御通知可申上候。右御事申上度。草々　頓首

六月十七日　北里謙太郎

井芹先生

14-03-15

北村吉雄

○明治38年7月30日付　生徒宛――歩兵大尉　出征第6師團歩兵第45聯隊第4中隊

御厚情多謝多謝。小生は目下開原の北、昌圖の東、山高からず、流深からざる渓谷に、近く敵と相接して、将に来るべき前進の令を相俟居申候。

謹で御厚情を謝すると共に、諸彦の御健康を祈る。

北里謙太郎

生没年不明。熊本県阿蘇郡北小国村。

北里幾助の父。

北村吉雄

明治9年生。熊本市下通町。

明治23年入学、26年退学。成城学校へ進学。

七月卅日　歩兵第四十五聯隊　大尉　北村吉雄
中學済々黌　生徒御中

14-06-10

衣笠蘇八郎

○明治39年1月1日付　黌長宛――（階級記載なし）臺南歩兵第52聯隊第8中隊

謹賀新年
戰後二ヶ年ニ亙ル永月ノ間、不絶最モ深厚ニシテ、且ツ熱誠ナル御慰問ニ接シ、其上詳細ナル御黌隆盛ノ状況ヲ敬承スルヲ得テ、安意職責ヲ勉メ居仕候。尚将来ト雖ドモ陪舊ノ御教訓ニ預度、茲ニ新年ノ賀詞ヲ述べ、平素ノ謝意ヲ表シ候。

敬白

明治三十九年一月一日　衣笠蘇八郎
井芹先生　侍史

14-01-20

木下宇三郎

衣笠蘇八郎

生年不明、明治40年没。熊本県合志郡西合志村。済々黌草創期在籍。

○明治38年1月27日付　黌長宛――砲兵中佐（東京麹町預備病院）

舊臘は病床に御枉駕被下忝奉存候。久方振、舊を談じ新を語り、平生の情懐を序し愉快に存候。去年十二月十二日發貴翰、昨日来着披見候處、今田の戰役に於て我同窓生の負傷若は戰死四十有餘人に達し、其肖像遺墨は貴校に保存の方法を講ぜられ候由、御用意周到感謝の至に御座候。小生の病氣も漸次快方に赴き、爾後の戰場には参加出来る様致度心組にて、日夕、神かけて黒鳩が退却せざる様、又露國が内政の関係上過早に頭を下げざる様、祈り居申候。右御来信に對し御禮迠。一筆如是に候。恐々謹言

三十八年一月廿七日　　木下宇三郎

済々黌長　井芹経平殿

14-02-08

錦城鑾熊

○明治38年4月14日付　生徒宛――（階級記載なし）出征第1軍騎兵第2旅團第15聯隊第□中隊

屢々御手紙被下難有ウ。

木下宇三郎

慶応元年生、昭和21年没。熊本県菊池市今。明治15年入学、17年卒業。日露戦争当初は第一軍作戦参謀。途中より大本営陸軍部参謀。大正6年陸軍中将。大正8年第12師団長。同10年予備役編入。陸軍士官生徒9期。

錦城鑾熊

経歴不明。

「友うれし蒙古の野辺に花便り」

戦争ノ大局ハ大勝利ヲ以テ終結ニ近ヅキツヽアルノ今日、唯敗戦ノ苦境ニ泣キツヽアルモノハ帝国ノ騎兵集団デアリマス。騎兵第一第二旅団モ追躡ノタメ孤立、遠ク北方ヘ突出シタ処ガ、例ノミスチェンコ将軍ハ優勢ナル騎兵ヲ提ゲ潮ノ如ク疾風ノ如ク南下シ、先ヅ第二旅團ヲ叩キ付ケ、左ヘ廻テ第一秋山支隊ヲ襲撃シ、見事日本ノ騎兵團ヲ南方ニ撃退シタ。斯ク申セバ餘リ日本騎兵ハ弱虫ノ様デアルガ、兵種ノ配合及其数ノ上ニ甚シキ差異ガアルカラ、諸君マー聞給ヘ。目下孤立北進シ得ベキ吾騎兵ハ、何トシテモ三、四十中隊ヲ越ヘナイダロー。時ニ大窪附近ヲ中心トスル敵騎ハ、総勢四師團百二十中隊ト号シ、之ニ優勢ナル騎砲兵ヲ有スルダロー。其処デ諸君希バ憐察ヲ垂レ玉ヘノ弱音ガ出ルノダ。目下蒙古ニ引込ダ。中々廣クテ丸デ海ト同様、敵ハ地平線下カラズンく出テ来ルノデアル。

敗戦報告ハマー此位ニシテ置コー。地形、人情、風俗等ニ付テモ申度ガ、寸紙拙筆デハトテモ出来ナイ。軍人モ各国ノ青年ガ寄集テ居ルガ、我田カモ知ラヌガ、熊城鉄骨ノ男児ニ限リマスネー。膽ヲ練リ學ヲ講ズルハ、実ニ熊城ニ限リマス。私ハ此好個ノ學校ニ修学セラルヽ処ノ諸士ト共ニ、黌運ノ益々隆盛ナラン事ヲ祈マス。

終ニ一言シマス。軍人ニナル人モ、商人ニナル人モ、博士ニナル人モ、十二分ニ筋骨ヲ鍛へ給へ。皮骨ノ身体ニ不撓ノ勇気ハ宿リマセン。御流儀ノヤットンく二御小手一本、ベースボールモヨカロー。兎狩モエーナー。ワーシタチャー蒙古ノ原ニ野放シサレテ仕方ニヤーケッドンガ、「愉快極マル陣屋ノ酒宴、中ニ大丈夫ノ美少年」的デ、実ニ愉快ダケンナー。此手紙ハ一見シタラ焼棄セヌトイカン。先生ニ見セルトシカラレル。誰カ總代ヲ井芹先生ニ宜敷。

四月十四日　野熊

済々黌生徒諸君

14-09-07

工藤大喜

○明治38年1月3日付　生徒宛――砲兵大尉　出征第6師團野戰砲兵第6聯隊第1中隊

風嘯々として嚴霜髯を結ふの夕、近き将来に於る第二の征露軍たる兄等の慰問に接するや、第一征露軍は國民の無限の後援によりて着々成効の域に進みつゝあり。此征討軍の一部に加りたる吾々は、誓て卿等の好意に報ん事ヲ期す。

旅順降伏の夕　於沙河の畔

工藤大喜

生没年不明。熊本県託麻郡大江村。

済々黌草創期在籍。

砲兵大尉　工藤大喜　14-11-11

済々中學生徒御中

○明治38年2月11日付　黌長宛——砲兵大尉 出征第6師團野戰砲兵第6聯隊第1中隊

謹呈仕候。益御清康御精励の御事と奉存候。我多望なる卅八年の乾坤も、四千余萬の同胞の熱精なる後援によりて、在外の兵士も光輝ある
聖代に浴する事を得、感激おく能はざる事に御坐候。顧みれば小子等は黌の人となり、帝國軍人の末位を汚し、開國以来未曾有の大戰に参與するを得たるは、偏に先生諸彦の御賜と深く奉感謝候。然るに御多忙の際にも拘らず、吾々末輩まで御慰問を辱ふし、御礼の辞も無く、誠に慚悔の至に候。倦冬期も最早残り僅かに相成候得ば、戦機の至る、将に近きにあらんと奉存候。一日も早く黒鳩の首をはね、満州をして光明に浴せしめん日を鶴首致候。右は御礼まで。敬具

二月十一日　工藤大喜

井芹老先生　閣下　6-04-06

○明治38年11月20日付　黌長宛——砲兵少佐 出征第3軍野戦砲兵第17聯隊第1大隊

謹呈仕候。近々寒冷に相向ひ候処、校長閣下始め、各位益御健勝の段奉賀候。

御校嚢に祝融の災にかゝられ候得共、今や旧に倍するの宏壮の校舎御新築に相成追々御落成の由、新校の御落成と共に、御校運の益隆盛を奉祈候。偖校務御多忙の折に関らず、度々御丁重なる御慰問を蒙り、誠に奉感謝候。

不肖先きに負傷の為、一旦帰還仕候処、幸に全癒仕候により再び出征仕り、目下野戰砲兵第十七聯隊（衛戌地國府台）に在職仕候。當隊は第三軍に属し、法庫門附近屯在罷在候。先は御礼まで。敬具

14-05-10

蔵原惟皓

○明治38年6月27日付　生徒宛——海軍中尉 軍艦「笠置」[1]

拝啓　是迄数十囬御慰問状ヲ辱フシタルニ對シ未ダ一囬モ御禮状差出不申、今更何トモ御申訳無之、唯々汗背アルノミニ御座候。敵ノ東航艦隊モ此間全滅致シ、今后暫ラク帝國ノ進運ヲ阻止スル者ナキニ至リ候ハ、誠ニ快心ノ至リニ御座候。是レ正尊ノ御威徳ノ然ラシムル處ナルハ勿論ノ所ニ候ヱ共、一ツハ諸君ノ声援、艦隊将士ヲ激励シタルニ因ル事ト確信致候。
帝國ノ前途益々多事ナラントスルノ秋、切ニ諸君ノ御健康ヲ祈ルト共ニ、一段

蔵原惟皓《これつぐ》

明治11年生、昭和35年没。熊本県阿蘇郡大字西町。明治28年入学、31年卒業。海兵では米内光政と同期。

御奮発アラン事ヲ希望致候。敬白
六月二十七日　蔵原惟皓
済々黌生徒諸君

14-04-14

倉本重知

○明治39年1月1日付　黌長宛——砲兵中尉
在満州　野戰重砲兵第4聯隊

謹奉賀新年
正月元旦　倉本重知
井芹先生

14-04-28

黒川秀義

○明治37年12月26日付　黌長宛——砲兵大尉
出征第6師團野戦砲兵第6聯隊戰利野砲中隊

時局に際する黌運の隆盛は為邦家一層の大慶と奉存候。我同窓の幾多の士は前

1　第一艦隊第三戦隊所属の二等巡洋艦。明治31年アメリカ製。

倉本重知
明治15年生。熊本県葦北郡佐敷村。明治29年入学、34年卒業。陸士へ進学。

黒川秀義
生没年不明。熊本市西岸寺町。済々黌草創期在籍。大正5年山砲兵第一大隊長・砲兵大佐。

途多望の身を以て潔よく君国に尽され、末輩の吾等に至る迠肩身廣き心地致候。今般は御丁重なる御慰問を忝ふし、深く銘心肝奉拝謝候。小生も去る十月以来戦利野砲中隊を引率し戦闘致候得共、敵彈にはふられ何の功もなく用なき命を長らへ居申候。満州如何に寒きも人間の棲息する所、御黌にて修養したる躰躯は、今に尚頑としておかさるゝなく罷在候間、乍他事御安心可被下候。

右御礼旁如此に候。敬白　黒川秀義

十二月廿六日

井芹経平殿　其他諸先生

14-03-23

○明治38年11月17日付　黌長宛——（階級・所属記載なし）

数々御慰問被下、光栄不過之と奉存候。今回の戦役、皇軍の連捷は陛下の御威稜に由るは勿論なるも、而も応内地諸君の熱誠なる御援助によるに非ざれば、何ぞ能く此に至るを得ん。小生など微力、幸に大過なく今日に際会するを得るは全く御黌の御陰と深く感謝致居、古の破れズボンの時代共起想され候。何れ来春は御目に懸り御礼可申上、先は不取敢右迠。匆々　頓首

追テ小生等は一先づ廣嶋に到り解隊の上、夫々御所属隊へ復帰致事に相成居候。目下の隊号は表書の通りに付御承知被下度候。　黒川秀義

十一月十七日
井芹先生　玉机下
其他職員御一同

6-02-17

○明治39年1月3日付　黌長宛――（階級・所属記載なし）

拝啓　目下小生の部下に、砲兵特務曹長、宮内卯之助なる者有之。本人は豫備役にありて召集せられたる者にして、現役中は熊本の砲兵隊及下志津の砲兵第十八聯隊に在職し、砲兵軍曹にて戦役始めの前年満期となり、本人の鹿児嶋の者なるの故と、戸山学校体操科卆業なるの故を以て、鹿児島にて学校の体操教師と相成居りし由。現役中の素行に就ては、女子に関し、他人のつまはじきする点ありしも、在郷中は勿論、今回の召集後は、真に他人の模範とすべき人物と相成、戦役中の勲績中、教育総監部に、精神教育の材料として呈出したる人物に有之。其上、事務に整理に関しても見る可き点有之。小生を補助したる功不尠、金鵄勲章は無論請合と申す者に候處、今回召集解除の後、熊本附近に於て、体操科の教師と相成度希望の由申出候間、本人に就ては小生保証可仕候間、御黌、若しくは他校に於て御周旋被下候はゞ、本人は勿論小生の感謝する所に候。当隊は来る三月中頃、廣嶋に於て解隊の筈。小生は其準備として、熊本及廣嶋に先發を命ぜられ、本月十六、七日頃当地出發の筈に付、熊本に於て御目に懸るか、若しくは廣嶋へ御回答被下度、此段御願迠。匆々　敬白

黒川秀義

一月三日

井芹先生　玉机下

6-03-15

桑島敬直

○明治37年12月19日付　黌長宛――軍艦「出雲」士官室　海軍主計少監

謹啓　貴黌職員御一同ヨリ懇篤ナル御慰問ヲ辱フシ感謝ニ不禁。今ヤ敵ノ東洋艦隊ハ殆ンド全滅ニ帰シ、戦局ノ大勢上優勝ノ位置ヲ占メタルハ御同慶トナル所ナルモ、聞クガ如クンバ彼ノ第二艦隊ハ已ニ本國ヲ出發シテ航途ニ在リ、生等ハ前途ノ重責ヲ思ヒ益々奮励以テ國家ニ報ズル所アラントス。出征以来鄙体強健ヲ加フ。幸ニ故慮アラン事ヲ。

右謝意ヲ述べ度寸楮如此ニ御座候。敬具

十二月十九日　軍艦出雲　海軍主計少監　桑島敬直　拝

桑島敬直

明治元年生、昭和19年没。熊本市京町本丁。明治18年卒業。

済々黌長井芹経平殿

猶生徒一同ヨリモ繪はがきノ慰問状ニ接シ候モ、記名ナキヲ以テ茲ニ貴兄迠鳴謝致候也。

14-04-07

○明治38年6月24日付　黌長宛――（階級記載なし）軍艦「出雲」[1]士官室

拝啓　陳バ今回日本海々戦ニ関シ鄭重ナル御書面ヲ辱フシ感謝ノ至ニ不堪。積日関心ノ一大決戦モ　天祐神助ニ因テ我軍ノ全勝ニ帰シタルハ、為国家御同慶トスル所ニ御座候。於小生モ以御蔭武運強ク数度ノ会戦ニ小疵ヲモ不負候間幸ニ、御放念被下度候。先ハ右御礼迠申上度、寸楮如斯ニ御座候。匆々拝具

六月廿四日　出雲　桑島敬直　拝

済々黌長井芹経平殿　外職員御一同御中

6-01-02

郡司忠夫

○明治37年12月26日付　黌長宛――（階級記載なし）出征第6師團歩兵第13聯隊本部附

追日嚴寒ニ相向ヒ候處、黌長閣下始メ諸先生益御健勝ノ御事ト、萬里遠征満州

1　第二艦隊旗艦の一等巡洋艦。明治33年イギリス製。

郡司忠夫

明治16年生、昭和20年没。熊本市水道町。

明治33年入学、34年退学。

ノ野ヨリ奉察候。却説先日ハ御奉墨ヲ忝フシ千万難有奉深謝候。亦御黌生徒一同ヨリモ御慰問被下、不肖私ニ於テ痛激ニ不堪候。轉タ黌長閣下ノ御厚情ノ程感入候。扨テ私儀出征以来、一度ノ病魔ニ侵サレシ事無ク至極大元氣ニテ、蓋平以来此回沙河ノ會戰ニ参與致シ無事経過仕リ、目下沙河ヲ挟ミ互イニ砲火ヲ相交エ居ル次第ニ御座候。私共ハ専ラ後方勤務ヲ尽スト雖モ、或ル場合ニ於テハ危険ヲ顧ミズ、任務ヲ全フセザル可カラザル事多々有之申候。戰局モ尚ホ遼遠ナルモノヽ如シ。我身ノ續カン限リ、一意専心以テ為國家盡クス覺悟ニ御座候。先ハ陣中ニテ充分其ノ意ヲ不得候モ、御返事迠如此クニ御座候也。

三十七年十二月廿六日　郡司忠夫

済々黌長　井芹經平殿

14-07-19

○明治38年4月18日付　黌長宛――（階級記載なし）出征第6師團歩兵第13聯隊本部

拝啓　度々御芳翰に接し候へ共、一々御返事も届兼失敬の段平に御容赦被成下度候。黌長閣下始め諸先生益々御多祥の段大賀此事に奉存候。扨て北進軍は煙火三月桜花の将に綻びんとする好時期に會し、颷然一挙縦横無盡、敵の前面を撃破して、故国の桜花と共に南満州の曠野に大勝利の花を咲かせ候ひしは、実につに壮快に絶不申候。私義も今田の戦争に参與致し無事経過仕候。然かして至

極大元氣にて軍務精勵罷在候間、乍他事御放念被下度。
先は御返事迠。　草々　頓首
四月十八日　　郡司忠夫
井芹経平殿

14-04-11

小出義光

○明治38年2月8日付　黌長宛——（見習士官）後備歩兵第55聯隊第10中隊

謹啓　出発前は一方ならぬ御厚意に預り奉拝謝候。愈々二月二日清國着、目下東清鉄道に沿ひ北上致し居り申候。日々八、九里の行程重荷を負ひ候。兵士の苦辛御推察被下度候。本月十八、九日頃には目的地点に達する予定に御座候。委細後日を期し可申。諸先生御一同へは宜敷御鳳聲奉願候。草々　不尽
征露第二年　二月八日　吉田少尉[1]
松岡見習士官
小出見習士官
井芹先生　帋皮下

14-05-13

小出義光

明治16年生。熊本県阿蘇郡白水村。
明治30年入学、35年卒業。
第10代白水村村長をつとめる。

1　吉田栄蔵、明治34年卒業。

○明治38年2月26日付　黌長宛——見習士官　出征後備歩兵第55聯隊第10中隊

謹啓　出発の際は御厚情に預り奉萬謝候。愈々二月廿五日沙河沿岸に来着。近日更に前進の筈に付き、露軍を奉天より撃退す可き栄譽を擔ふ可く欣喜の極みに御座候。時候柄御自愛専一に奉祈候。

諸先生方にもよろしく御傳言奉願候。草々　不尽

14-12-30

○明治38年4月6日付　黌長宛——(階級記載なし)　出征後備歩兵第55聯隊第10中隊

謹啓　追々春氣相催し申候處、愈々御揃ひ御勵精奉慶賀候。然るに今回、奉天、鐵嶺占領に就き御鄭重なる慰問状を給はり難有奉萬謝候。生等も幸ひに奉天攻撃に參與し、左翼包圍のため奉天西北大石橋、田義屯附近に於て退路を求むる敵の逆襲に遭遇し、砲彈銃丸の雨注に酬ゆるに、砲、銃、機関銃と協力して之を撃退して、遠く鐵嶺附近迄追撃致し申候。是單へに我　陛下の御稜威の然らしむるところと雖、國民後援の力大なる結果、各兵士の士氣奮興、戰はざるに先ちて露兵を破り、攻めざるも敵塁を抜くの慨あるに因せずんばあらずと存じ候。殊に二月末に解けかゝりし渾河の氷の総攻撃前に再び固く氷りしが如き、實に天祐と思はれ申候。黒鳩が唯一の障害と恃みし渾河も、坦々たる氷道と変

じ候。愉快まことに萬歳を絶叫せしめ申候。目下大戰闘後の休養全たく整ひ、英氣満々時機を待ち活動すべく幸に御放念被下度候。時局柄御自愛専一に邦家のため御盡粋奉祈候。先は不敢取右御禮迠申述候。草々　敬白

征露二年四月六日　小出生

済々黌職員御中

14-05-14

○明治38年4月6日付　生徒宛——（階級・所属記載なし）

皇師一度奉天を囲んで敵将黒鳩をして顔色なからしめ、半歳の苦心になる堡塁画策をして渾河の水泡と帰せしむ。嗚呼、我皇帝陛下の御稜威亦盛んならずや。生等幸ひに此の　聖代に生を受け、奉天攻撃軍の一員に加り、西北包圍の任に當るを得、赫々たる　御稜威に浴するを得、光榮何をか加えむ。鐵嶺、開原の略取、二十余萬の敵の損害些少にあらずと雖、敵を全滅し遠くハルピンを抜く可き奉天の會戰に於て其の全部を完ふするを得ざるは、是未だ生等の努力の及ばざる處、奮励の足らざるところと鋭意　陛下の　御聖意と國民諸氏後援の大意に酬ひんことを焦慮してある。時にあたり、我済々黌生徒諸君の御慰問の状を辱ふす。噫々何を以て之に酬ひ、如何にして之に答へん。

日々唯夫死せんのみ！　諸君よ乞ふ。意を安んぜよ。皇軍百萬戰後の休養既に全く勇氣凛々として敵を遠く奉化、長春の北に壓し一擧ハルピンを抜き西比利亜の平原雪に埋るゝ村落に旭旗の心地よく飜るも亦遠きにあらざるべし。浦港の食道を塞ぎ死地に置く亦近きにあらむ。親愛なる諸君よ、諸君は戰局に意を痛むるなく唯鋭意自己の目的に向って孜々奮励されんことを。敬白

出戰軍中の同窓生

征露二年四月六日　小出義光

熊本縣立中学済々黌生徒諸君御中

6-03-22

○明治38年8月8日付　黌長宛——歩兵少尉 出征後備歩兵第55聯隊第10中隊

謹啓　炎暑の砌愈々御清福の御事と拝察奉慶賀候。扨済々黌出身にして、小生と同中隊に在りて、熱心に軍務に従事ありし歩兵少尉松岡知之君[1]、七月十九日午后より急性肺炎に罹り、戰地に於ては此の上なき治療と看護を尽し候も無功果、八月三十日午后七時二十分長逝致し、遺憾此の上なきことに有之申候。源因は、二昼夜に亘る行軍の後、激務の衝に當りしため、本望と存じ候。

先ずは御見舞旁々御報導迠如斯に御座候。

諸先生方にもよろしく御鳳聲奉願候。草々　不尽

1　明治34年卒業。熊本県菊池郡加茂川村。明治38年8月戦病死。

八月八日　小出生

井芹先生玉机下

14-02-14

〇**明治38年11月19日付　釁長宛**——（階級・所属記載なし）

謹啓　昨夜は御鄭重なる御招待に預り難有奉鳴謝候。殊に久し振りにて諸先生の御健勝なる温容に接し歡喜の餘り御遠慮も申上ず頂戴仕り候て失礼仕り候段、御詫の申上様も無御座候。何卆諸先生方へもよろしく御傳言被下度候。猶昨夜御話申上候、旅順攻囲軍の苦戦せし紀念の品、御手許迠差出申候。若し學校に於ける教育の参考品ともならば幸甚の至りに御座候。

砲彈の破片　二　｛二〇三高地　一
　　　　　　　　 椅子山　一

手投爆薬ノ鑵　二〇三高地にて使用せしものにして鑵詰ノ殼ヲ利用セシモノ

帽子ノ破片　松樹山新砲臺ニ於テ發見セシモノニシテ、該砲台ハ塁下に隧道ヲ穿チ爆破セシモノ

右御落手の程奉願候。先は右御礼旁々如斯に御座候。早々敬白

十一月十九日　　小出生

井芹先生　御座下

6-02-05

古賀一雄

○明治3□年8月12日付　生徒宛――砲兵中尉　出征第4軍野戰重砲兵第4聯隊

暑中の御見舞幾重にも難有、御厚意の程奉萬謝候。小官以御陰目下某地に滞陣、無事消光罷在候間、御安心被下度。先は御礼まで。敬白

八月十二日　同窓生　古賀中尉

済々黌生徒御中

14-10-09

古閑　新

○明治37年11月27日付　黌長宛――一年志願兵　歩兵第13聯隊補充大隊第6中隊

拝啓　寒威相暮申候處、諸先生益々御健在、公務御励精奉恭賀候。新儀入営以来、以御蔭身神共ニ無事軍務精出シ居申候間、乍他事御放神合掌仕候。入隊後ハ頓斗御無音ニノミ打過、汗顔ノ儀ニ御座候。御校ヨリハ諸先生ノ満腔ノ御厚情ヨリ成ル御慰問状[1]、且ツハ御發刊ノ多士[2]ヲ御送与被下、無聊中偉大ノ慰藉収得仕候。御芳志感謝ニ不堪候。一度ビハ御校へ罷出、御禮可申述心念罷在候へ

古賀一雄
明治12年生。福岡県八女郡光友村。
明治26年入学、31年卒業。
のちに光友村村長をつとめる。

古閑　新
明治14年生。熊本県託麻郡本庄村。
明治28年入学、34年卒業。

1　明治37～38年に4回にわたり戦地に送付された井芹校長からの慰問状。

2　済々黌校内雑誌。明治36年第一号発行。現在も継続して発行されている。

共、多端ノ軍務ハ往訪ノ時間ヲ許容不仕、乍遺憾今日迠推移仕候次第、不悪御容心被下度候。去歳変災ニ相成申候校舎ノ跡ニハ、已ニ立派ナル建設相営マレ、不日移轉ノ運ビニ相成ルノ様子、何ヨリ結構ノ次第ニテ、内部ノ整備モ永キ将来ヲ待タザルベクト察入申候。先ハ久濶ノ御尋問旁々御禮まで。艸々　敬ぐ

十一月廿七日　古閑新拝

井芹校長先生侍史

其他諸先生

14-02-22

古閑子熊

○明治3□年□月□日付（宛名不明）——砲兵中尉 出征第4軍独立重砲兵旅團 徒歩砲兵第1聯隊第1中隊

左記及御通報候也

出征第四軍独立重砲兵旅團

徒歩砲兵第一聯隊第一中隊

　陸軍砲兵中尉　古閑子熊

小生の所属隊号表記の如きに付左様御承知（以下欠落）

14-08-06

古閑子熊

明治10年生。熊本市四軒町。

明治30年入学、31年卒業。

帍口苓太郎

○明治39年1月1日付　黌長宛——歩兵中尉 出征第6師團歩兵第13聯隊第12中隊

謹奉賀新年
追て諸先生、御揃御超歳被遊奉恐悦候。舊年は追々御慰問状を忝ふし奉深謝候。
茲に謹んで新年を祝し、諸先生の御健康を奉祈候。　頓首
明治卅九年一月一日　帍口苓太郎
済々黌　諸先生御中

14-01-21

小坂武雄

○明治37年6月18日付　黌長宛——（所属記載なし）砲兵大尉

拝復　向暑ノ候ニ御座候処愈御清栄ニ被御座遊奉賀候。此節ハ御鄭寧ナル御祝詞ト御賞讃トヲ忝フシ反リテ汗顔ノ至ニ御座候。御中越ノ如ク今回ノ挙ハ誠ニ古近未曾有ノ大事ニシテ、其結果如何ハ神洲ノ安危ニ関スル事ニ御座候得バ、不肖等軍籍ニ列スル者ハ固ヨリ、微力ノ有ラン限リヲ尽スベキ覚悟ニ御座候。

帍《こ》口《く》苓太郎

明治10年生、昭和20年没。熊本県宇土郡不知火村。明治27年入学、31年退学。日露戦争後は山口中学および松橋高小教師をつとめ、のち不知火村村長。

小坂武雄

明治7年生、戦死（時期、状況不明）。熊本市紺屋町。明治20年入学、26年卒業。

且□内ニハ絶大ナル國民一致ノ後援アリ。敢テ後顧ノ患ナク一意前進致スノミニ御座候。不肖ハ當初ヨリ軍ノ最右翼トシテ行動仕、九連城攻撃ノ際ニハ昌城ニ在リテ、永甸、寛甸及懐仁ノ敵ニ對シ、軍ノ右翼ト其背後連絡線トヲ警戒シ、爾後本軍作戰ノ進捗ニ伴ナヒ漸次前進仕、永甸、寛甸ヲ陥シ、靉陽辺門ヲ畧取シ、賽馬集ヲ攻撃シ、目下靉陽邉門ニ在リテ其任務ノ実施中ニ御座候。先ヅ右御禮旁々御通知迠如斯御座候。先生始メ各位ノ御健康ヲ祝ス。敬具

六月十八日　於靉陽辺門　小坂武雄

井芹先生　侍史

14-03-18

○明治37年6月30日付　児玉亨[1]（生徒）宛——砲兵大尉 第1軍野戰砲兵第12聯隊

拝復　皆様益御壮康ニテ天災後諸事御欠乏ニモ拘ハラズ日夜孜々御勤勉ノ趣誠ニ

君国ノ為メ慶賀ノ至ニ堪□候。却説今回ハ御過賞ニ預リ野生等敢テ當リ申サズ候。満洲ノ地タル、露國ガ兵事上ニ於テモ多年経営セシ所ニ御座候故、此戰役ニ於テハ作戰上彼等ニ利スル所尠カラザルベク、然ルニ海陸共今日若干ノ成効ヲ収メ得タルハ、全ク

陛下御威徳ノ致ス所ニシテ、野生等モ皆様ト共ニ恐懼

1　明治38年卒業後、熊本医専へ進学。

御威徳ヲ仰グ次第ニ御座候。今回ノ挙タル、古今ノ壮事ニシテ且未曽有ノ大事ニ有之候事故、吾々軍人ノ身命ヲ致スベキ最良時期ト想考致居次第ニ候。殊ニ野生等ノ未来ニ於テハ勇往邁進ノ氣象ニ冨マルヽ諸君ノ在ルアリ。野生等ノ後方ニハ強大ナル国民一致ノ後援アリ。野生等ハ何等ノ顧慮ナク一意専心、来ルベキ大決戰ニ向フベク候。先ハ右御返事申述度如斯ニ御座候。

諸君ノ御健康ヲ祈ル。敬具

六月三十日　□□草甸子ニ於テ　砲兵大尉　小坂武雄

済々黌生徒御中

14-09-11

○明治38年4月7日付　黌長宛——第12師團野戦砲兵第12聯隊第1中隊長 砲兵大尉

粛啓

陛下ノ御稜威ニ因リ奉天附近ノ大會戦ニ於テ「セダン」役以上ノ大勝ヲ博シタルハ御同慶ノ次第ニ御座候。却説各位益々御健勝ノ程奉賀候。出征以来屡々御慰問ヲ忝フシ感謝ニ堪ヘズ候。今回ノ戦闘ニ於テハ野生ハ第二師團ニ属シ其一半ト共ニ廿四日、登眼岺ノ敵ヲ敗リ、翌廿五日進ンデ揚大人山ヲ占領シ廿六、七、八ノ三日間高台岺ノ敵ヲ攻撃致候ラヒシモ、其進捗思ハシカラザル故ニ、此方面ニ於テハ一時守勢ヲ取ルコトヽナリ、而シテ師團ノ他ノ一半ヲ以テ大高岺、乃ハチ敵ノ中央ヲ突破スベク画策セラレ、野生亦三月一日午前二時ヲ以テ転ジテ此攻撃軍ニ入リ三月一日、二、三日ノ三日間激シク攻撃ヲ加ヘ候ヒシモ、何分敵ハ天険ヲ扼シ塁ヲ高フシ壕ヲ深フシ繞ラスニ鹿砦、鉄條網ヲ以テシ而シテ我ヲ瞰射スルノ状況ニ有之候ヒシ故、折角ノ苦戦難闘モ之亦意ノ如クナラズ。由リテ更ニ鴨緑江軍ノ左ニ連繋シテ馬群丹ト高台岺ノ中間ヲ突破スベク計画セラレ、野生ハ再転シテ此攻撃軍ニ加ハリ、翌四日ヨリ運動ヲ起シ遂ニ其目的ヲ達シ、爾後九日ニ至ルマデハ敵ヲ急追シ、同日渾河ニ達シ、翌十日敵ノ頑強ナル抵抗ニ打勝ッテ撫順城ヲ陥落シ、再ビ急追ニ移リ十三日ニ至リ鉄嶺ノ南方二里ニ在ル范河ニ達スルヤ、優勢ナル敵ニ出會シ直ニ攻撃ヲ開始シ、翌十四日ニ至リ戦況頗ル惨憺タリシモ之ヲ撃破シ、十五日尚追撃ニ移リテ鉄嶺ニ達シ、大砲二十餘門ヲ有スル敵ノ防禦スルニ遭ヒ、夕刻ヨリ攻撃ヲ開始シ、十五日午前二時同所ヲ占領シ此ニ戦局ノ一段ヲ告ゲタル次第ニ御座候。先ハ右御礼旁々近況御通知申述度如斯ニ御坐候。敬具

明治三十八年四月七日　小坂武雄

中学済々黌　職員生徒各位

14-05-28

小里米助

○明治37年8月11日付　児玉亭(生徒)宛――(階級記載なし)出征第6師團歩兵第45聯隊第1中隊

謹啓　敢不当の御賛詞を拝受し恐縮の至り奉存候。目下吾軍は開城の北方に日々活動してあり。御承知の如く、軍の行動に関しては、大部分秘密に属する事のみにて、日々新聞紙にて御承知の事の外、御報知申上る事相叶へず候。米助も無事に御座候。賢兄等一同御無事御勉励、軍國多事の今日折角御保養専一に奉祈候。

八月十一日　米助

亨兄

14-08-14

○明治37年□月□日付　纍長宛――(階級記載なし)出征第6師團歩45の1

謹啓　御□□に接し実に恐縮の至りに奉存候。御申越の通り戦斗の成果を得可き期は尚遼遠なり。不肖等及ぶ処、国家の為メ盡碎可致、何れ又委細申上べく候へ共、不敢取右御礼迠也。追申、目下軍は遼陽の北方にて停止休養中に有之候。

小里米助

井芹経平殿

14-07-18

小里米助
経歴不明。

小島徳貞

○明治38年2月19日付　黌長宛——輜重兵大尉 第3軍第7師團司令部

謹啓　厳寒ノ候益々御清勝ノ段奉賀候。曩キニハ貴殿及御黌職員諸君ヨリ丁重ナル御慰問ヲ辱フシ、這般ハ又痛快ナル新年ノ賀状ヲ拝シ奉鳴謝候。小生ハ始メ攻囲軍ニ従ヒ旅順包囲ニ従事致シ居リ候處、御承知ノ通リ新歳元旦夕、彼レ降旗ヲ樹テ開城致シ、実ニ千古未曾有ノ新年ヲ迎ヘ、何者ノ愉快カ之ニ過ギ申サン。其後、旅順モ夫々整理ノ楮ニツキ候ニ付、去月末ヨリ當方面ニ参加致シ、将サニ新活動ニ移ラント致シ申候。満州ノ野、邪寒激シカラザルニアラズ候ヘ共、嘗テ御黌ノ訓陶ニ浴シタル小生ニ取テハ何ノ故障モ無ク、戰務ニ従事致シ居リ候条、乍憚御安心被下度候。尚ホ今後モ貴殿及御職員御一仝ノ望ニ沿フ如ク、充分憤励致シ、積鬱セル多年ノ憤ヲ晴シ可申候。終リニ臨ミ貴殿始メ御黌職員諸君ノ健康ヲ之レ祈ル。拝具

明治三十八年二月十九日

第七師團司令部　輜重兵大尉　小島徳貞

済々黌長　井芹経平殿

14-12-09

小島徳貞

明治6年生。熊本県上益城郡甲佐町。明治21年入学、27年退学。陸士10期。大正7年輜重兵第五大隊長。著書に『明治十年熊本籠城回顧』（昭和12年）。熊本城址保存会（現熊本城顕彰会）理事。退役時は陸軍大佐。父徳通は甲佐町町長。

○明治38年8月1日付　釁長宛——輜重兵大尉 出征第3軍第7師團第1糧食縦列

拝啓　酷暑ノ候ニ候處、貴殿ニハ如何ニ御消光相成リ居リ候ヤ。降テ小生儀ハ、幸ヒニ無異軍務在罷申候間、乍他事御放心願上候。却説、當方面ハ、ミスチェンコノ騎兵團ト相対峙致シ居リ候モ、目下極メテ平穏ニ有之候。満州ハ当時雨期ニテ、一晴一雨即チ我邦ノ梅雨ニテ、道路ノ濘悪ナルニハ閉口仕リ、到底這ノ雨中ニハ、軍隊活動ハ許サズ候。シカシ我軍ニモ活動ノ準備ハ怠リナク勉メ居リ候ヘバ、雨期ヲ過グレバ最后ノ一大打撃ヲ彼ニ加フル事ト信ジ居リ候。

第三軍ニテ小生ノ知リ得ル限リニテハ、済々釁仝窓生ハ僅カニ三人ニ候。即チ津野田是重[1]（少佐ニシテ軍参謀）、緒方武（後備隊ヨリ先般当師團第廿八聯隊ヘ転任）、及ビ小生ニ候。第七師團ハ元来北海道ニ候ヘバ、仝窓生ノ少キモ、其筈ニ候。新聞ニ依レバ、吾同窓生ガ軍人ハ申スニ及バズ、通訳其他ニ於テ、諸處ニ活動致シ居リ候ニハ、実ニ愉快ニ感ジ申候。シカシ、仝窓生ニ於テ西岡、加来、吉田、久吉等[2]ヲ始メトシ、多数ノ戰死者ヲ生ゼシハ、誠ニ痛恨ノ至リニ絶ヘズ候。此度ハ第十四師團此方面ニ参リ候ヘバ、少シハ仝窓生ニモ或ハ面會シ得ルカト楽ミ居リ候。時下不順ノ候、御自愛専一ニ祈リ申候。先ヅハ時候御見舞イ旁、右迠。草々　拝具

1　日露戦争当時第三軍参謀。明治38年1月5日の水師営における乃木とステッセルの会見で通訳をつとめる。陸軍少将で退役後、大正9年より代議士一期（奈良県）。陸士9期。

2　西岡彌八。本書二九八頁参照。加来一夫。本書六九頁参照。吉田可秀。明治9年生、37年8月戦死。熊本市京町。（26年入学、30年退学）

久吉道雄。明治12年生、37年7月戦死。熊本県飽田郡黒髪村。（26年入学、32年卒業）

征露第二年八月一日　小島徳貞

井芹経平殿

14-05-19

古城胤秀

○明治37年9月28日付　黌長宛——（階級記載なし）第6師団歩兵第13聯隊第6中隊

粛啓　御祝辞ヲ忝フシ奉深謝候。遼陽ノ戦闘ハ確ニ近世戦史ノ数頁ヲ汚スニ足ルナラント被存候。黌友ノ将校戦死負傷、御名誉ノ至リニ御坐候。愚生在黌ノ折ノ藪ノ内ノ黌舎内天井低キ為メ、ホルムス先生[1]弓ノ如ク曲リツヽ教鞭ヲ執ラレシ南側ノ二階附教室（四年級ノ時）ニ於ケル少尉村岡貞清氏ハ第一軍ニ属シ、九連城、様子嶺ノ各戦役後、遂ニ赤痢ニテ病死被致候。仝海軍少尉川本幸夫氏ハ去ル頃ノ黄海ノ海戦ニテ戦死ノ由、右ノ二名ハ四年級ノ時ハ仝教室ニテ随分快活ナル學友ナリシヲ覚ユ。五年級ノ仝教室（今ノ中学校正面ノ校舎二階ノ北端ガ五年級一ノ組ナリシ）ニハ大石橋ニテ戦死セル中尉久吉道雄氏アリ。在黌ノ折ヨリ黄面赤紐[2]ニテ、マタ畫圖[3]ノ遊泳競技会ニテハ何時モ乍ラ第一ナリキ。大石橋ノ戦闘ノ際ハ、生ハ一小隊ヲ以テ砲兵掩護トシテ砲兵ノ第六中隊（久吉

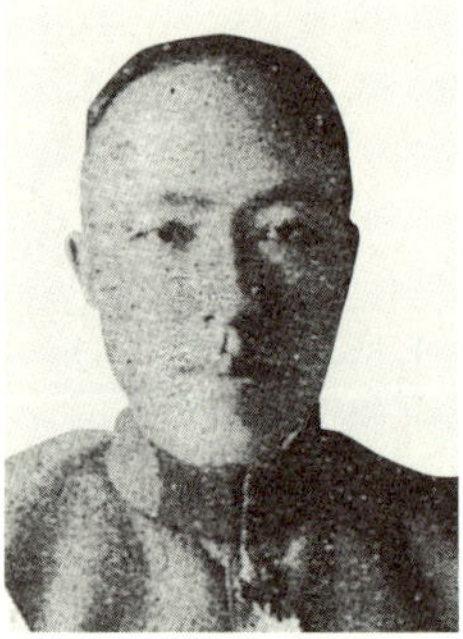

古城胤秀

明治15年生、昭和13年没。鹿児島県出水郡野田村。明治28年入学、32年卒業。昭和6年の熊本での陸軍特別大演習時は統監部特務機関長直属として参加。多士五十周年史に「満蒙問題」を寄稿（当時陸軍省新聞班長）。昭和

少尉ノ属セル）ト第一大隊間ニ在リ。陣北ヲ占メ、久シ振リニテ在黌時代ノ舊話ヲナシシハ、仝日ノ朝日東天ニ輝ク頃ナリシガ、夕陽西ニ傾ク頃ニハ早ヤ氏ハ榴弾ノ破片ニ額部ヲ打タレ、逝馬不帰ノ名誉アル功五級、久吉中尉にて、仝夕ハ茫然自失シタルノ感ナキ能ハズ。五年級ノ全教室内ニテ先日黄海海戦ニ戦死セル少尉野田三夫氏アリタリ。氏ハ俊才ヲ以テ称セラレ、且ツ柔道ニモ長ジタル方ナリキ。常陸丸[4]ノ二等運転士松本儀三次氏モ仝組ナリシガ、氏ノ消息ハ聞キ不申、過去ノ歴史程追想サレテ懐シキモノハ無之、又愉快ナルモノモ無之候。在黌中途ニテ陸軍ニ出身セシ中尉吉田可秀氏、少尉奴留湯末雄氏モ遼陽首山堡ノ戦闘ニテ名誉アル戦死ヲ遂ゲラレ申候。遼陽ノ戦闘ハ首山堡ノ占領ガ敵ノ退却ヲ餘儀ナクセシメタル発動機ト相成リ。仝首山ハ高99mノ花岡山形ノ小丘ニテ、山ハ形状ハ三角岳[5]ニ似、周囲ハ花岡山[6]ノ如キモノナラン乎。仝山ヨリ東ニ亘レル高地脈ハ数里ニ亘リ一ノ防禦線ヲ形成シ、首山ハ遠ク鞍山站ヨリ遼陽ヲ瞰制シ敵ノ據点トセル所、敵ニハ千鈞ノ重ヲ生ゼシメタル地点ナリキ。三十日ハ午前六時頃ニハ歩兵第二十三聯隊、仝四十八聯隊ハ仝山ヲ攻撃シ、敵ト相距ル百乃至六百米突ニ達セシモ敵ノ頑強ナル抵抗ニ終日陥落スルヲ得ズ。仝夜ニ夜襲ヲ行フノ止ムヲ得ザルニ達セリ。然レドモ敵モ頑強ニ之ニ應射シ、遂ニ仝夜モ夜襲ハ充分ノ成効ナク、三十一日夜更ニ吉弘歩兵十三聯隊ノ夜襲ト

8年陸軍少将、第16師団司令部付。昭和10年予備役に編入される。のちマンチューリアン・デーリーニュース社長。昭和13年11月10日、大連の自宅で割腹自殺。

1　済々黌の明治30年代の英語科教師。

2　済々黌の剣道が盛んになった折、教師を補佐するため、下級生の稽古相手として技の進んだ生徒の面の上に赤紐を結び付けた。

3　現在の江津湖のこと（熊本市）。

4　明治31年三菱造船会社長崎造船所で完成した日本最初の大型貨客船。明治37年6月15日玄海灘で近衛後備歩兵第1連隊の将兵を輸送中、ロシア海軍に撃沈された。

5　熊本県の宇土半島の先端にある山。標高四〇六メートル。

~~二十三~~○○○聯隊ノ援助ニ依リ遂ニ之ヲ占領スルヲ得タリ。占領後ノ首山堡ノ悲壮ナル光景ハ又々我兵士ノ志気ヲ鼓舞セルモノアリキ。我兵ト敵兵トノ死屍ノ散兵線ハ形成サレ、殊ニ四十八聯隊ノ一下士ノ如キハ身十余弾ヲ受ケ、敵刃ニ觸ルヽヲ恐レテカ右手ニテ剣柄ヲ握リタル侭自刃シ居リタリ。又鉄状網切断ノ任ニ当リタル工兵ノ一卒ガ鉄状網ヲ握リタル侭立姿ニテ戦死セルモノアリ。其不屈不撓斃而後止ノ精神ニ到リテハ確ニ日本武士ノ専賣特許ナラムト被考候。右不取敢御返事迠申上度。謹言

明治三十七年九月廿八日　古城胤秀

井芹経平殿

14-10-25

○明治37年12月25日付　釁長宛——歩兵少尉　出征第6師團歩兵第13聯隊第6中隊

謹啓　度々御芳翰ヲ忝フシ奉深謝候。目下沙河ヲ隔テヽ對陣中敵モ毎日工事ヲ余念ナク鉄状網・狼穽等ニテ日本軍防止策ニ汲々タルノ觀有之候。当聯隊内ニハ目下、宮脇、生源寺ノ二大尉、斎藤中尉、林、虎口ト小生ノ三少尉ニテ六名ノ仝窓生有之。一仝至極壮健ニテ、ロスケト睨合居候。寒気ハ零下十八度乃至二六度ヲ昇降致居候。然シ防寒具充分ナル為メ凍傷患者ハ皆無ニ御坐候。時ニ斥候小部隊ノ衝突ハ絶エ不申、敵ハ此頃ハ少シノ我射撃ニモ恐レ夜間ト雖ドモ

6　JR熊本駅の西北にある山。標高一三二メートル。

※二十三と一度書いて、古城氏自身が~~二十三~~と消し右側に○○○とつけている。

砲弾ヲ無鉄砲ニ乱射致居候。奉天占領迄ニハ猶一大戦闘ヲ要スルナラント存居候。穴棲ヒ生活モ愉快ニ被感、又此頃ハ敵ノ砲聲モ毎日ノ事トテ音楽ノ如ク愉快ニ聞居候。是レ何時モ我ニ一ノ損害ヲ與フル事無之為メ、却テ我軍ノ志気ヲ鼓舞スルノミニ御坐候。ビール、酒ニ到ル迄皆凍結シテ氷化致居、内地ニテ想像以外ノ事モ有之候。然レドモ放屎等ハ差支無之、小便ガ氷柱ト化スル事アリト能ク地理ニテ聞覚致シモ、未ダ斯ノ如キ程度ニハ到ラズ。但シ池ニハ魚、氷ニ張リツメラレ十字鍬ヲ以テ鑛石ヲ掘出スカノ如ク、面白キ漁ヲ試ミル事モ有之候。此頃ハ敵トノ距離近キ為メ、露文ニテ認メタル降参勧誘書ヲ支那ノ古代ノ弓ニテ矢尻ニ附シ、敵陣ニ送ル事モ有之。古昔ノ矢文ニモ似テ、時ニ戦闘モ古代ノモノ循環シ来ルノ観有之候。然シ又、夜間電燈ニテ白晝ノ如ク彼我陣地ヲ照明スル事モ有之。此等ハ文明的ノ戦闘カト被存候。如何ニ火器精巧ニナレバトテ、白兵戦ハ絶対的ニ排スベキモノニアラズト信ゼザレ候。殊ニ旅順ノ如キハ然ル感有之候。右不取敢御礼迠申述候也。

明治三十七年十二月廿五日　古城胤秀

井芹経平殿　6-06-05

○明治38年4月26日付　甕長宛——（階級記載なし）熊本陸軍豫備病院

謹啓　先日ハ態々御来訪ヲ忝フシ奉深謝候。以御蔭其後経過至極良好、愈々明廿七日ヨリ日奈久ヱ二週間留ノ豫定ニテ転地療養ニ赴ク筈ニ御坐候。甲斐中尉殿モ一週前ニ仝地ヱ御出発、其後ノ経過至極良好ノ由ニ御坐候。橋本大尉殿モ日奈久ヨリ御帰院ニ相成申候。至極御元氣ニ御坐候モ盲管銃傷ニテ未ダ彈丸ハ其侭ニ御坐候。右不取敢御礼旁々、御通知迠申上候。

四月廿六日　　古城胤秀

井芹先生　玉机下

14-03-30

小清水三郎

○明治38年11月25日付　黌長宛――(階級記載なし)出征第12師團歩兵第47聯隊第3大隊本部

深厚なる華書賜り難有拝誦仕候。征露の事上　皇室の御威稜と國民の赤誠とにより今日の好果を来申候。小生等寡軍に従ひ此の誉栄に浴す。感激の至に不堪候。隊は本日陣地出発、引揚凱旋の途に上り申候間、不日拝顔の栄を得申べくと存上、何れ又其の際彔々申述べく、先づは混雑の際不取敢感謝の意を表し申候。

謹言

小《こ》清《そう》水《ず》三郎

生没年不明。

済々黌草創期在籍。

諸先生御一同の御健康を祝し且感謝の意を御取次願上候。

清國盛京省八裸樹

十一月廿五日　小清水三郎

井芹先生御坐右

14-05-25

児玉軍太

○明治38年6月14日付　黌長宛——陸軍少将
福岡市東公園百花園歩兵第28旅團司令部

拝啓滞熊中ハ公私共ニ不一方御懇情ニ預リ、殊ニ出発ノ際ハ遠路態々御見送ヲ忝フシ重々難有奉深謝候。早速御禮申述ベク筈ノ處、着福後彼是打紛レ不果其意、今日ニ打過候段、平ニ御宥恕被下度、先ハ乍延引積ル御禮旁々御挨拶申述度迠寸楮如此ニ御座候。敬具

六月十四日　児玉軍太

井芹経平殿

14-10-29

児玉軍太

生没年不明。山口県出身。済々黌や井芹黌長との関係は不明。明治37年9月陸軍少将。明治38年4月歩兵第28旅団長。

※この手紙は印刷物である。

小堀是信

○明治38年12月30日付　黌長宛——歩兵軍曹
出征第6師團歩兵第23聯隊第10中隊

拝啓　久々御疎遠に打絶居候所、各位益々御精栄の候、大賀の到に奉存候。過る十二日付を以て御恵送被成下候御手翰、昨二十九日到着致し、御懇篤なる御慰問に預り難有拝誦仕候。御黌災害後は一方ならぬ各位の御配慮深察致居候。然諸工事着々擴進致され居候趣、是又仕合せの事に御坐候。迂生事蓋平の戦斗以来已に数回の惨裂なる激戦に参与致し候得共、今に頑健益々軍務に活動致居候間、乍余事左様御放懐被下度候。就ては戦況委敷御報導申上度候得共、御承知の通り目下対戦中の事とて軍事と聊憚る處も有之。不得其意候間、不悪御了承被下度奉願候。先は貴酬迠如斯に御坐候。草々不備

十二月三十日　小堀是信

井芹経平殿　外職員御一同各位

14-07-06

○明治38年8月1日付　黌長宛——歩兵軍曹
出征第6師團歩兵第23聯隊第10中隊

拝復　絶て益々御疎情に打過居候所、毎々御懇篤な御慰問の状を辱ふし、不肖の身に餘る光栄如何斗りか。唯々感佩の至にて御坐候。諸士益々御精励御勤学

小堀是信

明治8年生。熊本県上益城郡福田村。明治27年入学、34年卒業。大正期ブラジルへ移住。弟是繁（済々黌明治34年入学、35年退学）は広島幼年学校へ進学、のち陸軍中将。

の段、為國家挙双手萬歳を祝し奉り候。今や諸士は曩きに故山の風景にあこがれ、各々慈愛深き御両親の膝下に侍して、時に或は浩然の氣を養ひ、他日又来む敵襲には、見事日本海戰のそれと等しくやって退け給わむ事、鶴首切望致す次第に御坐候。目下當方面の敵情さしたる異状無之候得共、斥候の衝突等にて銃砲聲は折り〱聞こへ申候。近々軍は行動初むとの訓令は達せられたれば、将に當方面の戰機も熟せりと申すものにて、今や幾万の貔貅、臥薪嘗膽の有様で御坐候得ば、近き将来に於て再び花々敷活動も起るべく豫想致居候。近頃講和の風雲も戰線のそれにまでかまびすしく相成居候得共、政界におひて奸橘謀計至らざるなき狂露の事なれば、何時逆襲に轉ぜんも得て難斗、されば寸毫の油断もなし難候。今に長春、吉林は素より、哈爾賓、浦塩に厭迫塞殺して、又他日能わざるに至らしめ、而してのち、凱歌を奏せんものと豫期致居候。先は御回答迠。時下炎熱の折柄ら各位の御自愛を祷り奉り候。草々　頓首

戰線より

八月一日　小堀是信

職員生徒御一同御中

14-09-04

さ行

財津令蔵

○明治38年11月9日付　黌長宛——歩兵中尉　出征後備歩兵第46聯隊機関砲隊

毎々御慰問の書状を辱ふし奉謝候。御蔭にて其後無事に御座候間、御安神下され度候。戰地の模様時々御通知申上げ、御左右御伺仕り度存念に候も、遂に失礼勝に打ちすぎ申候段、御容赦被下度候。目下奉天西方一七里なる、もと中立地たる新民府に滞在中に候。何れ来月下旬頃までには、凱旋の途に参る筈に御座候。先づは不取敢右御礼まで申述候。敬白

十一月九日　出征后ビ歩兵第四十六聯隊　機関砲隊中尉　財津令蔵

井芹経平殿

14-02-26

斎藤國男

○明治38年7月10日付　生徒宛——（階級記載なし）大湊水雷團氣付軍艦「和泉」[1]

財津令蔵

明治10年生。大分県日田郡三花村。明治26年入学、30年卒業。東京工業学校（現東京工業大）卒業後、京都織物会社（日本初の織物会社で外国人技師を多数擁した）に入社。

六月五日附御能書本日披見仕候。兄等日夕勉学自強、帝國発展の準備に御力め有之候御近況ノ送朶誠に快神に奉存候。我北遣艦隊は獨立第十三師團を掩護し、サガレン占領の目的を以て去四日某地点を発し、仝七日先我駆逐隊艇隊は深く海岸上陸豫定地点に進入し、砲台火の下に掃海の重任（布設水雷を掃除する事）を完ふし、我聯今陸戰隊はメレヤ村を占領し直に陸軍に引渡し、之より該母艦を以て陸兵を揚陸し、八日コルサコフを占領し、十日には艦隊の一部はノトロ方面の占領の目的を以て發動し、仝日直に占領し、陸軍に引渡しを了したり。全島の領有も旬日の内ならむ乎。露國の領分を攻畧するは、開戦以来之を以嚆矢とす。御仝慶至極の事と奉存候。先は御返辞まで。匆々。

七月十日　於新領五湖府　仝窓　斎藤國男

済々黌生徒御一仝　学案左右

井芹校長、三城教授[2]へ宜敷御鳳声願上候。

14-06-30

○明治38年7月15日付　黌長・職員宛――海軍大尉（所属記載なし）大湊　軍艦「和泉」

謹啓　五月卅一日附の御状、昨日接受難有拝見仕候。日本海海戰の収果は一に

大元帥陛下の御稜威

による。而て前程尚ほ甚遠候。壱仝様日頃勉学以て奉國の務を全ふ致□□。御

斎藤國男

明治9年生。熊本市東坪井町。

明治24年入学、29年退学。

1　第三艦隊第六戦隊所属の三等巡洋鑑。明治27年にチリ巡洋鑑エスメラルダを購入し和泉と命名した。明治17年イギリス製。

2　明治30年～大正12年に済々黌職員だった三城豊造（地理担任）のことかと思われる。

答礼まで如此御坐候。頓首
七月十五日　於遠征途上　齋藤國男
各位
14-12-13

斎藤　現

○明治37年12月26日付　黌長宛——歩兵大尉
出征歩兵第13聯隊第３中隊

拝啓　黌長殿始め職員各位、愈益御健勝に被為渡候段奉賀候。陳ば去る十二日附を以て不肖現儀に對し、過分の御慰問状を賜わり、難有御礼申上候。扨て、現儀は出征以来、之と云ふ可き功績もなく、今日迄瓦全従軍するは、誠に心苦しき次第に御坐候。左りながら、前途は遼遠なり。一死以て本分の職責を尽し、皇恩の萬一を報ゆる事と共に、誓て各位の知遇を辱め不申候間、不肖陣中の行働に付ては、幸に御休意被下度候。先は不取敢御礼迄如此御坐候。敬具
時下酷寒の候、御自愛専一に奉祈候。　齋藤現
井芹経平殿　職員各位
14-05-04

斎藤　現

生没年不明。熊本市出水町今。済々黌草創期在籍。

○明治37年12月26日付　生徒宛――歩兵大尉
出征歩兵第13聯隊第3中隊

拝啓　去る十二日附を以て不肖現儀に對し過分の御慰問状を賜わり難有御礼申上候。然るに現儀は出征以来何の功績もなく本日迠瓦全従軍するは諸君に對し誠に心苦しき次第に御坐候。左りながら前途は遼遠なり。一死以て皇恩の萬一を報し誓て本分の職責を辱め不申候間、不肖陣中の行働に付きては幸に御休意被下度。先は不取敢御礼迠如此御坐候。時下酷寒の候、御自愛迠御精励あらん事と奉懇願候。頓首

斎藤　現

黌生徒各位

14-06-15

齋藤　直

○明治38年5月1日付　黌長宛――陸軍三等軍醫
出征第6師團彈薬大隊附

奉拝呈候　祖國は既に万緑風薫るの折柄と存候ところ、御黌益々御隆運、不肖の如きに至るまで其光栄を頒ち得る事を誇り申候。却説不肖出征後は心外なる御無音に打ち過ぎ、浅からぬ罪御海容下され度奉願候。加之、数度御慰問の貴

齋藤　直

明治10年生。熊本県託麻郡画図村。

明治27年入学、30年卒業。

長崎医専卒業。のち若松市で医院を開業。

状を辱ふし、身にあまれる面目に御座候。不肖之より寸効を期し難きも、此際身命を以て公に奉し、以て平素の御訓に酬ひたてまつらむ事を期し申候。敬白

戦地漸やく春風来り申候

村に村に　樹はただ柳ばかり哉

五月一日　齋藤直　拝

井芹嚳長閣下

各恩師閣下

14-04-27

○明治39年1月1日付　嚳長宛——陸軍二等軍醫 出征第6師團彈薬大隊附

恭賀新禧　御嚳益々御隆運小生如きに至るまで其光栄の多少を頒ち得るの幸福を奉鳴謝候。却説戰役中は数次御慰問の御厚恩を辱ふし、勿論寸効なき身の過大の光栄と存候。其都度御答禮も届兼、浅からぬ罪御海容奉願候。近き将来に於て凱旋の際、親しく御禮可申相楽居候。

先は新年の御祝詞申述度右迠。匆々　頓首

一月一日　陸軍二等軍医　齋藤直

井芹先生閣下

恩師各閣下

14-05-09

斎藤寅二

○明治38年1月1日付　爨長宛――（階級記載なし）軍艦「武蔵」[1]

謹賀新年
元旦　斎藤寅二
井芹先生　凾皮下

14-01-12

○明治38年4月8日付　爨長宛――海軍中機関士　軍艦「武蔵」

謹啓　井芹先生始め御一統様益々御多祥の由奉賀候。度々御慰問被下難有御禮申上候。小生不相変無事、乍憚御放神願上候。敬白
征露二年四月八日　斎藤寅二
済々黌井芹先生　外職員生徒御一統様

14-03-14

佐伯啓悉

○明治37年12月21日付　爨長宛――（所属記載なし）「□□丸」主計長　海軍大主計

斎藤寅二
明治11年生。熊本県託麻郡田迎村。
明治28年入学、31年卒業。

1　明治21年日本製のスループ型（甲板に大砲を装備した帆船または蒸気船のこと）軍艦。

佐伯啓悉
明治7年生、昭和9年没。熊本県八代郡八代町。

聖威八紘ニ輝キ我武維揚ル。小生ハ　聖威ノ余沢ニヨリ無事或方面ノ勤務ニ従事致居候。今鄭重ナル御慰問ヲ辱フシ感謝ノ至リニ不堪。謹デ謝辞ヲ呈ス。

十二月二十一日　佐伯啓忢

井芹先生　玉案下

追テ乍末筆、諸先生ニモ四六敷御傳言煩度候。

14-03-13

坂口　進

○明治38年11月11日付　職員宛——（階級・所属記載なし）

謹啓　秋冷ノ砌、各位愈々御清穆ノ段奉賀候。却説去日ハ図ラズモ御鄭重ナル御慰問ノ状ヲ辱フシ慙愧ノ次第ニ御座候。野生儀再征以来永ノ對陣ニ一剣ヲ磨シテ時期到来ヲ待チツヽアルニ、一陣ノ狂風、遂ニ流星光底長蛇ヲ逸スルニ至ラシメシハ返ス〳〵モ遺憾ノ次第ニテ、腰間ノ秋水ニ何トモ詫ビ様ノナキ次第ニ御座候。当師團ハ新設ノ事故、今般奉天以北ノ守備ニ任ゼラレ申候モ、明年第一線部隊ノ引上ト同時ニ交代致ス事ト存ジ申候。不相変頑強勉務在罷申候間、乍他事御休意ノ程願上申候。乍末文諸賢ノ御健康ヲ祈之申候。　頓首

明治21年入学、26年卒業。明治45年、軍艦「阿蘇」主計長。海軍主計少将で退役。

坂口　進

明治16年生、昭和23年没。熊本市草葉町。明治29年入学、34年卒業。陸軍少佐で退役。

十一月十一日　清国蒙古内　方家屯　坂口　進
済々黌職員各位御中
6-03-07

○明治39年1月1日付　黌長宛――（階級記載なし）
在清国第14師團歩兵第56聯隊第12中隊

謹賀新年
併て祈玉體の御健全
明治三十九年一月元日
14-03-07

坂本逸茂

○明治37年9月13日付　黌長宛――（階級・所属記載なし）

拝啓仕候。残暑尚烈しく御坐候處、貴下如何御暮し遊ばされ候哉。益々御健勝の程祈上候。降て小生、無事消光罷在候間、乍他事御放慮被下度候。偖先月廿六日より本月三日に亘り、遼陽附近に於て大激戦有之。我軍遂に敵が苦心強営したる遼陽を占領致し候。其大戦の景況を御報道申さん。軍は去る廿六日、海城附近の線を出發す。其配備我師團は、中央に第○第○其両側に在りて進み、

坂本逸茂

明治10年生。太平洋戦争終結直後七十代で死去。熊本市新

各数縦隊となりて進む。此日、先頭部隊、敵の監視兵と小戦を交へたる位にて、実に大戦は無之候。

「鞍山站の攻撃」

鞍山站は其正面狭きも天険の陣地にして、敵は必ず遼陽の前進陣地として此陣地を防禦しあるべしと信じ、廿八日軍は周到なる配備と運動とを以て、此高地に向ひ流れ掛る時に、彼は降雨の為め、退路困難なりければ、其陣地を守るの不利や覚りけん。直に退却を始めたりければ、此陣地に於ては軍の大展開を見ずして退却したり。併し彼は此陣地にも数多の死傷者と装具とを残して去りぬ。是より軍は急激に逐撃しぬ。果せる哉、彼は退路泥濘なる処に、十余門の防戦速射砲、及廿余輛の弾薬車を捨て去りぬ。併し此砲の閉鎖機は皆持ち去りたるは、敵乍ら感服する処なり。併し是もおっつけ敵に大害を与ふるの武器たらん。是れ其閉鎖機は、其分捕以前に工廠より送り来りつゝあればなり。其他、彼の雇へる支那車輛の如きは無数に捨て去りたり。

「首山堡の攻撃」

首山堡の攻撃は、此九日間の戦闘中、最も猛烈に最も残酷なる戦闘なりしなり。軍は第〇軍と共に敵を壓迫して首山堡の高地に迫る時に、敵は天険無比とも称すべき此陣地に半永久的の築城を施し、我を防禦せり。局外者が此陣地兵員及

屋敷町。
明治25年入学、30年卒業。陸士へ進学。
大正7年～昭和6年、済々黌職員（体操担任）。砲兵少佐で退役。

我の兵員を見て、其勝義を下せし時は如何。彼の陣地は堅固なりし。彼の兵員我より優勢なりし故に、確に日本の地位を危ぶみたりしに相異なし。其陣地は概畧

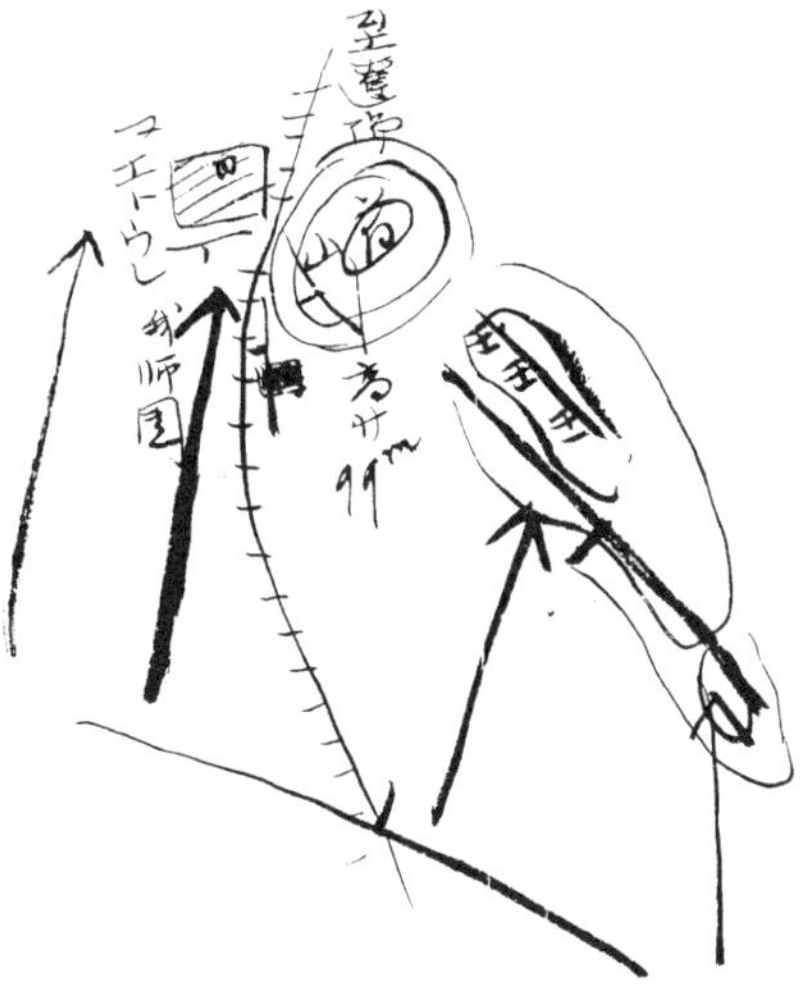

の如く、難攻の陣地たり。軍が此陣地の前面に出づるや、至る處敵の榴霰弾火を以て迎へられたり。是れ我運動、99の高地より一目の下に瞰下し得べければなり。特に我砲兵が鰻の如く道路上を行進する時に、猛烈なる砲火を蒙りたり。雖然砲兵の多くの部分は、丈余の黍畑を利用して甘く敵目を避け得たり。（実に、黍は我を助くるの保障にして、毎戦之が為めに損害を軽減し得たり。）而して歩兵線は、彼我去ること五、六百米突迠進められたり。砲兵（防戦攻城

砲）は皆砲列を布陣し、彼の打撃に酬ひ始めたり。三十日は終日此有様にて、互に銃砲火を交換しつゝ暮したり。此夜は其侭陣地に寝たり。勤務なきものは各夢暖かなりしならん。常に逆襲を企圖しつゝつありし彼は、此夜我前面に向て逆襲を試みたり。其勢実に危かりし。併し幸にも直に我は之を撃退したり。

併し砲兵も一回は皆死を期したり。

三十一日天明と共に砲聲起り、轟々然たり。銃聲之に和して、永く不調和的音楽を奏すること、此日終日戦勢未だ決せず。此夕刻全軍の砲兵は盛んなる砲撃を加へたり。実に砲聲は一連の爆音となり、敵の陣地は爆煙に包まれ、其愉快絶何と例へん方もなかりし。此夜我軍は夜襲を試みたり。第〇師團は一度は敵の陣地を奪ひぬ。併し世界の陸兵と呼ばれし彼は、直に又其位置を回復しぬ。かくて、取りては取られ、取られては取り、遂に弾は尽きて擲石以て彼に向ひたり。又酷ならずや。是れ我右に在りし第〇師團の景況なり。我師團は、鉄道線路方向より此夜二回の突撃を試みたり。併し皆、機関砲と銃火の為めに倒れて成効せざりしなり。かゝる窮境に陥りて尚ほ屈せざるは、是れ唯日本魂に待つのみ。実に我は尚ほ攻撃を繋続したり。或師團は全滅に至るまで攻撃せよと命じたり。敵も遂に居玉らざりしか、此夜遂に敗走したり。直に逐撃して翼朝突撃の場所に至れば、友軍の将卒の倒れたるもの、実に無数、水の中、路の上、畑の中、鉄道線路の上、屍の山は築かれたり。久しく進めば敵の屍体畑の中に堆積せり。血は琢鹿の川となりて、有橋渡を流すてふ例へも、実に虚ならざるを覚ゆ。かくて此日は首山堡の原に露営す。風腥く屋内血潮に染みて、入る可らず。或外人は此光景を見て評して曰く、露兵を破り得るものは、唯日兵あるのみと。

「遼陽の攻撃」

軍は直に逐撃して、第○軍と共に遼陽を囲む。戦ふこと一日より三日に亘る。三日夜、敵は退却し軍は萬歳を唱へたり。遼陽の四周の副防禦物、狼井、鉄條網等の堅固なりしには、占領后仰天致し候。遼陽の攻撃は、首山堡の其れに比すればやさしかりしも、確に世界の激戦の中には加はるべしと存候。

先は右御報知まで。敬具

九月十三日　坂本逸茂

井芹先生　御坐右

6-03-12

○明治38年11月7日付　爨長宛——（階級記載なし）第16師團彈薬大隊第3砲兵彈薬縦列

拝啓仕候。次第に寒氣に向ひ候處皆々様益々御清栄の程奉祈候。小生出發の節は態々御尋ね被下難有奉謝候。十月廿八日ボンベイ丸に打乗午后五時出帆、昔の跡なれにし海を横ぎりて大連に向ひ候。風波はげしく且つ大量を積み在りたる為、海上四日を費やし卅一日の午后十一時過大連に到着致候。翼十一月一日上陸。大連にて高橋氏に打会ひ昔の談話に一夜を明かし、其翼汽車にて任地に向ひ四日正午頃安着致候間、乍憚御休神被下度候。大連は近来大に繁栄に向ひ候。併し諸設備一時的なるには残念に耐へず候。諸商店は露人の家屋を其侭使用し、たま〳〵新築かと見れば大連特有の風塵にも耐へ難き家屋に御坐候。諸官舎は露人の家に修正を加へ諸設備畧完成致居、唯物足らぬ心地せらるゝは屋の神のおはさぬのみ。しかし今や無□の□□約三十を征し来りたれば、願ふ方には欠念もあるまじき様見受られ候。

港は大汽船十二艘を同時に着け得べく、其他諸設備の大なるは乍機急日本第一と称す可く、将来大に発達の見込ある港にて御坐候。北風襲ひ塵烟飛ぶは此地の名物の一。奥様然たる淫賣婦の至る處うろつき回るは名物の二。大八車然たる驢馬の曳く二人乗の馬車名物の三に御坐候。小生の宿営地は遼陽南方約五里に在る東集圏子と申す寒村にして廣野の中央に横はり、西比利亜の寒風に暴され、寒さが名物で粗末な土製の小屋は以て来るべき寒気と戦うべき工作物で、三畳敷許の白紙で張りつめられたる室は小生の居室に御坐候。住めば都の例への如く馴るれば心地よきものに御坐候。戦場も今や綺麗に掃除せられたれば戦利兵器も一寸手に入る事困難です。今差しより手に入りましたのは露の小銃彈

に御坐候。御入用なれば差上可申候。留守宅も様々御世話に相成可申宜敷御依頼申上候。先は御報道迠如斯御坐候。敬具

十一月七日　坂本逸茂

井芹先生　坐下

14-03-26

○明治38年12月16日付　釁長宛――砲兵大尉　第6師團弾薬大隊第3砲兵縦列

拝啓　寒氣烈しく相成候處、皆々様如何御消光遊ばされ候哉。益御清栄の程奉祈候。小生不相変無異、乍憚御休意被下度候。近来は満州もそろ〱其本色を露はし来り、つらら数尺、鼻端露をなし、寒風は宛も虎の暴るるが如し。然れども太閤の昔はいざ知らず、科学進歩の今代には何ぞ覺へん。防寒の設備は完全にして、先づ内地の冬期の寒氣を覚ゆるのみに御坐候。正月も目近に来りぬ。何くれの御用意御忙はしきことゝ存候。小生は

「正月も来らば来れ旅衣

きのみきのまま春を迎へん」

で、あん脚僧然として呑氣なる事に御坐候。今は鉄路の御蔭にて、何も給養品に不便は無之、常に昨年の交戦の當時の思ひ出され候。今や百万の猛虎は食に飽き、其れを守りて満韓の陣に冬眠す。萬類其威に服して敢て叛くことなく、

皆風靡す。唯意ふ、虎去らば豕来りて鉄路を侵食せんことを。
先日遼陽にて撮りたる寫真一葉御覧に入候。小生の右手の方のひげ武者は、本縣人成松少尉、左なるは仝松本特務、成松の後が馬屋曹長、其左の大なるは成松の従卆、少なるは小生の従卆に御坐候。
先は御伺まで如斯御坐候。草々　拝具
十二月十六日　坂本逸茂
井芹先生　坐下
御母堂様及御令室様へは何卆宜敷御傳聲願上候。

○明治38年12月30日付　饗長宛――清國盛京省東馬圏子第6師團弾薬大隊第3砲兵縦列　砲兵大尉　6-04-02

正月が来ました。
　　名も知れぬこつはげ山もしゃれあがり
　　　　鹿の子まだらに雪の積れる
しかはあれどなか〱に得難きものは、
　　颪すさび鼻水氷る満州は
　　　　狭穂姫なんか何時来るらん
是に付け亦思ひ出ださるゝは、

つくづくと思ひ暮して満州の
　月を見るにも恋し故郷
しゃくに障るは波まの音。うらめしきは寝覚に聞く窓打つ寒風。わるぐるしきはひげ氷り、呼氣は毛布に凝結して霜垂の如し。小便は氷結して肥汲無用。鼻端氷柱を提げて凛々然たるは、さすが満土人。寒風に向ひ大空に嘯けば、鼻孔氷結鼻いたし、確かに満州は寒きは御得意に御坐候。
　呼氣氷る鼻水氷るひげ氷る
　　小便氷ればくそも氷けつ
しりにさがりまして紙なし。先は正月の御笑草まで。
坂本
井芹先生　玉机下

14-12-31

○明治39年1月23日付　爨長宛——（階級・所属記載なし）
拝啓　皆々様御揃御清栄の段奉欣賀候。小生無事、乍憚御放慮被下度候。大日の本の平和第一の陽春は、はや廿有三日と相成候。梅の何にかと内地では大さわぎやらかす時節に御坐候も、当地は今が極寒の眞最中で氣温０下二三十度で梅のむの字も出合せざる景況に御坐候。先日は御令室様御分身在らせられゝば、しかし直に永眠逝せられたるは、嘸々御残念の御事にてありしならむと奉遥察候。併し御令室には少々の故障も在らせられざるは御仕合せの御事と奉存候。嗚呼是れ□が眞に日必要の□失せら□るは。

東清鉄道は日々にこく〳〵たる凱旋の将士を載せて氷雪の上を快走しつゝあり。且つ数日数千なるも中々はかばかしく輸送もはかどらず、洪水の細渓を流るゝが如く滞留あるため呼氣の聲連綿たり。小生等の凱旋は第六師團の次にして多分三月春の頃かと存候。

承れば留守宅には先日荊妻を迎へし由。帰るの日式挙行致すべく各程の御世話に相成可く何卒宜敷御計画御指導被下度候。〇は至て弱年の由なれば定めて常識に於て欠如たる處多々なるべしと存候間、御令室様方御面談の節は宜敷御指導被下るゝ様御談し被下度願上候。

露軍は今や冬氷の為めに張りつめられたか撤退遅々たり。従て我第一隊も迅速の撤去致兼ぬる嘶に御坐候。重ね〳〵困り切つたる餓鬼武者共に御坐候。

今頃はホームシックと熱性傳染病の為め少々弱り居る處に御座候。チブスとかやらむ傳染病の為め小生の着任後四名斃れ申候。小生は近来元氣も復旧致し少々肥大に赴き申候。しかし酒なむる事は絶對的打止め、元旦も禁酒正月を致しました。常に自ら顧て曰く人言不如自悔眞と。本日軍は禁酒元年とでも称へ

ましょう。内藤先生へは先日御礼状差上置候。尚ほ先生御面談の節は何卒宜敷御礼申述置被下度御願申上候。先は右迠。敬具

一月廿三日　坂本逸茂

井芹先生　御坐下

御令室様へは何卒宜敷御傳聲願上候。

6-06-07

○明治39年2月4日付　釁長宛——出征第6師團野戰砲兵第6聯隊第1中隊　砲兵中尉

拝啓仕候。相変らず烈しき寒氣にて御座候處、皆々様御障りも無之候哉。益御清栄をのみ祈居候。小生例に依り無異冬営致居候まゝ乍憚御休神被下度候。偖先日御報道申上置候通り、愈凱旋に相定まり、物品返納致し、行李をからげ、住みなれし西の大市に帰るぞと、よろぼへ武者も手につばきして待ち居りしに、思ひがけきや、御しなと申す、てきの別品露久虫とかの障りにて、非常なる腹痛を起し、腹部ひえ氷りて通るものも通り得ず、よろ〳〵として日本男子の肩にすがり哀訴致し申す様子、か程に御慕ひ申すものを今になりて御見捨てとはだうよくなとなきころび候まゝ、情にもろき日本男子も同情を表し、さらばしばらくとて、引止めらるゝ事と相成候。在原業平ならでも

唐衣きつゝなれにしつましあれば

はるばる来ぬる旅をしぞ思ふと
かこたしむるに至り候。あなかしこ
先は不取敢御報道迠如斯御坐候。敬具
二月四日　坂本逸茂
井芹先生　御坐下

6-02-01

佐藤獅子人

○明治37年12月31日付　黌長宛——（階級記載なし）遼東守備軍後利古兵站屋部

拝啓　極寒の候、愈々御安泰奉賀候。過日は、御懇篤なる玉書ヲ辱ふし、奉謝候。出征後、不肖無事本務罷在候間、乍他事、御休神被下度候。先づは不取敢御礼迠、如斯御座候。敬具

十二月卅一日　佐藤獅子人
井芹経平殿
職員御一仝へ宜敷御雀声奉願候。

14-02-03

佐藤獅子人

明治6年生、昭和25年没。熊本市薬園町。済々黌草創期在籍。日清戦争にも参加。工兵少尉。

佐藤鶴雄

○明治38年6月5日付　饗長宛――近衛歩兵第1聯隊第1中隊 歩兵中尉

謹啓　陳ば向暑の候に御坐候処、先生には益々御機嫌よく奉慶賀候。降て小生も御蔭を以て無事消光罷在り候間、他事ながら御放慮被下度候。扨て小生出征後は度々御慰問の鳳状を辱ふし難有奉謝候。実は一々御礼申上べき処失礼のこと申上、誠に汗顔の至りに不堪候。此段平に御容赦被下度奉願候。右は御断り迠此の如くに御坐候。敬白

於鉄嶺東北方

六月五日　佐藤鶴雄

井芹経平殿

14-07-20

里見鉄男

○明治38年2月12日付　饗長宛――出征第6師團第2糧食縦列 輜重兵大尉

出征以来再三御慰問を辱ふ致たるも、兵馬倥偬の際、不図も御無沙汰に打過ぎ

佐藤鶴雄

明治11年生。熊本市飽田郡城山村。

明治25年入学、31年卒業。

明治45年～大正5年、済々黌職員（体操担任）。

里見鉄男

明治8年生。福岡県豊前国仲津郡豊津村。

明治26年入学、28年退学。成城学校へ進学。

奉多謝候。囬顧すれば征露宣戦の　御詔勅煥發せられてより、早既に一周年を経過したり。此間海に陸に連戦連勝、殊に堅城鐡壁難攻不落を以て誇称せる旅順城塞も、吾が戦友が幾多の生命を犠牲とし、今や再び我占領に帰し、各國をして戦慄せしめたるは、素より　陛下の御稜威の然らしむる處なるも、亦以て吾五千万の同胞が協同一致克く寡婦を恤み、幼孤を憐み、出征軍人をして毫も内顧の憂なく、只一意専心殉難報国の為慫慂として死地に突入せしめ得たるは、内地同胞諸氏の後援與て力尠からず。翻て敵國の内情を観察すれば、今や露都の街は修羅場と化し、殺氣地に満ち妖雲天を蔽ひ、日月朦朧として光なし。嗚呼皇師の嚮ふ處敵なきは宣なり。當方面も敵と對峙すること茲に数月に亘る。吾人が豫期する一大決戦も将に遠きに非ざるべし。就ては愈本分を尽し終局の大成を全ふし、上は　陛下の鴻恩に酬ひ奉り、下は同胞諸氏の輿望に背かざらんことを祈候。聊か御慰問に答へ、併て平素の御無音を謝す。

乍恐縮職員生徒諸士へも可然御鳳聲を乞ふ。

明治三十八年二月十二日　里見大尉

井芹校長殿

14-04-17

猿渡真直

○明治38年2月20日付　饗長宛――（階級記載なし）軍艦「敷島」[1]

拝復　貴饗益御隆盛の段奉大賀候。二に私事無事消光罷在り候間、乍憚御放慮被下度願上申候。偖数ならぬ私共に迠度々御丁重なる御慰問を忝ふし千萬難有奉存候。不肖軍人の最下級に列し、上勇将猛士の御蔭により、出来ぬながらも己が努めの幾分かはつくし居り候積りに御座候。

今や　陛下の御威徳により海陸共に連戦連勝の勢に有之候へ共、敵も世界の強國に候へば、尚々戦局の前途は遼遠に候べく、正に國家安危のかゝる處と存候。不肖等益々奮励、犬馬の労を竭し、以て國恩の万分の一に報ひ、また貴饗仝窓生を待たるゝの意に副はんことを期し申候。

艦上多忙にてとは失礼に候へ共、何かと打ちなぐり、延引ながら御礼申上候也。

二月廿日　猿渡真直

井芹経平殿

14-05-02

猿渡真直

明治13年生。熊本市新屋敷町。明治27年入学、31年退学。海兵へ進学。旧姓入江。

1　第一艦隊第一戦隊所属の一等戦艦。明治33年イギリス製。

沢村次郎

○明治38年8月20日付　黌長宛——輜重兵少尉 出征第14師團管理部

炎暑酷熱の候、貴官には如何御起居御坐被遊下也奉伺候。降て小官恙なく軍務に精励致し居候間、乍憚御休神被下度候。扨去月二十三日小倉を発し門司に一泊し、翌二十四日門司港を出帆致し候。今が日本の見納めか足立のやまも雲がすみ、波間を輝く夕日のかげは消へて、あたりの薄暗く甲板上の人々も無限の感に打れしか、打しほれたる様なりき。鳥もかよわぬ玄海のあらき波路をたどりつゝ行く々々舟は名も高き黄海にと出でたりき。

囬顧すれば近く日本海戰や遠く日清戰役に、我日本の艦隊が勇猛邁進美名を世界に轟かせし戰場はあなたなれや、かなたなれやとたどりつゝ、忠死の人々其のなき魂を吊らひつゝ、ほろりと一滴の涙を拂ふ軍服の袖。忠義を援くる神々の應護によりて恙なく付きし港、其の名も高き清國ダルニー港。二十七日午前七時頃、人馬の上陸初めしつゝ、正午に終りて暫く此地に滞在し、三十一日午前二時汽車行軍を初めしが、過ぐる金州、南山や得利寺、海城、遼陽、奉天府、思へば過ぎにし年月に我幾千の同胞が千辛萬苦を絶え忍び、血潮を流して戰ひし新戰場のあとをながめつゝ、遠近みゆる新墓の影をはるかにふし拝み、萬感

沢村次郎
明治15年生。熊本市新屋敷町。明治29年入学、34年卒業。旧姓佐藤。
※この手紙は、ペン書きである。ただし、最後の三行は墨書き。

そぞろに湧き出で無限の感に打たれたり。

淋漓たる勇気禁ぜられず、かかる程に汽車は心台子に止まりたり。此に一時のかりずまひ、翌日より徒歩の行軍をいそぎしが、泥濘馬腹に至り車軸を越へ、一刻々々困難の道に入り、殆ど行進おぼつかなしと断念せしも、漸々に一側の畑中を辿りつゝ行く程に、日は暮れて今日旧暦は二十九日、頼む可き星影にて行くに行かれず立つに立たれず、斯くも困難なる四日行軍續行し、目的地たる公主稜に（法庫門の西方四里）到着し未だ滞在致し居候。此の處は御承知の如く蒙古の地方三軍の最左翼軍に御坐候。敵の騎馬軍時々我が前哨線に近接し、且つ此方面には露探の出没致し居候との噂さにて御坐候。

先は御伺ひまで平素の御無礼を謝し、尚将来の厚誼を奉祈候。

八月廿日　第十四師團管理部　　沢村次郎

井芹経平殿

尚ほ益々祈御健康。併て小生は第十二師團附にて御居しが、第十四師團動員下令後、右の部に編入被致候。

14-02-06

澤　友彦

○明治37年8月13日付　黌長宛――（階級・所属記載なし）

拝啓仕候。残暑甚敷御坐候處、益々御機嫌能く御坐被遊奉恐悦候。二に私儀も御蔭を以て無事軍務勉励仕居候間、乍憚御休神被下度候。却説、先日御願申上候繪はがき早速御送附下され難有拝受仕候。御親切の段、萬々奉多謝候。毎日毎夜ヒネクリ出して、陣中の鬱を晴居候、此間（八月三日）敵の歩騎二、三千當方面に逆襲し来り候へ共、直ちに撃退仕候。當聯隊の損害、即死一、負傷八名にて敵の久し振りの戦闘にて隋分愉快に有之候。第十一師團（呉額城方面）に於ては多大の損害を敵に与へし由にて、捕虜なども沢山有之候。去ル九日より當聯隊は南山城子附近の前哨に任ぜられ、警戒服務中に御坐候。是より面白き事も多々可有之と相楽み居候。只今野も山も秋の千種の花盛りにて餘程奇麗に御坐候。瓜や茄子も花盛りにて満州名産のトウキビ、ボーブラに毎日舌鼓打ち鳴し居候。

餘は後便に相譲り、先は御禮旁御伺迠如斯に御坐候。謹言

八月十三日　澤友彦

井芹先生

二伸　御ふくろ様御奥様には乍憚宜敷御傳聲願上候。

6-04-12

澤　友彦

明治10年生、昭和19年没。熊本県八代郡八代町。明治27年入学、31年卒業。第五高等学校へ進学。明治35年7～12月、済々黌職員（撃剣、体操担任）。明治36年～昭和12年、八代中学職員（国漢、剣道、修身担任）。

○明治37年9月7日付　生徒宛――（階級・所属記載なし）

拝啓　大分暮能く相成申候處、益々御壮康御勉學奉大賀候。二に小生も御蔭を以て無事、目下南山城子附近の前哨に任ぜられ、面白く可笑しく勤務仕居候間、乍憚御休神被下度候。却説追々御慰問を辱ふし誠に難有仕合に御坐候。同窓相寄りたる時は、談忽ち黌の事に及び、御懇切大よろこびにて候。内地は暴風やら媾和風など盛んに吹き、洪水やら快談やら頻りに出るとの事に候へ共、當地に於ては暴風も媾和風も吹かず洪水も出ず、暑くも無之候。然し蝿と露助の襲撃には困り申候。昨日も敵の歩騎五千、砲八門襲来仕候へ共、忽ち非常の損害を与へて撃退仕候。捕虜が二、遺棄せし死体が五十、死馬が四、其他分捕品山の如く、実に愉快〱にて有之候。おまけに味方の損害は軽傷三名にて萬歳を三呼仕候。當地は目下野山は秋の千種の花盛り、実に立派にて畑はトウキビの食い盛り、毎日十四、五本は平げ申候。まだ申上度事は山々有之候へ共後便に相譲り、先は御禮まで如斯に御坐候。頓首

九月七日　澤友彦

熊本縣立中學済々黌生徒御中

二伸　時節柄御自愛の程奉希候。

6-03-20

○明治37年9月30日付　釁長宛――（階級・所属記載なし）

奉拝啓候。益々御機嫌能く御坐被遊、奉恐悦候。二に私儀、愈廿日午後三時、丹波丸[1]（六千七百噸）に乗込、六時出帆。航海中風穏かに波立ち不申、船暈致し候ものも無之、一同無事、廿三日午前十一時半、音に名高き○○港に着、直ちに上陸、暫時休憩し後、露西亜町の焼け残りたる空屋に一泊仕候。露國が巨萬の財を投じ、苦心惨憺経営せし所、驚くばかりにて、今は日章旗の飜々として並び居候には、皆快哉を叫び申候。翌廿四日早朝○州に向って出發、行軍九里半、隨分ゴミもかぶり申候。午後六時着、前に露兵が居りし家屋に宿営滞在致し居候。軍隊に関する記事は、通信する事を禁ぜられ、残念に御坐候。元氣は旧に倍し居候間、乍憚御休神被下度候。

先は右迠如斯御坐候。草々　敬白

九月三十日　澤友彦

井芹先生

二伸　御家族様方に宜く願上候。

6-05-15

○明治37年9月30日付　二三学舎宛――（階級記載なし）

出征第6師團後備歩兵第48聯隊第6中隊

1　日本郵船所属の御用船。

乱筆御推読を乞う

生まれてから初めて二三學舍からの手紙を、廿五日當地宿舍に於て、内地からの手紙の初めに受取りまして、取る手遅しと封切りて拝見しましたが、生まれてから初めてこんなうれしい面白き手紙に接しました。実にうれしく〳〵、再三再四くり返し〳〵、毎日程拝見します。

去る十九日久留米出發、萬歳々々の聲に送られ正午門司着、一泊の上翌廿日午後三時、丹波丸と言ふ七千六百噸もある山の如き船に乗り込み、五時汽笛壱聲を関門に残し、悠々出帆致ました。航海中風波もなく、音に名高き玄海も夢の間に過ぎ、廿三日午前十一時半、○○湾○○○港に無事着致ました。生れてからの初めての航海、随分面白く玄海の月、黄海の日の出、得も云はれぬ絶景にて、小生に青木先生[1]の腕をかし、内柴先生[2]の頭をかして下さりたなら、世界の大傑作を出したかも知れぬが、実に残念至極、今更後悔いたしました。

さしもの大船も桟橋に横附けと来ては、露國が巨萬の財を投じて経営せし○○○港の他の事も、思ひやらるゝだろう。実に驚くの外なし。上陸地の混雑目のまわる程にて、支那の人夫黒山を築き居ります。其夜は露西亜町（今は児玉町）ノ焼け残りたる大なる空屋に背嚢枕に一泊。旅順の砲聲殷々として轟き渡り、士氣大に振ひました。

1　青木彜蔵。明治27年～大正3年、済々黌職員（修身・図画担任）。
2　内柴二男童。明治29年～40年、済々黌職員（国漢文担任）。
3　毎年9月15日に行われる熊本市の藤崎八旛宮例大祭。

翌日は〇〇に向て出發、九里半の行軍、随分ゴミをかぶりました。然し一日元氣よく午後六時着、露兵の居りし空屋に宿営、土間に筵を敷きて起居して居ります。其日の行軍は丁度、阿蘇行軍の感がありました。何もかも當地方は阿蘇の様にあります。昨年の竹田電氣も思ひ出しました。一昨日南山の其場を吊ひました。日本軍が勝利を得たのは人間業とは思はれませぬ。実に其要塞、其防備実に〱すばらしいものであります。未だ掩堡、鐵條網其他の品が沢山残りて居ります。當市街は日本とは大に趣を異にして居ります。実に不潔で〱、名物は蝿、糞、奇妙な臭氣、ゴみ。婦人は一人も見ません。美少年は沢山居ります。ソレハ〱美しい美少年沢山話しに来る。片言雑りの談話、大にはずみます。湯が一度十銭、(キタナヒ)。鶏が一羽壱円、豕肉壱斤三十銭、豆腐一斤三銭、其他は推して知るべし、滅多に食へぬ。

見るもの聞くもの、一として珍らしからざるはなく、殆んど生まれてから初めての事ばかり。随分面白き事もある。それであるから、何を話してよきやらさっぱり分らぬ。何もかも豫想外の事ばかり。然し食ふものは内地と同様(御馳走があると思ふてくれてはこまる)。船中では随分御馳走もあった。

からいももまん寿もある。からいもは食ひ度ひけれども、買ふては食へぬ。(キタナイノト氣の毒ノト。)熊本にはもう焼きいもがあるどう、君等も随分食ふどう。飴湯は久留米でやたらに飲ふだ。もう熊本にはなかろう。藤崎の祭[3]は賑ふたろう。あま酒も飲ふだろう。アア、どうしても書けば書く程尽きぬ。もう次に譲る。やっぱ忙しいから。軍事につきての事は通知することは出来ぬ。残念。時には手紙を呉れたまへ。此れが一番楽しみ。随分勉強したまへ。壮健で。小生も今は非常に元氣。サヨナラ。

九月三十日　澤庵

二三学舎御中

6-05-01

○明治37年12月6日付　釁長宛――出征後備第1師団後備歩兵第48聯隊第六中隊 歩兵少尉

奉拝啓候。寒氣相増す處、益々御機嫌能く御坐被遊奉恐悦候。二に私儀も不相変無事軍務鞅掌仕居候間、乍憚御休神被下度候。兼て御無音に打過ぎ恐縮の至に御座候。上陸以来、其處此處徘徊仕、漸く此度堿廠北方三家子附近に於て、露助先生と渡り合ひ、本望を達し大に安心仕候。戦斗は廿四日より初まり、廿五日は終日非常の大激戦にて、廿九日まで継続し三十日牽制の目的を以て凹子岑といふ処まで退却、第一大隊は上夾河に前哨を張り居候。此度戦斗に預りしは門藤旅團にして、右翼は三十六聯隊、左翼は七聯隊、中央は十九聯隊の或部分と我四十八聯隊にて、三十六聯隊は大分苦戦仕候。実戦は思ひしよりも餘程容易く（講評等もなく）非常に面白く御坐候。敵との巨离は終始七八百米突にて、日本刀の切れ味を試すこと能はず。然し無形の御面御胴は見事露助先生に一本参らせたると自信仕候。露助は屁とも無之候へ共、寒さには少々閉口仕候。戦斥候の衝突は毎日有之候間、此後如何なる運命になるやも計られ申さず候。何卒御推察被下度、随分況精しく申上度候へ共、陣中多忙の際、其意を得ず。

御摂養奉希候。草々　敬白

於城廠の北方凹子岑陣中

十二月六日　澤友彦

井芹先生

二伸　御ふくろ様御家内様には宜しく御傳声願上候。

6-05-06

○明治38年1月1日付　黌長宛——（階級・所属記載なし）

新年の慶賀芽出度申納候。先以高堂御揃益御多祥鶴齢を添えられ奉祝賀候。次に私儀も以御蔭無事陣中に於て加年仕候条、乍憚御休神被下度候。目下當方面に於ては斥候の小衝突に止り、さしたる事は無之候。第一線の事に候へ共、餅も搗き御飾も造り酒も渡り久し振り甕風呂にも入り、武運強き新年は相迎へ元気旧年に倍し申候。近来陣中に於て武士道といふ事喧傳せられうれしき事に御

坐候。先は年始の御祝詞まで。餘は後便に相譲り申候。恐々謹言

明治三十八年一月一日　澤　友彦

井芹先生

二伸　御家内様方に何卒宜しく御鳳声被下度願上候。

6-04-13

○明治38年1月1日付　生徒宛——（階級記載なし）出征後備第1師團後備歩兵第48聯隊第6中隊

新年の慶賀目出度申納候。先以益々御多祥御越年なされ奉賀候。二に小生も無事餅米五合、酒二合、砂糖三十目の加給品にて千載一遇芽出度祝ひの舌鼓をならし、露助の銃聲に拍子を合せ、面白き囃の内、武運強き新年を迎へ、元気旧年に倍し候間、乍憚御休神被下度候。兼て御無音に打過恐縮の至りに御座候。却説、内地出發ダルニーに上陸、遼東半島を跋渉し、次で柳樹屯より乗船、鴨緑江を遡り安東縣に上陸、九連城、鳳凰城を経て賽馬集出て、其より堿廠方面の敵に向ひ、三家子附近に於て露助先生と初めて渡り合ひ、互に秘術を尽し虚々実々、雌雄を決する七日間、遂に三家子前方の高地を占領し、牽制して上夾河に前哨を張り、警戒の任に服し居候。目下さしたる事は無之。毎日斥候の衝突位は有之候。敵との距離は終始四、五百米突にして、未だ軍刀を試すの機無之。然し、無形の一刀は彼らの眞額に打ち込みたると自信仕候。戰に臨みては、尚

一層武術の有り難さは感ぜられ申候。露助は屁とも無之候へ共、寒さには少々閉口仕候。髯や眉が氷る、鼻から氷柱が下がる、迚も御話にはなり不申候。随分苦しき事も有之候へ共、亦珍らしき事やら面白き事やら、可笑しき事やら多々有之。方程式にて示せば、

困難－(珍き事＋面白き事＋可笑しき事)＝0

位にて候。申上度事山々有之候へ共、陣中多忙の際其意を得ず、後便に相譲り申候。随分御摂養文武御勉励の程奉希候。先は御祝詞旁如斯に御坐候。敬白

出征後備第一師團後備歩兵　第四十八聯隊第六中隊

一月一日　澤友彦　14-06-02

○明治38年3月20日付　饗長宛――(階級・所属記載なし)

美しき愛らしき御嬢様は、自轉車より沙河の捷報を待つとの御使者二月十日頃城廠附近に於て御目もじ。出征以来初めてやさしき海老茶式部の姿を拝し、恍惚自失恐れ入申候。爾来雪の進軍、氷上の露営にも御伴れ致し、朝な夕な部下の兵士等にも拝ませ、陣中の我身を慰み居候。

一大快報相急ぎ候へ共、敵も勁敵意の如く進捷せず、今日迄御無礼仕候。何卒不悪御思召被下度候。

却説我鴨緑江軍の大活動は二月十九日に始まり、廿日榛子嵜を陥れ、廿一日金斗峪、廿二日三家子を抜き、其より野戦十一師團は清河城、馬群丹、撫順を陥れ、我後備第一師團は馬圏子、五竜口等を占領し、障堂附近に於て優勢の敵に對し十昼夜の大苦戰、殊に後備歩兵第四十八聯隊の第二大隊は薄弱なる陣地を死守し、敵の弾巣となり、屡々逆襲を受け、将校は殆んど全滅の姿となり、各中隊半数以上の死傷を生じ、惨憺たる有様を現出致し候へ共、奮戦力闘遂に之を撃退し、追撃又追撃、地塔、営盤附近の敵を駆逐し、多大の損害を與へて、遠く北方に撃退致し、本月十七日三岔子に皈来休養仕居候。

実にく此度の戦斗は迚も筆尽す能はず、口云ふ能はず。何ともかとも形容の仕方無之候。噂によれば黒鳩情況判断を過り、彼の主力を我鴨緑軍の前面に用ゐし由、奉天の陥落には我の牽制大に與かりて力ありと考候。恐れ多くも戦斗中二回迄、優渥なる　勅語を賜ひ、実に感激の至りに御坐候。後備第十三聯隊の第二大隊も非常の損害を受けし由、将校も全滅との事にて、甲斐中尉、井場直、清水巌、平木等の勇将も如何と懸念仕候。後備四八に属せし狩野政男（少尉）は重傷を被り申候。

私の中隊は就中困難の場合に度々立ち、只今中隊の総人員五十余名ときては実になさけなき次第に候。私は九死の場合に臨みしも度々有之候ひしも、神佛の御加護にや、微傷だも負はず元氣盛んにはね廻り居候。数ならぬ身の生き残り恥かしき事に御坐候。廿餘日打ち続きの戰斗どくには寢もされず顔も洗はず手もそゝがず、其ヨゴレと云ひったら迚も御話にはなり不申候。一目内地の御嬢さんや奥様方に見せ度存候。見せ申たらそれこそ大変。ソレ氣附け薬、ソレ水、ソレ町医者ヨとの大騒動。御覧に入れぬが餘程の得策と打笑ひ申候。

我鴨緑江軍の損害約五千、敵の損害二万を下らず。彼が遺棄せし死体累々として数を知らず。其他鹵獲品、機関砲、小銃、弾薬其他種々の物品積んで山の如し。申上度事は山々有之候へ共、戰後多忙の際其意を得ず、後便に相譲り申候。先は不取敢御返事まで如斯に御坐候。頓首　敬白

於　三岔子陣中

三月廿日　澤友彦

井芹先生

二伸　乍憚御袋様御奥様には宜敷御傳聲願上候。

6-01-14

○明治38年4月12日付　職員宛――（階級・所属記載なし）

今般身にあまる御慰問状を辱ふし難有拝見仕候。日に増し暖氣に相成候處、益々御清康奉賀候。二に小生も幸に此度の大激戦に加はり、以御蔭武運強く数なら

1　同窓兵士（明治34年卒業）。

ぬ身の軍務鞅掌仕居候間、乍憚御休神被下度候。兼て御無音に打過ぎ恐縮の次第に御坐候。却説當鴨緑江軍の大活動は、二月十九日未明より運動を起し、當大隊は前哨引続き常に第一線となり、榛子岑の険を吶喊を以て陥れ、次に金斗峪を略し、清家城の奪取に力め、其より第十一師團は馬群丹、撫順に突進し、後備第一師團は右翼隊となり、馬圏子、西川岑、五竜口を苦もなく略し、二月廿七日乾河子に於て優勢の敵に遭遇し、其夜夜襲を以て障堂北方高地迄前進し、敵は此處に多数の増援隊を得しものゝ如く、或は我両翼を包囲せんとし、或は逆襲を企て、我軍の苦戦例ふるに物なく、十一昼夜の大激戦、就中當聯隊は、薄弱なる陣地を死守し、敵の瞰制を受け、其弾巣となり、聯隊長負傷し、大隊長戦死、其他の将校殆んど死傷し、各中隊半数の兵を失ひ、実に惨憺たる有様にて、何ともかとも形容の仕様無御坐候。然しひるまず憶せず、死屍を楯とし勇奮激闘、遂に之を撃退し追撃に転じ息をもつかせず地塔営盤の敵を駆逐し、多大の損害を與へ捕虜を捕へ撫順の東北方十五、六里（大甸子附近）迄、ひだ追ひに追ひつめ、初めて師團の豫備隊となりホット一息仕候。殆んど一ヶ月間の戦斗、寒氣と戦ひ、勁敵を挫き、山に寝ね、雪に埋り、顔も洗はず、口も漱がず、おまけに道路の険悪にて随分骨も折れ、ヨゴレもかぶり、亦愉快も有之候。當中隊は屡々特別任務を受け危険の地に臨み申候。殊に障堂に於て天王山とも云ふべき岩山を敵と争ひ之を占領し、逆襲し来る敵を近く引きよせ、バラバラ〳〵撃ち倒せし時は実に愉快にて候。然しやがて数倍の敵、三面を包囲し、機関砲、大砲弾、小銃弾を雨や霰と浴せかけられたる時には、死傷者は続々出来る、小々閉口仕候へ共、堅忍陣地を固守し其任務を全ふ致候。

又三月三日障堂北方高地に於て、殆んど我に三倍せる敵の夜襲を受け、彼は夜暗と死角を利用し、前面及側面よりウラー〳〵の声高く潮の寄する如く突撃し来り。互に白兵戦となり多数の死傷者を生じ、アハヤ中隊も総崩れとならんとする時、小生の小隊僅か十五名必死となりて苦戦奮闘、敵を阻止し増援隊を得て遂に之を撃退仕候。其節、敵の遺棄せし死体五十余、実に一時は苦しくもなり、愉快にも有之候。

此夜の撃退に就き、昨日軍司令官より中隊長に感状を授与せられ、実に面目の次第に御坐候。其他苦しき事も面白き事も数回有之候へ共、枚挙に遑あらず。中隊の兵も五十足らずになり候。此度の戦闘に我ら筆尽す能はず、口審にする能はず（先生方の中には能くするものあるかも知りませぬ）迚も何とも申上様も無御坐候。黒鳩も此度亦情況判断を過り、我旅順包囲軍が鴨緑江軍となり撼廠方面より進出するものとし、全軍五分の二の欧露新来の兵（独逸皇帝の名誉聯隊等もある）を當方面に向けし處、我左翼に優勢の兵現はれしを以て愴惶之を引き返す途中、奉天は重囲に陥り、此等の兵はオジャンとなりし由。此度奉天陥落の案外容易なりしは、當鴨緑軍の牽制の力與かりて大なりとの事にて、恐れ多くも戦斗中二回も優渥なる勅語を賜はり、感激の至りに御坐候。戦斗後三岔子（撫順の北方約六里）に暫時休養、本月三日出發、山を越え谷を渡り泥にぬかり雪を拂ひ、五日間の行軍、営盤、永陵、老城を経て興京に着、其北方約一里の部落に宿営仕居候。敵も既に吉林地方に逃れ、一部隊十里計りの處に出没致候様子にて、騎兵及後歩第二十三聯隊、之に對し居候。今分にては暫くは當地に滞在仕筈にて、毎日清潔を励行致居候。

昨日は感状授与式有之。師團にて九通にて候。明後日は招魂祭可有之、餘興等も有之由に候。小生出征以来一度も病氣に罹らず屡々危険の地に臨むも、無事其任務を尽し、此度の激戦にも小隊長としての一人前の働を致したるは、御黌在学中の御薫陶に寄るものにして、実に感謝の至りに御坐候。戦況精しく申上度候へ共、多忙の際其意を得ず、後便に相譲り申候。

先は不取敢御礼まで如斯に御坐候。草々　敬白

四月十二日　澤友彦

熊本縣立中学濟々黌職員御中

二伸　當聯隊第八中隊に居りし少尉狩野政男は[1]、障堂北方高地にて頭部貫通銃

創を受け、後送になり候。

○明治38年4月12日付　生徒宛――出征後備第1師団後備歩兵第48聯隊第6中隊　歩兵少尉

爛熳たる桜もはづる、愛らしきなつかしき美少年諸君より、御懇切なる御慰問を辱ふし、飛び立つ計りうれしくあります。花咲き鳥歌ふの今日加て諸君の御正月にて嘸々御愉快の事と存ます。二に、小生も幸に此度の大激戦に加はり、運よくも一人前の働きはどうなりこうなり致し、今にピンピン飛び廻りはね廻り居りますから、御安心下され。さても此度當鴨緑江軍の大活動は二月十九日に始まり、當隊は前哨、引続き常に第一線となり、先づ血祭に榛子嶺の険を突撃にて占領し、清河城を陥れ、第十一師團は馬群丹撫順に突進し、當師團は右翼隊となり、馬圏子、西川岑、五竜口を略し、障堂に於て優勢の敵に遭遇し、苦戦十昼夜、就中、當聯隊は薄弱なる陣地を死守し、敵の瞰制を受け、其弾巣となり、聯隊長片倉中佐負傷し、大隊長戦死。其他の将校殆んど死傷し、各中隊半数の兵を失ひ、実に惨憺たる有様を呈出し候。然し九州男子の何ひるむべき勇奮激闘、遂に之を撃退し、追撃に轉じ、息をもつかせず地塔営盤の敵を駆逐し、多大の損害を與へ、多数の捕虜を得、北方遠くひだ追ひに追ひ散らし、非常な愉快でありました。

殆んど一ヶ月間寒氣と戦ひ、勁敵を挫き、峻坂を攀ぢ、深谷を渡り、山に寝ね、雪に埋れ、隋分骨も折れ愉快もあり、ヨゴレもかぶりました。ヨゴレ三寸と云ふ程には無之候へ共、人間の膚は見えず、支那人處か印度の黒奴同様となり、如何なる若年の小生でも、一目御目にかけたならビックリ驚天愛憎をつかさるゝならんと只独り打笑ひました。小生の中隊も屡々危険の地に立ちましたが、殊に障堂に於て天王山とも云うべき岩山を敵と争ひし時、或は優勢なる敵の夜襲を受けし時など、微傷を負はず（隠れて居ったかも知れん）生き残りたる等、今から思へば夢の様にあります。其敵の夜襲の際は、あぶない事で、前面及び側面より、彼は夜暗と死角を利用し、ウラー〳〵の声高く、銃先構へて突き込んで来ました。それで、此方よりも逆襲に轉じ白兵戦となり、互に多数の死傷者を生じましたが、敵は我に三倍以上の勢、おまけに爆裂弾を投げつける、アハヤ我陣地も敵の為めに蹂躙されんとせしも、エヘン澤先生下帯をたれては濟々鬢の若手に對してすまんと部下を督し、叱咤一番陣地を死守し、苦戦奮闘防戦せしかば、潮の寄するが如く、破竹の勢いを以て来る敵も、躊躇逡巡色めき立つ処をつけ込み〳〵悩す内、増援隊が来り、共に力を合せて撃退いたしました。其時、敵の遺棄せし死体が五十計りありました。此に對し、昨日軍司令官より感状が中隊長に授与されました。実に面目の次第であります。

其の他苦しき事やら面白き事のありしは枚挙に遑ありませぬ。中隊の兵も後には五十足らずになりました。然し志氣益々振ひ、ウラジオ、ハルピンは愚か露都迠も踏みつぶす意氣込であります。此度の戦闘を我ら筆尽す能はず。口審にする能はず。(諸君の中には達筆も御坐れば能辯も御坐るけれども)何ともかとも形容の仕様がありません。若し萬一、命を拾ふて凱旋でもしたら、済々黌の家が崩るゝ様に一ト法螺吹き度考てあります。小生が出征以来病氣にも罹らず、困苦缺乏にも堪へ、無事に任務を尽すのは、済々黌の御蔭であります。済々黌と云う觀念は、死しても決して忘れぬつもりであります。

諸君しっかり今の中に勉強し給へ。諸君もやがて満州に渡らねばならぬから、學科は申迠もなく、体操でも撃剣でも野球でも、時間中はまじめにおやりなさい。相手の竹刀が當らぬ様に敵の弾丸も中りませんよ。我等の同窓生も大分死傷をして氣の毒であります。然し皆、手柄は充分立てゝ居ります。只今小生は興京方面に居ります。美少年は澤山居ります。當地は田舎で甘き物がありません。酒保にはカタパンもありませぬ。小豆に砂糖をまぜて食うのが関の山。申上度事は諸君の数よりも多々あれども、餘りながくなりて御退屈と存ますから後便に譲ります。さよなら穴賢。

出征後備第一師團後備歩兵　第四十八聯隊第六中隊

四月十二日　歩兵少尉　澤友彦

濟々黌生徒御中

6-03-04

○明治38年7月9日付　黌長宛――（階級・所属記載なし）

奉拝啓候。大分暑く相成申候處、益々御機嫌能く御坐被遊奉恐悦候。二に私儀も不相変無事軍務勉励仕居候間、乍憚御休神被下度候。近頃頓斗御無音に打過ぎ恐縮の至りに御坐候。久敷興京附近に宿営仕、補充兵教育やら防禦工事やら道路改築に追ひまわされ、汗を流し居候處、此間より第一線近く進出仕、毎日廠舎建築等の棟梁となり、飛び廻り居候。當方面の敵も漸次退却の様子にて、時々斥候の衝突位有之候。先日後歩第十三、第二十三の両聯隊が強行偵察に出掛け、あれ廻り申候。當宿営地は阿蘇の小國と少しも変らず、日中は餘程暑く候へ共、朝夕は熊本の三、四月頃の寒合にて、昨今時々夕立ども参り候。附近は鬱蒼たる山にて、鹿、狼等澤山徘徊仕、珍らしき鳥も飛び廻り、時鳥などはせわらしき程鳴き渡り候。風の便りに聞き候へば、先生に於ては画はがき多々御所持の由。申上兼候へ共、一、二枚御恵投被下間敷哉。◎◎別嬪の方なれば尚一層難有仕合に御坐候。或る人の歌に「陣中の慰み物が三つあり。酒と煙草と「美人画はがき」と。御存の通り私は酒も好まず煙草ものまず、おまけに内地から美人画はがきは来らず、滞陣中実に困却仕、ひそかに天の一方を眺め、我が身の上をかこち申候。どうか哀れと思召し下さらば、第一等のものを一枚御送附被下度、伏て奉願候。（御笑ひ下されても致方はありません）

二三學舎の諸君も、睦まじく御勉學の事と存候。何れ避暑も近まり候間、御楽みの事と察候。面白き可笑しき御話は澤山有之候へ共、後便に相譲り、先は御伺迄如斯に御坐候。恐々謹言

於　大沙河

七月九日　澤友彦

井芹先生

二伸　御おふくろ様御初め御奥様方にも宜敷御鳳聲願上候。

三伸　満州の松の葉御目にかけ候。まつかさは周り一尺程あります。　6-04-20

○明治38年9月24日付　黌長宛——歩兵少尉　出征後備第1師団後備歩兵第48聯隊第6中隊

御免下され。初めてお目にかかりましたが、私は澤友彦が家内[1]で御坐ります。オホヽヽヽ。大分涼しくなりましたが、どなた様も御変りもなく御目出度うござります。私は此度戦地慰問に参りまして、かへりがけであります。友彦も呉々宜敷申上げました。ハイ、あれも只今南山城子附近の前哨となり、御蔭で

1　この手紙はあたかも夫人が戦地まで面会に来たかのような設定で、戯れに書かれている。

2　黌長井芹経平邸に設けられた私立寄宿寮。明治23年の国会開設を記念して創設された。

無事勤務いたして居ります。戰地では媾和のまとまりましたとの電報は八日に達しました。けれども未だ休戰の命なく、警戒ますます厳重に、防禦陣地やら斥候など毎日汗を流して居ります。露助も名残が惜しきと見え、追々尋ねに参るとの事で、六日も優勢の敵が攻撃し来りましたけれども、早速多大の損害を被りて逃げ失せました。実にきびのよひことでありました。彼地は野も山も草花が奇麗で、内地ではとてもあんな眺めはありませぬ。毎日〳〵トウキビの御馳走でおなかもふくれました。久し振り面會いたしました處、色は真黒く丁度印度人でも見る様で、且つ肥え太りて、オホヽヽヽ。髯までもたてゝ、丸で見知らぬ様でありました。オホヽヽヽ。追々凱旋いたしましたならば、湯治か名所見物につれて行くと申ましたから、そればかり楽んで帰りました。まだ色々御話もありますが、御妨になりますから復伺ひませう。奥様にも御袋様にも宜しく申ました。一寸二三学舎[2]へも御伺いたしませう。御案内を願ひます。　14-12-28

○明治38年11月10日付　黌長宛――（階級・所属記載なし）

御手紙難有拝誦仕候。寒氣日々相増申候處、益々御機嫌能く御坐被遊奉恐悦候。次に私も不相変無事消光仕居候間、乍憚御休神被下度候。却説仰の如く今般平和克復と成り、且つ日英の新協約も結ばれ御同慶に存候。新黌舎御建築も餘程進捗仕候由、嘸々御世話の事と察上候。當聯隊も去月廿五日前哨線引き揚げ、興京、永陵、営盤、撫順等を経て、本月二日新宿営地なる高坎と言ふ村へ着仕候。九日間の連続行軍にて候へ共、日々行程も近く、沿道歓迎も受くるし、おまけに一歩一歩恋しき故郷にちかまり候間、一人の落伍者もなく非常の大元氣にて有之候。當村は奉天の東方四里餘に位し、四方廣漠たる寒村にてうまき物もなく薪もなく豕も居らず閉口仕居候。當年は昨年よりも寒気強く、毎日身を切るばかりの寒風吹きすさみ塵埃空を覆ひ困り候。近日奉天、鐵嶺等見物に出掛くる筈にて楽み居候。當隊は十二月下旬當地出發の噂にて候間、何れ凱旋は来年早々かと考候。追申御慰問状を辱ふし御懇情身骨に徹し申候。何れ御面会萬々御禮可申上、先は書状を以て御礼まで如斯御坐候。匆々　敬白

十一月十日　澤　友彦

井芹先生

6-01-07

○明治38年12月11日付　爨長宛――（階級・所属記載なし）

奉拝啓候。寒氣日々甚敷相成申候處、益々御機嫌能く御坐被遊奉恐悦候。二に私も不相変無事勤務仕居候間、乍憚御休神被下度候。却説、當聯隊も愈来る十八日奉天乗車に決定仕候間、内地着は廿五、六日頃ならんと存候。新年早々に

は御面會仕べく、一日千秋の思をなして楽み居候。此間旅順見學に参り申候處、豫想外の事ばかりにて、迚も筆紙には尽し難く候。去ル六日、當師團の解隊式に際し、思ひがけなくも鴨緑江軍司令官、川村大将より感状を授与せられ、実に面目の至りには候へ共、恐縮至極に存候。今回此の名誉を被るのは一部御薫陶の御蔭にて、言葉を以て御禮の申上様も御坐なく候。種々申上度事は山々有之候へ共、後便に相譲り、先は御禮迠申上候。草々　謹言
十二月十一日　澤友彦
井芹先生
二伸　御袋様御初皆々様には宜しく御傳聲願上候。

6-01-16

塩澤勝記

○明治39年1月1日付　黌長宛——（階級記載なし）韓国黄海臨時派□□□□第5班第1分班

新年の御祝芽出度申納め得、先以て先生には御恙もなく御超歳被遊、鶴亀の齢を重ねさせられん御事、大賀の至りに奉存候。先は新年の御慶まで。如斯御座候。恐惶謹言

塩澤勝記
明治11年生。熊本県八代郡八代町。
明治29年入学、33年卒業。

正月元旦　塩澤勝記

井芹経平殿

14-07-09

島崎龍一

○明治37年12月26日付　黌長宛――陸軍1等軍医 第6師団衛生隊医長

拝復　各位益御多祥の段奉大賀候。扨小生今を去る十五年前、明治廿二年御黌の學籍を汚し候處、星移り月過ぎて、訪うに知己なかりしに依り、在熊中も御無音に打過ぎ、欠禮致候處、却て今般は御丁寧なる御慰問状に預り、汗顔の至に御座候。小生も去る六月十三日出征以来、蓋平を初陣として、大石橋、海城、遼陽、沙河の諸戰に参與致し、今日迄微傷も受けず本職を全ふし居候間、御安神被下度候。目下某地に停止し對陣中にて、近き将来に於ての大發展を待ち居り申候。従来彈丸雨射を犯し、昼夜を徹し、我第六師團衛生隊の収容所置したる傷者（死者を除く）は、遼陽戰に千百九十五名、沙河戰に千六百八十八名の多きに達し候も、之を詳細に報告するは軍紀の許さざる所、且、自己の功を誇るの誹となり、又小生の不文なる内地同窓各位をして實戰を目撃する如き感を

島崎龍一

昭和14年、68歳ぐらいで没。佐賀県西松浦郡西山代村。明治22年卒業。日露戦争後、朝鮮の京城で外科医を開業。

起さしむる能はざるを遺憾と存候間、若し萬一生還せば御面晤し凱戦誇話に相譲り、一方には内地諸新聞の記載に依て御詳閲を乞ひ、省畧仕候に付、左様不悪御了承被下度候。

御通知に依れば、御黌火災後各位の御勵精に依り、新工事已に着手せられ着々進行の由奉大賀候。御存の通り、現時満洲沙河の氣温、摂氏零下朝夕十五、六度に下降し、殆一尺の堅氷が河川に張詰め、人馬通行自在なるも、近頃は晴天打続き、風穏にして、且各兵は注意周到なる防寒具の為、未だ凍傷患者殆皆無に御座候間、御安神被下度候。先は御禮旁如此に御座候。敬具

祝日露役初回新年

謹祈各位の御健康

十二月二十六日　出征第六師團衛生隊　医長陸軍一等軍医　島崎龍一

井芹先生机下

14-02-18

島田千秋

○明治38年3月30日付　黌長宛――歩兵中尉 出征第6師團兵第23聯隊第3中隊

島田千秋

経歴不明。

拝啓　今回奉天附近の會戰に際し、不肖軽傷を受け候處、早速御慰問を恭ふし、誠に恐縮深く奉感謝候。最早平癒、軍務罷在申候間、御放念被成度、此後益々為邦家相盡し可申、不取敢右御禮御挨拶申上候。敬具

三月三十日　歩兵中尉　島田千秋

熊本中学濟々黌長　井芹経平殿

14-01-11

清水　巌

○明治37年11月30日付　黌長・職員宛——出征後備第1師團後備歩兵第13聯隊第4中隊 歩兵少尉

謹啓　追日寒氣相増候折柄、諸賢益御清適御起居被成候由奉遥賀候。降て小生事本年二月第一回動員の際、後備隊轉出を命ぜられ、二月中旬對馬に渡り、尓来仝地守備として戰備作業に汲々たりしも、敵と云へば常陸丸事件の際、其砲声を耳にしたるのみにて其隻影を認めず、折角の膳羞も殆んど水泡に帰し、出征軍の連戰連捷を聞くに付け、轉た脾肉の嘆に耐ゑざりしか。待てば甘露の日和とやら十月十二日漸く任解け、十三日其名も目出度き満州丸と云ふに乗込み、其日午後三時竹敷解纜、一七日安東縣上陸、廿六日鳳凰城到着、暫時仝地守備、

清水　巌

明治13年生。広島県佐伯郡中村。明治28年入学、31年卒業。旧姓立石。

1　秋山銀次郎——明治27〜33年、済々黌職員（漢文担任）。
宇野東風——明治22〜30年、済々黌職員（国漢学担任）。明治15年創立当時寮監、のち幹事。

本月十九日仝地を出て目下賽馬集の西北某地附近にありて、第一軍の右翼と連絡を通じ、満州軍右翼の警戒に任じ居申候。未だ敵と砲火相交へざるも、近き将来に於て花の咲く時節も可有之と存候に付、乍他事御安心被下度候。扨て九月四日野戰隊（歩の十三）宛御仕出しの御手紙、轉々して二、三日前漸く落手難有披見致候。今迠何の勲功もなき折柄、斯る御懇篤なる御慰問を辱ふし、只管慚愧に耐ゑざる次第に御座候。何か當地の状況に就き御報道致度も、目下軍務多忙の折柄、詳細の御報導は他日を期し、別紙鳳凰城駐屯の際一日突然思ひ付きて書き並べたる駄句御笑覧に供し候。原因は鳳凰山の山形余りに秀絶なるより、画がかんと思ひ立ちしも、画は青木先生御承知通りの拙劣にて、漸く山の外囲の形を得たるのみにて、他部を描き出すを得ず。何かにて山の内部を填めたしと思ひ、不図浮びたる駄句を書き入れたるにて、元来詩歌の何物たるを解せず、且つ文辞を廃し已に数年秋山先生、宇野先生[1]より斯様な拙き事を誰が教へたとの御小言を頂戴しても致方なき次第。只鳳凰山中の所々に可笑しな形の所あるもの七字の駄句となりて顕はれたるものとして御笑覧可被下候。尚諸賢、先生方の内にて御閑暇の際、韻とは如何なるもの、平仄とは如何なるもの、又汝の作りし意にて試作すれば斯くなると御指教被下候はば幸甚の至りに候。陣中唯一の楽は書信にて有之候へば、右偏に御願申上候。

余は他日に譲り先は右御礼旁御報申上度、如斯に御座候。早々　敬具

十一月三十日　清水巌

濟々黌長井芹経平殿　他職員御中

覚悟

君の為國の為には惜しからじ
満州の野に屍曝にも
是は僧月照辞世の作り
替へに候

林子平の六無に倣ひ

狂歌一首

四無

詩を作り歌を作りし事もなし
韻もなければ平仄もなし

鳳凰山麓城南工兵所に工兵司令として倉庫の番人
として残り居るを慨して

述懐

天狗すむ（傳云）鳳凰山の麓には鬼取挫く武士の住む
是は在黌中常に誦し居りし「菊池なる」の作り替へに候
倉庫の番人、余り本懐にあらざる抱負を表せしたる賦りに候
月夜三更倉庫歩哨線を巡察し守備隊長よりの注意

を思ひ出しつつ（露探徘徊放火の警を聞き）

霜満城南覺肌寒、月掛半天轉凄絶
朔風裂肌非意所、只陌露探弄祝融

望鳳凰山偶咸二首

奇岩突兀数千丈　秀貌発芳幾千載
恰是青骨稜々士　憶起当年彦九郎

是は高山生に比したる賦りに候

奇巌秀絶鳳凰山　誰云國亡有山河
日露交蹂躙遼東　太祖英雄今何在

是は清國の現況を概したる賦りに候

潔よふ
散りて
始めて
桜かな

是は俳句とか云ふもの
を真似たる賦りに候

「我も亦
七度生れ戰わん」
「七八度生れて敵を鏖殺」
楠公を真似たる賦りに候

草卒の折柄乱筆御免被下度候。
終りに臨み祈諸賢の健康

14-01-04

下山又喜

○明治37年8月24日付　釁長宛――歩兵少尉　後備第6旅團歩兵第23聯隊第1中隊

拝啓　炎暑の候、愈々御健勝の段大賀此の事に御座候。降て不肖儀出征以来無事軍務奮勉罷在候間、乍憚御安意被下度候。

却説本島は新聞紙上に於ても御存の通り、両三回浦塩艦隊の来襲を受け候へ共、未だ一回だも沿岸には近く能はず。遠く隔て武装無き瀛舩をのみ暴らし廻り居候處、今回は余程決心する處ありしと見へ、最も間近に進み来り候處、彼我戦艦の戦斗力、我は比較的劣勢なりしにも係はらず、見事大勝利を得たるは、実に壮快の至りにて有之候。今後やゝ厄介なるは「バルチック」艦隊のみにて有之候。斯の如く彼は海上常に本島をのみ狙み、其礎へを潰さんとするは最もの事にて、是実に古へ蒙古の大軍が、劈頭第一に本島を衝きし以所と察せられ候。例令今後如何なる事あるも、此の鎧着たる武夫の如き本島は決して恐るゝに足らず。勝て冑の緒を締るにて、今尚晝夜兼行、其非常に備へる大事業着手中にて、兵卒の労力実にひどきものにて有之候。現時の情況斯の如く御座候得ば、先きには一應遼陽方面に出陣の命は或る一部隊に下り候得共、今中止の姿と相成、従て不肖等迠本んの海軍の総豫備隊の如くにて、戦闘の間遠きには一同呆

下山又喜

明治11年生、昭和3年没。熊本県飽託郡画図村。明治30年入学、33年卒業。一年志願兵。日露戦争後、名古屋医専へ進学するが結核で退学。のち台湾総督府の警視となる。

※同氏よりの明治37年10月11日付「井芹経平釁長宛」の書簡が封筒のみ残っている。

れ罷在候。然し爾来戦況日々接迫するに従ひ、又壮快なる報も遠からず飛び来るべきと察申候。
先は右暑中御見舞旁、斯の如くに御座候。草々　敬白
八月二十四日　下山又喜
井芹経平殿
6-01-06

○明治38年4月13日付　釁長宛——歩兵少尉 後備第1師團第6旅團後備歩兵第23聯隊本部

謹啓　春暖の候御揃愈々御精務の事と奉遥察候。過般は実に御懇篤なる御書面を忝ふし、実は直に御返事可仕筈の處、戰務多忙にして遂に其意を果さず、恐縮の至に御座候。偖て、今回の一大攻撃に於て進撃の令下るや、小子等は豫め鬚を剃り身を清め服を正し奮然全線四十二里に亙る最右翼端の部隊に属し、二月下旬より三月中旬に至る間、二ヶ所の攻撃に於て二回共に刃に衂のらずして是を占領し、勇気凛々尚余裕あるに遂に全軍の大勝利に帰し、今は遠く吉林方面の敵に対し且つ警戒し且つ給養中にて、全軍尚岩をも引裂かんばかりの勢にて御座候。先は乍延引右御返事迠。敬具
四月十三日
井芹経平殿　職員御一同
14-12-34

○明治38年4月15日付　生徒宛――歩兵少尉　後備第1師團第6旅團後備歩兵第23聯隊本部

親愛なる諸君は益々勇健御奮勉の由、邦家の為め慶賀の至りに御座候。殊に此節は懇切なる端書を忝ふし、感謝の至りに不堪候。小子今回の一大會戰には、全戰線四十二里余に亙る最右翼端の部隊に属し、二ヶ所の敵陣地攻撃に殊更の抵抗も受けず占領致し、一度は鉄岺の線に北進し、又東南下して、吉林方面の敵に一日行程を隔てゝ敵と相対し居候。ひるがへりて小子等の支隊が令せられたる任務を全ふしつゝある其の間に、小子等の直ぐ左翼なる二の丸隊[1]（後）、御花畑[2]（後）、久留米[3]（後）の各一ヶ大隊は非常なる苦戰にて、各隊共其半を失し、二の丸隊の一ヶ大隊の将校中、同窓の井場（直）少尉一名を除く外は皆戰死負傷し、後の同窓の平井少尉も此の戰に戰死致され候。然し此の剣電彈雨死屍山をなす惨憺たる光影の間に、奉天正面の一大活劇は一入全軍の活気を増し、遂に共々同時に敵にひどき打撃を與へて、今回の大々的大勝利は日の出の国の旭の昇る軍勢の掌中に帰し申候。小子等は今尚勇気凛々岩をも引裂かん計りの勢にて、又吉林の敵に向はんと欲す。親愛なる諸氏、益々健全にして将来國家有為の士たられん事切に希望致し候。先は右貴答迠。草々

四月十五日　下山少尉

1　熊本城内二の丸に兵舎を置いていた歩兵第13連隊のこと。
2　江戸時代の藩邸の花畑屋敷跡に兵舎があった歩兵23連隊のこと。
3　歩兵第48連隊のこと。

済々黌生徒諸君

14-11-08

○明治38年11月21日付　黌長宛——歩兵中尉
後備第1師團第6旅團後備歩兵第23聯隊第1中隊

拝啓　愈々御精適の段奉賀候。降りて小子儀不相変無事奉務罷在候間、乍憚御安意被成下度候。却説小子共出征以来毎會戦後、常に御懇切なる慰問の状を辱ふし、深く感謝仕候。同窓の士、折に觸れ、相集ふ毎に談、常に是に及び、御互は戦場に於て、君国の為めぞと云ふ事は云ふも更なり。眞にあらゆる観念を失して、何に済々黌出身じゃと云ふ事が、言葉には出でずとも、非常なる決心と士気とを鼓舞したる事と、打談られ申候次第にて御座候。実に、會戦数日に亘り、幾多の辛惨を嘗め盡し、其疲労は極度に達せんとする時に當り、寂漠たる山野陣頭に立ち、甲掛の侭、暖かき御慰問の状に接するや、此處に百倍の勇気を出すと共に、言ふべからざるの感傷に逼り、感涙措く能はざる次第にて有之候。暖かき御精慮奉鳴謝候。平和克復なりし以来、満州百万の貔貅は、奉天を中心として集合を終り、現今一部宛凱旋の途に有之候處、小子共の凱旋は、多分十二月下旬頃と可相成と存候。何れ其暁は萬縷御礼可申述候。尚、戦役紀念品に就ては、何なりと持参致すつもりに有之候處、携帯品には、其筋より中々厳しき角も有之候に付、如何かと存候得共、如何がなして一品位は持参致つも

りにて御座候。先は乱筆を顧ず、右御返事迠。敬白
十一月二十一日　下山又喜
井芹経平殿

14-07-14

生源寺康禧

○明治38年1月1日付　黌長宛――(階級記載なし)出征第6師團歩兵第13聯隊第10中隊

謹奉賀新年　併祝黌運御隆盛
旧冬は態々御懇篤なる御慰問状を賜はり、誠に難有奉拝謝候。以御蔭小子無事消光罷在申候間、幸に御放念被為下度候。当方面は十月以来對峙の姿にて殆んど戦局に変化なく穴中に越年仕候。然れども兵站勤務の完全なる濠中、尚ほ酒あり餅あり、内地の正月に劣らざるの盛況に御座候。寒威は零下廿二三度を昇降仕候へども、士氣益々旺盛にして未だ一人の凍傷患者を出し不申、誠に好景況に御座候。茲に目出度新年を祝すると共に邦家の萬歳を祝し、誓て為任務尽力可仕考に御座候間、幸に御安意被為下度候。拝具
丗八年正月元旦　生源寺康禧

生源寺康禧
明治7年生。熊本市内坪井町。明治22年入学、29年退学。陸士へ進学。
昭和6年の熊本での陸軍特別大演習時は在郷軍人会壷川分会長、奉迎委員兵事係をつとめる。

諸先生玉机下

○明治38年5月9日付　職員宛――（階級記載なし）出征第6師團歩兵第13聯隊第10中隊

謹啓仕候。各位益々御清安御奉務被為在候段、大賀至極に奉存候。却説過日は早々御慰問を蒙り、誠に難有奉謝候。御多忙中にかゝわらず、貴慮にかけられ、時々御念書を賜はり候段、同窓の者熟れも感激罷在候。小子事、速早御礼可申述筈の處、戰闘中不幸病を得て、奉天占領を見る事能はずして入院仕り、遂に不磨の恨事を残し申候次第にて、去月廿日漸く退院、本隊に復帰仕候。当師團は今や開原附近に滞在し、其北方一帯の地を占領致居候。敵のキ兵は時々我前進部隊に逼迫し来るやに御座候も、大勢は已に彼の者に御座なく候。彼艦隊カムラン湾[1]を去りたるが如きも、又々海南島に錨を投じ申候由、吾々如き性急の者には如何にも手ぬるき心地いたし、一會戰報の速に来らん事、希望に堪へざる次第に御座候。

右乍延引御礼申述度如斯御座候。何卆同窓の生徒諸君には、御序の節宜敷謝意御申傳被為下度奉願候。拝具

五月九日　生源寺康禧

諸先生　玉机下

1　ベトナムの地名。ロシアのバルチック艦隊が石炭、飲料水などの補給のため寄航した。

厳寒の候去りて、楊柳新葉を生じ、梅花稀に咲き、青草諸所に毛氈を布き候へども、名物の砂塵目も口も開けられぬには閉口仕候。

14-08-01

○**明治38年11月15日付　饗長宛**――（階級・所属記載なし）

謹啓仕候。厳寒の砌り、益々御清安御起居被遊候段奉賀候。降て小子も以御蔭無事罷在申候間、何卆御安意被為下度奉願候。却説今回未曾有の大戦争も愈々茲に終結し、我国光として宇内に燦然たらしめたるは、誠に御同慶の次第に御座候。然れども□□遂に為すなし。此名誉の戦闘に参与して一介の功なきは、誠に汗顔の次第に御座候。殊に出征以来同窓諸士の厚意を忝ふし、寸功の以て之に報ゆる能はざるは、甚だ残念に感ずる處に御座候。偖て寒冷も追々増加し、頃日は已に零下十七、八度に昇降仕候得共、昨年と異なり、荒れたれども屋下に伏し、需要の物品何不足なきに至りては、太平楽の境遇に御座候。凱旋も来春早々開始相成可申噂に御座候得ば、再び御英姿に接するの日も遠きに非らざる事と奉存候。何か御饗の為め紀念として持参仕度、心懸居り申候得共、今と相成申候上は殆んど何物も手に入り不申。甚だ残念の次第に御座候。併し万事に心懸け何なりと御覚に供する考に御座候。乍末筆諸先生及同窓生諸君へ宜敷御鶴聲被為下度奉願候。拝具

十一月十五日　生源寺康禧

井芹經平殿　玉机下

6-04-21

白仁勝衛

○明治38年7月31日付　生徒宛——（階級記載なし）第12師団第1野戦病院

千載一遇の盛事、征露戦役に従事するの故を以テ、嘗て在學せりし縁由により、はるかに筆墨を飛ばして陣中の生を慰問し被下候を奉萬謝候。時下猛夏の時、諸君の大多数は郷里に在り、若くは旅行中と考察致候も、寄宿舎制度が以前の一部を残存するとせば、少数の人は居残り玉ふことゝ存上候。見給ひし人は、見ぬ人々に謝意をかたり傳え被下度。左に是迠経由せし大略を誌し申候。

生に召集令状の下りたるは昨年二月五日の朝、八日小倉に向ひ、十七日長崎港出帆、二十二日初めて仁川港に着し、翌日京仁鉄道によりて韓の都に這入り、宮城は前に牛頭をかけ狗肉を估るの不体整、寧ろ乱暴なるに愕き乍ら、二十七、八年戦役の結果によりて設けられたる独立門をくぐり、開城、平譲を経テ安州に。本隊と別レ、寧邊より昌城に、昌城より水口鎮に出デ、師團に合併し五月

白仁勝衛

明治9年生、昭和23年没。福岡県下三池郡上内村。明治23年入学、32年退学。『明星』の九州における中心メンバー。

1　本書一〇〇頁参照。

一日の九連城占領を見、暫時鳳凰城附近に滞在し候。朝鮮行軍は殆むど全く言語に絶したる困難に逢ひ候も、辛じて身を完ふし候。鳳凰城出発後は、完く砲煙彈雨の巷なれども、困苦は却て減少し、賽馬集、北分水岑の戰斗を経テ、初めて遼陽の第一拒禦線たる細川沿（橋頭）の激戰に参加し候。茲にて、嘗て同窓たりし砲兵中尉河野君たふれ、仝教官たりし岸田少尉[1]負傷され候。次デ八月一日には楡樹林子の鏖戦あり。七盤岑、八盤岑、平安、紅砂岑等の敵兵を駆除し、黒峪に於て摩天岑の方面より、仝じく様子岑の方面より追撃ノ来レる近衛、第二師團と合併し、英守堡に出でて太子河を渡り、旋轉して遼陽の側背面に出でたるも、土地一体波状をなし、敵の兵力が亦優秀なりし為メ、近衛、第二、両師團は黒英台に参戦し、第十二師團は大達連溝、小達連湾附近に於テ不意の強敵に逢ひ、撃退はせしものゝ、大損害を被りて、思ふ存分に痛撃を加ふるを得ざりしは、諸君も已に御承知のことなれば、委くは認めず候。亦た、戰状を詳説するの身柄にも無之候。

遼陽戰斗と沙河の逆襲は、尤も多く我が同窓の少壮士官を失ひしは又、諸君の御承知の通りにて候。奉天會戦に際しては、当師團は牽制の位置にありたれば、存外に損害尠なく、戦斗は二月二十五日に初まり、三月八日より大追撃に移り、渾河の右岸に塵戦を試み、往々俘虜を収めつゝ、十六日鉄岑に突出致候。尓後は戦斗らしき戦斗なく、当師團の方面に於ては、陶鹿に約二萬の敵兵あるも、前哨の距離六里半七里位を隔て、鳥渡したる斥候の衝突偵察戦位が関の山にて、砲銃聲をきくことも稀有に候。河ある寸は魚釣りに、山ある寸は山狩りに、芝居、軍談、隠藝がさかんに演じられ居候。

目下病院開設中、多少の悪疫流行し、流行性脳脊椎膜炎、腸窒扶斯、大腸加答児等発するも、コレラは撲滅せられ候。日盛り九十二、三度にて、熊本よりは却って涼しく候も、蝿の業山なることには肝をつぶすべく女郎花、桔梗、野山をかざりし。遼北の殊産たる高粱は、已に出穂を催し、雨再々降り来レども豪雨にいたらず候。

満州軍は半円形を画いて待命中、今一度の決戦を開催スるや否やは談判の成行次第にて候。畢りに臨みて諸君の健康を祈り申居候。　謹誌

明治卌八年七月末日　白仁勝衛

済々黌生徒諸彦

6-01-13

○明治38年12月16日付　黌長宛――（階級記載なし）門司市港町肥后又

謹呈　寒氣はげしく相成申候處、益御清福奉欣賀候。扨て出征中は格別の御配慮を被り難有存上候。全窓の諸友、前後に陣没し、若くは負傷致せし中に於て、

幸にも始終壮健を保持し、九日鉄嶺より乗車、十一日夜半二時半、大連に著し、十二日仝港出帆、海路無事十五日午前、當門司港に上陸致候。尚尓後一ヶ月間余り、残ム整理の為メ小倉に残留致すことに相成申候。解隊の上は出熊して御禮申上べく候。本日は畧儀ながら、帰還の御知せかたがた以書箋御禮申上候。

十二月十六日　白仁勝衛

井芹経平様

14-05-01

杉　克俊

○明治39年1月3日付　黌長宛――（階級記載なし）播州飾磨郡飾磨御幸町三木（以下欠落）

新年の御慶萬里同風芽出度申納候。陳ば御校愈盛運に赴き、帝國隆昌の紀念たる此新年と共に大なる発展を期せらるゝ事と存じ慶賀此事に御座候。却説兼て非常の御無沙汰缺礼のみ致居候へ共、定めて貴官益御栄福にて被為渡、御家族御揃ひ芽出度御超歳被遊候御事と存じ奉り候。生儀昨年七月肺炎に罹りて当地病院に入院、同九月末全治退院、尚充分の恢復を期し十月辞職、現地に轉療、殆んど元の健康体と相成り無事加齢仕り、今春再び奉職すべく休養致居り候間、

杉　克俊

生没年不明。熊本県下益城郡東砥用村。

済々黌草創期在籍。

乍他事御安意可被下候。就ては自然適当の候補地共有之候はば、何卒御推挙の栄を賜り度。尤も俸給には多き望無之候間、可然御周旋被下度候。

先は年頭の御祝儀旁、右御依頼迠如斯御座候。草々　敬具

明治卅九年一月三日　杉克俊

井芹経平様　侍史

14-04-08

杉生　巌

○明治37年9月27日付　釁長宛——（階級記載なし）第1軍野戦砲兵第12聯隊第5中隊

謹啓　時下秋冷の候に御座候處、益々御清栄の段奉賀候。其後は誠に申訳も無き御無音に打過ぎ候て時候の御伺も不致、横着奴とも御悪とも御思召されず本月四日遼陽陥落致候に付ては御懇篤なる御慰問被成下、誠に有難く拝誦仕候。巌儀は只出征致候のみにて身に寸功も無之、只々各處の戦闘に参加致候のみにて誠に赤面の至りに不堪候。然ながら兼の御教訓を蒙り候武士道等に付き、之は夢忘れ間敷、決して鄙怯未練の挙動は致間敷候間、此辺は何卒〱御放念被下度候。多士雑誌親しき学友諸君により發行致され候由、戦斗の面白き話等御通知申上

杉生　巌

明治13年生、昭和32年没。福岡県上毛郡宇島村。明治26年入学、32年卒業。昭和6年広島兵器支廠長。昭和8年陸軍少将。陸士13期。

度候へ共、生等下級幹部には如何になりたるやら知らざる事の多く候て、誠に残念ながら申上る事の少なく且つ砲兵逸話の如きも無之候て、拙き小子如きの筆にかかる事共無之、不悪御許し被下度候。八月廿五日当中隊独立致候へば、陣中日誌の記事の一々御通知申上候間、御一覧被下度候。

第二師團は野砲師團にして同師團の正面呉家岺、弓張岺の嶮は野砲使用困難にて多くの野砲使用出来ず、夫故同師團の野砲一ヶ大隊と聯隊本部を近衛師團に属し第十二師團より山砲一ヶ中隊、同師團に属せらるゝ事と相成候。当中隊は其の命を受け八月廿三日楡樹林子附近の宿営地を出發致候て甜水站附近なる第二師團に集り候。

仝廿五日拂暁より当第二師團左方近衛方面に於て盛なる砲声聞へ居候が、同日より同師團は行動致たるにて、当方面第十二師團も同時に攻撃開始する事と相成り、廿五日午後七時より宿営地出發、同夜白兵戦を以て寒岥岺、紅沙岺、及弓張岺の線を占領する事に決し候。所命の時間に宿営地出發致候て三道岺に至り候に昨日迠遥かに後方にありし軍司令部も已に此辺迠前進致居候。三道岺村端を出んとする時は、日は全く暗れて十歩も隔つれば人の顔も不見位にて候しが、村端の小高き丘に親しく生等の行軍を見らるゝ一将校立ち居られ候。近き見る此は軍参謀久邇之宮殿下にて従者も御連れなく生等の出發を送らるにてあ

1　松永正敏。熊本県鹿本郡中富村出身。日露戦争では第三軍参謀長。明治38年、陸軍中将。

2　いずれも同級生。
吉田可秀——一二九頁註参照。
久吉道雄——一二九頁註参照。
正木清九郎——歩兵少尉。明治10年生、37年8月戦死。熊本県春竹八王寺村。（26年入学、33年卒業）

中山直熊——旧姓荒尾。明治13年生、37年4月戦死。熊本市黒鍬町。（27年入学、32年退学、のち明治34年熊本中学卒業）

りき。猛きも情にもろき中隊の兵士共、金枝玉葉御身を以て千辛万苦も御厭なきを拝しては深く感涙にむせび申候。殿下の御勇間敷御鳳姿に一層の勇を鼓し、呉家岺の峻阪も故障なく通行致候て、豫定の陣地進入致候は廿六日午前二時十分頃に候。午前三時頃に至り俄然前方に於て銃声起り、夫れより各方面に於て猛烈なる銃声起り候は、我歩兵部隊の敵堡近く進出したるて、敵兵の狙撃の声にて候き。当中隊前面の友軍部隊は松永（正敏、鹿本郡の御方？）[1]閣下率ひたまひたる第四、第廿九聯隊にて、閣下は前進に際して令して曰く、

「白兵を以て戦へ、命なく射撃スルモノ切レ」と。

故に友軍歩兵一發も射撃をなさず、嶮山を攀ぢ敵塁に肉迫したれば、敵は高地稜にある掩堡に由り頻りに一斉射撃し、夫が為め歩兵隊の苦戦は甚敷惨状きわめ候も、勇猛なる東国武士少しもひるみたるの様子無之、拂暁に至り全線敵陣に吶喊致候。突き又は切られて陣地を守りたる敵兵は誠に少なく、其他は其前退却致候由。萬歳の声は各地に起り夫れより追撃射撃盛に起り敵の死傷も甚だ大く見受け候。

砲兵は夜間戦には少しも働き無之、拂暁を待ち直ちに前進、歩兵線に進出致候處、敵砲兵四門、「ツエゴウ」と申す村の南方高地に於て敗兵の収容し大に我歩兵を苦めにあるの時にて巨离遠き為め小銃の効力無之、流石の東国の勇士も閉口致

村岡貞清——歩兵少尉。明治12年生、37年8月戦病死。熊本県飽託郡供合村。（30年入学、33年卒業）

大塚定次——海軍中尉。明治11年生、37年7月戦死。熊本県合志郡津田村。（26年入学、31年卒業）

川本幸雄——海軍少尉。明治13年生、37年8月戦死。熊本県玉名郡豊水村。（27年入学、32年卒業）

居り、砲兵前進を見て直ちに道路修繕等の加勢をなし、陣地に着くや暫時相互に砲戦起り候モ第二師團方面には山砲なきと信じたる彼等、此の僻地より山砲来るとは思わざりしものと見へ狼狽、成す處知らず。忽ち沈黙せしめ其一砲車及弾薬車等を爆破致候。此時にあたり敵の増援隊は大安平方向より續々として前進し快復攻撃を成さんと致し、茲に於て激烈なる砲銃戦は開かれ候も、皇軍の向ふ處強敵無之、正午頃に至りて漸く退却を初め其砲兵も遠く陣地を換て死守致候。

山砲は馬の行く處は何處にても運搬致し得べきも野砲程射巨离大ならざれば、追撃射撃の何處迠も行ふ得ざりしは遺憾千万に候。

午後四時に至り大雨沛然として降り雷鳴轟き四方濃霧にとざされ、遂に前進するを得ずして露営致候。午後七時三十分、明日は湯河以西に敵を壓迫する目的を以て前進するの命を受け申候。其夜雨止まず、携帯天幕等にては雨をしのぎ得べき様も無之、一睡も出来ざれば立ち出でて兵卒の露営地に至り見るに何處も同じく眠入りたるは無之、仲には呑氣奴も有之。

「雨風にまさる其夜の身のせつなさわ
　もふやめまする軍人は
　　と云ふても御国の為めなれば

野田三夫——海軍少尉。明治12年生、37年8月戦死。熊本県八代郡太田郷村。（28年入学、32年卒業）

どしてもやめられよ軍人は」等と追分等小さき声で唄い居るにて其傍を過ぎ、時に天幕内を見るに皆起き坐わりたるまゝ雑話するを見受け候。

廿七日は細雨頻りに降り濃霧益々深く咫呎を辨ぜず。午後四時に至り霧晴れて各隊前進を初めたり。中隊は松永旅団に属せられ歩兵隊後方より跟随す。敵は湯河左岸に退き、我歩兵の前進するを見て頻りに砲撃す。漸くして日は西山に没し夜は目標認識するを得ざるに至り射撃を止む。此間に乗じて夜暗を利用して湯河右岸近く進出し、各地共攻撃の配備を整へ拂暁を待つ。然れども右翼隊の野砲行進困難なりし為め拂暁に至るも同方面に準備整わず、午前十時に至り攻撃開始す。此間敵は頻りに發射せしも我軍之れに應じて真面目の戦をなさず。

正十時に至り右翼支隊の野砲兵を先づ發砲して茲に攻撃開始せられ彼我砲戦起り、彼れの射弾往々我に効力を現せしも暫時にして沈黙せしめ、夫れより我軍を射撃するを得ざらしむ。友軍歩兵も勢に乗りて奮戦、午前十一時過ぎには漸次退却する認め追撃射撃を行ふ。正午より歩兵前進し一時頃には湯河を渡り追撃す。此時南方近衛方面も湯河を渡り、敵兵の退却し北方に第十二師團湯河の敵を迫して奮闘する。是志氣益振ふ。我正面の砲兵は何時間にか退却し、残留したる歩兵潰走。午後二時半に至りては全く湯河左岸を占め、前面高地已に敵兵を見ざれば、中隊は直ちに前進、孫家寨と中村の西方に陣地を換へ追撃致す。三日間一睡をも不致、一日陣地に熟睡す。翌朝石咀子虎頭崖西南方高地に向ひ前進を命ぜられ候。

廿九日大石門岺に至る迄は大なる抵抗を受けづして占領致候。虎頭崖附近の高地は遼陽外防禦線にて、敵は堅固なる工事、優勢なる砲兵を以て防守し、我軍猛進する不利を覚り全日は戦闘をなさず。卅日近衛師團と加し攻撃前進したるも未だ虎頭崖を占領するに至らず。全夜砲声殆ん止む時なく、卅一日も又攻撃を連續す。全日に至り第四軍、第二軍も追々前進し来りたれば、軍は太子河右岸に進出すを命ぜられ、九月一日夜行軍をなし午前七時太子河を渡り中隊は元師團に復帰致候。九月一日及二日は黒英台附近に於て砲戦致、三日大窪附近に転戦、四日、五日は同地附近にある炭坑鉄道附近迄前進致、敵は遠く渾河を渡り奉天に退き候由。此戦闘間、同窓の学兄小坂武雄大尉殿を初め立石、西村（猛夫）氏無事。弾薬大隊田嶋君も至極無事勤められ候間、御安神被下度候。仰の通り同窓の友にして名誉の戦死負傷多く其栄誉を分つと共に又哀悼の感に又堪ず候。当聯隊故河野中尉の如き温厚の士、殊に文学の才智に富まれ今日にして残り賢兄あらば面白き御通知の数々を成すを得し等と、立石と遭ふ度に兄の逝くを惜み居り候。其他西岡大尉殿、吉田中尉殿、久吉中尉、正木少尉、中山直熊氏、村岡少尉の病死、大塚中尉、川本、野田少尉等[2]々名誉ある勇戦赫々たる勲功は此上もなき事に候へ共、其個人として誠に御氣の毒の事に候。御教示の如く戦局前途は尚遼遠に候へば必ず御薫陶を守り違背致間敷候間、乍恐御休神被下度候。目下巌兵は（第十二聯隊第二大隊は）梅沢支隊に配属せられ、本渓湖より奉天に通ずる平台子と申す辺鄙の片田舎にて不相変無事消光致居候。当聯隊より独立砲兵隊、則ち分捕したる敵野砲にて編成したる砲兵隊に行かれたる木下中尉（経理）不相変元氣暮され居り候由、中尉殿方は近衛に着かれ居候が此程に手紙に

「生等は六回戰斗す。分捕弾は（九連城に取りたるもの？）打ちつくしたる。今又集まるもの九百発は弾薬補充。貴兄等の如く後方でなく中間廠を前方に有すれば運搬の世話なし」

等と申こされ候は滑稽も面白候。所属配備等些か軍事機密にわたる事も有之候間、左様御承知被下度候。甚だ勝手ながら職員御一同様に宜敷御傳言被下度願上候。先は不取敢御礼迄。警戒部隊として前進命ぜられ候。茲に急ぎ認め乱筆幾重にも御用捨被下度候。　敬白

九月廿七日　平台子に於て　杉生巌

井芹先生　6-03-11

○明治38年1月1日付　黌長宛——砲兵中尉
出征野戦砲兵第12聯隊第5中隊

新年ト旅順陥落ヲ祝ス

先日は御叮寧なる御慰問被成下、有難く御祝申上候。

明治三十八年一月元旦　14-12-17

○明治38年4月16日付　黌長宛——砲兵中尉
出征第12師團野戦砲兵第12聯隊第2大隊

謹啓　時下春暖の候に御座候處、益々御清栄の段奉賀候。
先達は
天皇陛下の御稜威と
篤き同胞の後楯とに依り
奉天附近の會戰に大勝利を得候に、御丁寧なる御慰問被成下、誠に有難御礼申上候。同窓の友、平木邦平氏[1]の名誉戰死被致候由、軍人としては至大の光栄に候へ共、個人としては誠に御氣の毒の事に候。当隊に於ける同窓生、過日小坂武雄大尉殿より御通知申上候通り。

第一中隊長　砲兵大尉　小坂武雄

1　歩兵中尉。明治12年生、38年2月戦死。熊本市寺原町。（27年入学、33年卒業）

仝　　　　　　　　曹長　竹下寅雄（竹下氏は四年生迠来た人に候）
第二中隊小隊長　　砲兵少尉　野田良夫
第五中隊小隊長　　砲兵少尉　田島米作
其他当聯隊より近衛師團（分捕砲）独立砲兵大隊（久路才少佐の指揮の許に、俗に
華族大隊と申す、西郷、野津、木田、キ才の華族多き隊）に轉出せしものゝ内にて
独立砲兵大隊第三中隊長　　砲兵大尉　木下又五郎
（四年期生のトキ士官候補生トナル）
仝　　第一中隊長小隊長　仝　少尉　西村猛
（四年のトキ熊本地方幼年に入校）
又、輜重兵中尉　山本猪熊氏は、第十二師團管理部に目下師團大行李長として
白仁勝衛
第十二師團第一野戰病院看護卆として従軍
まだ外聯隊には同窓の友の居らるゝ事と存じ候え共、記憶不致、其内知れ次第
御通知申上べく、先は不取敢御礼迠。
職員生徒御一同に宜敷御傳言被下度候。　敬白
四月十六日　野戰砲兵第十二聯隊第二大隊副官　杉生巌
井芹経平様

14-07-07

杉村繁記

○明治37年9月22日付　黌長宛――出征第5師團野戦砲兵第5聯隊第3中隊 砲兵少尉

謹啓　秋冷の候益々御健勝に被為渉、芽出度奉大賀候。次に野生儀御蔭を以て健全無恙軍務に従事罷在候間、乍憚御安神被下度候。扨て先達は實に優渥なる書簡を辱ふし欣喜措く能はず、幾田か繰り囲して拝讀仕候。恰も其頃は海城占領後にして未ダ暑気強く、屋内の蝿多きこと蠶卵紙面の如き。時我聯隊は海城附近の一村落に露営致し居、野生は日々人馬の演習に従事致居候。尤内地の人より音信を受くる等は快事の一に御坐候へば、是れに供ふ返礼は亦逸る可らざる事、萬々銘心致し居候へ共、思はず此事茲に至る。幸に御慮察御寛恕被下度候。

去る八月二十五日に海城附近を発足致してより、前面の敵を掃ひつゝ仝二十六、二十七、二十八日鞍山站附近。三十、三十一遼陽の第一線。九月二、三日遼陽にて戰闘致し候。其間隊は暫くも一地に滞留することなく、山又山、谷又谷の間を跋渉致し、或は晴天朗月の快に遭ひ、或は惨憺陰雲の辛に遇ひ、時に或は敵を走らし敵と對抗し、時に或は路傍に宿り月下陣営に夢の苦楽反復するの後、遼陽城頭に飜へれる旭旗を望觀致したるの時の快、嗚呼生等の胸中には、実に萬斛の愉快を相覚へしかを御推察被下度候。萬餘の市民を収容せる遼陽は今は

杉村繁記　明治13年生。熊本市西鋤身崎町。明治27年入学、32年卒業。

既に平時の市街となり、追日繁華に赴き居申候。新聞紙に記載ある如く露軍が如何に此地に重きを措きしかは、彼れが残せる防禦工事の堅固、兵営、倉庫の設備等によりて推知せられ申候。尚ほ委細を記して御一覧に入れ度きも既に新聞紙の網羅せる所に御坐候へば、此に略し申候。

先は御返礼旁々御一報迠斯如くに御坐候。早々　不備

九月二十二日　同窓生　歩兵少尉　杉村繁記

14-04-03

杉山金八

○明治38年3月19日付　黌長宛――（階級記載なし）臺湾守備臺北駐屯第6師管国民歩兵第1大隊第3中隊

拝啓　頓斗御疎遠申上候。去ル一月召集ニ応ジ、爾来碌々罷在候。幸至テ健康ヲ得居候間、乍他事御放慮被下度候。初メハ久留米ニテ勤務演習シ復習ニ取リ掛リ、仝月十九日動員令ニ接シ、國民大隊組織トナリ、編成後教育ニ繁忙ヲ極メ、二月廿日台湾守備ノ任ヲ受ケ仝日出発、廿一日門司港出舩、廿四日基隆上陸、廿五日台北屯所ニ到着致候。内地ヲ出発ノ際ハ猶餘寒酷ニテ、遠山皚々ノ雪、路上霜氷ヲ踏ミタルニ、着臺ノ候ハ孟夏ニ等シク、早苗青々晴レタル日ハ

杉山金八

経歴不明。熊本市七軒町。

1　熊本県出身。のち大日本武徳会武道専門学校長。

2　明治37年まで群馬県、三重県で知事をつとめた古庄嘉門。

八十度内外、実ニ急変一驚ヲ吃申候。然モ臺北市街ハ商店悉ク内地人ノミ故、波涛七百マイルヲ隔タリタル感聊無之候。奉天大捷誠ニ帝國ノ為メ無比ノ慶事、萬歳萬々歳ニ祝申候。或ハ時局モ格別遼遠ナラザルカトモ被存候。平和ハ一日モ速カナルヲ希望致候。是迠諸大家ノ克復後ノ畫策ニ付、意見ヲ洩シ居ル事多々ナルモ、実際ニ応用ハ存外困難事ト被察候。

今般小生当地へ来リ種々ノ見聞上、当地ハ猶此度当分ハ細大内地人ノ手ヲ煩ス事ト被存候。而シテ之ニ従事スルハ随分前途有望ノ機被見處、只当総督部有力家仝縣人大津麟平氏[1]ヲ訪ヒ、種々懇談ヲ得申候。中ニ小生ノ意見トシテ、内地ニ於ケル中学卆業生ノ（進デ高等教育ニ付キ得ルモノヲ除キ）成行上ニ付キ、何トカ能キ方便ハナカルベキヤヲ以テセシニ、仝氏ノ曰ク、アリ大ニアリ、然レドモ其等ノ多クハ理想ノミ大ニ過ギ実際ニ適セズ。所謂短氣ニシテ未ダ用ユベキノ材ヲ認メラレザルニ、早ヤ已ニ不平ヲ醸シ自棄自亡皆然リ。若シ夫レ不羈忍耐刻苦精励セバ、他日大ニ知ラルベキハ当然ニシテ、亦タ其等ヲ得ント欲スル事切ナリ。故ニ中学卆業者ニシテ当地ノ官吏ヲ希望スル者、其性格ト精神ニ於テ校長方ノ善認スルモノアラバ、之ヲ保認シ紹介セラレバ、三、四人位ハ何日何時ニテモ引受、先ヅ試験場ナル位地ヲ与フルハ必ズ当ラント。試験場トモ言フ位地ハ、先ヅ部内（外）等ニ雇員ヲ命ズルモノニシテ、其成績ト性行ヲ監査スルノ云ヒニテ、此ノ間ハ日給七十銭位。而シテ悉合格スルヤ月俸二十四若クハ二十五円位ノ雇ヲ命ズ。判任官ハ此雇ヲ五年経過セバ資格ヲ得、直ニ判任トナレバ三十五以上ニハ出ルベク、且ツ其後ニ於テハ随分能キ位置ヲ得ベシト。之ニ依リ小生ノ考フルニ、中学ヲ卆ヘタルモノ往々方向ニ迷ヒ居ル者、一ト奮発シテ此地ニ来リ、大ニ為スアリテハ如何。然レ共大津氏曰ク、最初其緒ヲ與ヘタルノ故ヲ以テ、終始依頼心ヲ起シ事アレバ不羈ノ念ナク、偏ニ不断優柔只情実ノミニ任ズル如キ薄弱者ハ、断ジテ謝絶スト。

之レ曽テ古庄知事[2]ノ時ニ鑑ミタル経験談ナリ。今後ノ青年タルモノ何時迠然ルモノヽ轍ヲ追フノ愚ナラント存候。要スルニ大津氏ノ如キ有力家ヨリ手ヲ出シテ同郷ノ青年ヲ待ツヤ懇ナリ。知リテ来ラザルハ何ントモシ難シ。若シ斯ノ如キ内容ヲ知ラズシテ単ニ當テ途モナキニ至ルノ決ナキモノニ對シテハ、多少心強キ感アルベク。亦タ校長ノ保證ヲ持スル青年ナレバ、必ズ悦デ用ユルニ躊躇セズ、採用ノ途ニ至ル。当初充分ノ選抜者ヲ以テ当地首要ノモノニ信念ヲ与ヘバ、爾後ハ面倒臭キ手数ヲ用ヰズ、ドシ〱採用且ツ任用ヲ重ズベク可相成。國家社會ノ為メ済々多士益奮励セバ誠ニ幸甚ノ至リニ候。

右ハ談話ノ序、意見ヲ以テ内容ヲ得タル次第ニテ、固ヨリ益スル所アルベクトハ信ゼズ候ヘ共、聊カ思ヒ浮ブ節モ有之候ニ付、蛇足ナガラ愚意披瀝仕候儀ニ有之候。
当地ニ着後未ダ充分ノ観察ニ乏シク（実ハ降雨連日ノ為）御報道モ頓ト条項ナシ。只今日迠ノ處ニテ、左程当地ハ暮シ悪キ所ニアラザル様被存候。物價等ハ内地ニ比シ大分不廉ノ様被認候モ、不自由ハ少シモナク、何ンデモ備ハラザルナシ。滞在永ケレバ益々見聞モ多カルベクニ付、何レタマリタル節々御報可申上候。先ハ頑見宜意ヲ不顧、貴意ニ申候。尊厳ヲ冒瀆シタル罪御海宥是祈。
三月十九日　　杉山金八
井芹経平殿
時下折角御自愛肝要御坐候。御令閨様へハよろしく。友人児島氏ハ可然御指導相願候。先日中西ヨリ来状ニ、阿蘇原野多大ノ面積貰受ノ効ヲ奏シタル由、郡民ノ悦ト同氏ノ労大ニ満足ニ存候。随分苦心ノ末ニ付得意嘸カシト察入候。14-01-15

園田保之

○明治37年6月23日付　 釁長宛――砲兵少尉 第1軍第2師團野戦砲兵第2聯隊

復啓　支那家屋の陋臭を厭ふて裏の林にハンモックブラ吊げ、颯々たる松籟に

園田保之
明治14年生。熊本市西鋤身崎町。
明治28年入学、33年卒業。陸士へ進学。

戎衣を吹かせて独り冥想の淵に沈める六月十五日の星の夜、従卒が灯と共に齎らせるは先生よりの御書簡にて候き。國を離れて四年、先生の温容に接せざる事久し。懐かしさの餘り繰り回へし〳〵拝称仕候。懇切なる御辞、身に餘り謝し奉るに詞を知らず候。先生不相変御健勝大慶此事に御坐候。如御承知兵馬倥偬の際の事とて今日迄御無沙汰に打過ぎ汗顔の至に存候。

如仰此度の戰争は本邦未曾有の大事にして軍人として此役に加はるを得しは男児一生の面目と存居候。鴨緑江畔の戦にても幾度か曳火弾の束藁を浴び、幾度か着発弾の砂塵に捲かれ候も、武運目出度からず未だ身に微傷だも負はず。死傷せし友人や部下に對し何となく申訳なき様なる心地被致候。此役にて勇敢に戦ひし敵の武者振、中々天晴に見られ申候。然し層一層勇敢なる我軍には兎ても互角の相撲には不相成候。何れも遼陽の本場所にては尚一倍、手痛たく脚も腰も立たぬ如く投げ飛ばしくれむずと、腕を扼してヒシメき居申候。當第一軍には全縣人も大分沢山にて小生の知り居る人々にても松永第三旅団長、木下第一軍参謀、山田第二師團参謀、工藤工兵中尉、佐藤歩兵中尉（鶴雄）、池田砲兵中尉（基喜）、田村砲兵少尉（徹）、長岡騎兵少尉（護全様）、及定州にて負傷されし黒川騎兵大尉の諸氏居られ申候。特に松永将軍の聲望は隆々たるものにて、小生ども迄肩身の廣き心地被致候。昔語に聞く太閤の小田原陣のそれに似たる

東京第一無線高等工学校（板橋区、昭和16年設立）に勤務。

1　明治3年生。明治28～29年、済々黌職員（漢文担任）。大正2年より九州日日新聞社社長。

鳳凰城の長滞陣も愈々本日にて切上げ、小生どもは明日先発部隊として出発仕る筈に候。聞く處に依れば黒鳩将軍は麾下六個師団の主力を提げ猛然として南下したるよし（只今此書翰を認めてある最中此情報を得たり）愈々戦局は面白く相成申候。好敵手!!!好敵手!!!幸に健在なれ。

古来閫外の臣を制肘するは不結果に終ることは戦史の証明する處、露帝が私情に駆られて露軍の主力を南下せしめしが如きは露国のためには大々的不得策にして暴慢国の末路も遠からざることと信じ申候。アア好敵手愈々出でたり一撃の下に粉砕しくれむ。第六師団も既に動員を行はれ候由。守永大尉殿始め廣吉等の諸君も応召相成候事と存候。その昔、寄宿舎楼上に朝な朝な称へし三綱領、今も忘れず、あはれ先生多年の御薫陶に負かず。乍不及九州男児の武者振りを露国の奴原に見せ、死しても校名を汚がさざる覚悟に御坐候間、乍他事御安心被成下度候。尚多年御高教を仰ぎし諸先生へ宜敷御鶴声の程奉願候。

時候柄先生の御自愛を奉祈候。

先は右貴酬迠。匆々　如斯に御坐候。謹言

六月二十三日、午後五時三十分　於鳳凰城　園田少尉

井芹経平先生　侍史

二伸、明日は出発の事とて準備の為め少からず混雑を極め尽し候。

何卒筆を走らす乱筆御高免被下度候。

満山の新緑、殺風景の満州も聊か風趣を添へ申候。故郷の空や如何?

乍失敬御序の節、小早川秀雄先生へ宜敷。

14-01-01

○明治37年8月9日付　中川一人殿宛──野戦砲兵第2聯隊 砲兵少尉[1]

血腥さき満州の一角より蕪書拝呈仕候。六月二十八日御投函の懇篤なる朶雲難有拝誦仕候。草木も燃へ骨肉も溶けなむ今日此頃の暑さに、一千の健児衝天の御元氣、国家の慶事此に不過事と存候。降て、小生事鴨緑江、摩天嶺、様子嶺の諸戦役には缺かさず参與致候へども、取立てゝ申上る程の手柄もなければ怪我も無之候。憐れ人様の手柄話聞たし々々々。五六年前迄は、銀杏城下藤公社畔青葉蔭涼しき寄宿舎楼上に飛び跳ねた男、今や天の一方に鞍上に顧騁し剣を揮ひて暗唖叱咤す。時世の変遷も亦頗る妙ならずや。守永、廣吉等の諸将軍今果して那辺にかある。消息杳として知るべからず。小生の為め御報道の労を採らるゝ方無之候や。

日露戦争の結果日本が戦勝の月桂冠を戴くことは、今や有無の問題を過ぎて時間の問題に移り候。后来大に驥足を伸べ大に雄飛せんと欲するものは、今日より戦局後の問題に就て研究せられざるべからずと存候。察する處、戦勝の結果

1　鋳方徳蔵。熊本県下益城郡隈庄。陸軍士官生徒8期。陸大を首席で卒業(9期)。日露戦争時に鴨緑江軍参謀副長(砲兵大佐)。大正5年陸軍中将。

サガレン嶌は我有に帰すべく朝鮮は我保護国となること猶埃及の英国に於けるが如くならむ。又満州は一般に開放せらるべく候。サガレンの水、満州の山、朝鮮の野、到る処水産に礦業に牧畜に格好なる富源に御坐候。ア丶誰か蹶起して此天與の富源を掬するものぞ。

チュースラ・ソルダーを読みて、普佛戦争の際、佛の傷兵死に瀕して普の傷兵に外套を被せたることは承知致し居りたるが、此度の戦役にはそれにも増したる佳話、然かも多々之有候。

露の負傷兵に對し我兵が貴とき……眞に戦場にありては一滴千金にも換へ難き……その貴とき水筒の水を與へ、また何程金銭を投じても時機によりては容易に得られぬ巻煙草を惜しげもなく恵むを屢々目撃致候。現に摩天嵜の第一回の逆襲（七月四日）の節などは、外国武官は此等の同情ある文明的行為を目睹し、感激の餘り小生の傍にて三回迠も撮影致し候。此の如き事実は廣く世界に伝へて、二十世紀序幕の大戦争に於て如何に日本が文明の鎧を着、正義の楯を翳して進しかを知らせ度ものに候。

此度小生が戦地に於て最も感じたるは語学にて御坐候。多くの外国武官、外国新聞記者の間に立混りたるとき、語学の拙きは赫顔汗背位の事にて相済まず候。小生なども士官学校にて一寸許り独逸語を修め候事とて英語は殆ど記臆に存せず、英語を通用語となしおる彼等連中に対しては眞に体の良き唖に御坐候。北清事変後、鋳方参謀殿[1]が『我輩は戦略戦術に於ては寸歩も外国に敗けなかったが、只語学の点だけは大敗けをした』と語られ候事、今更の如く感ぜられ候。年若き有篤なる済々黌の健児諸君、決して々々語学を忽にせられざらむことを希望に不絶候。小生現在の地点は遼陽を東南に距る約十二里の処にあり、遼陽の総攻撃方に近きにあらむとす。諸君刮目して待たれんことを望む。捷報は不遠諸君の几辺に到る事と信候。去る三十一日の様子岺の攻撃に、我中隊は中隊長（重傷）及第三小隊長（戦死）を失ひ申候。小生と故参小隊長とは、立て見つ臥て見つ蚊帳の廣きを嘆居候。渇するものに水を與へ餓へたるものにパンを與へよ。小生は今友人の消息に渇し故郷の情況に餓へたり。同情ある諸君は幸に小生をして是の水とパンとを得せしむるに躊躇せざるべし。是れ小生の戦地に於ける唯一の慰安に候。終りに臨んで諸君の体力と脳力の愈々益々健全ならむことを祈るものに候。おさらば今や諸君と名残惜しき手を分たむ。後便は命あらば遼陽の落ちし後にこそ。敬具

八月九日午后二時　第一軍　園田砲兵少尉

済々黌生徒諸君　御中

14-09-1

○明治37年9月25日付　黌長・職員宛――砲兵少尉　野戦砲兵第2聯隊

拝啓　先日は犬馬の労に対し、晴れがましき御慰問状を辱ふし慚愧に不堪候。如仰、前途遼遠、面白き作戦も是れよりかと、相楽しみ居候。先は右御礼迠。匆々　不及他事候。謹言

九月二十五日　野戦砲兵第二聯隊

陸軍砲兵少尉　園田保之

井芹経平先生　及諸先生御一同

6-05-11

○明治37年11月24日付　生徒宛――砲兵少尉（所属記載なし）

謹啓　過日は懇篤なる御慰問状を辱ふし奉鳴謝候。天漸く昏く南軒の日向《ナタ》恋しき今日此頃、各位愈々御壮健御勉学の段大慶此事に御坐候。降て小生の負傷も只今は全く快癒致しスワと謂はば鞍上長劍を揮ふて山野を馳駆せむ底の元氣溢れ居候間、乍憚御放念被下度候。却説各位！目下の状況によりて推断すれば、日露戦争の『幕』は近き将来に在りとは覚えず候。舞台面に在る役者の小生等は今後とも大車輪に勉強仕るべければ囃《ハヤシ》方たる各位も何卒確り御氣張り被下度候。小生今般第二聯隊を離れ、第一軍独立野戦砲兵隊附被仰付候。当砲兵隊

の内容に就ては目下各位の前には口を減まざるを得ず候。然し命あらば御談し
申す機会も有之事と存候。
終に臨み各位の御健康と御幸運を祈り名残惜しき筆を擱め申候。匆々拝復
十一月二十四日　於沙河畔　園田砲兵少尉
済々黌生徒諸君
二申　小生はいたく絵端書を好み申候。御同好の諸君は御交換致度候。 6-06-09

○明治38年1月1日付　生徒宛――砲兵少尉 第1軍独立野戦砲兵大隊

謹賀戰勝の新年
併祝旅順の陥落
明治三十八年一月一日
第一軍独立野戰砲兵大隊
陸軍砲兵少尉　園田保之
濟々黌生徒諸君御中
追白　旅順落ちたり旅順落ちたり。歌ひに歌へ。狂ひに狂へ。大に躍り大に跳
ねよ。世に馬鹿者あり、曰く戰勝に狂喜するは大國民の襟度にあらずと。敢為

の健児！血氣の全胞！是等馬鹿者の言を信ずる勿れ。見よ、オックスフォールド、ケムブリッチのボートレースは全英國を狂爛の渦中に投ぜしめ、其結果は内閣の更迭のそれの如く我公使館に電送し来るにあらずや。敢て問ふ。斯る國民は果して大國民にあらざるか。聞け、米西戰争後、ホブソン大尉は米國の誇りと狂ひの中心となり、幾千の少女のキスと幾万の花束は渠れをして馬車を駐むるの已むを得ざるに至らしめたるにあらずや。誰か云ふ、斯かる國民は大國民にあらずと。

諸君、戰は眞に氣を以て遣るものなり。諸君、旅順の戰畧的價値を問ふを止めよ。只大に歌ひ、狂い、躍り、而して跳ねよ。然れども直に旧に復せよ。宛も昨日何者のありしかを知らざるかの如くに。由来、冷頭と熱頭と併せ有せざる國民は眞に大事をなす能はざるなり。（個人に於ても然り）

過日は美しき絵端書御恵投下され深謝す。然れども小生は優しき揮筆者の芳名を知るの光栄を得ざりしを悲む。画は駿州あたりの景らしく、冨峯あり、湖水あり、二、三の白帆あるもの一葉。他はペン画にして山あり畑あり城（西洋の）らしきものあるもの一葉なりき。

14-11-10

〇明治38年4月27日付　釁長宛——砲兵中尉
第1軍独立野戰砲兵大隊副官

拝啓　過日は奉天會戦の微労に対し、懇篤なる御慰問状を辱ふし、感激の至に不堪候。今後益奮励、交戰に従事致すべく候に付、何卆御安意被遊度候。先は右御礼迠如斯御坐候。匆々　謹言

三十八四月廿七日

第一軍独立野戰砲兵大隊副官

砲兵中尉　園田保之

済々黌長　井芹経平殿

6-05-18

○明治38年4月27日付　生徒宛――砲兵中尉 第1軍独立野戰砲兵大隊副官

拝啓　過日は美しき絵端書を以て、奉天会戦の微労を御慰問被成下、難有御礼申上候。今後益々奮励、交戦に従事可致に付、御安意被下度候。

軍国多事の際、切に同窓健児諸君の御健康を祈り候。

先は右御礼迠。匆々　敬具

三十八年四月廿七日

第一軍独立野戰砲兵大隊副官

砲兵中尉　園田保之

同窓生諸君

6-05-12

高田恒次郎

○明治38年12月1日付　黌長宛——（階級記載なし）出征第6師團野戦砲兵第6聯隊

拝復　時下寒冷の候、益々御機嫌能被遊、大賀此事に奉存候。陳ば生儀出征以来、職責上聊か犬馬の労に服し候得共、毫も貢献の実績を挙る能はず、先輩知友に對し汗顔の至りに存候處、今般御丁寧なる御慰問に接し、恐縮至極に奉存候。

開戰以来陛下の御稜威は申迠もなく、國民の後援、上長の計画宜敷を得たる共、鋒鏑に斃れたる亡戰友諸氏の御蔭とに由りて、連戰連捷を以て曠古の大戰役を終了致候事は、御同様慶賀の至りに奉存候。吾師團の凱旋も来年一月末の豫定に御座候得ば、不遠故山の風光に接し得る事と相楽申居候。

先は御慰問の御礼申上候。頓首

十二月一日　高田恒次郎

井芹先生

14-07-16

高田恒次郎
生没年不明。熊本県飽託郡黒髪村。済々黌中退。私立熊本数学館へ進学。

髙橋勝馬

○明治38年10月23日付　黌長宛――工兵中尉 野戦鉄道提理部

回顧すれば皆涙の種にて候。先生の御心情亦察せられ候。然れども我済々黌に斯かる多数の戰死者を出せるは、全く三綱領を経とし緯として、数万の子弟を訓育する此学校としては、寧ろ普通の事にして、決して怪しむに足らずと存候。換言致せば、熊本の済々黌は、日本武士の好模範的養成所と申しても宜しく、満洲にて會ふ人毎に、自分は熊本の済々黌出身なりと申すを、名誉と考ふる程にて、聞くが如くんば東洋のネルソンと称せらるゝ東郷大将の令息も亦[1]、遥に鎮西の一隅にある済々黌に在学中と聴く、先生の御得意知るべしに候。小生出征の前月、高堂に於て計らずも同窓の諸子に會し、未曽有の愉快を感じ申候。若し凱旋の日あらば、再び高堂を穢すべく候。只今鏡や砲弾、蝎（蛇蝎の如く恐るゝなど申す蝎。標本として宜しからん）有之候得ば、進呈せんと存じ居候も時期を得ず候。若し折あらば御黌御出版の多士御送附被下度候。目下凱旋軍隊還送の初まりにて、頗ぶる付きの多忙にて、加ふるに廿一日より東清鉄道にて普通輸送を開始致し、一層多忙を加へ申候。當大連は殆んど内地と変りなく、料理店殆んど全市を填め、近日中は天一の手品や、芝居、活動寫

髙橋勝馬
生没年不明。熊本市新屋敷水道端。明治27年入学、32年卒業。父専太は佐々友房らと共に西南の役に参加した。

1　東郷彪。明治18年生。明治38年、学習院より済々黌五年級に編入。明治40年卒業。東京高農に進学。宮内庁に入り、新宿御苑の菊づくりに腕を振った。

眞等、参り申候。第六師團の凱旋は、計画表に依れば来年二月頃に候。大連にある同窓生としては、碇泊場に石丸志都磨大尉居られ候。先月は佐々先生御渡清の折、當地に立寄られ候故、同縣人會等催し、撮影等致し候。

乍失礼諸先生に宜敷御傳言願上候。

十月廿三日　　髙橋勝馬

井芹経平殿

二伸　乍恐御令閨様にも何卆宜敷願上候。

14-01-22

瀧本　茂

○明治38年11月6日付　黌長宛――休職歩兵少尉 大村後備歩兵第46聯隊

謹啓　時下秋冷の候、先生初め職員御一仝、益々御多祥に被為渡、慶賀至極に奉存候。偖て度々御鄭重なる御慰問状を忝ふ致し、御芳情深く感銘罷在候。實は小生少尉任官致候後、病魔の為め休職被仰付、郷里に静養中に御座候處、昨年二月、動員の大命に接し、欣喜措く能はず、病骨を鞭ちて、所属隊たる大村後備歩兵第四十六聯隊に入隊仕候。爾来、専心軍務に従事致居候處、宿痾頓み

瀧本　茂

明治12年生。熊本県八代郡八代町。

明治26年入学、31年卒業。

に重きを加へ、六月再ビ命に依ッテ休職被仰付、空しく故園に帰臥致さざるを得ざる様相成、遂に千載一遇の大事に蓬遭しつゝ、一片奉公の誠を致し能はず。特に多年御懇篤なる御薫陶を仰ぎし先生方の御芳情に対し、其萬一を酬ゐ得ざるは眞に畢生の恨事に御座候。何卒御賢察被成下度候。

先づは御礼傍々、平素の御無沙汰を謝度如斯に御座候。頓首

十一月六日　瀧本茂

井芹経平殿

14-02-11

武井得多

○明治37年□月□日付　職員・生徒宛――出征第2軍工兵第6大隊本部　工兵中尉

職務ノ閑ヲ得テ走リ書キ、乱レ筆幸ニ御許シ下サレ度。敢テ禮ヲ知ラザルモノニハ無之モ、心易キ余リニ筆ガ

本年二月、大任ヲ帯ビテ第十二師團ノ先発隊ト共ニ韓國ニ上陸シ、黄州マデ單騎偵察ノ任ニ當リ、大ニ為ス所アラントシテ隷属ノ関係ヨリ鴨江ヲ渡ルヲ得ズ、空シク韓地ニアリテ天ノ一隅ヲ睥睨致居候處、我兵團ハ續イテ出征ノ途ニ上レ

武井得多

明治9年生、昭和30年没。熊本県下益城郡小川町。明治27年入学、31年卒業。

リ。欣喜何ゾ之ニ加ヘン。蹶起扼腕遼東ノ南角ニ上陸シ、露宿々々々々。遂ニ兵團ノ主力ニ合シ、蓋平、大石橋、海城、首山堡、遼陽、沙河等ノ數回ノ激戰ニ加ハリ、或ハ閑日ヲ得テハ

凄風露涼九月天　一身枕剣臥戰邉
忽然夢中帰故國　蘭閨玉人懽相還
胸中所懐言未了　一声暁烏驚残夢
起坐呻吟思夢事　双涙涓々濕衣襟

或は又

豪壮遠征萬里里　一天明天共相照
如何引得飛仙術　致之戰死共述情

或は又

寒衣今朝是匆々　距友軍行十里外
孤装惟黙游蹄倦　任務是河川偵察
日已没満州之野　細雨蒲々遼河岸
求宿息剣枕寒衣　四寂莫々戰友無
萬懐満胸亦不眠　故國濃情心独燃
情恨心飛到深閨　幾回嘆声驚主人

或は又

長白山頭剣磨尽　遼河江水馬飲空
人生已半功未建　後世誰稱英雄

或は又

降る雪も初めの程はうれしきも
つもり〳〵てうるさかりけり

或は又は

君が住む閨をせまきと思ふなよ
あがすむあなとどちが廣かる

或は又　一口ばなし

駄馬一頭の代を尋ネて見れば　七千~~廿百五十~~五百円 計算誤りて消しました
それは高ひねと云ゑば或人答て曰く。我兵團ラムーチン攻撃の際、敵の砲彈六百発。我兵團の損害駄馬一頭。而して一發の代十二円五十戔と算して

12.5×600=7500円

或は又　生命よりは米五合と云ふ事あり。

理由　浪子街戰に我部下の兵の背負嚢に砲彈の破片が丸りまして、其内にありました米の五合を打ち飛ばしました。其兵曰く、生命よりは米五合が

をしかったとの事。

斯かる事ども書いて見たり談じて見たりして、無事消光罷在候間、御安神被下度候。

済々黌職員生徒各位、各益々奮励為國家御盡力被下度、生等軍人益奮励最終ノ目的ヲ達シ、露都ニ旭旗ヲ飜ニタラシムルヲ期ス。幸ニ心配被下間敷、次ニ一寸申上置度事有之候。戰争、戰闘、戰略ノ事ハ其人アリテ門外漢ノ知ル所ニアラズ。小拙ヲ以テ飛語ヲ放ツ勿レ。沈黙以テ後顧ノ慮ヲ戰闘員ニ煩ハスコトナキ事ニスルノガ非戰員ノ大任務ナリ。戰地ノ事ニ嘴ヲ入ルヽハ益ナキモノナリト。是レ元ヨリ釋迦如来ニ佛理ヲ説教スルガ如キモ、年少ノ御方ニハ萬一ナキトモ限ラズ、一寸書添エ申候。　獲麟

陸軍工兵中尉　従七位　武井得多　14-09-08

○明治38年2月3日付　黌長宛――工兵中尉　第2軍工兵第6大隊本部

於壕内一書を認め、先輩各位の机下に呈するの光栄を有す。度々、御慰み状御恵送被下、難有拝載仕り候。皆々様御壮健、御奮励被下願上候、為国家心強く相かんじ、益活動いたし、敵を殲滅いたし、五千万の同胞に快哉を絶叫せしめ、大に為す所あるを期し居申候。戦地の事は御心配被下間敷様、就ては一心専意

邁進の教育に御奮励被下様幾重にも奉懇願候。敵が幾百万の多勢を以て攻勢に轉じ来るとも、我亦是に對するの戦法を知る。敵亦奇計を以て襲来し来るも、我亦之を攘去するの策術あり。敵の兵器は我より数倍優るとも、勇往突進するの勇気てふ、天授の武器あり。敵は到底一勝をも得る能はずとは、決して慾目にあらざる事と信じ居申候。何れ地凍期を過ぎ罷節は目覚ましき快報を傳ふるの栄を得るは、不肖、只今より証明致置申候間、待永くもありませふが、我まん致居被下度候。二に小官事、平素の教諭各位の御薫陶と御教育の宜しき為め、沙河会戦に於て、第二軍司令官閣下より、感状を頂戴いたし居候。然して毎日其難有きを思ひ、勉強奮励を覚悟致居申候。同窓生の末席を辱ふする小官、茲に小官の大光栄とする感状下賜の件を報ず。小官の光栄とする所は、全く済々校の薫陶宜しきを得たる結果なるものにして、あつかましくも一報致候間、御笑ひ被下度候。匆々　敬白

二月三日　　従七位武井得多

済々黌長　井芹経平先輩

其他教諭各位御中

生徒各位にもよろしく御傳言被下、折角勉強致去被下様願居候。　6-01-05

○明治38年8月6日付　生徒宛——工兵大尉（所属記載なし）

御慰問状御投與被下厚く御禮申述候。益御自愛専一に御奮励被成下度奉懇願候。

明治三十八年八月六日

陸軍工兵大尉　武井得多

済々黌生徒御一同御中

6-04-18

○明治38年12月9日付　職員・生徒宛——工兵大尉　出征第6師團工兵第6大隊

久々御不沙汰申上候處愈御清適の段、幾重にも太々上吉に抃舞不斜候。次に小生事は無病息災数ならぬ身の五千万の内に数へられ、心ならずも今囘凱旋せざるべからざるの已むを得ざるの悲境に立到り申候。是れ天命の致す處、致し方も無之候。戰地に居りますれば何一つ不自由なき身の、皈りましたら赤貧洗ふが如きの暮し向きと変化せざるべからざるに至る。両國全權の折衝は日本國民のためには非常に大幸福を與へたるならんも、小生のためには非境に陥りたるの一大原動力にて有之候。然しながら一人で戰争する事も出来不申、滞満の事も其筋へ願ひましたなれども、御聞届被下ず、何ふしても帰らねばならぬ様に立到り申候。斯く申上候得ば、或は一風変りの人間の様に思召すかも不計候得共、戰地の呑氣さはとても内地に居る人のあづかり知る所にあらざる事に候。戰争は命さへほしくなければ是程呑氣なものは無之候。然しながらいのちはほしきものにて候。實際にて候。しかし命ほしくないと云ふ人にして或は生残り、命ほしや、帰りたい云々と云へる露兵にして、或は戰死せられたる人もあるし、亦命ほしきものにて候。實際にて候と申すものゝ如きも生残り、又は命ほしくない、進め〳〵と剛膽不撓、率先勇奮せられた人も戰死せられ、彈を非常に恐ろしく思ひて、戰争はコハイ〳〵とのたもうたる露兵も、戰死せられたとかの噂も聞く事もあり、進め〳〵と剛膽不撓、率先勇奮、果敢沈着、勇往猛進せし人も生残り居られ申候。世は様々にして實に天運に候。小生の于今生残りまして、いやな内地に帰らねばならぬのも、天運と諦らめねばなりませぬ。

先は右まで。草々　敬具

十二月九日　　陸軍工兵大尉　武井得多

熊本縣立中学済々黌御中

14-09-10

竹下虎夫

○明治38年11月9日付　黌長宛——出征第1軍野戰砲兵第12聯隊 砲兵曹長

拝復　只今は御丁寧なる御書面に接し慚愧の次第に御座候。聊の如く、凱旋の日も目前に迫り、是に栄誉ある凱旋の一人として数えうるに至りしは、之実に御校の然らしむる處にして、感銘に不堪。是に御書面を給ふる数回、未だ其の御恩に答ふる處を知ず。願はくば今迠の疎遠の罪御海容の程伏て奉願候。甬申の参考品は何とかして吟味の上御校恩に報ひん為め、路中の能不能は分り兼ね候へども、如何かはして持参仕る可の心組に御座候。草々　敬白

十一月九日　竹下虎夫

中学済々黌長　井芹經平殿

14-02-24

田島米作

○明治38年7月30日付　生徒宛——砲兵中尉　出征野戰砲兵第12聯隊第5中隊

拝復　御慰問の鳳状難有拝誦仕候。時分柄炎暑の候、錦地は定めし酷烈の御事奉察候。當満州も比較的暖かに有之候。御一同益々御精励の段は、國家の為め慶賀の至りに御座候。降りて小官儀も、昨年二月出征以来、幸にして未だ一度も故障なく、無事従軍罷在候間、乍他事御重神被成下度候。當地の情況に関し

竹下虎夫

明治13年生。熊本県八代郡八代町。

明治32年入学、33年退学。

田島米作

生没年不明。長崎県南高来郡

ては、日々新紙の報ずる處に有之候得ば、他に珍事とても無之候。
先は御返事申述べ候。時分柄、御一同様、折角御保養専一に奉祈候。敬具

明治三十八年七月卅日　出征野戦砲兵第12聯隊

砲兵中尉　田島米作

済々黌生徒諸彦

14-06-08

田代傳吉郎

○明治38年1月1日付　黌長宛――（階級記載なし）出征第6師團歩兵第13聯隊第9中隊

恭賀新年

明治三十八年一月元旦

職員生徒御中

14-12-32

○明治38年11月11日付　黌長宛――歩兵中尉　出征第6師團歩兵第13聯隊第9中隊

謹粛　各位の御安康を祝すると共に、毎々の御丁重なる御芳詞に對し奉深謝候。
第六師團凱旋の期も、多分来花さく三月ごろとの事に候へば、各位の御厚意を

西郷村。熊本中学（第二済々黌）第一回卒業生（明治34年）。陸士。大正14年、基隆要塞副官。砲兵少佐。

田代傳吉郎

明治12年生、昭和12年没。熊本県阿蘇郡黒川村。明治27年入学、33年卒業。のち黒川村村長。

謝し、拝眉の光栄を有するの日亦不遠と存候。この頃は頓に寒氣を催し、吾宿営地の如き（昌図を東北二去ル四里青陽保村）五、六日前よりは最早0度以下十五、六度を示し、地下一尺七、八寸は氷結いたし居候。冬営設備上各部隊所々に分離宿営仕候へば、従前の通り、同窓生も充分の會合も出来申さず、二、三ヶ月間は穴居生活に御坐候。

先は右御禮旁々如斯に御坐候。　頓首

十一月十一日　田代傳吉郎

濟々黌長　井芹経平殿

再伸　現隊御照會に相成り相不変表記の中隊に於てぶ事軍務有罷候に付、御承知に成度候。

14-05-30

田副正人

○明治38年4月2日付　鹿島浩（職員）宛――歩兵中尉 出征第6師團歩兵第23聯隊第11中隊附

拝啓　今や天晴れ氣清き春季相催し、明日は目出度四月の三日とも申す吉日に相成申候處、各位如何に御暮し被遊候や。定めて御健勝にて御精勤の御事と奉

田副正人
安政6年生、大正2年没。明治33～37年、第五高等学校講師（体操担任）。

大賀候。二に野生こと御承知にも及び候はん、今囬の奉天方面の戦闘に於ては、異人と生命の交換を期し候へ共、未だ此處に至らず、上唇貫通の軽傷を蒙り候故、十里河定立病院に治療を求候處、愈々后送せらるべきものと決定候へ共、我が中隊将卒の事を顧みれば、戦闘頗る激烈なりし為め、我が中隊も多く戦死負傷し、将校は只一人を残すのみにて御座候へば、今は一日も早く復隊せずんば相済まぬことゝ存じ候に付、当院長に是非全所に於て治療を願ひ候處、幸ひ意叶ひ治療致し居り候ひしが、天祐の経過佳良にして直に快方に趣き、去月十八日退院仕舊隊へ復し、以前の如く大元氣にて勤務罷在候間、乍他事皆様御休神成し被下度候。就ては早くも留守宅御訪問に預り、誠に難有感謝措く能はざる次第に御座候。先づは此段一筆御礼旁御見舞迠。草々

四月二日　　田副正人

熊本中学濟々黌職員御中

14-08-19

○明治39年1月1日付　黌長宛——出征第6師團歩兵第23聯隊第11中隊 歩兵中尉

謹奉賀新年候。益々御勇壮欣喜の至りに御座候。降て小生儀、異域に在て無異馬齢を加へ候段、乍他事御放念被下度候。就ては内地よりの通信に依り二男正信儀御校へ入校の旨承知致し候得共、軍務多忙に取り紛れ遂一通の礼状だに差

し上げ不申、実に失礼の段、不悪御海容被下度候。御承知の如く日露の戦役も最早終局を告げ、生還を期せざりし吾人の凱旋も遠からずと考え居り候。然らば邪寒を凌ぎ異境の残月を眺むるも永き事に非ざれば何れ凱旋後委細は緩々申述べ候。先ずは取不敢御礼旁年頭の御祝伺迠、如此に御座候。早々敬白

明治三十九年一月一日　　田副正人

熊本中學濟々黌校長殿

14-07-23

○明治39年1月1日付　職員宛――歩兵中尉
出征第6師團歩兵第23聯隊第11中隊

謹奉賀新年候。弥益御健勝の段、大祝不斜奉賀候。次に小生儀満州の野に在て、無異馬齢を加へ候段、乍他事御安意被下度候。就ては内地よりの通信に依り、二男正信[1]儀御校へ入校の旨承知仕居り候得共、公務多忙に取紛れ遂一通の礼状だに差上不申、実に失礼の段不悪御容赦被下度候。

御承知の如く日露の戦役も最早終局を告げ、生還を期せざりし吾人の凱施も最早遠きに非らざれば、何れ凱旋の後、緩々委細申述べく、先は取不敢御礼旁、年頭の御祝伺迠、如此に御座候。敬白

明治三十九年一月一日　歩兵中尉　田副正人

熊本中學濟々黌職員御中

1　田副正信。明治43年卒業。陸士26期。昭和18年歩兵第62連隊長。昭和63年没。

二伸　時候柄各位御保養専一に奉祈候。

14-06-09

田中一郎

○明治37年8月15日付　黌長宛——（階級記載なし）出征第10師團野戰砲兵第10聯隊第1大隊本部

拝啓　軍國多事ノ際、愈々御奮励ノ御事ト存候。扨テ早速御慰問ノ状ヲ賜リ難有御禮申上候。小子モ幸ニ此度征露ノ軍ニ従フ事ヲ得、去ル五月上旬大孤山上陸以来所々転戰、岫巖占領、分水岺攻撃、柝木城畧取等、皆戰斗ニ参与仕リ、不相変頑健、乍不及働キ居リ申候。戰斗ノ詳報ハ既ニ新聞紙上ニテ御承知ノ事ト存ジ候ガ、去ル卅一日ノ柝木城ノ戰斗ハ、一寸面白キ戰斗ニ御座候。我師團當面ノ敵ハ我ニ二倍ノ兵力ニテ、一時ハ苦戰仕リ候モ、敵ハ遂ニ我攻撃ニ不堪、退却仕リ候。敵モ中々ニ強ク、決シテ軽蔑セラレ不申候。其将校ノ豪膽ナル、兵卒ノ勇猛ナル、流石ニ欧州最強ノ陸軍トシテ耻ザルモノト存候。併シ用兵ニ至テハ慥ニ彼ハ我ニ劣リ、常ニ其実例ハ至ル処戰斗ニ於テ演ゼラレ申候。今ヤ第一軍摩天岺ニ進出シ、第二軍ハ海城以北ニ迫リ、我第四軍モ既ニ第二軍ト□当面ニ在リテ敵ノ正面ニ迫リツヽアル事ナレバ、鞍山店附近ノ戰闘ニ次デ遼陽

田中一郎
明治10年生。福岡県山門郡柳川町。
明治25年入学、30年卒業。

ニ於ケル大会戰ハ、近日中ニ開始セラルベキ事ト皆々奮躍致居申候。本日通報ニヨレバ、旅順艦隊モ殆ンド全滅ニ傾キ、浦塩艦隊モ大打撃ヲ受ケル由ナレバ、愈々戰争モ面白ク成リ行キ、出征将士ノ意氣モ大ニ揚リ申候。
過日ハ生徒諸君ヨリ御慰問状ヲ賜リ、難有御禮申上候。何卆宜敷御傳聲願上候。
先ハ御禮旁此ノ如クニ御座候。草々
八月十五日　於石門嵜　田中一郎
井芹先生　帍皮下

14-10-20

田上彦太郎

○明治37年12月27日付　生徒宛——（階級記載なし）野戦歩兵第46聯隊第7中隊

寒威凛烈膚ヲ刺スノ際、御一同健全ニ御勉学ノ段奉大賀候。小生出征以来一の為スナク、赧顔ノ至リニ御座候。目下冬営一真警戒、雙方睨合態ニ候。併シ斥候等ノ衝突ハ、日毎夜毎ニ有之。殊ニ歩廿四ノ方面ニテハ、此ノ一ヶ月間ニ、三回ハ夜襲シ来リタルモ、猫の頭巾ニテ有之候也。何レ近キ将来ニ於テ、御報玉眼ヲ汚ガスノ期可有之候間、此度ハ茲ニ擱筆、後便ニ譲リ申候。

田《たの》上《うえ》彦太郎

明治10年生、昭和22年没。熊本県玉名郡玉水村。

先ハ貴酬迠。怱々　拝具
十二月廿七日夜　関岑穴居孤燈ノ下ニ於テ　彦太郎
生徒諸士　御中

14-06-03

○明治38年4月9日付　黌長宛――（階級記載なし）野戰歩兵第46聯隊第5中隊

謹啓　御一同愈是御清康ノ段奉恭賀候。如仰此回ノ戰闘ハ未曾有ノ大画戰ニシテ、殊ニ致命傷的ノ大打撃ヲ加ヘ得タルガ如キハ、偏ニ　陛下ノ御威稜ノ然ラシムモノトハ雖ドモ、亦諸士ノ御後援ニ依ル事ト奉存候。然ルニ再三ノ御芳書ヲ賜ルニ至ル、実ニ慚愧ニ不堪候。尓後一層奮励シ御厚意ニ報ヒン事ヲ誓ノミ。先ハ不敢取御礼マデ。尚今後御一同ノ健康ナラン事ヲ祈ル。恐惶頓首　再拝

追テ當聯隊ハ今回ノ戰闘ニ際シテ悽惨タル光景ヲ呈スル戰闘等ハ一切不致、徒ニ急追〳〵ニテ鉄岑地方英守屯迄至リ、同地ニアル後衛兵ヲ逐レ駆セント渾河ニ於テ一寸銃砲彈ヲ潜リシノミデ、更ニ御報可申上事無之候モ、誠ニ遺憾ノ事ニ御座候。胸中御推察被下度候。

明治三十八年四月九日　田上彦太郎
済々黌長井芹経平殿

同窓生ノ人名、不敢取左記シ御報申上候。尤モ既知ノ氏名モ有之、重複ナラン

済々黌外塾に明治20年入学。明治22年陸軍教導団へ。日清・日露戦争、第一次大戦に参加。四十歳で退役し、のち弥富村村長。

ト存候モ、尚ホ取調後便ニテ御報可申上候間、御了承被下度候。

歩兵第四十六聯隊　旗手　少尉　中島知能
仝　第十二中隊長　大尉　平田早苗
仝　第十一中隊　特務曹長　西村重雄
仝　第三大隊　副官　中尉　宮村俊雄
病気ノ為大村聯隊へ帰隊　大尉　梶原景憲
右同断　中尉　原経孝
歩兵第二十三聯隊　副官　大尉　竈門豊蔵

14-10-14

田村　徹

○明治37年9月29日付　黌長宛——砲兵少尉（所属記載なし）

謹啓仕候。益々御清祥ニ被遊、欣喜不斜奉存候。遼陽大戦已ニ我勝ニ決シ匆々御懇篤ナル御慰問ヲ忝フシ感佩ニ不堪。茲ニ謹テ御禮申述候。抑々連戦連勝、克我戦略目標ニ達シツヽアルハ是レ
陛下ノ御威徳ト忠勇ナル軍士ノ敢行ニ據ルト虽、一ハ先生等國民ノ後援アルニ

田村　徹

明治12年生、昭和36年没。熊本市下通町。
明治25年入学、32年卒業。
陸軍少佐で退役。

非ズンバ遂ニ武勇モ振フ不能ハ直接ニ敵ト戦フ吾等ノ真ノ感激。乍失禮先生等ノ御想像ニハ不及ト奉存候。遼陽大戦、私モ大砲二門ノ隊長トシテ其職責ヲ尽シ聊カ戦闘ノ御役ニ立チ得タルハ畢竟先生等ノ御薫陶大ニ與リテ、力有之。玆ニ感謝意ヲ表シ申候。尚ホ前途遼遠、済々黌ノ御流儀ヲ不忘、益々振テ職責ヲ全フシ君国ニ酬インコトヲ期シ申候。唯ダ恨ムラクハ同窓諸君ニシテ今日迠戦死或ハ戦傷ノ栄ヲ餘リ速カニ招カレタル諸君ト共ニ最終迠職務ヲ尽スコト不能事ニ御座候。先ハ右御禮迠、如斯ニ御座候。　匆々謹言

九月廿九日　砲兵少尉　田村徹

済々黌長　井芹経平殿

乍失禮先生方へ宜敷奉願候

6-04-15

○明治37年12月2日付　黌長宛――砲兵少尉 征露第1軍近衛野戦砲兵聯隊第2中隊

謹啓仕候。向寒ノ候、益々御清康ニ被遊欣喜不斜奉存候。降テ私儀不相変以御蔭戦務ニ鞅掌罷在候間、乍憚御休神被成下度奉願候。去月十日突然命令ヲ受ケ元第十三聯隊ニ復帰致スコトヽ相成、目下第十三聯隊小隊長相務メ居候間、何卒左様御承知被下度奉願上候。毎日砲門ヲ開キ沙河ヲ挟テ後、徐ナル砲戦ヲ交へ、来ル大決戦ニ参與スルノ活力ヲ貯へ聊カ贏輸ヲ断ジ、親愛ナル部下ト共ニ元気

満々無上ノ快楽ヲ極メ居ル次第、是レ畢竟先生等ノ御薫陶是ガ原動ヲ與ヘタル、実ニ今更ラノ如ク感慨ニ不堪儀ニ御座候。自ラ教育シタル兵ガ戦争ニ役ニ立ツ点ヲ愉快ナルガ如ク、戦争ト云フモノハ有形無形凡テ極端ニ走ルモノヲ以テ満タシ居リ候如クニ被存候。其惨ノ惨タルモノハ友軍ノ死骸散乱セル光景。其壮ノ壮ナルモノハ敵ノ屍山ヲ為シ居ル光景。一番美シキハ敵ノ砲弾ビューバン〳〵来ル時ニ泰然屈セズ射撃ヲナス様。一番心地ヨキハ我砲弾敵ニ命中スル様。一番苦シキハ敵ノ陣地見ヘズ、丸バカリ飛ビ来ル時。一番無遠慮ナルハ敵ノ丸。一番厳粛ナルハ敵前ニ於ケル命令。一番柔和ナルハ戦友間ノ友情等、凡テ極端ニ走ルモノヽ如クニ御座候。故ニ又タ是等ヲ想像スル同胞モ殆ンド同感カト被存候。其ノ先生等ノ子トナリ養育サレタル私等同窓生ガ戦争ノ役ニ立ツ様ニ成リシハ、実ニ御察シ申上ルト同時ニ、深ク御恩ニ感激致處ニ御座候。恨ムラクハ、同窓生而モ同級生ニテ嘗テ快モ楽モ苦モ共ニシタル久吉氏[1]、立石氏[2]、松江氏、河野氏[3]等ガ同ジ砲兵ニテ名誉ノ戦死ヲ餘リ速カニ搏セラレ已人トシテ、他日再会ノ機ヲ得テ快哉ヲ共ニ謡フ不能事ヲ。併シ地下ニ祈リ会見ノ望アレバ、益々振テ二本ノ腕ヲ挙ゲ、敵ヲ壓倒スルヲ努メ地下ノ諸氏ニ恥ジザル事ヲ期シ申候間、何卒左様御思召被下度奉願候。先ハ右迠申上度。匆々謹言

十二月二日　田村徹

1 久吉道雄——一二九頁註参照。
2 立石資雄——明治32年卒業。砲兵中尉、明治37年10月盛京省土門子嶺にて戦死。

3 河野武三郎——明治32年卒業。砲兵少尉。明治37年7月戦死。

井芹経平様

御序ノ節先生方へ宜敷奉願候。尚ホ向寒ニ候間、益々御摂生専一奉願候。

6-03-18

○明治38年1月2日付　職員宛――（階級・所属記載なし）

陣中ヨリ謹テ新卅八年

年頭ノ御祝儀申上候。

卅八年一月二日　田村徹

濟々黌先生各位

元日ニハ撃チ初メニ三十二發々射致シ候。正月ト虽、敵ノ丸、味方ノ丸遠慮ナキモノヽ如クニ御座候。最前線到處國旗ヲ挙ゲ、尚ホ丘陵ニハ松ト國旗ヲ挙ゲ、國威ノ盛隆ヲ祝シテ敵ニ見セ申候。尚ホ或ル處ニテハ絵端書ドモ敵ニ送リ、又タ正月六日ハ敵ノクリスマスニ相當シ、充分祝宴ヲ盛ニセヨ、一發モ撃タヌカラト敵ニ申シ遣シ候。私共ハ毎日敵弾五、六發ハ必ズ落チ来ル處ニ陣幕ヲ張リ居リシ處、芽出度正月ヲ祝シテ、兵隊ト共ニ酒ト雑煮トニテ祝ヒテ、謹テ東天ヲ拝シ、　陛下ノ萬歳ヲ三唱シ、尚ホ國民ノ後援ニ謝シ、志氣倍々盛ニ候處、忽聞旅順陥落ノ声、歡声萬歳ノ声到ル處ニ湧テ殆ンド狂喜ノ姿、益々冑ノ纓ヲ

緊テ、目出度戦闘ヲ待ツ次第ニ御座候。謹言

6-06-15

○明治38年2月17日付　黌長宛――（階級・所属記載なし）

謹テ御懇状拝讀仕、感佩ニ不堪儀ニ御座候。先生御始メ、他ノ先生方益々御清祥ニ被遊欣喜不斜奉存候。御承知ノ如ク、先達テ黒溝台附近ノ会戦ニ於テ遂ニ皇軍ノ大勝ニ帰シ、挙テ満足致處ニ有之候。此戦闘ニ於テ私儀最初ヨリ騎兵旅團ニ属セラル丶ノ栄ヲ得、□□遂ニ従軍致シ、ヨク丸ヲ撃、ヨク丸ヲ撃タレ、一部ノ戦闘ヲ受持チ、聊カ本分ヲ尽シ申候間、何卆御休神被成下度。目下本隊ニ合シ、向後ノ戦闘ニ要スル活力ヲ貯ヘ中ニ御座候。

先ハ不取敢御禮迠申上度如ニ候。謹言

二月十七日　田村徹

井芹経平殿

御序節先生方ヘ宜敷奉願候。

6-04-03

○明治38年4月6日付　職員宛――砲兵中尉 出征第2軍野戦砲兵第13聯隊

奉天附近会戦戦捷ニ付キ、態々御祝詞ト御慰問トノ栄ヲ忝フシ感激ノ至、謹デ御禮申上候。今回ノ如キ曠古ノ大勝ハ、一二、

陛下ノ御威稜ト、先生方内國ノ後援トニテ、吾々ハ武器ヲ取リ、敵ト戦フタル単純ナル業ニ不過候へ共、武器ヲ取リ得ル丈ケノ力ト、其力ニテ、敵ト戦ヒ得ル丈ケニ至リシハ、実ニ先生方ノ御訓育ノ致ス處ニ有之、感佩今更ラノ如クニ御座候。尚、生残リテ後、働クベキ幸運ヲ有シ候ヘバ、奮テ敵ヲ殲滅スルコトニ努メ、平生ノ御訓育ニ反カザランコトヲ誓テ期ス處ニ御座候。先ハ右御禮迠申上度候。　謹言

四月六日　田村徹

6-03-01

○明治38年4月6日付　生徒宛――砲兵中尉 出征第2軍野戦砲兵第13聯隊

奉天附近会戦戦捷ニ付態々御祝ノ端書有リガタウ。アヽタ方ガ私共ヲエラカロウト思フテ居ラルヽヨリモ、私共ハヨッポドアヽタ方ガエラカロウト確信致居候。又タアヽタ方ハ、私共ニ斯ク思ワシムル位ノ骨ト肉ト血ト筋トヲ完備セラルヽコト必要ト存候。要スレバ、外征ノ士ヲシテ内地後援者ニ對シ、提灯行列デナクトモ武装行列デモヤラセテヤロートト迄ノ決心サレ度キモノニ候。私共ガ武器ヲ取リ、敵ト命ノ取リ合ヒヲナスハ、元ト元トコッチカラ命ヲ捨テヽ敵ノ命ヲ取リニ懸ルコトナレバ、誠ニ容易ノ事ニ候へ共、アヽタ方ガ生命ヲ存シテ外征ノ士ヲシテ遺憾ナク戦ハシムルハ、実ニ容易ノコトニハ無之カト被存候。

依テ私共、目下ノ信念ヲシテ益々深厚ナラシムルコトガ、ア丶夕方ノ最大義務、其義務ノ如何ナルモノナルカハ餘程考ヘテ見ナケレバ誤マルモノニ候。誤マラザル薬トシテ最モ効能アルモノハ即チ、ア丶夕方ノ三綱領。是ヲ誤マル位ナラ此ノ三綱領ヲ焼印ニデモ起シ、要スレバア丶夕方ノ胸ノ真中ニ焼印ヲ捺シテ置イタラ必ズ間違ハ無之カト被存候。先ハ御禮旁々申添エ候。謹言

四月六日　出征第二軍砲十三　中尉　田村徹

済々黌生徒各位

14-08-03

筑紫信門

○明治38年8月12日付　黌長宛――（階級記載なし）北海道小樽港氣附　出征工作船「関東丸」[1]

謹呈仕候。絶て久敷御伺ひも不仕失禮仕候段御赦願上候。実は去る六月以来北征軍に随ひ航海續きにて、本意ならぬ御不禮に及び申譯も無き次第に御座候。降て陳ば時下八月の炎暑の候、先生には如何御過ごし被遊候哉御伺ひ申上候。降て私事も御蔭様にて無事今日迠送日仕居候間、乍憚御放心願上候。就ては私乗船の際御心配相掛け候一件の御返金の儀も、忘却仕候事は無之候も、今日迠の處、

筑紫信門

明治13年生。熊本県上益城郡甲佐町。

明治28年入学、32年退学。東京航海学校へ進学。

明治37年12月、済々黌喇叭手に任用される。

1　特務艦隊に所属して日本海海戦に参加。監督官は佐多直道少佐。

実に御氣の毒の至り御座候。相済み不申儀に御座候へ共、今一度月の中御猶豫願上候。次に御蔭にて私実習の期も九月十二日にて満ち申筈に候。其上は一應本船を下船仕り一寸帰國仕度存居申候。何れ其砌りに御断り傍御伺ひ申上べく候。囬顧仕候へば、今日迄申上難き泰山の御厚恩に預り候事、決して忘却仕間敷、猶此上萬事宜敷、御世話御願ひ申上奉り候。

申上度き儀も御座候へ共、此度は是にて失礼仕候。猶暑中の候先生の御自愛御専一の御儀に奉祈候。草々　頓首　樺太コルサコフにて

八月十二日　筑紫信門

井芹先生

失礼乍ら、御家内様御一統へも、宜敷御傳聲奉願上候。

14-02-04

堤　真人

○明治37年10月28日付　職員宛——（階級記載なし）東京陸軍預備病院本院

拝啓　各位益々御健勝奉賀候。此度小生ノ微傷入院ニ付、御見舞ノ品被下感佩仕候。小生出京入院治療後、経過宜敷不日退院、各位ノ御厚志ニ酬ユルノ日不

堤　真人

生没年不詳。熊本市新屋敷町。済々黌草創期在籍。木下宇三郎（陸軍中将）とは

遠儀ト存候。不取敢御禮申述度如此御座候。敬具
十月廿八日　於東京陸軍預備病院臥床中　堤真人
済々黌職員御一同様

14-08-15

寺西徳長

○明治39年1月1日付　黌長宛——歩兵中尉 第6師團歩兵第48聯隊

謹賀光輝新春
益祈黌運隆盛
客歳□屢々御慰問の
栄を忝し御厚意銘肺腑候。
在満州　歩兵中尉　寺西徳長
三十九年　元旦
済々黌長　井芹経平殿

14-10-15

済々黌で同級（本書一〇四頁参照）。
明治37年7月の大石橋の戦いの時点では歩兵第45連隊第3大隊長、歩兵少佐。

寺西徳長

明治8年生、昭和17年没。熊本県阿蘇郡永水村。
明治22年入学、30年退学。
大正15年より阿蘇郡在郷軍人会会長をつとめ、のち永水村村長。

土肥金在

○明治37年7月12日付　釁長宛——海軍中尉　軍艦「敷島」

謹啓　先達は御懇篤なる御書状に接し奉鳴謝候。目下向暑の砌、愈々御清康に被為渡慶賀此事に御坐候。二に私共二月六日佐世保出港以来益々勇健、軍務罷在候条、乍他事御休心被下度願上候。仰の如く征露の事は尚前途遼遠に有之可申候。茲一番充分の奮励を要し候事を愚考罷在候。乍去戰局も日々其歩を進め、海軍の事業も大に進捗致居候事に候へば、何れ遠からず快報の御辺に到達致事と確信仕候。私共不肖ながら軍人として、此機に會したるは無上の幸福にして、國家の為め Best をつくす様心掛居候。他日風雨風雷を一掃して、平和の光明を望むの時、幸に職責を全ふし、身を全ふすることを得ば、又拝眉の上御高話承度、先は右乍引延貴答迠。如斯に御坐候。恐惶頓首

七月十二日

海軍少尉候補生　松崎直
海軍少尉　猿渡眞直
海軍中尉　土肥金在

井芹経平先生

土肥金在

明治11年生、昭和6年没。熊本県球磨郡多良木村。明治28年入学、30年卒業。明治45年より横須賀工廠副官をつとめ、海軍大佐で退役。太平洋戦争当時連合艦隊参謀の海軍中佐土肥一夫は子息。

諸先生にも宜敷御傳の程、乍恐願上候。以上

14-02-19

○明治37年7月12日付　児玉亭（生徒）宛――海軍中尉 帝国軍艦「敷島」[1]

拝復　炎暑の砌に候處、同窓諸兄益々御健勝御勉学の段、大賀の至に存上候。二に生等一同益勇健軍務大事と心掛奮励罷在候間、乍他事御休心被下度願上候。却説先達は御懇篤なる芳墨に接し、難有奉鳴謝候。生等銀杏城下学窓の當時を追想し、話は益佳興に入り、昼夜の労苦を慰し候事に御坐候。當地一般の氣候は幾分御地よりは暑氣も減じ居候事と存候。然し例の大陸的氣候にて、今後如何なる暑氣の来襲するや難斗く候。夕陽没し、一輪高く黄海の天を沖する時、艦内寂として聲なく、燈火を滅して敵駆逐艦、水雷艇の来襲を警戒せる眠れる獅子の如き吾艦の将士の情、時に禁ずる能はざるもの有之候。

御承知の如く、艦内にては其場所に従ひ寒暖の差甚敷、目下の處にて百二十度位は珍らしからざる温度に有之候。然し上甲板にて、日没後閑を盗み涼を採る時の愉快は、又格別に御坐候。一度戰闘の令下り候へば、各員争ふて其部署に就き、寒暑をも顧みず一意専心其勤に服し倦厭の色なきは、誠に神洲男子は世界に雄飛する主因かと心得候。戰局も肖々其歩を進め、海軍の事業も日々進行致居候。戰争と危險とは常に相伴ふべきは謂ふ迄も無之候へども、吾軍の對敵

1　第一艦隊第一戦隊所属の一等戦艦。明治33年イギリス製。

行動は如何に痛快なる事のみなるかは、諸君の日々閲読せらるゝ新紙上にて御承知事と存候。吾軍の将士は各自の持場にて斃るゝを辞せざるは勿論、其れ以上の働きを為しても尚満足せざる有様に有之候。つまり、死ぬ迄は國家に尽さではやまぬ武夫の之に有之候。誠に頼母敷限に有之候。詳細の戰報は、新聞紙上にて御承知の事と有之候へば、擱筆仕候。若し職務を全ふし、身を全ふし、凱旋の暁には御拝眉の上御高説承度、先は右乍乱筆御禮迄。

尚國家多事の際、幸に御自重御奮励の程是祈候。尊酬拝具

七月十二日　海軍少尉候補生　松崎直

海軍少尉　猿渡眞直

海軍中尉　土肥金在

済々黌生徒御中

14-08-13

土井知清

○明治37年10月6日付　黌長宛——歩兵中尉 出征第6師團歩兵第13聯隊第6中隊附

拝啓　益御清康の段奉大賀候。降て私儀出征以来各地の戰斗に参加致し申候ら

土井知清

明治12年生、昭和14年没。熊本県飽託郡銭塘村。明治30年入学、32年卒業。陸軍中佐で退役。

へ共、御蔭を以て微傷だも蒙り不申、無事従軍罷在候間、乍他事御放心願上候。陳ば本回は圖らずも身に余る御厚詞を辱ふし奉深謝候。身未だ寸尺の勲功なく、實に恐縮の至りに御坐候。然れ共我作戰の前途は尚遼遠のことに御坐候らへば、向後は尚層一層粉骨砕身、以て御厚詞の万一に副ひ奉らん覺悟に御坐候。先は不敢取御禮申述候也。

明治三十七年十月六日　歩兵中尉　土井知清　14-07-02

藤院天龍

○明治38年2月17日付　黌長宛——出征第2軍第14旅團後備歩兵第55聯隊第3大隊第12中隊付　見習士官

拝呈　時下寒冷の候、如何御起居遊され候哉。去月熊本出発の際は、御見送りを給はり、恐縮千萬に存じ候。実は直ちに御礼状差出筈なりしも、何にやに取紛れ、大に御無礼申上候。

去る廿六日午前九時、熊本停車場発の氣車に乗じ、門司に向ひ候處、下り列車二日市[1]附近にて脱線仕り、為めに、熊本発五時上り、二時間余途中に停車、故に九時発の氣車も順送りとなり、赤間駅に三、四十分間停車し、同日午後六時、

藤院天龍

明治13年生。熊本県鹿本郡吉松村。明治29年入学、36年卒業。日露戦役後は警察官となる（警視庁勤務、公安関係）。

無事門司に到着、直ちに所定の宿舎に付き申候。其翌日直ちに乗船する筈なりしも、御承知の暴風にて出帆するを得ず。無已四日間滞在仕候。滞在中、大里駅の俘虜収容場を見舞候に、俘虜者は陸海兵を合して二千六百余人にて、凡て平氣の様子にて、敵國に捕はれたる身とては、更々感ぜぬ様に見受け候。陸海比較すれば、陸兵の方品位好く、海兵は日本の土方風の如き者多く有之候。日本も俘虜に對しては、大抵の事にては有之間敷と存じ候。一月卅日に風少しく和ぎしに依り、田ノ浦に回りて、午後四時頃、大隊全隊セイロン丸[2]に乗船を終り、同五時某地に向て出帆す。湾内は波静かなりしも、名にしをふ玄海に出ずれば、さしも大になる郵船会社の五千噸のセイロンも、木葉の如く浮沈し、乗員大抵は大に酔わされ申候。對馬を左に見、釜山は夢と過ぎ、黄海の波を破きて、大連湾上に現れたるは、門司出帆後四日目にて、海岸近くは皆氷結し、数多の支那船は所々散在し、郵船会社の諸船も碇泊せり。其乗員は皆兵にして、海上で漂ふ事二日間。二月四日上陸の命あり。嘻び勇みて上陸すれば、是れぞダルニーに相對せる柳樹屯にて、兵站司令部及守備兵あり。本日は丁度旧暦元朝にて、支那人は美麗に装飾し、回礼せり。又、到る處爆竹の聲盛にして、恰も大砲小砲の音の如し。故に昨夜、船上の歩哨は交戰の砲声と聞き誤り、報告するやら、大騒ぎ致し候も、戰さの門出でに面白き事に御坐候。

1　現在の福岡県筑紫野市内の地名。
2　明治37年建造の当時わが国最大の貨物船（四九〇五トン）。御用船として日露戦争に従軍した。
3　済々黌裏手の山。標高一五一メートル。立田山、黒髪山とも呼ばれる。

上陸終り後、二時間余り柳樹屯に休息し、午後二時頃より行軍を始む。今回は皆々ダルニーより気車行軍と思ひしに、徒歩行軍との事にて、皆々大に力を落し候。同日は行程二里にて、關家屯に村落露営す。道路最も嶮悪にして、土地は皆氷りて足を取らるゝ事数度、途中有名なる南山の元を過ぐ。南山は竜田山小[3]の山にて、岩骨赤土皮にて禿なり。諸々に散兵壕の跡ありて、去る日を示す。此辺一帯廣漠たる畑にて極りなく、戰争當時は黍を以て此廣野を被しならんも、當時は空々漠々何物も植たるなく、我同胞等如何に苦戰せしかを想像せしむ。關家屯は、南山を去る四千メートル余の處にありて、皆貧家らし。支那人に始めて接し、支那家屋に起臥する事とて、大に嗅氣と不潔には閉口仕り候。支那家屋は御承知の如く、石壁又は土壁にて、床下に火をたきて室内を暖む故に漸く暖を取るを得。支那人の横着及元金なるには驚き申候。物品を求むるも、便をなさしむるも、金を見せしめし後ならでは承諾せず、ホコヘン〱と申し候。

第二日は行程八里余行軍申候。最も困難せし日にて、道路は嶮悪、案内者はなく、只陸地測量部の地圖に依りて、六、七貫目の諸荷物、即ち兵士の炊事具、寝具、護身具一切の物を背擔ふ事とて、大に兵士も疲れ、食は氷りて食ふを得ず。寒風は身を切る如く、八甲田山雪中行軍も思ひ出され、午後十二時頃漸く亮甲店に着きしも、本夜の宿舎は、未だ二里を経てたる蘸木屯との事にて、兵は猶々疲労し、大半は空腹に倒れ、足痛に苦み、健康兵は実に一ヶ中隊に十一、二名を残すのみ。翌午前二時宿営地に着し候に付、遂に夕食も食はず、焼麦麹を食ふて少しく空腹を充たし候。

第三日も昨日同様の困難をなして、六里余の行程を行軍し、普蘭店停車場を去る一里、張木屯に宿舎す。

第四日行程七里、南瓦房店に宿営の筈なりしも、山嘴子に宿す。途中の風物は皆大同小異にして、山は皆岩骨にて草木なく、白雪を以て被ひ、畑は黍を切りたる跡のみにて、一望目に入るなく、道路は此間を右切左回して一定の道はなく、自由に支那馬車を駈せ居り候。馬車は皆二頭以上、多きは四頭にて引き居り候。村落は諸々に分、大にして寂漠たり。

第五日山嘴子に滞在、上陸始めて入浴す。此入浴場たる、南瓦房店兵站司令部にありて、我宿舎を去る一里半余、北風烈しく、支那で有名なるホコリの為め、折角磨きし顔も、帰舎せしときは元の儘に相成候。尤将校のみにて、兵士は門司出帆後入浴する暇なし。暇あるも入浴する器具なし。此日、中隊本部附近に祝事あり。中々盛大なるものにて、楽器、祝言、中々六ヶ敷候。

第六日得利寺、第七日北瓦房店、第八日熊嶽城、第九日蓋平、第拾日蓋平滞在

す。南瓦房店の停車場の建築宏大なる、又兵舎の宏大なる、魯國が他日、事をなすの支柱となす目的地たる跡、明良に御坐候。得利寺の風物は中々宜敷、水清く山高く、土地肥へ、中々有望なる土地に御坐候。熊嶽城、蓋平は共に城廓を以て回らし、中々堅固にて、外観は嘸城内も整頓せるならんと想像すれば、案外にも家屋乱雑、あいも変らぬ支那風にて、人馬の排泄物諸所に点々、嗅気鼻をつキ、何とも名状し難し。乍然、流石、孔孟の教ゑある國とて、道傍一つの落書なく婦女を見ず。神社仏閣の宏大なる、他に比して美麗なるには驚き候。熊嶽城も蓋平も、正月なればにや、皆門口を閉ぢ商賣も容易に商はず。乍然、道路の小商人の饅頭、煙草を賣る為め、ウルサク付き纏ふには閉口仕候。

第拾一日、大石橋に宿営す。大石橋は西比利亜鉄道と牛荘より北京に到る鉄道の分枝点にて、他日有望の土地にて、東方に山を背ひ、西北南は廣莫たる畑、駐屯兵一ヶ中隊以上駐屯せり。第拾二日、海城に入城す。海城は蓋平、熊嶽城に立ち勝りたる宏大なる城府たり。第拾三日、鞍山店宿営ス。鞍山店は今日迠目撃せざる悲酸の状にて、家屋、城壁、皆破壊せられ、完全の家屋は一つも無之候。之れより約千米突余の處に砲兵の陣地有之。一河の流是ありて、苦戰の跡明々良々たり。第拾四日北沙河に宿舎す。第拾五日沙河に滞在、明日遼陽に向て出発。拾九日、二十日頃、我目的地たる烟台の西北方に到着する筈に御坐候。先づ本日迠の道行は以上の如くにて、途中目撃せし事、感ぜしめ□も、他郷を初めて見し身には多々有之。又、教育上御参考に相成ならんと思ふ事も多々有之候に付、追て次便を以て申述ぶべく候。

先づは御健康御伺ひ旁御報知迠。諸先生方にも一々御伺書差出すべき筈なれ共、其意を得ず。何卒宜敷御傳声被下度候。乱筆段一重御免じ被下度願上候。

二月十七日　北沙河滞在中　藤院天竜

井芹先生

6-05-19

○**明治38年4月13日付　済々黌宛**――（階級記載なし）出征第2軍后備歩兵第55聯隊第12中隊

拝呈　先日は御慰問状を給わり難有御礼の申上様モ無之候。今回の連戰連勝は兵士の勇敢なると將帥の指揮宜敷に依るものなれ共、内國民が熱血を振て皇國の為め儘力せらるゝに依る。我将卒共に感泣にたゑず候。右御礼まで申上候。御尋ねの済々黌卒業者出征せし人名は、さきに松岡、小出両名より御報道申上候。他には心にとめ申さず候間、別段御報道は致す間敷候間、悪しからず御思召被下度候。右要用迠。草々　頓首

四月十三日　藤院天龍

済々黌御中

14-10-13

○明治38年4月13日付　生徒宛――（階級記載なし）出征第2軍后備歩兵第55聯隊第12中隊

拝呈　先日は御慰問状を給わり難有御礼申し上候。今や　皇軍連戦連勝の境にあり、諸士第二の国民は各々己が欲する楽境に向て御奮途あらんことを。今や學年の始めたり。一年の諒は正月に、一日の諒は朝にあり。學年の始めにあたりて宜敷御勉強あらん事を願上候。皆々様御健在にてあれ。

四月十三日　於満州某兵團　藤院天龍

済々黌生徒諸士御中

14-10-31

○明治38年7月1日付　黌長宛――（階級記載なし）出征后備歩兵第14旅團第55聯隊第12中隊

拝呈　其後は大に御無音に打過ぎ、甚だ汗顔のいたりに候。大分暑さも烈しく諸流行病蔓延の期と相成、各人注意に注意を要す可き時、先生にも何の御障りなく芽出度存じ候。最早第一學期試験も近づき候へば、各級生徒も大々的勉強仕居る事と存じ候。先日多士第三號御送與にあずかり、久々にて母校の状況、諸先生の御異動、我同窓諸士の論文美文、わけては久々にて御高説も拝読するを得、三年の旧に帰り、身わ恰も母校の倫理講堂にあるが如く感じ申候。

嗚呼人世何ならざるが故に浮世なるか、浮世なるが故にまゝならざるか。

1　旧熊本藩主細川護久の第二子長岡護全。騎兵少尉。遼陽附近の戦闘で負傷し明治37年8月死亡。

巻頭数葉の寫眞版、皆是れ花の蕾、人の華、花も蕾にて散りしこそ惜むなれ、人も惜しき時にこそ。

嗚呼長岡貴公子[1]は身孳冑の御身を以て遠く征魯の軍に従ひ給ひ、櫛風沐雨、幾多の辛惨をなめさせ給ひ、勲わ殊に列びなく、武夫の亀鑑として長く竹帛に残るらん。嗚呼いたわしや、かゝる勲を立てさせ給ひ、士卒も殊に父として慕ひまいらせしに、無常の風はいといなく、死の掌は何が身にも及ぶらん。廿有四の蕾の花を惜しげもなく、悪くや敵人の彈に落とさせ給ひき。嗚呼浮世はかくの如きものなるか、其他我が兄とし従ひ、弟として愛せられたる、同じ學びの庭の教へ子、幾多殊の外なる勲を立てゝ、花と散りにしいたはしさ。我身も今は軍さ人、死なば斯くなんと暫し涙に沈み申候。幾多の教へ子持たせ給ふ先生には、殊に御悲みも深からんに、許れなぐさめんものもなけん、否とよ。竜田山下、幾多の多士済々として勉めてありし彼等は、第二の國民たり。次期の武夫たり。先生の御心を慰め安むるは彼れ等の勉めたり。何ぞ夫れ先生悲み給ふ事あらんや。死せる子の年を数へ悲むわ是れ女の子のわざ。儻々たる六尺男子の取らざる處。夫れ先生悲み給ふ事なかれ。河野先生にわ御負傷にて御帰営になり居る様、新聞にて承知仕候が、其後の御経過如何に候哉。先生にわ御承知無之哉、伺上候。森永先生の御氣焔相変ず盛んなもので、多士紙上に躍雀

2 済々黌の体操科教師であった守永健吾のこと（本書四一七頁参照）。

致し居る様感ぜられ候が、未だ御壮健にて鴨軍に御従軍ならん。同じ戰地に候へ共、東西と立ち分れ、しかも私の属する隊は遊軍にて、今日は東、明日は南と驅せ回り、一日も席に安ずる事無之為め、同先生にも大に御失礼のみ申上候間、先生より御書状の時分、何卒宜敷御傳声被下度、伏て願上候。先生御壮健の御様子は九日新聞にて承知仕候に付、大に安心仕候。猶時候炎暑の砌り御保養専一と奉存候。私事も無事只今は遼陽守備軍に合わり居り候付、御休心願上候。戰局の発展と共に魯國の運命も近づき、平和風次第に火の手を高め、近き内に媾和談判も開始せらるそーな。我等軍人に取りては大の禁物なれ共、世界の大勢の然らしむる處ならば仕方無之候も、今で終局ともならば大に残念に存じ候。森永先生[2]の二號活字も思ひ出され申し候。右乱筆御高免被下度候。

七月一日　藤院天龍

井芹先生

14-03-01

徳永三郎

○明治38年4月19日付　職員・生徒宛——砲兵大尉　長崎要塞砲兵大隊

拝呈仕候。度々貴校御一同より御手紙被下、当方よりは御答詞も不致届兼候段、何卆御諒察被下度候。目下長崎要塞砲兵大隊に服務罷在候間、右様御承知被下度候。國家多事の際、貴校ノ繁栄、并に生徒御一同の御健康ヲ祈上申候。
右御囬答迠如此御座候。敬白

長崎要塞砲兵大隊　砲兵大尉　徳永三郎

濟々學校　教員生徒御中

14-06-16

冨田新八

○明治38年5月14日付　黌長宛――海軍中尉 軍艦「吾妻」[1]

謹啓　陳ば昨年出征以来、諸事紛雑の為め、絶えて御機嫌伺ひも届け兼ね候処、益々御清適、邦家の為め折角御盡碎の段、慶賀此事に奉存候。次に不肖儀爾来幸に頑健、鞠躬微力を竭し居り申候間、乍憚御休神奉願上候。然るに過日は、御黌諸先生一同より懇ろなる御慰問状、並奨学舎[2]よりは雑誌多士の御配贈に預り、全く仝窓生同様の御優遇を蒙り候に就ては、其厚志深く感銘に堪えざる所に御座候。今や海上面再び漸く多事ならんとする此際、益々奮堯興起、矢って

徳永三郎
明治10年生。熊本県飽田郡城山村。
明治26年入学、27年退学。

冨田新八
経歴不明。

1　第二艦隊第二戦隊所属の一等巡洋艦。明治32年フランス製。
2　奨学部（済々黌文科系クラブ）のことか。

御厚志に背かざらんことを期し可申候。乍延引、一筆感謝の意を表し申候。尚ほ終筆に臨み、諸先生並に諸学友の御健康を奉祈候。早々　敬具

明治三十八年五月十四日　於軍艦吾妻　冨田新八　拝

井芹先生　侍史

14-08-08

冨永源四郎

○明治38年1月1日付　黌長宛——歩兵通信手　出征第6師團司令部騎兵通信所

恭賀新年

井芹経平殿及ビ各教員御中

出征第六師團司令部騎兵通信所

歩兵通信手　冨永源四郎

14-12-03

○明治38年1月1日付　生徒宛——歩兵通信手　第6師團司令部通信所

賀新年

生徒御中

冨永源四郎

明治13年生。熊本県上益城郡白旗村。明治30年入学、32年退学。

第六師團騎兵通信所　歩兵通信手　冨永源四郎

14-11-05

○明治38年4月9日付　黌長宛――出征第6師團歩兵第13聯隊第8中隊第1小隊第1分隊 歩兵上等兵

呈謹て　尊師及び職員御一同、并に生徒御連中の健全を祝し奉候。降て野生儀も御蔭を以て此度戰斗後無事軍務に随事致し居候。他事乍御休心被下度候。

二伸

御尋の同窓生は第八中には

中隊附見習士官　宮本政彦

同八中隊一小隊四分隊　二等卒　浅川正大

右両名にて御坐候。衛生隊の同窓生は後便にて御報申上可候也。

四月九日発

済々黌長　井芹經平殿

他職員御一同　生徒御連中

鉄嶺附近興辺堡にて　歩兵上等兵　冨永源四郎

御笑ひ草さ二首　源四郎

唐で鷲を狩つる　武夫も

こ郷の便り　待ち侘るなり

草枕らむすぶかりねの　夢やむれ
とこ世にかへる　春の明ぼの

14-03-17

戸山正太

○明治37年12月7日付　黌長宛――歩兵少尉 出征第1軍第12師團歩兵第14聯隊第12中隊

防禦陣地にて認メ、乱筆御免被下度候。二三学生一同に宜敷御傳言被成度、追て何状は差出し可申考へ候へ共、不取敢御傳へ被下度願上候。

拝啓　時下寒氣日々相加り候處、御全家御一統様益々御清栄被遊奉大賀候。降て私事、本年二月動員下令に接し、小倉歩兵第十四聯隊補充大隊附と相成、其後全隊にて軍務に罷在。以後出征を相待居候處、漸く去ル十月十六日出征の命に接、仝月廿日門司港出帆。廿四日青泥窪上陸。廿九日清國盛京省遼陽廳下平台子なる、歩兵第十四聯隊本部に午後五時到着。直に第十二中隊附を命ぜられ、其後直に下平台子西南方防禦陣地の守備と相成、于今仝陣地にて敵と僅か八、九百米突を隔てゝ相対峙致も、攻撃にも移らず。時々前哨線前方に於て小部隊の衝突あるのみにて、戰地到着後は未ダ一回の戰斗等も無之。只管防禦陣地を

戸山正太《まさた》

明治9年生。大分県日田郡西有田村。
明治26年入学、31年卒業。

堅固に致し、敵の来襲を相待居候次第。小生も未だ実戰に加はる事無之、此回初めてなれば、十分に奮發、手腕を振ふの時機と考へ、元より生還を期せざる事なれば、為邦國公恩の萬分一に報せんと覚悟致し居候。當時の模様にては、當陣地にて冬営の様子なれば、来春迄は當陣地に在る事かと思ふ。當陣地は山上にて斜面の土穴に住居致し、日夜警戒に怠らず候。敵の来襲あれば、我れに数倍の兵来るも、何の苦なく撃退致し可申かと、皆々指折り相待居候。不肖も其後永々敷の間御無音致し、何とも申訳無之仕第、何卆不悪御聞入被下度、伏て願上候。何卆御袋殿、御奥様には宜敷御傳言被成下度。幸に私も無事達者に軍務に罷在候条、御安意被成下度候。三十七年も僅か二旬を剰すの時に相成、歳末御多繁の事と奉察候。実に小生、動員に接し、最早一ヵ年に近く相成、此の満州の土地にて三十八年を迎へんとは、誠に幸福の至りに御坐候。就て新年賀状は軍司令部よりの命に依り、一切差出し方を禁止され申候間、不悪御了知被下度。先ヅ永々の御無沙汰を謝し、御案否伺旁御通知申上候。余は後便に申上候。時節柄御身御大切に御自愛専一に奉謝候。不具

十二月七日　満州盛京省遼陽廳　下平台子陣地に於テ　戸山正太拝

井芹先生　坐下

當地は日々寒氣烈しく相成、烈寒には驚くの外無之候。

14-01-14

豊岡　博

○明治39年1月1日付　黌長宛――歩兵少尉　宮崎聯隊区司令部

謹賀新年
併て平素の疎遠を謝す
尚此度の御指導を仰ぐ
明治三十九年一月一日
陸軍歩兵少尉　豊岡博
井芹経平殿
今川覺神殿
牧山清殿[1]
進來重松殿[2]
青木彜蔵殿
其他　職員御中

14-09-05

鳥合末次

豊岡　博
明治17年生。熊本県合志郡西合志村。
明治27年入学、33年卒業。
旧姓岡本。

1　明治31〜40年、済々黌職員（歴史担任）。のち第五高等学校教授。
2　明治28〜39年、済々黌職員（数学担任）。

○明治38年7月30日付　生徒宛――工兵中尉
出征第6師團工兵第6大隊本部

謹啓　時下酷暑の候、生徒諸君御一同益々御健全御勉學の段、為邦家大賀至極に存候。降て小生以御蔭無事頑健軍務罷在候間、乍憚御休神被下度候。然者度々御叮重なる御慰問状を辱ふし感謝此事に存候。目下當地は雨期の全盛時代にして連日の降雨にて実に鬱陶敷天候にて候。為に道路は全く苗代然となり泥濘脛を没すとは此地の道路に適用被致候。従て軍隊の行動に多大の沮障を與へ、無論大部隊の運動は絶望に候。目下彼我共に各々監視を嚴にして相對峙し、沈静時代の戦期に可属候。先は不取敢御慰問の御禮旁々如斯に御座候。時益々酷暑に向ふ。諸氏夫れ自愛努力せよ。

明治三十八年七月廿日　　鳥合末次

生徒諸君

14-08-18

鳥飼嘉一

○明治37年10月3日付　黌長宛――（階級記載なし）
出征第12師團歩兵第14聯隊第1中隊

鳥合末次

明治10年生、昭和35年没。長崎県北高来郡諫早村。明治28年入学、30年退学。長崎中学へ転校。大正14年、陸軍中佐で退役。

拝啓　曩に　大詔喚發膺懲の帥起りて以来海に陸に　皇軍の向ふ處風靡せざるは無く今や敵国艦隊支離滅裂、旅順の陥落も旦夕に逼り遼陽の天亦我有に歸し遠く敵を奉天に追ふ。之れ偏に　陛下の御稜威と国民諸士の鞏固たる後援に因りたるものと深く銘心在罷候。然るに屡々御懇篤なる御雲翰を忝ふし誠に感謝の辞無御座候。啻益々奮勵固く平素の御訓陶を守り濟々多士の體面を失はざらん事を銘肝致候。先は御禮迠如斯に御座候。時下折角御自愛の程是祈候。
明治三十七年十月三日　鳥飼嘉一　頓首
濟濟黌長井芹經平殿　外職員御中

14-05-12

鳥飼嘉一
明治9年生、大正9年没。熊本県飽田郡花園村。明治26年入学、31年卒業。シベリア出兵時にブラゴエチェンスクで戦病死（陸軍中佐・参謀）。

な行

永井安男

○明治38年11月13日付　鬢長宛——出征第6師團衛生隊本部

拝復　鬢務御繁忙中にも不係、毎度御懇切なる御慰問状をてふ台し、御厚情難有奉深謝候。先生にも其後不相変為邦家御精勤被遊候赴き、大賀此事に御座候。小子儀□御蔭にて是ぞと後顧の憂ひなく東奔西走、日々軍務一途に熱中致居候間、可然御了察被成下度候。日露両国の批准愈々相済み爰に戦局全く終りを告げ申候に、就ては不遠凱旋致、旧来の御厚意に報ひ上申事に御座候。目下戦地に於ても異状無之、日々の戦斗演習は宛然実戦中の如く砲声銃声咸く至り天地を震動せしめつゝ有之候。寒氣は日に甚敷、降雪已に五囬、水面の氷は其厚さ三寸に達し、砲車が其上を通過し得るの日も近きにありと存候。此季節にも不係、種々なる悪疫流行致、衰露の大敵を全滅せしめたる今日、此病魔を第二の敵として一に衛生事業を励行致、其予防に忙殺せられ居候。右御礼旁々如斯に御座候。　拝具

永井安男
経歴不明。

十一月十三日　永井安男
井芹先生　侍史

14-04-29

長江虎臣

○明治37年9月27日付　釁長宛——出征騎兵第6聯隊聯隊長

拝啓　極東に於ける露軍戦略上の最大要点にして、敵の恃て堅塁とせし遼陽も、遂に陥落致候。最新式の築城法により文明の火器を以て我軍を迎ゑし彼も、莫大なる損害を受け非常の混乱をなして遂に北方に退却せるは、一に我聖上陛下の御稜威に依り然らしめたる所、我々臣民、実に御同慶の極に御座候。然るに此度は、早速御賀詞を給り、誠に汗顔の至りに御座候。尓来益々奮励以て奉公の意に副奉らんと存仕候。戦況其他、申上度事は山々有之候へ共、陣中不得其意。何れ凱旋致候折に譲り度、先は不取敢不顧御無礼、御礼申上度、如斯に御座候。敬具
九月廿七日　騎兵第六聯隊長　長江虎臣
井芹経平殿

14-08-22

長江虎臣
文久2年生、昭和2年没。熊本市東外坪井。陸軍士官生徒9期。騎兵第26連隊長をつとめたのち予備役。東亜通商協会副会長。大正7年、熊本海外協会理事長。

○明治38年1月1日付　釁長宛――（階級記載なし）騎兵第6聯隊

謹祝
戦捷後第一年の新禧
　騎兵第六聯隊長　長江虎臣
濟々釁長　井芹經平殿

6-03-05

長澤郁五郎

○明治38年1月1日付　釁長宛――騎兵大尉 出征騎兵第6聯隊第1中隊長

謹テ奉賀新年候。
陛下ノ御稜威ト国民ノ後援ニ依リ、幸ニモ陣営中新春ヲ迎ユルハ実ニ千載一遇ノ快事ト存候。
明治三十八年一月一日　於奉天南方五里
　騎兵第六聯隊第一中隊長　陸軍騎兵大尉　長澤郁五郎
濟々釁長　井芹経平殿　外職員各位御中

14-12-16

長澤郁五郎
明治6年生。東京市牛込区。明治27年入学、28年卒業。陸士7期。陸軍少将。大正10年騎兵第1連隊長。

中路平吉

○明治38年1月2日付　生徒宛——騎兵中尉
第2軍第1旅團騎兵第14聯隊

祝未曾有の元旦
　すてっせる旅順を提げて御芽出度ふ
征露三十八年一月二日
　第二軍　騎兵中尉　中路平吉
済々黌仝窓御中

14-11-06

○明治38年4月28日付　黌長宛——騎兵中尉
出征第2軍騎兵第1旅團第14聯隊

敬復　皇軍機を見て一擧奉天を抜き長駆開原以北に敵を逐ふ是れ誠に
陛下御稜威に由る處にして、亦た国民後援諸賢の熱誠の多く然らしむる事と奉
深謝候。今日茲に御深厚なる慰問状を忝ふし無功瓦全の迂生慚愧に不堪次第に
御坐候。目下我騎兵團も当地に在て日夜ミシチェンコの騎兵集団と對峙、互に
其技能を振居申候。高原[1]及び錦渓[2]の霊域に練磨せし文武の賜、敵の猛将に一泡
吹かせやらんと意氣凛烈罷在候得ば、幸に御安意可被下候。
時下桜花爛漫の候、海陸軍亦爛熳たらん事、祈居申上候。為邦家御自愛冀上候。

中路平吉

明治8年生。熊本県阿蘇郡永水村。
明治22年入学、30年退学。成城学校へ進学。

1　済々黌発祥の地、熊本市高田原のこと。のち、高田原時代を懐かしんで黌内で発行された雑誌が『高原』である。

2　熊本市藪の内の坪井川付近のこと。藪の内時代に黌内で発行された文芸誌に『錦渓』がある。

先は奉復御禮如此候。草々　謹言
征露第二年四月二十八日　在昌圖府
騎兵第十四聯隊　騎兵中尉　中路平吉
済々黌長井芹経平殿　外職員諸賢御中

14-2-09

中島知能

○明治37年6月16日付　黌長宛――（階級記載なし）第1軍第12師團歩兵第46聯隊第3中隊

静終局の勝利を占め申候は、実に　陛下の御稜威と先祖傳来の國魂に由る事と存候。同窓の士、軍に従ふもの多く、時に相會し、相談じ、猶、昔日の済々黌生徒に候。此度は正確上等の試金石にて修養出来、愉快此事に存候。第六師團も愈動員、先生の門下多々益出陣し、御心中の御愉快奉察候。第一軍は御承知の通り、滞在中閑暇連日の有様、無聊に苦み三日毎に前哨勤ムに服し居候。先は御返事如此に候。頓首
六月十六日　知能拝
井芹先生　坐下

14-10-05

中島知能
明治16年生。熊本市東外坪井町。
明治28年入学、33年卒業。陸士へ進学。

○明治37年9月22日付　黌長宛――出征第12師團歩兵第46聯隊 歩兵少尉

拝啓　出征以来度々玉章を給はり、且は先般、橋頭附近に於て微傷を負ひ候に、御懇篤なる御見舞状を被下、何とも御礼の申上様無御座候。小生等武職にあるもの、今回の大事に遭遇するを得たる実に仕合の次第にて、五年の歳月御黌に於て修得したるものを發揮するを得るも、今日の事と存居候。陛下の御稜威と國民の熱心なる声援とによりて、遼陽も陥れ、目下駐軍中に罷在候。御申越の通り、前途遼遠なるべく、奮励倍旧仕るべく候。右御礼迠。匆々頓首

九月二十二日　中島知能

井芹経平殿

14-05-20

○明治37年12月26日付　生徒宛――出征第1軍歩兵第46聯隊第3中隊 歩兵少尉

拝啓　寒氣甚敷相成候之折柄、諸君益御清適御勉学の由、慶賀此事に存候。扨、度々御手紙に接し、実に感激の至に存候。先般の御自筆の繪葉書、狂喜〳〵。冬営の労を慰して余あり。満州沙河の辺、朔風寒しと雖、防寒の具は一兵に到る迄豊富也。凍傷に罹るもの二、三のみ。幸に御安慮被下度候。先は御礼迠如此に候。頓首

十二月廿六日　中島少尉

済々黌生徒御中

14-06-17

○明治38年1月1日付　黌長宛――出征第1軍歩兵第46聯隊第3中隊 歩兵少尉

玉章辱ク拝讀仕候。諸先生ニハ益御機嫌能ク御消光被遊大慶ノ至ニ存候。御手紙ヲ拝スルコト前後幾回ナルヲ期セズ。微躯寸功ヲモ奏セズシテ過分ノ御褒辞ニ接ス。背汗至極ニ存候。唯満州軍ニ在ルヲ以テノ故ニ此光榮ヲ荷フ。感激言ント欲スルコトヲ得ズ候。在黌中ノ御訓育ニ由テ、報國ノ精神ハ満州ノ氷ヨリモ堅ク、北敵来ル有ラバ徒ニ鴻毛ノ軽キノミニ有之間敷候。学校ノ新築ハ軍旅ノ中ニ在リテ常ニ記憶ニ存ジ居候処、工事愈々着手セラレ一段ノ擴張ノ趣、愉快難禁候。時下寒氣甚敷候間、御自愛専一ニ奉存候。先ハ御返事迠。匆々頓首

明治三十八年一月一日　中島知能

井芹経平殿

14-12-01

○明治38年4月6日付　黌長宛――出征第12師團歩兵第46聯隊本部 歩兵少尉

拝啓春暖相催シ申候處、先生ニハ益々御機嫌麗ハシク御座被遊、御芽出度事ニ御座候。降テ小生過日二十五日ヨリ發動。愈敵ヲ追撃シテ鐵嶺ニ打入リ猶進ン

デ中個附近ニ馳突シ大ニ敵ヲ壓迫シ目下当地ニ休養中ニ罷在候。当花豹屯ハ鐵嶺ノ東南四里弱ノ山村、三面山ヲ以テ囲ミ北方開ケテ范河流ル。山ニ翠松ノ鬱々タルモノ無クモ巉峨タル天然ノ風光ハ實ニ幾千ノ兵卒等ノ心ヲ楽マシムルコトニ候。滞在間練兵ノ余閑彼等戰友ガ伍々三々手ヲ携テ逍遥スル有様何トナク感慨ヲ浮ブ可ク候。当地ノ氣候ハ一変シテ春ト相成申候。然レドモ時々寒風ノ襲来スルコトアルモ李已ニ芽ヲ認メ申候。アハレ花ヲ吉林ニ賞センカ、将又花ノ開クヲ待ツガ就レニシテモ愉快千万ニ罷在候。時下天然痘流行ノ兆有之。可怕事、衛生第一ニ要心被致居候。先ハ御起居伺度、近況御報知申上候。頓首

四月六日　　中島知能

井芹経平殿

14-02-13

中嶋正治

○明治38年12月17日付　黌長宛——歩兵中尉 出征後備第1師團後備歩兵第23聯隊第8中隊

拝啓　酷寒ノ候ニ御座候處、益々御壮健ノ段慶賀至極ニ奉存上候。次ニ生儀瓦全罷在候間、乍餘事御安慮被下度候。陳バ出征中ハ度々御慰問ヲ忝フシ、御厚

中嶋正治
生没年不明。熊本県宇土郡松合村。
済々黌草創期在籍。

情難有実ニ不知謝所儀ニ御座候。乍失禮同窓諸君ヘハ先生ヨリ可然御傳聲被成下度御願申上候。実ハ戦地ノ状況ヲモ時々御報致度存念ニ有之候得共、萬事新聞紙上ニテ御承知ノ御事ニモ有之、且ツ陣中ノ状體ハ総テ秘密ヲ要シ候ニ付、是迠差控ヘ居候次第ニ有之候間、御無音ノ段ハアシカラズ御思召被下度候。却説當師團モ弥々明十八日以降奉天ヨリ輸送開始、一部ハ柳樹屯ニ、一部ハ大連ニ一應集合後乗船、夫々所定ニ向ヒテ帰航致ス事ニ相成、熊本ニ帰還ノ部隊ハ一月上旬着熊ノ豫定ニテ小生モ幸ニ無事該凱旋部隊ニ従ヒ帰途ニ就キ候間、□□御安神被成下度候。先ハ右、従来ノ御懇志拝謝旁久疎ノ御詫取束ネ如此ニ御座候。餘ハ帰熊拝顔ノ上萬謝可仕候。拜具

十二月十七日　奉天城東舎営地ニ於テ

後備第一師團　後備歩兵第二十三聯隊　第八中隊

中嶋正治

井芹先生　侍史

14-07-11

永田多門

○明治38年8月22日付　黌長宛——出征第14師團歩兵第56聯隊第2大隊副官 歩兵中尉

謹啓　先生には益々御壮武奉大賀候。
御叮嚀なる御華墨を辱ふし、繰り返し〳〵拝誦仕候。小子儀、去七月廿日門司出帆、廿三日大連上陸、廿六日鉄路、南山、得利寺、大石橋、遼陽、奉天等の古戰場を吊ひツヽ、翌廿七新台子驛下車、夫より行軍、八月一日法庫門着、翌二日其西北五里ナル當小房身に到着、師團の集中を待ち居り候。初め當師團は大連上陸後、第三軍乃木閣下の令下に属セラレ、満州軍の最左翼に集中すべく命を受け、當地に集りし次第。然る處、去十九日を以て最早師團全部の集中を了り候。かくて出發の命をのみ相待ち居り、将士共々士氣旺盛、衛生、給養共々完備致し、少しの支障も無之候。
御申越の通り、講和談判如何に相運び申すやら、兎に角小生等は
大元帥陛下の命により動くのみにて、談判の如何は夫々其當路者に任せ、世論の如何は決して惑ふ處に無之候。敵も若干の増援隊を得しは事実なるべく候へ共、我軍は御承知の通り當第十四師團は左翼に、第十五、第十六師團は中央に、當第十三師團は樺太占領後右翼より、北韓軍は鴨緑江軍と連繋シテ前進し、尚

永田多門

明治12年生、昭和38年没。熊本県飽託郡池田村。明治29年入学、32年卒業。陸士へ進学。大正13年～昭和初、第五高等学校講師（教練担任）。のち九州学院・鹿本中学の配属将校。太平洋戦争終戦時は菊池の特設部隊長をつとめ、陸軍中佐で退役。

内地には第十七、十八、十九、二十師團ノ増設計画成レリ。此時に方り當地の雨期は最早終りを告げ、日々道路の景況益々可ナラントス。思ふに来ル九月初旬に於て全線一挙、吉林、長春の線に敵を鏖殺するは必定の覚悟罷在候。其時コソ敵全権委員の傲語を挫くの時は可有之。特に當師團は前述の通り満州軍の最左翼に候へば、今回の大会戦には一大長躯、敵の右翼ヲ突破し、左翼より敵を包囲し、敵をして吉林以北に一兵を逃さざるの覚悟にて、嘗て済々黌に於て御訓育を受けし御恩の萬一に報し、決して卑怯の振舞致す間敷候。

先は御返事旁々御伺迠。走筆不序。

八月廿二日　法庫門西北方約五里　小房身に於て　永田多門

井芹先生　侍史

14-07-01

○明治38年11月20日付　黌長宛——歩兵中尉（副官）在内蒙古　第14師團歩兵第56聯隊第2大隊

謹啓　黌長殿初め奉り職員殿御一同益々御壮武奉賀候。

去十月卅日附御叮嚀なる御書状を辱ふし再三拝誦難有御礼申上候。

御一統様の御教訓を受け、以御蔭今回の戦役に列するを得、大に小生の光栄とする處に御坐候。今回愈々平和克復に付ては小生等師團は奉天以北の守備に決定致し、明年早々任地に付くの予定に御坐候。

実は今回凱旋の上は親しく御拝顔の栄を得ん事楽み居り候處、右の都合にて尚一年余は当地にある事に相成候条、乍失礼書状を以て御伺旁御礼申述度、御一統様へも乍慮外宜敷御傳へ被成下度奉願候。敬具

十一月廿日　第十四師團歩兵第五十六聯隊

第二大隊副官中尉永田多門

済々黌長　井芹経平殿　侍史

祈御健康

6-04-01

○明治39年1月1日付　黌長宛——歩兵中尉（所属記載なし）

謹賀新年

年内は萬事御厚誼を辱ふし難有奉謝候。尚本年も不相変御愛顧奉願候。

先は新年の御祝儀申述可致。敬具

明治三十九年正月元旦　於蒙古

陸軍歩兵中尉　永田多門

井芹先生　机下

14-03-28

中西　正

○明治38年1月23日付　鬢長宛――出征第6師團工兵第6大隊第1中隊　工兵少尉

拝啓仕候。酷寒の候益々御清穆の由奉賀候。降りて私事無事消光罷在候間、乍他事御安慮被成下度奉願候。扨て去る十二月十二日つけを以て慰問の書状を辱なくし、感謝の至に御座候。実は直ちに御禮可申上筈の處、去る十二月廿日より任務を帯びて某方面に分遣せられ、一昨日帰隊致候次第にて、遂に今日迄延引仕候段、何卒不悪御海容被成下度奉願候。

先は右御禮旁御詫び迠如此に御座候。恐惶謹言

一月廿三日　中西正

井芹経平殿

14-12-02

○明治38年4月10日付　鬢長宛――出征第6師團工兵第6大隊第1中隊　工兵少尉

拝啓仕候。奉天附近の戦勝に就て御懇篤なる讃辞を辱なくし、難有感謝仕候。次に私事出征以来何等の勲功もなく碌々消光罷在候事、鬢長殿始め職員各位の御芳志に對しても耻かしき次第に御座候。

先は取敢ず御禮申上度如此に御座候。敬具

中西　正

明治14年生。熊本県託麻郡本庄村。

明治28年入学、30年退学。熊本地方幼年学校へ進学。

シベリア出兵に際しては第1航空隊を率い（工兵大尉）偵察飛行の任に服した。

四月十日　中西正

井芹経平殿　職員各位御中

〇明治38年4月10日付　生徒宛――出征第6師團工兵第6大隊第1中隊 工兵少尉　6-06-06

拝啓仕候。奉天附近の戦勝に就て御懇篤なる祝辞を辱なふし難有感謝仕候。実は是迠何等の勲功もなく碌々消光罷在候事、諸彦の御芳志に對しても耻かしき次第に御座候。戰後の日本を処理せらるべき諸彦は、國家の為め益々自愛自重、學事に御奮勉の程奉祈候。敬具

四月十日　中西正

濟々黌生徒諸彦御中

〇明治39年1月1日付　黌長宛――（階級・所属詳細記載なし）第6師團　14-09-09

新年の御慶目出度申納候。

先以て閣下始め職員生徒諸氏、御揃ひ目出度御越年被遊候段奉慶賀候。次に私事荒漠たる満州の野に於て無事馬齢を加へ申候間、乍他事御安慮被成下度奉願候。両歳に渉る日露の大戦も愈我軍の全勝を以て平和を克復し、忠勇なる陸海の将士多くは飯還し、此處に新年を迎ふ多幸多福なる明治三十九年は國民歓喜

の内に迎へらるべき筈なれば、私も遥かに日本の方を望みて祝盃を挙げ
両陛下の萬歳を唱へ國家の萬歳を大呼し、併せて貴黌の益々隆盛ならん事を祈
り可申候。先は年頭の御祝詞迠。餘は後便に譲り申候。謹言
一月一日　中西正
井芹経平殿　侍史

14-04-18

中根正方

○明治37年6月1日付　黌長宛——海軍少尉 軍艦「初瀬」——1

謹啓　先日は御丁寧なる御訓示を辱ふし奉感佩候。愚生も身を軍籍に委ね空前の大戰に従軍するを得たりしは、偏に諸先生の周到なる御教訓の致す処と奉感謝居候。毎戰前必ず衣を改め戰死も覚悟致候身を長らく去ぬる十五日、初瀬沈没の時も前艦橋上にありて一旦は艦と共に沈みしものの、如何なる作用か又水面に浮出で、遂に救助せられ申候。
現時軽傷を以て佐世保海軍病院に入院加療中、今壱二週中には全快退院の豫定に御座候。今一度は戰地に赴き、先日の仇を討ちたきものに御座候。

中根正方

明治14年生。熊本県上益城郡飯野村。
明治27年入学、31年退学。海兵へ進学。
のち鵜野に改姓。

國家度々多端の際、御校御一同の御健康を是祈上候。謹白

六月一日　佐世保海軍病院　中根正方

井芹経平先生

14-01-17

○明治37年6月9日付　釁長宛——海軍少尉 佐世保鎮守府附

拝啓　度々御手紙下され忝奉謝候。私も今十日以内には多分全治退院の由にて、一日も早く其任務に就かむ事神かけて相祈居り申候。我同窓の海軍将校は次の如くに候。

（先任順）

香港丸　中尉　加村康政

敷島　中尉　土肥金在

第四艇隊附　中尉　吉田幸雄

三笠（仝窓ナラズ）　中尉　齋藤国男[1]

日本丸　中尉　春日正量

春雨　少尉　右田熊五郎

朧　少尉　米村末喜

第二十一艇隊附　少尉　辛島昌雄

1　第一艦隊第一戦隊の旗艦。一等戦艦。明治34年イギリス製。明治37年5月触雷して沈没。

1　本書一三八頁参照。

笠置　少尉　蔵原惟皓
三笠　少尉　大塚定次
磐手　少尉　野田三夫
佐世保鎮守府附　少尉　中根正方
敷島　少尉　猿渡眞直
八雲　少尉　湯池秀生
笠置　少尉　牛島潔
台中丸　少尉　冨田新八
和泉　少尉　牛嶋政八
敷島　少尉候補生　松崎直
常盤（熊本縣人ナラズ）　〃　高木平次
大和　〃　日平茂七
春日　〃　奥田秋一郎
冨士　〃　村上透
常盤　〃　柏木辰生
磐手　〃　川本幸夫
磐手　〃　緒方三郎

全窓ナラザルモ全懸人ハ他ニ七、八名有之候。先は要事のみ。不一

六月九日　中根正方

井芹先生　御坐下

6-06-11

中根正常

○明治38年2月7日付　黌長宛——砲兵中尉 出征第3軍野戦重砲兵聯隊第2大隊附

謹呈仕候。再度御懇篤ナル御慰問状ヲ忝フシ、恭々拝読仕候。時下寒気凛烈難凌御坐候処、御校教官殿各位、愈々御揃御清康御精勵ノ段、奉大賀候。次ニ小生儀出征以来、旅順攻囲軍ニ加入致シ好運ニモ今日迠愈々健全軍務ニ服シ、旅順開城ニ遭遇致シ盛大ナル入城式ニ列スルノ栄ヲ得、旅順ノ整理稍々其緒ニ就クヤ去一月中旬長途ノ行軍ヲ以テ北進ノ途ニ就キ、昨今遼陽附近ニ駐軍致居候間、乍他事左様御承知被遊度奉願上候。囬顧致候得バ、開戦以来連戦連勝、皇軍ノ向フ所敵ナク實ニ國家ノ大慶事ト可申候。當方面ニ於テハ先日来時々一部ノ戦闘有之候ヒシモ、昨今ハ至テ静粛ニ経過致居候。龍驤虎嘯ノ活劇ヲ演ズルニハ尚ホ多少ノ時日有之候事ト想像致居候。

中根正常

明治11年生。熊本県上益城郡飯野村。明治25年入学、30年卒業。陸士11期。大正13年下関重砲兵聯隊長。昭和5年陸軍少将。昭和6年の熊本での陸軍特別大演習時は帝国在郷軍人会熊本聯合分会長。

右乍延引謹テ御禮申述候。終ニ臨ミ貴校ノ益々隆盛ナラン事ト教官各位ノ御健康トヲ奉祈候。頓首

二月七日　中根正常　拝

教官各位御中

14-02-10

○明治38年4月16日付　生徒宛――砲兵大尉（所属記載なし）

拝啓　時下春暖相催シ候処、諸君益々御壮健御精励ノ段、奉大賀候。降テ小生愈々健全軍務ニ服シ居候間、乍憚左様御承知被下度候。偖度々御懇篤ナル御慰問状ヲ忝フシ感激ノ至リニ不堪候。抑モ今回ノ大會戦ニ於ケル我軍ノ戦捷ハ実ニ是レ

大元帥陛下ノ御稜威ニ外ナラズトハ云へ、又一ツニハ熱誠ナル国民後援ノ致ス処ニ候。然ルニ吾人ノ微力ニ對シ鄭重ナル御書状ニ接スルハ、実ニ慚愧ノ至リニ不申堪候。当戦役ノ前途尚ホ愈々遼遠ナリ。益々奮励、他日ノ大成ヲ期セン事ヲ。右不敢取御礼迠如此ニ御座候。拝復

四月十六日　於　奉天東北方

中根正常拝

生徒諸彦

6-03-10

中野治朗

○明治38年5月21日付　黌長宛——佐世保軍港々務部気附　海軍御用舩「宮口丸」運轉士

祝賀紀念日

本日は畏くも宮内省より済々黌へ、特に御下賜金ありし祝日と奉存候。[1] 御黌も日に月に隆盛に赴き、黌長閣下始め職員御一同様、益々御健勝孜々御薫陶の段、慶賀此事に存上候。次に不肖儀も去る三月中、神奈川丸より本船へ轉乗被命、無恙海軍御用舩に執務致居候間、乍他事御放慮被下度願上候。却説敵舩も近海に彷徨致居候由、我が舩隊の邀撃殲滅するは必定の事と確信致居候へ共、時下濃霧の期に差迫り、吾行動を妨げざらん事をのみ是祈居候。右は一寸御祝詞傍斯の如くに御座候。匆々　頓首

明治三十八年五月廿一日　認

海軍御用舩「宮口丸」運轉士　中野治朗

井芹黌長　外職員御一同様

追て生徒諸彦よりは度々御芳墨を辱ふし、御厚情の段難有感佩致すべき旨、御雀声の程奉願候。尚ほ「多士」寄附金として、壹円額御送附申すべき旨、雑誌係へ御傳へ被下度、呉々も願上置候。以上

14-01-02

中野治朗

明治12年生、大正12年没。熊本県飽田郡花園村。明治25年入学、31年卒業。高等商船学校卒業。兄嘉太郎は教育者、細川邸歴史編纂文献取調主任。

1　明治16年5月21日、明治天皇より金五百円が済々黌に下賜された。

○明治39年1月1日付　黌長宛――（階級記載なし）陸軍御用船「丹江丸」

新年の御慶目出度申納候。先以て高堂御揃御超歳被成候由、大慶至極の事に存上候。次に私儀も本年は当地大連にて、光栄ある新年を迎へ馬齢を相加へ申候間、乍他事御放慮被下度願上候。

尚尊堂の万福を奉祈候。右は一寸御祝詞迄、斯の如に御座候。謹言

明治三十九年一月一日　大連にて

陸軍御用船丹江丸　中野治朗

井芹大先生　坐下

6-04-09

永松　敏

○明治38年4月6日付　生徒宛――海軍大尉 軍艦「笠置」[1]

我親愛ナル同窓ノ若キ友！

諸君ノ誠意ト温キ同情ノ結晶トハ、無限ノ感動ヲ予ニ傳へ、又然リ。短章ノ美文、諸子ガ単調ナル曇リナキ鏡ノ如キ心モテ謳ヘル愛國ノ眞情ハ汎リテ言外ニ

永松　敏

生没年不明。熊本県飽託郡出水村。

済々黌草創期在籍。

1　第一艦隊第三戦隊所属の二等巡洋艦。明治31年アメリカ製。

アリ。幾度カ繰返ヘシ讀返シテ沈思スレバ、爛熳タル櫻花ノ下ニ、頼山陽ヤ「スコット」ノ詩集デモ獨唱スル様ナ心地ガ致シマス。戦ハ勝テリ、否勝タザルヲ得ズ。見！　我軍ノ伍間ニハ、其父、母、兄、弟、朋友、其他幾多ノ希望ト勇気トガ「パーソニファイド」サレテ立テルヲ。

茲ニ謹デ諸子ノ健康ヲ祈リ、併セテ御好意ヲ鳴謝ス。

軍艦笠置ノ士官室ニテ

四月六日　　永松敏

14-06-24

永村　清

○明治39年1月1日付　釁長宛――（階級・所属記載なし）

恭賀新年

三十九年元旦　永村清

井芹先生

佐世保工廠へ轉任被命、不日出發赴任の筈に御座候。

14-10-21

永村　清

明治11年生。熊本市西鋤身崎町。

明治25年入学、29年卒業。

東大工学部卒業。英国に留学。

昭和3年艦政本部第3部長、同4年海軍造船中将。

○明治39年2月8日付　釁長宛――（階級記載なし）佐世保海軍工廠造船部

拝啓　弥益御清康奉賀候。さて甚だ唐突の儀に候へども、小生奉職いたし居り候、海軍工廠造船部長海軍造船大監、小山吉郎[1]殿御子息を、我熊本にて教育仕度との御希望にて、今度御母君御同道御出張に被遊候間、乍御面倒宜敷御世話被成下度、部長の御依頼により御願申上候。頓首

二月八日　永村清

井芹先生　虎皮下

14-07-24

中村貞雄

○明治37年8月3日付　児玉亨（生徒）宛――歩兵中尉 出征歩兵第37聯隊

謹啓　御慰問の書状を戴き感佩の至りに候。占領區域も次第に擴張し、今や摩天、大石橋等も我有にきし、旅順、遼陽は勿論、奉天の占領も亦正に近々に有之候。之れ單に　陛下の御稜威の然らしむる処なるも、吾々軍人をして一意征露に従事せしめらるゝ同胞諸氏の熱誠大に力を加へ候。吾々は今後益々奮勵誓

1　新潟出身。明治44年1月横須賀工廠造船部長。大正2年12月予備役。造船の分野で活躍した。

中村貞雄
明治9年生。熊本市新屋敷町。
明治25年入学、31年卒業。

て、諸君の御好意に報いんとす。幸に御安慮あれ。
終に諸君の御健康を祈る。

陸軍歩兵中尉　中村貞雄

明治卅七年八月三日

済々黌生徒御一同

14-08-16

○明治38年1月4日付　黌長宛——出征第4師團歩兵第37聯隊歩兵中尉

謹啓仕候。御慰問の書状を忝くし感激の至りに奉存候。今や國民一般の照点たる旅順の要塞も、陛下の御威徳、國民の熱精、忠勇なる軍人の力に依りて、陥落の運命に際會したると同時に、御黌の新工事の進捗を祝し、御黌の光輝を益々盛ならしめられたる貴下以下の御苦労の程奉恐察候。不肖今や〇〇附近に在りて敵と相対峙中に有之。目下零下二十内外の寒天に棲息致し居り候も、當局者の注意周到なると皆様の軍人に対する熱情とは、僅少の冷氣だも覚へず、頗る健全に有之候間、乍憚御安心被下度候。此後は更らに奮勵、御好意に添はざらん事を期す。終りに望んで御一同の健康を祝し、御黌の益々隆盛ならん事を奉祈候。敬白

一月四日　陸軍歩兵中尉　中村貞雄

済々黌長　井芹経平殿　14-04-22

○**明治38年4月19日付　黌長宛**――出征第4師團歩兵第37聯隊 歩兵中尉

御叮嚀なる書状を拝授し、深く感謝仕候。今後益々奮勵、御厚恩に酬ひん事を期し、併て黌長殿以下職員一同の、御壮健ならん事を奉祈候。

陸軍歩兵中尉　中村貞雄

済々黌々長　井芹経平殿　14-05-21

○**明治38年4月23日付　生徒宛**――出征第4師團歩兵第37聯隊第11中隊 歩兵中尉

度々御慰問の書状に接し厚く御礼申上候。當方面も目下大なる活動なく、日々小衝突を見るのみに有之申候。時候は内地の十一月末、若くは十二月初旬の候と思はるゝ如く、今に降霜有申候。奉天は名高き満州一の都會丈けありて、吾々が是迠通過せし支那地方にて見る可からざりし繁盛し有之申候。人民も日本の恩典に浴し、安心業務に従事致し居候。右御礼旁々御報迠。

明治三十八年四月廿三日　歩兵中尉　中村貞雄

済々黌生徒御一同

追て小生は韓國守備□□□書面の表に韓國の文字ある為め、延着するの恐あ

り御詫（以下欠落）　14-11-17

○明治38年12月27日付　黌長宛——歩兵大尉 大阪歩兵第37聯隊

謹啓仕候。出征中は度々御慰問の書状に接し、難有奉存候。今回平和克復の為め、去る廿日帰還。無事表記の隊に拝職罷在候間、御安心願上候。

右御礼迠。敬白

陸軍歩兵大尉　中村貞雄

尋常中学済々黌々長　井芹経平殿　6-02-16

○明治38年12月27日付　生徒宛——歩兵大尉 大阪歩兵第37聯隊

謹啓 出征中は度々御慰問の書状に接し、難有奉存候。本回平和克復のため帰還致し、表記の隊に拝職罷在候間、御安心被下度候。右御礼迠。敬白

十二月廿七日　陸軍歩兵大尉　中村貞雄

尋常中学済々黌生徒御一同　14-06-18

中村正一

○明治38年1月7日付　黌長宛――工兵大尉
臨時鉄道大隊第2中隊

謹で改暦の御祝申納候。
元旦と共に旅順開城の報に接し、為國家御同慶の至りに不堪候。
金城の旅順も
遂にステッセル
先日は先生閣下始め同窓の後進者一同より御慰労の玉書を辱ふし、誠に難有茲に謹んで御礼申上候。下官は満州軍に加はりて目下鉄道業務に従事中、身体は至極健全なり御安神ありたし。職員諸彦、及他一同へよろしく御傳言を希ふ。
征露第二年　旅順開城の第七日
陸軍工兵大尉　中村正一
井芹先生　侍史

14-05-29

成松恕夫

○明治3□年8月1日付　生徒宛――（階級・所属記載なし）

中村正一
明治9年生。熊本市下通町。明治22年入学、27年退学。陸士8期。大正10年鉄道第1聯隊長。同12年陸軍少将。

成松恕夫
明治10年生。熊本県下益城郡杉上村。

度々御叮嚀なる御慰問を忝ふし感謝の至りにたゑず候。
八月一日　成松恕夫
済々黌生徒諸君

14-08-09
○明治3□年8月11日付　生徒宛――騎兵中尉
第11師團司令部
祝生徒諸君の御健康
祈錦校の隆盛

14-06-06
西岡彌八

○明治37年7月13日付　生徒宛――歩兵大尉
（所属記載なし）
謹啓　御丁寧なる御鳳書を辱ふし有難謝候。降て小生征途以来已に六閲月、未だ一痾の犯すなし。無事戦場に駆遂致居り候間乍憚御放念被下度候。今や懲膺の実を挙ぐる期も近まり第一軍たる當師團は北分水岑、第二師團は摩天岑に、近衛師團は其西方に前進致居り候。此処遼陽を距る二、三十里に過ぎざれば、第二軍の運動と連繋して一挙遼陽を屠るの期は可不遠と一日勇躍致居り候。當

明治25年入学、32年卒業。陸士13期。昭和2年騎兵第3聯隊長。同7年陸軍少将。

西岡彌八

明治5年生、同37年8月紅沙嶺において戦死。熊本県宇土

軍当地へ前進の時に当りては、摩天岑、北分水岑には若干の抵抗可有之と預期致居候處、案外敵は九連城、得利寺の包囲攻撃に懲り、両方面共退路を脅威とせられたるため一矢を交へずして退却致候。哀れなるは両道間に於ける落武者、逃后れて山間に迷ひ、日々我将校斥候の露兵猟の獲者と相成居候。当地も内地同様梅雨中の事なれば、降り続く雨に道は変じて河となり、河は溢れて交通困難、殊に当地は露兵五ヶ月以上滞在せし跡なれば、家は壊れ野は荒れ、徴発するに一物の糧なく、一時は一合粥に舌鼓打ち居候處、四、五日前より晴れて嬉しき二合飯、今は糧秣も集積したる事なれば、前進の時期も近々可有之と存候。近頃露兵も時々戯劇を演じ、□□前には摩天岑方面に二回攻撃し来り、其一回の如きは二中隊を以て小哨を囲み、小哨長は部下五、六人と奮戦迅闘十数人の敵を斃し漸く血路を開き、中隊に命じ中隊防禦陣地に就きし頃は已に陣地の一角に敵の突入を受け、初めより接戦、遂に之を撃退せりと。又彼等は終始一斉射撃を以て我を迎へ居り候得ば、彼我射撃の判別を為しうるのみならず、一斉射撃の乱るる頃は彼等の志気の挫けたるを表示致し居り候處、近頃は時々我に傚ふて初めより各個射撃を致す輩も有之。盗見て弾を需める彼等の挙動何とて精錬の我兵に□すべき、実に憤慨の至りに存候。当地は丁賊巣窟に近き処なれば、時々我歩哨を犯し、実に度し難きは□□なる□。願わくば濟々多士の諸士戦熱

郡轟村。
明治21年退学。
父彌次郎は第二代および第四代の轟村村長をつとめた。

に狂するなく三綱領を服膺して克々勉勵、他日の奉公を期せられなば幸甚に候。
北分水岑下歩哨中隊に於て
七月十三日　西岡大尉
我愛敬する濟々黌生徒御中

3-01-06

錦　裁吉

○明治38年3月23日付　黌長宛――（階級・所属記載なし）

久敷御無音勝にて打ち過ぎ、誠に申し訳もなき次第に御坐候。何卆不悪御思召被下度候。時候柄にも不係愈々御清栄の御事と奉察候。却説、在熊中は一方ならぬ御世話に預り誠に難有御禮申上候。扨て私事二月四日清国柳樹屯上陸以来日々行軍仕候。二月廿七日始めて柳条口の戦斗へ参與仕候。仝所も三月一日夜半陥落、本隊は之ヲ追撃して漸次新台子、大庄河、銀□堡の戦斗を経て、愈々三月五日より、敵の奉天防禦上最も真力ヲ偲したる莫家堡、沙坨子、魚鱗堡の攻撃に従事仕候。此地は非常に防禦工事を施しありて、鉄条網、地雷、鹿柴、狼囲等余程堅固の物に有之申候。鉄条網の如き単簡の装置にては無之、随分驚

錦　裁吉
明治14年生。大分県大分郡大分町。
明治28年入学、33年卒業。陸士へ進学。

くべき装置に有之候。

右圖の通り二本の鉄線をねぢ合せ、二、三十珊知毎に四本の針を有し居候。

非常の激戦にて九日迠攻撃強行仕候。併し非常の損害に御坐候。九日仝地陥落、真は敵は奉天に踏み留まる事なく、奉天以北へ退却仕候。仝夜十時頃奉天へ進入仕候処、中々立派の者にて都會を形成致居候。物價は日本人に対しては中々高イ事申候。只今は滞在給養中にて、日々仕方なく困り居候。先づ　遊戯としては角力、カルタ、歌位に御坐候。中々準備は完全にて三味線迠準備致居候。四十四日ぶり入浴仕候。近頃は中々温にて結構に御坐候。

酒は大概毎日一合宛支給セラレ別に不自由の事は御坐なく候。ロスは逃げるとき必ずチャンの家を焼却するには大困りに御坐候。チャンは殆ンド家なく食なく憐れの者に御坐候。奉天は感心に焼カズニ退却仕候。只、停車場の物資のみ焼却仕候。併し少しは占領致候。是処にては大分御馳走に預り申候。真は焼のこり居ル中に、牛・豚肉、鮭、砂糖、ブラン、沢山。近頃は此馳走にて、余程結構に御坐候。追ひく御報知可仕候。先は御起居御伺まで。

乍末筆、奥様に宜敷御鶴聲被下度候。不具。

三月廿三日　　裁吉

井芹先生　御机下

14-03-05

西原矩彦

○明治38年8月25日付　生徒宛——歩兵中尉 出征第12師團歩兵第14聯隊第3大隊本部

遙かに
　祝各位の御健勝
　猶益御奮勵を
　是祈候
尓来打絶え御無禮致候段、多罪此事に御坐候。頃日は態々慰問の状を辱ふし拝謝其辞を不知候。時下折角御自重祈上候。当隊方面敵情大なる変化無之。珍敷情報も有之候はば御通知可仕。先は御禮まで。敬具
八月二十五日　出征第十二師團歩兵　第十四聯隊第三大隊本部
　歩兵中尉　西原矩彦
済々黌生徒御中

14-08-17

西原矩彦
明治13年生、昭和38年没。熊本県八代郡八代町。明治27年入学、32年卒業。陸士13期。昭和4年歩兵第43聯隊長。同6年陸軍少将。

沼田團太郎

○明治37年7月15日付　黌長宛――歩兵大尉 出征第5師團歩兵第42聯隊第3大隊第12中隊

拝啓仕候。陳ば拙子事今囬出張致し候に就テは御丁寧なる御見舞を辱し、殊に同窓生の代表として中川氏[1]よりも御同様御見舞ヲ受ケ、実に身に餘ル光栄に御座候。拙子も渡清後已に二ヵ月の星霜を経過致し、一、二囬の戦闘には従事致し候得共不相変平々凡々たる事にテ、同窓生の名誉ヲ発揮スル丈ケの功業も無之、御丁寧なる御見舞に對し実に赧顔の次第に有之候。尚ホ今後は一層身体の保養に注意致し、今後の戦闘に於テは出来得ル丈の精力ヲ尽し、上は　大元帥陛下の御厚恩に酬ヒ奉り、下は國民の厚誼に對し、且つ御校同窓生の名誉ヲ失墜セザルコトに注意可致候に付、何卒御安神被下度候。実は直に中川氏以下同窓生一同に對しても直々御禮状可差出筈の処紙数に限りあり。今囬迠は御無禮致し候に付御序に何卒よろしく奉願上候。先は右御禮迠如斯御座候。敬具

七月十五日　沼田團太郎

済々黌長　井芹経平殿

14-03-24

○明治38年1月10日付　黌長宛――（階級・所属記載なし）

沼田團太郎

明治3年生、昭和13年没。熊本市櫻井町。

済々黌草創期在籍。

陸士4期。大正9年歩兵第25聯隊長。シベリア出兵に参加。同10年陸軍少将。

父九八郎は西南戦争に官軍として参加し、のち済々黌教師（体操担任）をつとめる。

1　中川一人（明治19年生、明治38年卒業）。のち熊本県宇土郡網田村村長。

拝啓　陳ば旧冬は態々御懇情なる御慰問を辱し、誠に難有奉感銘候。然るに拙子等は幸にも今日迠敵弾に疎外せられ、陣中に碌々餘生を送るの栄を相擔ひ居候得共、南に北に處として愁惨の声を聞ざるはなく、已に我同窓生中にも四十餘名も死傷者を出したる由、先以て我東肥人士の為メ、否な同窓生の名譽に不過之事と存じ候。

今や我国民の渇望したる彼の旅順口は、已に数万人の犠牲ヲ以て陥落の至幸に際會し候も、我前面の敵は日々増加の勢ヲ示し、日ならずして前古未曽有の一大決戦ヲ演出せんとしつつあるの情況に際し、吾々軍人は

陛下の御威稜と国民の後援とにより、外にロスキーあるを知て、内に後顧の患ヲ知ラズ、日々飛雹ヲ冒し朔風と戦ひ衛生ヲ重じ氣節ヲ練り、一段の士氣頗ル旺盛にして以て国民の意志ヲ強ふするに足るもの有之候間、何卒左様御安神ノ上、悠々御職務に尽瘁せられ名譽なる濟々たる多士を養成せられんこと、目下の急務と奉存上候。嗚呼光陰は矢の如く吾人の尽すべき一大修羅場も将に近き将来にあるを豫想し、轉夕脾肉ノ嘆に堪へず候。

先は不取敢右貴答迠。如斯御座候。敬具

明治三十八年一月十日　於満州の野　沼田團太郎

濟々黌長　井芹経平殿　机下

6-04-11

〇明治38年1月10日付　生徒宛——（階級記載なし）
第5師團歩兵第42聯隊第3大隊第12中隊

拝啓　陳ば時下酷寒の候諸兄益々御多祥、為国家御勉務の段大賀候。就ては昨冬は再度御慰問ヲ辱し、御勤学の傍、御芳志誠に大慶に存じ候。然ルに小生は今日迠敵弾に迠も疎外せられ、南に北に到ル處に武功赫々たる幾多ノ多士に引き替へ、今以て碌々陣中に餘生ヲ相送り居候間、可然御承知被下度候。今や我国民の渇望セシ旅順口は、幾万人ノ犠牲ヲ拂ひ、已に我有に帰し、東洋艦隊亦全滅ノ快報に接したるも、我前面ノ敵は日々増加の勢ヲ呈し、バルチック艦隊亦近々我領海に遊弋セントスルノ情況に際し、吾々軍人は陛下の御威稜と、国民ノ熱誠なる後援とにより、眼中ロスキーあるを知りて、内顧の患ヲ知らず。朝に飛電ヲ冒して戦闘ノ法ヲ講じ、夕に朔風に櫛り、曠野に兎狩ヲ催す等、一般に士氣旺盛にして、近き将来に於ける一大快戦ヲ相待ち居候間、何卒御安神被下度候。生は我同窓生中、已に四十餘名ノ死傷者あるの報に接し、徒に女々敷愁傷ヲ已め、諸氏の偉大ナル功績名声に對し轉た今昔の感に不堪候。嗚呼、戦局の前途尚ホ遼遠なる今日、生は尚ホ諸氏ノ驥尾に附し、出来得ル限り忠勤を相励み可申候に付、諸士は此際、戦争熱に沈酔せられず、冷静なる体度ヲ以て自己の学術ヲ練磨せられ、以て他日の報公ヲ期せられ度候。

先は右御禮旁御挨拶迠如斯御座候。不具
明治三十八年一月十日　於満州の野　沼田團太郎
済々黌生徒諸君

6-02-12

○明治38年3月12日付　黌長宛——（階級・所属記載なし）

拝啓　時下向春の候、益々御清康奉大賀候。次に拙子事、一月廿七日黒溝台附近の戦闘に於テ負傷致し候に就ては、早速御叮嚀なる御見舞を受ケ誠に難有奉感謝候。実に将に起ラントスル空前の大會戰を眼前に扣へながら中途にテ帰郷致すの不幸に立至り候事、返すく〵も残念の至りに候得共、今更致方無之、此上は一日も早く全治、再度の出征ヲ相願ひ居候。負傷当時の戦況は大概新紙上にて御承知の事に候得ば、今更禿筆を弄スル程ノ事も無之。只々三倍以上ノ敵に對して終始攻勢ヲ取り、然も寒威嚴烈ノ為メ、其悲惨ノ状況は到底筆舌の及ぶ所に無之、一時は非常ノ苦戦に有之候も、幸にして最後ノ勝利を占メタルは全ク陛下ノ
御稜威にヨルコトヽ深ク相信じ申し候。右の有様に就き我聯隊にても将校以下約九百名の死傷者ヲ出し、小生ノ中隊のみにて約八十名ノ死傷を生じ候も小生は幸にして二弾共々急所をはずれ、一弾は左肩胛部ヨリ腋窩に貫通銃創、一弾

は左前膊貫通銃創兼骨折位ノ事に相止み候も、骨折の為メ直戦線に帰還スルヲ得ズ、已むなく後送セラレたる次第に有之候。又タ二月下旬以来、我満州軍は愈々豫定ノ大活動ヲ演じ候結果、已に奉天ノ占領は事実ノ上に相現はれ、露軍は全ク敗滅に近ク、近頃心地よき次第に有之候も、戦局ノ前途は尚ホ遼遠にテ益々今後ノ成功こそ必要と存ぜられ候。本日御恵送にヨル多士ヲ一読し長岡貴公子始メ国難に薨れたる幾多ノ同窓生に對し轉夕同情ノ念に不堪候。

先は乍延引右御禮旁御挨拶まで如斯御座候。拝具

三月十二日　沼田團太郎

井芹經平殿

6-04-19

野田又男

○明治37年9月30日付　職員・生徒宛——歩兵少尉 出征第6師團歩兵第21聯隊第8中隊附

奉拝啓候。陳ば内地出発の際は御厚意を辱し、轉々奉萬謝候。却説小官出発後は、無事柳樹屯に上陸仕候。大房身より列車にて海城に到着仕候。途中南山、瓦堡店、得利寺、大石橋等の戦跡有之。満州は御承知の通りの原野にて草木も

野田又男（鋤雲《じょうん》）

明治9年生、昭和4年没。熊本市寺原町。京都市美術工芸学校卒業。明治36～37年、済々黌職員（体操担任）。その後明治40年～大正5年、熊本中学で英語教諭。

無之候へども、此附近は高山至る処に有之、実に大軍の戦場と愚考仕候。海城より鞍山站、沙河、遼陽と到着仕候。露国が永久の目的有之候事は、停車場等の工事にても察せられ候。彼等が一大決戦致す事は無理ならぬ事と存じ居申候。我師團の苦戦致したる首山堡は鉄道線にそひ、最近の処は約二十米突にて、苦戦致し居候状跡有之。露人の墓地には今尚群烏集り、鶏犬鳴き絶へ、空村有之。何とも申上様無之候。去る廿七日聯隊に到着仕候。小官は第八中隊附致命有之候。當時第八中隊は最前線に在りて前哨中隊に有之、警戒仕居候。一昨日午後三時三十分、我歩哨線前に敵騎二十名現れ申候間、小戦仕候。偶下士斥候側面より應射し、敵二騎をたをし、良馬一頭捕獲仕候。幸ひ敵彈は頭上に飛去り腰下の寶刀鳴て有聲。乍憚御安心下され度候。近頃は絶て銃聲も無之、奉天攻撃は指を屈して相待ち居申候。小官は最前線にて未だ寸暇無之、廣吉兄等にも拝顔仕兼居候。満州は有名なる地点の外は凡て村落にて、樹木も揚柳多く、松は尤も少なく未だ竹林は一見仕らず。山脈は阿蘇山を遠望致し候と同一にして、樹木は無之候へども、奇石並立ち、凡て□堅山名にて、笑浦家は両三年滞在致すも可然存じ居申候。実は到着後直に御報知仕筈の處、前哨勤務の為め、本日まで多罪候段、何卒不悪御思召し下され度。

先は不取敢無事到着の御報知まで。草々　頓首

九月卅日　野田少尉

済々黌職員御一同　生徒御中

14-06-01

○明治37年11月25日付　職員・生徒宛――歩兵少尉 出征第6師團歩兵第23聯隊第8中隊

多忙中乱筆御推読奉願候也。

奉拝啓候。陳ば其後は絶て御無音に打過ぎ、多罪段御海容奉御願候。分袂以降、御一同噍し公務御多忙の事と奉察居候。降て小官も此度の沙河大会戦には実に愉快なる激戦仕候。二台子、浪子街、林盛堡、樹林子等は敵が全力を擧て度々逆襲に轉じたる陣地に有之。砲弾小銃雨の如く、散兵線上は危険光景悲惨の状情、名状すべからざる光景に落入り、精神の修養とも相成り、剣道の稽古は散兵線の自信力かと愚考仕居候。御承知の通り満洲は朝夕寒気甚しく、其上二ヶ月に近く散兵壕の穴居にて、病者も有之。中隊長始め小隊長も入院致し、目下小官、中隊長代理を命ぜられ、大多忙に暮し居申候。林盛堡附近は浩々たる原野にて寫生致す處も無之、御推察奉願候。今や開戦以来第一期作戦を完了し、轉じて第二期作戦に入り、既に沙河の會戰を経過致し候へども、尚未だ敵の戦斗力をして全然挫折せしむ能はず。至重至難なる本戦は此より起らんとし、戦役の前途轉々遼遠なるは、軍に従ふ者の銘心すべき所に有之。終局の大成を期するは何時かと愚考仕居候。今日の處にては三、四百の近巨離に敵と相對し砲弾小銃絶へ間なく暮し居申候。承れば新築は着々御其歩を進め居候由、生徒の昇校にも嘸かし嬉しかるべしと推察し居申候。
先は平素の多罪御断りかたがた御安否伺ひまで。草々　頓首
十一月廿五日　又雄
済々黌職員御一同
生徒御中

6-02-15

橋本吉太郎

○明治37年10月17日付　爨長宛——歩兵中尉 鹿児島歩兵第45聯隊補充大隊

謹啓　秋冷漸ク相加ハリ申候處、愈々御清適為邦家大賀ノ至リニ奉存候。先般ハ出征聯隊不肖宛、態々御丁寧ナル御慰問状ヲ賜ハリ、厚ク御礼申上候。残念乍ラ不肖ハ目下補充大隊ニ職ヲ奉ジ、未ダ御慰問ノ辞ヲ遠慮ナク頂戴致ス事ヲ得ル境遇ニ臨ム能ハザル者ニ御座候。併シ乍ラ、今回ノ戰役ハ実ニ開國以来ノ大事ニシテ、誠ニ國家安危ノ岐ルヽ所ニ有之候ヘバ、夥多ノ死傷損害ハ放テ顧ミル所ニアラズ、又止ムヲ得ザル次第ニ御座候。去レバ幾多ノ負傷者ニシテ、苟クモ再ビ剣ヲ執ルニ堪ヘザル程ノ者ヲ除キタル以外ノ将士ハ、加療全癒ノ後ハ、更ニ戰ニ参與スルノ覚悟ヲ要スル事ト愚考罷在候。況ンヤ未ダ幸ヒニ敵彈ニ触レズ、若クハ内地ニ屯在シアル者ハ、機会ヲ得ル毎ニ勇往奮前、本分ヲ全フスベキ者ト存候。不肖ノ如キモ、只今徒ラニ天ノ一方ヲ睨ンデ髀肉ノ嘆ニ堪ヘズ居候ヘ共、他日熱誠ナル諸賢ノ御慰問ニ答フルノ時機ニ遭遇スルヲ期

橋本吉太郎
明治10年生。熊本県八代郡八千把村。
明治25年入学、30年卒業。

シ居申候。御慰問ノ辞ハ之レヲ櫛風沐雨、両軍叱咤ノ境ニ於テ拝誦スルヲ得ザルハ、誠ニ不肖ノ遺憾トスル所ニ御座候へ共、不肖ハ正ニ、彼ノ地ニ於ケルト同一ノ心ヲ以テ爰ニ御答礼申述度、何卒心情御諒察被成下度奉願候。國家多事ノ際、大賢始メ諸賢ノ御尽粋御苦労遥カニ奉察上候。幸ニ御自愛アラン事伏シテ奉祈候。早々　不備

十月十七日　橋本吉太郎

乍失礼、職員御一同へ何卒宜敷御雀声被成下度候。

14-05-24

○明治37年11月28日付　饗長宛——歩兵中尉　出征第6師團歩兵第45聯隊第12中隊

謹啓　寒威酷烈の候に相成候処、愈々御勇健奉大賀候。降て小子儀無事頑健罷在候間、乍他事御安神被下度候。今回漸く平素の志望を達するを得、誠に本懐の至りに存居候処、今只嘗て御薫陶の精神を奉戴し、帝国軍人の一員として、充分尽すべき丈を尽すの覚悟に有之候間、乍憚左様御安意被下度。余事多々有之候へ共、他日に譲り可申述、先は右御挨拶迨此の如くに御座候。早々　頓首

十一月廿八日　橋本吉太郎

井芹経平殿

御校職員御一同へ、御序での節、可然御傳へ被下度奉願候。

先般御地通過の節は、御校を代表せられ、御校職員の御送りを辱ふし、御厚情奉謝候。今日迠御礼を申述べず奉仰御宥恕候。

6-05-17

○明治38年2月2日付　黌長宛――歩兵大尉　出征第6師團歩兵第45聯隊第7中隊

拝復　寒威稍々烈シク感ゼラレ申候處、愈々御勇健ノ由、為邦家大賀至極ニ奉存候。降テ小子儀出征後益々頑健罷在候間、乍他事御安神被下度候。客年ハ御懇篤ナル御慰問ノ辞ヲ辱フシ、分外ノ光榮窃カニ感佩仕候。顧ミレバ小子出征以来未ダ何等ノ貢献スル事モ無之、戰勝軍隊ノ伍ニ列シ、今日迠碌々消光罷在候。衷心実ニ慙愧ノ情ニ不堪候。元旦早々難攻不落ノ堅塁ヲ陥シ、戰勝ノ武威ハ中外ニ発揚セラレ、東洋ノ小帝國ハ頓ニ其名ヲ顕ハシ、小子如キモ尚ホ肩幅廣キ心地致候。生レテ此快事ニ遭フ、只窃カニ聖恩ノ深キニ感泣セズンバアラズ候。今ヤ當地ハ零下弐拾度内外ノ寒氣ニテ、河水氷結地面凍固、随分困難致候へ共、充分ナル防寒被服ノ支給ト熱誠ナル後援士女ノ尽力トニ依リ、無事ニ且愉快ニ戰務ニ従事致居候間、左様御含被下度奉願候。只将来益々奮励致シ、聖恩ノ万一ニ酬ユルト同時ニ、御好意ニ反カザルヲ期シ申候。意至リテ筆之ニ合ハズ。言外御諒察被下度候。

終リニ臨ミ貴黌ノ隆盛ト賢臺ノ御健康トヲ祈リ申候。尚ホ御黌職員御一同へ可

然御傳へ置被下度奉願候。先ハ右御礼旁々此ノ如クニ御坐候。早々　頓首
明治三十八年二月二日　　橋本吉太郎
井芹経平殿
追伸　実ハ早速御礼申上ベキ筈ノ處、本日迄怠慢ニ付シ去リ疎礼御宥恕奉願仰候。
14-01-09

服部正之

○明治38年1月5日付　黌長宛――（階級記載なし）軍艦「叢雲」

謹啓　過般は御懇篤ナル御慰問状ヲ忝フシ、恐縮千萬ニ候。不肖尚ホ一層奮励聊皇恩ノ万一ニ報ヒンコトヲ期シ居申候ニ付、乍憚御休意被下度。
先ハ右不取敢御返礼申上候。敬具
征露第二年一月五日　於軍艦叢雲　服部正之
熊本縣中学済々黌長　井芹経平殿　外職員一同御中
14-01-10

服部正之

明治11年生、昭和37年没。熊本県山本郡山本清水村。明治26年入学、31年退学。海兵へ進学。日露戦争当時は海軍大主計。のち平塚火薬所主計長。

林辰喜代

○明治37年11月11日付　釁長宛——出征第6師團歩兵第13聯隊第2中隊 歩兵少尉

拝啓　秋高く馬肥るの候、先生愈御清康の段奉大賀。次に野生御蔭を以て武運未だ尽きず至りて健全に罷在候条、乍他事御安心被下度候。却説、戰斗程愉快なるものは無之候。彼の首山堡、遼陽の如き幾万の猛将勇卆が砲烟弾雨の間に立て従容自若、命を重じ生を軽じ、辛酸古郷を忘れ昼夜敵と火力を交へ、一滴の汚水と重焼麵麭にて僅に飢渇を醫し、苦戰難斗、漸く頑強の敵を撃攘し、遂に敵陣地を占領して、　陛下の萬歳を唱ふる時の愉快は、例ふるに物なく局外者の到底想像し能はざる處に御坐候。

又、戰斗程悲惨なるものは無之候。幸か不幸か存じ不申候へ共、萬死の中に生を得て、世にも稀なる接戰を演じたる首山堡の戰場を見舞へば、鮮血は野を染めて腥く、彼我の戰死者は折り重りて、死屍累々たる觀、凄絶とや申さん、惨絶とや評せん。殊に野生の脳を絞る様に感じ申候は、我戰死者が尽く頭を敵方にして斃れたるものと、或兵卆が鉄條網を握りたる侭無念の眼を見張りて戰死したるものにて、死後尚我軍活動の氣を現はし居候。御承知の通り、沙河会戰は遼陽より激烈なりと新聞にては論じ申候へ共、我第六師團の正面は、激烈よ

林辰喜代

明治12年生、昭和35年没。熊本県飽田郡池上村。明治27年入学、33年卒業。陸士へ進学。歩兵少佐（松山歩兵第22連隊大隊長）で退役。

り寧ろ愉快なる戰斗なりしと申して可ならん。生の中隊は不幸にも砲兵援護の任に當り候為め、此快戰に参加して敵を追撃せざるは、千秋の遺憾に御坐候。目下の情況は、白川同様の沙河を隔てゝ敵と相対し、毎日毎夜、砲撃絶る事無之候も、左右両翼方面は至りて静穏に御坐候。昨夜も一時頃不意に砲撃を受け、夢幻に穴より出でゝ弾着を観測致居候處、我掩壕の前後に落下し、黒烟土塊を高く打揚ぐる様、実に當夜の見物に御坐候。一時は危険に御坐候ひしも、幸我中隊には負傷者なく、第三中隊には不幸一名の即死、五名の負傷者を出し申候。敵は近頃、野砲射撃と重砲（一五珊知、十珊知半）射撃を交互に致し候。夫は重砲にて掩壕を破壊し、我兵の騒ぐ處を、榴霰弾を發射致して、損害を大ならしむる積に御坐候。彼等も能く研究致し居候。開戦以来、済々黌出身の戦死将校十名以上に達したる由。此事たるや一方では軍人の光栄之に過ぎざる事に存じ候へ共、あたら前途有望の青年将校を失ひ、誠に痛惜の至りに御坐候。野生は此度、右先輩者の吊戦斗致す覚悟に御坐候間、何卒御安心被下度候。先は、右取不敢、御無音の御詫まで。如斯に御坐候。敬白

十一月十一日　砲撃の下掩壕内にありて認む。

乱筆悪文宜敷御推察被下度候。辰喜代

井芹先生　玉虎皮下

各先生には宜敷御傳声被下度奉願候。

14-05-05

○明治38年7月16日付　黌長宛——歩兵中尉（所属記載なし）

謹啓　暑氣日に増し烈しく相成り申候處、先生此頃如何御起居被遊候や。絶へて久しく御無音仕り誠に汗背の至りに存じ候。次に野生不相変頑健罷在候条、乍憚御安心被下度候。生等目下敵と約一里を隔てゝ相対し居候へ共、是れと申目ざましき戦斗も無之、唯だ望遠鏡にて時に敵の展望哨及小数の騎兵の出没するのを認むるのみにて、至りて静粛の姿に御座候。近来各新聞は媾和談判開始期を八月上旬なると報じ、媾和談判も稍進渉したるやの感有之候得共、我満州軍に於ては上将軍より下兵卆に至るまで、毫も之に耳を傾くるもの無之、唯だ敵に一大打撃を與へ長躯してハルピンを衝くの期、一日千秋の思にて待ち居り申候。近頃當地も大分暑氣相加り申候へ共、軍隊に患者なく将士の士氣極めて旺盛に御座候間、左様御了承被下度。先は時候御伺申上度如斯に御座候。敬白

七月十六日　林中尉

井芹先生　玉机下

失禮ながら、諸先生方及同窓生諸君に、宜敷御傳へ被下度奉願候。

14-03-08

林　文基

明治38年4月21日付　生徒宛——砲兵中尉　長崎港外神島砲台

拝啓　春暖の砌愈々御清穆奉大賀候。先達は内地守備の小生に對し御芳書を賜はり、恐縮の至に存じ候。開戰以来活動の余地なき砲台の起臥、乍憚御憐察奉願候。何れ出征の運に際会することもあらば、乍不及聊か寸功も致すべく、先は御返礼迨如此に御坐候也。

明治三十八年四月二十一日　林文基

生徒御中

14-09-14

原　寅生

○明治39年1月1日付　黌長宛——砲兵大尉　第6師團彈薬大隊

恭奉賀新年

併て奉祈御校御隆盛

明治三十九年一月一日　原寅生

林　文基

明治14年生。熊本市七軒町。明治28年入学、33年卒業。陸士へ進学。昭和6年熊本での陸軍特別大演習時は帝国在郷軍人会坪井分会長として奉迎委員兵事係をつとめた。

原　寅生

明治11年生。熊本市薬園町。明治26年入学、31年卒業。砲兵中佐で退役。実父牛島謙作は熊本師範学校の初代校長

済々黌長　井芹経平殿

14-05-22

原　義成

○明治37年9月28日付　黌長宛――（階級・所属記載なし）

拝復　本月十日御認メノ芳書、昨日到来難有披見仕候。出發以来御左右可相伺ノ処、彼此取紛レ、欠禮致居候段、平ニ御海容可被降候。次ニ拙生儀幸ニ今日迠ハ無異吾等ノ間ニ馳駆罷在候条、乍慮外御放神可被下候。

陳バ今回ハ出征以来生等ノ行動ニ付、過分ナル御賞詞ヲ辱フシ小生始メ部下一同ニ於テモ不耐汗顔ノ至ニ候。遼陽攻略ノ如キ偏ニ　上元帥陛下ノ御稜威ト、下国民ノ熱誠ナル後援トニ専ラ是依ルモノト確信致居候。御承知ノ如キ對手故、彼ニ大打撃ヲ加ヘ致命ニ至ラシムルニハ、先途尚ホ遙遠ノ事ト被存候。此間生等ニ於テハ戦場ニ於ケル萬難ヲ排シ、必ズ最終ノ目的ヲ達成可致ニ付、何卒御氣長ニ時機ノ到来スルヲ相待被成度、尚又将来ニ在テハ、遼陽附近ニ於ケル戦闘ヨリ数層激烈ナルモノ可有之候。今日ヨリ御同様覚悟スル事肝要ト被存候。

右御答礼迠如此ニ御坐候。草々　敬具

をつとめた。その後、明治12年の同心学舎（濟々黌の前身）の設立に参加した。

原　義成

生没年不明。石川県金沢市桜町。陸軍士官生徒2期。明治33年陸軍野砲第6聯隊長。明治38年陸軍少将。基隆要塞司令官。

1　二男原隆成。濟々黌明治36年入学、39年退学。

九月二十八日　原義成

井芹経平殿

二伸　豚児[1]儀魯鈍ノ性質、一層御扼介ノ事ト推察仕候。何分可然御薫陶ノ程願敷存候。

6-05-04

○明治38年2月10日付　釁長宛――（階級記載なし）出征第2軍野戦砲兵第6聯隊

拝復　凛寒厳烈ノ候ニ有之候。御文運弥増御昌隆ノ段、大慶ノ至リニ奉存候。次ニ拙生不相変頑健砥食罷在候間、乍余事御休意可被降候。陳バ開戦以来正ニ一周年、此間ニ於ケル皇軍ハ、海陸共ニ幸運ニ経過致シ御同慶至極ニ存候。今後當方面ノ活劇ハ戦局ニ大関係有之候事トテ、彼我大ニ自重致候哉ニ被存候。何レ其内、戰機一轉可致ト存候。當第六師団ノ正面ニモ、不日数門ノ諸種重砲ノ備付可有之筈ニ候間、一般大況被致居候。敵ハ已ニ若干ノ重砲ヲ備付シ、是迠屡々我正面ヲ悩マシ居候へ共、其復仇ノ時機ハ、近々ノ内ニ可有之ト存候。

　黒鳩が沙河に逐れてもふ渾河（作者不知）

ト思ヒノ外、去月二十五日頃、我左翼後ニ襲来致シ候へ共、一月三十日官報号外ニ記述有之候通リ、全然撃退セラレ、渾河右岸ニ退却致候。然ルニ昨今又々再襲ノ模様有之、一般厳重ニ警戒罷在候。右戰斗ニ於テ、先般大膽ニモ我兵站線路ニ襲来セシ「ミシチェンコ」将軍ハ、足部ニ負傷セシ事確実ニ有之候。時下折角御自愛専一ト奉存候。右御回報迠。　早々　敬具
二月十日　奉天ノ南方約四里沙河畔　義成
井芹先生机下
二伸　御精撰ノ繪葉書難有歓迎仕候。是等ハ陣中ニ於ケル有力ナル慰藉材料ニ有之候。此段御禮旁殊ニ申添候也

14-07-05

原田齊治郎

○明治37年6月16日付　黌長宛——（階級記載なし）「博多丸」にて

拝啓仕候。扨出征前は非常なる御厚情に接し深く御礼申上候。春日駅[1]頭拝別後、快談沸くが如く、翌朝長崎着、同地一泊の上御用船博多丸[2]に乗し、愈遼東の野に向ひ出帆仕候。一行吾旅團長以下千有余、意氣既に斗牛お呑むの慨あり。明朝は敵前上陸、之れより□□に入り申べく候。
先は御礼旁々不取敢右申述候。草々　不備
六月十六日午後　博多丸に於　原田拝

原田齊治郎
生没年不明。熊本市横手村。済々黌草創期在籍。

1　現在の熊本駅。
2　日本郵船所属の船（六一六一トン）。
3　山田珠一（済々黌明治18年11月卒業）のことか。

井芹先生　机下

尚々山田大兄[3]并に御校先生方に宜敷願上候。

6-02-08

○明治37年9月28日付　黌長宛——出征第6師團歩兵第13聯隊第7中隊　歩兵大尉

拝啓仕候。陳ば各位増々御清康の由奉拝賀候。却説今回遼陽の戦勝に就ては、御懇篤なる御慰問状お辱ふし感佩罷在候。不肖幸に第一線として首山攻撃に参加するの光栄お得、八月三十一日夜、遂に敵の鎖鑰地と頼みし標高99の高地お占領致し、遥に

大元帥陛下の萬歳お奉祝致し候。御承知の通り数昼夜に亘りたる空前の激闘にして、敵も又隋分奮戦応闘致し、占領當夜は實に目醒しき混戦と相成、一時は根氣競べの姿ありしも、堅忍不撓は遂に目的お達せし次第に御座候。不肖天運未だ尽きず旧に依り強健、幸に御省慮被下度。先は右御礼迠。草々不備

九月二十八日　原田齊治郎　拝

済々黌長　井芹経平殿

外職員御一同御中

6-03-09

○明治38年1月1日付　黌長宛——出征第6師團歩兵第13聯隊第7中隊　歩兵大尉

※原田齊治郎氏は「を」と「お」、「は」と「わ」を区別せずに用いている。

謹で新年お賀し候。
併て旧臘御懇状を辱ふせしお拝謝仕候。
明治卅八年正月元旦　沙河戦場より　原田斎治郎拝
井芹経平殿
尚御黌職員御一同には貴下より宜敷御伝達願上候。

14-12-19

○明治38年1月1日付　生徒宛——歩兵大尉　出征第6師團歩兵第13聯隊第7中隊

新年の賀意お述べ、併て諸君の御同情お多謝す。

沙河戰場ヨリ

正月元旦　歩兵大尉　原田齋治郎

濟々黌生徒諸君御中

14-11-07

○明治38年3月□日付　黌長宛——（階級・所属記載なし）

拝啓仕候。追日春暖相催し候処、愈御清康御奉務の段奉拝賀候。次に不肖不相変頑健、乍憚御放懐被下度。却説此回の奉天会戦も空前の大勝お得、御同様祝着の至に存じ候。終に臨み聊か戦闘経過の一節左に御報道可仕候。

既に新紙上にも散見致す如く、三月一日に我聯隊は行動お初め、我大隊は沙河

1　木沢啓少佐。和歌山県伊都郡橋本村。歩兵第13連隊第2大隊長。

堡孤子家の敵塁に迫り、四、五百米に迫逼し、最も惨憺たる悪戦仕候が、他大隊の攻撃も同様には候も、比較的我進捗に伴わず、其中に聯隊長吉弘大佐わ負傷し、木沢大隊長[1]は其代理となり、不肖大隊の指揮お執り、悪戰五昼夜、半数（三百有余名）の死傷者お醸し、漸く敵塁を奪取するお得たれども、功妙なる敵の退却は聊か無念の切歯お禁ずる能わず。北げるお追ひ、三月十日奉天城北に敵お砲撃し、漸く数日の鬱憤お晴し申候。其節中隊は師團右翼隊の最右翼より、奉天城北魚鱗堡東北方高地お扼止する敵に当り、猛烈果敢に之お撃攘して、敵の輜重縦隊の側面お衝き、之お潰乱に陥らしめ、四、五十名お屠り、俘虜七、八十名お得、彈薬車輌等五、六十お奪ひ、続て奉天街道西側に沿ひ退却しつゝ在る敵の大縦隊に向ひ、七、八百米に狙ひお定め、側面より集中射撃お注加致せし事の壮快わ、出征以来勇躍百番するお禁ずる能わざる處に有之候。

目下鐵嶺城南二里の僻村に起臥致し居候が、今や戦場に在る心地も無之、此二十八日には当聯隊で出征以来の戦病死者の招魂祭執行、来月三日祝捷会、次七日軍旗祭有之由。

先は右まで。余は後日お期し申候。草々　拝具

取急ぎ乱文筆御用赦被下度。　齋治郎

井芹経平様　机下

6-01-08

○明治38年11月10日付　黌長宛──出征第6師團歩兵第13聯隊第7中隊中隊長

拝啓仕候。陳ば愈御清康御暮し被遊候段奉賀候。降て小生不相変頑健罷在候間、乍他事御放懐被下度候。却説此節は貴書お忝ふし難有拝読仕候。以御蔭此戰役にわ一命を全ふし冥加の至に存じ候。當隊凱旋も来春二月と相成候事とて、拝顔の上萬縷可申述候。扨又先日は旅順見学として出張被命、鐵途悉く當師團の通過せし戰場の事とて誠に今昔の感に不堪。車窓左顧右眄應接に遑なき次第に有之候はば旅順は御承知通りの劇戰地とて、一層感慨お深からしめ候。久し振り人家らしき宿舎に起臥し、加るに一年半目に刺身（しかも溌剌たる鯛）を玩味し、心氣一新致し候。先は御慰問御礼まで余事申述恐れ入候。草々　敬具

於昌圖停車場東方三道溝

十一月十日　原田斎治郎

井芹先生　梧下

尚々、御申越の紀念品[1]わ無怎凱旋の節供貴覧べく存じ候。

14-03-04

1　戦場から教材になる品を持ち帰ってほしいと井芹経平黌長から要請された品物のこと。

原田（名不詳）

○明治38年4月2日付　聾長宛――舞鶴海兵團 中主計

謹啓　度々御懇切なる御慰問状を辱ふし候も、未だ何の御礼状も差上申さず恐縮の至りに存じ候。扨愈々益々御聾の隆盛なる、乍今更慶賀至極に奉存候。陳れば野生儀、本年一月朝潮乗組免ぜられ、当海兵團附と相成、相不變勤務罷在候間御放念被下度。先は乍延引御礼旁御通知申上候。草々　敬具

四月二日　舞鶴海兵團内　原田中主計

井芹済々聾々長殿　侍史

14-03-12

東勝太郎

○明治38年1月1日付　聾長宛――對馬國下縣郡焼松根緒獨立保塁砲兵隊（階級記載なし）

謹賀戰勝の新年

賢臺益御安泰にて御超歳被遊、千鶴萬亀の至に奉慶賀候。降て小生戒厳の任に服しつゝ馬齢を加ふ何卒御放念被下度。

東勝太郎

生没年不明。熊本市黒髪村下立田。

済々聾職員、喇叭手。

先は不取敢年始の賀詞迠に御座候。匆々　頓首
明治三十八年一月　東勝太郎
井世里恒平殿

14-02-25

○明治38年5月5日付　醤長宛――（階級記載なし）
出征後備第2師團第2歩兵彈薬縦列本部

近来は私誠に御無禮仕候。御手紙差上申処、御承知の通り近来は戰闘烈シクニテ、手紙も今日迠御無禮仕候。私〇〇〇〇〇〇〇此師團は浦塩攻撃命令に相成候。愈々本月浦塩撃致ス。〇〇〇〇〇師團集合の上、本月九日ヨリ〇〇〇〇〇方面に前進致ス。誠に前進は困難の事に御座候。御手紙は戰の上に御差上申。私は大隊長従卒を命ぜられ、毎日勉強致居りマス。先は時候見舞旁御伺申上候。
五月五日　東勝太郎
井灯恒平殿

14-10-22

東　政記

○明治37年10月1日付　醤長宛――（階級記載なし）
出征後備第2師團第2歩兵彈薬縦列本部

拝復　秋天高馬肥ゆるの候、黌長殿始め職員御一統益々御精励の段、大賀此事に奉存候。降て小生事此度の遼陽の戰闘にも天未だ死を與へず負傷もせず、余命を存し居候間、乍他事御放念被下度候。然るに此度遼陽占領に就ては早速祝詞を給わり、御厚情の段唯感佩の外御坐なく候。此上は一死以て　皇恩に報ひ、御一統の御厚意に対し黌名を汚さざる覚悟に御坐候間、御安神被下度候。実は直に御返書差出筈の處、先日遼陽攻撃の際少々右手を痛め筆を取る能はず、遂に今日迠御不礼致し候段御海容被成下度候。実は済々黌出身者にして戰死せしものの戰死の情況等、一々御報導致し度存居候へ共、前述の通右手不自由にて思ふ通筆取る能はず、何れ其内御報導致す可く候。先は御返書迠、如斯御坐候。早々　拝復

十月一日　東政記　再拝

済々黌長　井芹経平殿　外職員御中

14-04-06

平田早苗

○明治38年1月1日付　職員・生徒宛――歩兵中尉 野戦第12師團歩兵第46聯隊第12中隊

東　政記

明治12年生、昭和18年没。熊本県菊池郡城山村。明治29年入学、32年卒業。歩兵大佐で退役。のち原山に改姓。

謹賀新年
併祈貴校の隆盛
征露二年一月一日
　於満州の壕内　平田早苗

14-08-12

○明治38年1月25日付　黌長宛——（階級・所属記載なし）

誤字等多カラン。御添削ノ上、御廻シ被下度候。

拝啓　寒氣ノ候、皆様愈々御勇健奉慶賀候。降テ小生無為瓦全罷在候、御安神被下度候。却説、毎度御尋ネニ預リ難有奉拝謝候。一々御返事差上可申ノ処、例ニヨッテ無性相働キ、今日迠御無礼仕候段、恐縮ノ至リニ不堪候。斯ク申上訳ナキ御無沙汰致居候ニモ不拘、過日ハ生徒諸君ヨリ御手入ナル繪端書御恵送下サレ、実ニ難有、嬉敷珍ラシク、日夜拝見致居候。訪フ人アレバ必ズ見セル。見ル人毎ニ、嘆賞セザルハナキ有様、小生ノ得意御推察被下度候。実ハ、御礼ノ印迠ニ、紀念品ナリ御送置仕度存居候エ共、此際ニテ、何分出来兼候間、戦地ノ一局部ニ於ケル模様、荒々御通信可仕候。尤モ、軍事上ノ事ハ思フ侭ニ記スルヲ得ザレバ、其御積リニテ御覧被下度願上候。

　先ヅ彼我対陣ノ景況ヨリ可申上候。

平田早苗

明治7年生、昭和29年没。長崎県壱岐郡武生水村。明治27年入学、30年卒業。陸軍戸山学校へ進学。柴江運八に師事し剣道神道無念流免許皆伝。シベリア出兵に参加。旭川連隊長（歩兵大佐）で退役。

彼我近キハ二、三百米突、遠キモ十町ヲ出デザル距離ニ於テ、朝夕睨合居候次第ニテ、敵ノ工事ヲ為ス有様、牛馬ヲ強奪（守備線内ノ部落ニテ）シアル景況、馬糧、燃料ニ、キビガラ、アワガラ等ヲ徴發（多分掠奪ナラン）シテ集積シツヽアル模様等、実ニアリ〳〵ト見エ、覚エズ肉躍リ、足地ヲハナルヽノ瞬間、エークソト思フ事モ有之候エ共、目下ハ御承知ノ通リノ情況ノ下ニアレバ、機熟スル迠ハ、イタヒ胸ヲ押ヘザルヲ得ザル儀ニ御座候。然レドモ、敵ノ最モ好ンデ行ヒ、且ツ比較的長ズル処ノ小企圖ノ夜襲屢々行ハレツヽアル為メ、前哨勤務ニ服スル時等ハ、恰モ水辺ニ鴨ヲ待ツノ快感有之、且ツ撃退ハ御極マリニ候得共、聊カ慰ムル処アル次第ニ御座候。又、彼我小斥候ノ衝突ハ殆ンド晝夜ヲ問ハズ演ゼラレ居候モ、対陣久シキニ亘リシ結果、昨今ハ衝突変ジテ、前哨線ノ処々ニ、彼我ノ将校ヤ下士卒等ノ會見トナリ、物品ノ交換トナリ、撮影トナリ、珍奇ナル事共段々始マリ居申候。是迠、下士卒デハ往々単独投降シ来ルモノアリシガ、昨今将校ニボツ〳〵投降シ来ルモノモアル由ニ御座候。（将校ノ投降ハ未ダ確実ナラズ。良キ待遇ヲ受ケシ為メ、下士ニシテ将校トサ称セルニハアラズヤト愚考ス。併シ一般将校ト認メアルガ如シ。）旅順陥落ノ結果カモ知レザルベク候。何レニシテモ、イサギー話ニ御座候。

我ハ歩兵砲兵ノ別ナク、有効目標ニ対スル外、射撃セザルヲ以テ原則ト致候ニ、敵ハ沮喪セル士氣ヲ振起セントスルニモアルカ、毎日毎夜、此処彼処、捜射否ナ盲射致候得共、我ハ決シテ之ニ應ゼズ。下士卒等ハ、又露助ガ花火揚ゲタリ、アノ一発代アラバ、分隊ニテ存分ノ宴會ヲ為スモノニナドイタヅラ言ヒツヽ、暴露シテ守備線ノ作業ニ従事致居候有様ニ御座候。

以上ノ情況ノ下ニ敵ト相対シツヽアル我軍ノ冬営ノ景況ニ就テ。

沙河大會戦后、主要地点ヲ得タレバ、我軍ハ敵ヨリモ寧ロ寒氣ヲ強敵ト思ヒナガラ、先ヅ第一番ニ敵ニ対スル作業、此ニ寒気ニ対スル設備ニ取カヽリ、昨今ニ至リテハ、守備線一帯ニ一種異様ノ村落（急斜面ニ構築サレタル、石壁、土蓋ノ家屋）ヲ現出致シ居候。特ニ、盛ニ炊煙ヲ立テツヽアル有様ハ、実ニ言フベカラザル感致候。若シ陣地上ヨリ后方ヲ顧ミレバ、一見左図ノ如シ。

イ、ハ最前線、即チ前哨部隊ノ為メノ廠舎。

ロ、ハ豫備隊ノ為メノ廠舎ニシテ、何レモ石壁土蓋ノ岩窟的家屋ナリ。特ニ最前線ニアルモノハ、急峻ナル斜面ヲ出来得ル丈ケ掘開シテ構築シ、敵ノ砲弾ニ対シテ危害ヲ豫備シタリ。

ハ、ハ民家ニシテ、殆ンド悉ク我兵ノ為メニ徴発セルモノナリ。

ニ、ハ各廠舎ヨリ陣地ニ向テノ急設セル交通路ナリ。

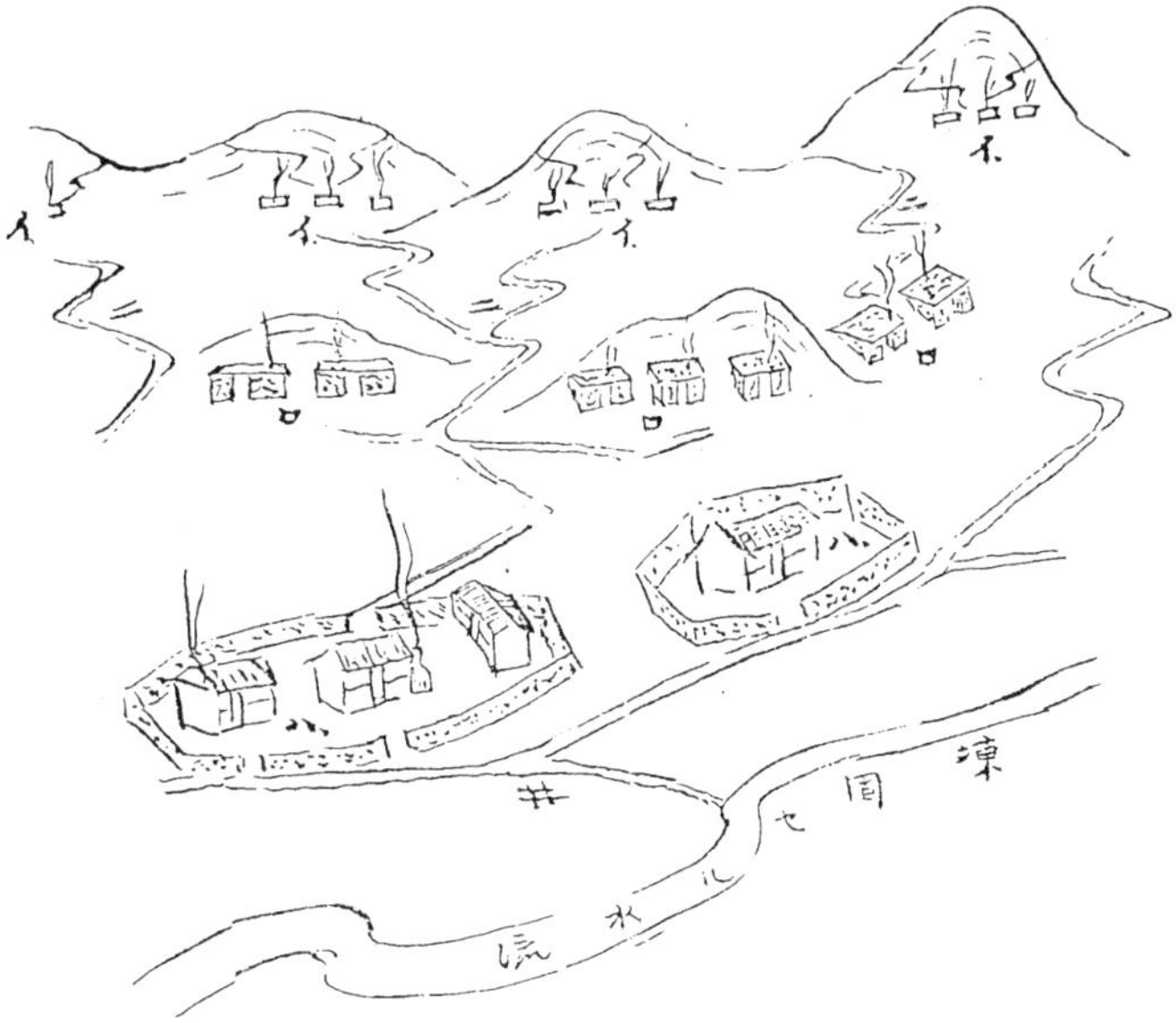

我右翼軍、即チ黒木軍陣地ノ后方一帯ハ、先ズコンナ者ト見テ可ナリ。
第一線ニ於ル景況右図ノ如シ。従テ、各部隊ノ服務ノ状態モ自ラ二ツニ分レタリ。即チ、最前線陣地ニアッテ、専ラ警戒ニ任ズルモノト、稍々后方ニ舎営

シテ休養シアルモノ是ナリ。然ルニ敵前ニ於ケル警戒勤務ハ、疲労シ易キ故、数日間毎ニ前哨ノ交代ナル事起ル、左図ノ如シ。(但シ、前哨上番ヲ示ス。)

電光形交通路ヲ上ルナリ。

斯カル景況ハ戦地ノ至ル処ニ演ゼラレツ、アリ。コレ即チ前哨間必要ノ炊サン具、採暖用燃料、毛布等ヲ運搬スル必要アルニヨル。此ノ如クシテ陣地ニツキ、交代スル時、頸ノ周囲ノ汗ガ防寒外套ノ襟ニ凍結シテ、恰モ水晶ノ襟飾セ

ルガ如シ。

先ヅ、陣地ノ模様ニ就テ

陣地ノ構成ハ、敵方斜面ニ散兵壕ヲ掘リ、其前方ニハ鉄條網、鹿砦等ノ障碍物ヲ構築シ、敵ノ近接ヲ困難ナラシムルアラユル手段ヲ尽セリ。而シテ散兵壕ノ処々ニハ監視兵、特ニ重要ナル地点ニハ下士哨等配置シ、又昼間高処ニハ展望兵（望遠鏡ヲ持テル）ヲ置ク。此等ノ諸警戒兵ハ、某時間毎ニ、後方斜面ノ廠舎内ニ休憩シアル部隊アリ交代ス。

我陣地ヨリ目撃スル敵ノ陣地構成要領、亦之ニ仝ジ。

前哨服務間為ス処ノモノ頗ル多ケレドモ、詳細ヲ記スルハ后日ニユズル。要スルニ、身ヲ以テ責ニ任ジ、有ラン限リノ精力ト思慮ヲ尽シ、受持テル区域ヲ守備スルニアルノミ。

之レアリ、前哨交代后、舎営地ニ於テ如何ナル事ヲ目撃スルカト言ヘバ、

一、道路ノ両側ニ家屋、村落ノ周囲ニ丘阜上ニ、夥シキ樹木ノ切株ノミヲ見レドモ、雀ノトマルベキ樹木一本見ル能ハズ。皆、我軍隊ノ購買シテ燃セルナリ。

二、家屋ノ廠舎ノ周囲ニ高ク積ミ上ゲラレタル薪ハ、冬師度ニテ、蓄積セル者。

三、土民ニ牛馬ヲ有スルモノ甚ダ少ナシ。之レ露兵ノ此地附近ニ駐止セル時、強奪シタルト、或ハ其掠奪ヲ恐レテ、他所ニ移セルニアラン。

四、径約一尺五寸許ノ井戸ヲ処々ニ見ル。廣ケレバ、冬季間凍結スルニヨラン。

五、小高キ処ニヲ見ルハ、日兵ノ墓碑ナリ。ハ無論露兵ノ墓碑。

六、村落ノ周囲ニニ、三ノキビガラ小屋ト佇立セル兵卒ヲ見ルハ、外来兵ノ廠舎ト前哨ナリ。

七、涕泣シテ家屋内ノ一隅ニ起床セシメラレン事ヲ乞フモノハ、家屋ヲ徴発サレ、或ル一家屋ニ押籠（土人ノミ）メラレアリシ家主等、寒ニ堪ヘズシテ帰来セルナリ。

八、寒冷ナル日ノ小供ノ遊戯ハ、氷滑ベリナリ。之ノ競技（スベルベキ方向ニ、アル間隔ヲ保テル木片等ヲ置キ、其レニ触ルヽ事ナク通過ス。他ノ一法ハ、滑走間跳越スナリ）ニ於テ、敗者ハ日本流ノドーアゲヲナシ、遠慮ナク氷ノ上ニグツ〳〵ブツケ、或ハ釘ニテ氷上ニカキ、カタヲツケタル后、之レガ消失スルマデ紅葉ノ様ナ手ヲ其ノ上ニ置カシム。（零下三十度モアル時ニ）小児ノ元氣、後世恐ルベキモノアリ。

九、夕方、小児ガガヤ〳〵シテルハ、日露戦争ヲナシアルナリ。其戦法大ニ理屈ニ合スルモノアリテ、甚ダ面白シ。而シ彼等ノ遊戯デサヘ、敗者ハ何時モ露兵ナリ。

十、クサレマンジウ安イく、ト呼ブモノハ、チャンノ饅頭ヲ商フナリ。クサレマンジウナル語ハ、兵卒ニダマサレタルナルベシ。

十一、ムロ蓋《ブタ》ノ如キモノヲカツギマワレルハ、チャンガ豆腐ヲ行商セルナリ。（我国ノモノニ全ク同ジ）

十二、小キ騾馬ガ頬冠リシテ石臼ヲ挽キマワリツヽアルハ、キビノ皮ヲムキ、或ハ豆腐製造ニ使役サレアルナリ。（チャンノ常食ハタカキビナリ。）

十三、ウソ泣スル奇妙ナ葬式。蓋シテ、我国ニ異ナルナシ。只、死骸ノ全ク腐敗スル迠、箱詰ノ侭ホリステ置クラシー。之ニ就テハ未ダ詳細ヲ知ラズ。

十四、食事中ニ最モ注意スベキハ零下二十度モアルノ

□□□□□□□□□□□□

十五、息モ凍ラン斗リノ夜、雪ノフトント氷ノ敷物ニ安ンジテ、庭前ニ起臥スルハ、満州ノ牛馬ナリ。実ニアワレムベキ態態ニアリ。

十六、暖キ日ニ衣裳ヲヒネクルハ、チャンガシラミヲトリテカムナリ。

十七、稀ニハ四、五日ニ一度位顔ヲ洗フチャンモ見ル。

十八、満州ノ風俗ノ一斑ハ左図ニテモ分ル。要スル不潔ナル事ニ就テハ、無感覚ナリ。大小便ハ家屋ノ周囲到ル処ニ於テス（厠ナシ）。大便后、キビガラ等ニテ一、二回コスルモノハ中等以上ノ社會ナリ。

※この一行は字が半分切れていて判読困難。

豚ハ殆ンド徴発サレ尽シタルタメ、犬奴独リ特意然タリ。

十九、チャンノ間ニ流行スル日語ハ、進上〳〵、帰ヒロ〳〵、待テ〳〵、等ナリ。

二十、正月ニ於ケル我中隊本部ニ於ケル餅搗ハ左図ノ如シ。「ワレガメ」ヲ臼ニシタルナリ

室内ニ於テツキタルナリ。

正月ニ加給セラレシハ、酒及ビモチ米各人五合宛。其他必要ノアズキ、サトー等。

二十一、戰友相集リ、小声ニテ俗歌ウタエルモアリ。
二十一、義太夫ヤリツヽアル宿舎ノ周囲ニコッソリ相集リテ、立聞スル群レモアリ。
二十二、芝居小屋ヲ築キ、隊内ノ藝者ヲ集メ、狂言ナドヤリツヽアル処モアリ。
二十三、前哨中ノ疲労トアカヲ去ラン為メ、カメニ水ヲクリ込ミ、其一側ニ火ヲ焚キ、所謂カメブロヲ沸カス処モアリ。
二十四、採薪當番ガ森林中ニ入リテ、左図ノ如ク終日勉強スル処モアリ。

二十五、木炭製造所ヲ構築シ、毎日拾五、六俵（一ヶ中隊ニ）斗宛ヲ得ツヽアル中隊モアリ。
二十六、諸祝日ニハ、角力等行ヒツヽアル処モアリ。
二十七、練兵スル中隊モアリ。
二十八、各中隊日直下士ガ、患者ヲ引率シテ診断所ニ至ルモアリ。
二十九、入院患者ヲ擔架ニ載セ、后方病院ニ運搬スル兵等モ見ン。
三十、多衆集合ノ中ニ立テ、安心立命ヲ説ク僧侶モアラン。
三十一、後方ヨリ糧食ヲ運搬シ来ル輸卒ノ勤勉ニモ驚カン。
三十二、糧食、加給品、恤兵品等ヲ分配スル為メ混雑セル大隊本部ニモ至ラン。
以上ハ宿営地ニ於ケル概觀ナリ。其后方勤務ヲ挙ル時ハ、実ニ一日ヤ二日デ能ク挙グベキニアラズ。之ニテ戦地ノ大略御推察被下度候。

序ニ陣中ニ最モ歓迎サルヽモノ二、三ヲ挙ゲレバ、
一、書簡
二、近来流行ノ慰問袋
三、恤兵品中主ニ繪端書
終ニ当地ノ寒氣ニ就テ
本日迠、最モ寒カリシ時、零下二十七度位。併シ、斯カル寒キ日ハ永ク続カズ。

近来ハ意外ニ暖ナリ。日中ハ五度位ノ時多シ。今年ハ例外ニ暖ナリトハ土人ノ言。併シ土地一般ニ凍リアレバ、地上ニヤッタ小便ナド其侭凍リテ、島形ニ凝結スルナリ。小便島ト言フヲ可トセン。アークタビレマシタ。之ニテ失礼致候。各位益々御健勝被遊度候。

Good by

一月廿五日　誕生祝の酒に半酔しつゝ満州の岩窟内に認む。　平田　6-02-11

○明治38年4月19日付　職員・生徒宛——歩兵大尉（所属記載なし）

毎々御懇篤なる御慰問状をたまはり、誠に難有奉感謝候。実に無為無能の身を以て空前の快戦に従事するの誉レ栄を擔ひ、朝夕只管不及の責免れ難きをのみ恐懼罷在候。折柄又々過分の御慰問状に接し、大に感奮労苦を相忘れ申候と同時に、背汗の冷かなるを覚え申候儀に御座候。以后ます奮勵可仕。

終に臨み　奉祈貴黌の隆盛候

先は乍延引謝辞申述度一筆如斯御座候。敬具

征露二年四月十九日　於満州の一寒村

歩兵大尉　平田早苗

熊本縣尋常中學済々黌

職員
生徒各位
當聯隊に於ける同窓生只今相分り候分、如左。
(當中隊は騎兵の支隊として會戰后間もなく最前線に使用され仕り候得ば、問合するを不得、止むを不得記憶に存ずるものゝみ御通知申上候。)
歩兵少尉　中島知能　　歩兵中尉　宮村俊雄　　歩兵大尉　平田早苗
他は戰死若しくば負傷、皆后送され居申候。

6-02-21

○明治38年11月17日付　**釁長宛**――(所属・階級記載なし)

謹啓　寒冷の候倍々御清穆奉慶賀候。却説平和克復に就て早速御丁寧なる御祝詞を給はり無為の小生誠に難有、感謝且つ赤面の至りに堪え不申候。御承知の通り當隊も近々凱旋の途に就き可申筈に御座候得共、何れ帰国の上萬々御禮可申述候。乍末筆、時候柄為国家御自愛偏に奉祈上候。
先は不取敢右迠如此御座候。敬具
十一月十七日　平田早苗
井芹経平殿
二白　御申越の紀念品の儀、不忘仕候。出来得る限り捜索御送呈可仕候。

乍恐、御黌職員御一同に、よろしく御傳言奉願上候。　14-03-25

○明治39年1月1日付　生徒宛——大村歩兵第46聯隊 歩兵大尉

謹賀新年

明治三十九年一月一日

大村歩兵第四十六聯隊ノ歩兵大尉　平田早苗

熊本縣尋常中学　濟々黌生徒御中　6-03-14

平田良隆

○明治37年6月28日付　黌長宛——出征第4師團歩兵第38聯隊第10中隊 歩兵少尉

拝啓　去日は御慰問状を辱ふし、難有拝受仕り申候。不肖幸にして此の大戦に従ふの栄を得、実にこの上なき名誉に有之申候。是れ校長殿其の他諸先生方、多年御熱心なる御教諭の致す処にして、実に奉感謝候。契て、益々国家の為め勉勵致す覺悟に有之申候はば何卒左様御安心被下度候。委細申上げ度は有之申候得共、軍機秘密に属し申候はば何卒左様御承知被下度候。満州の某地点に於

平田良隆

明治12年生、明治37年10月清国盛京省ラムウチン付近にて

て昨日御手紙拝受仕り申候。種々軍事上に就き多忙の際、寸隙を盗み乱筆粗文を顧みず一寸御礼迠申上候。不一

六月二十八日　平田良隆

井芹校長殿　机下

乍末筆、諸先生に宜敷御鳳声奉願候。

14-10-08

廣永正雄

○明治38年1月22日付　黌長宛——佐世保要塞砲兵隊 砲兵少尉

空前の新歳を奉祝候。

拝復　校長閣下益々御清祥大慶至極に奉存候。降て拙生愈々頑強、軍事に盡砕いたし居候処他事ながら御放念下され度奉願候。扨て拙生儀、昨歳沙河方面に従軍仕り居候處、昨暮帰隊致、只今新兵教育の任に當り居候。何れまた〳〵新鋭の兵と共に出征の栄を得と相楽しみ居候。先般の出征中は何んのなすことなく、まことに残念の次第に御座候。今度こそは志を全ふする覺悟に候。以て先生諸君の御訓導に酬ひます可候。只今當要塞砲兵隊には、同窓生古賀一雄、倉

戦死。熊本県八代郡八代町。明治27年入学、34年卒業。陸士へ進学。

兄平田良知（済々黌明治25年卒業）は八代中学、のち熊本中学職員（修身担任）。

廣永正雄

明治13年生。熊本県飽託郡黒髪村。

明治30年入学、34年卒業。

本重知君と拙生にて、時々一堂に會し旧情を温め居候。御校同窓生の暦たる多士を操かへし昔を忍び申候。甘言に過ぎ申候へ共も、多士御発冊の際は、何卆一部御恵與下され度奉願候。同窓久吉道雄君、護國の鬼と化せられ候段、まことに慶賀の至りに存じ候。また、個人としては実に傷ましき事に御座候。國家多事の今日、校長閣下御自愛専一と祈り奉り候。何れ出発の砌りは必ず御報知申上候。御校先生諸君へ旧情を謝し、併て益々御親厚を辱ふ仕度伏して奉願候。

陸軍砲兵少尉　廣永正雄

正月二十二日

熊本中学済々黌　黌長井芹経平殿

14-10-28

○**明治38年11月10日付　黌長宛**――旅順要塞砲兵聯隊第2中隊 砲兵中尉

拝啓　向寒の節、先生方各位益々御清祥の段大慶至極に存じ奉り候。二に拙者相変らず頑強無異相暮し居候處、乍他事御安神被下され度奉願候。

扨て今般御手紙拝誦仕り、有難く感謝し奉り候。出征の節、池田驛より御同乗仕り色々御高見も承り、其後は御無音に打ち過ごし候段、あしからず御思召下され度奉願候。處々轉々の上、此頃當要塞砲兵隊へ勤務在罷候。當分は占領地守備として残留仕る可く候。然しながら當隊は前徒歩砲兵方の聯隊にして第一回総攻撃の際より参加いたし居候。後は何れ交代も御座候と存じ候。戰役紀念品の御所望まことに御安き儀に御座候。當旅順は世界の有名なる戰場、野戰と異り要塞戰にして、敵も壱は防禦に勉め候もの也。紀念品としてはまことに沢山有之候へば、帰還の節は必ず持参仕る可く候。又た良き便御座候節は御送附申す可く候。右御禮方々御返事まで。草々　頓首

十一月十日　廣永正雄

井芹経平殿

14-07-17

○明治38年11月23日付　釁長宛――旅順要塞砲兵聯隊第2中隊 砲兵中尉

拝啓　先日林辰喜代君を頼て御送付申上し砲彈は、六珊海軍砲彈と申上たるは誤解にて、五十七密理速射加農用霰彈に御座候。右訂正いたし候。大里の検疫場にて無用通過せしや否や、未ダ通知に接せず候へ共も、念の為に御報導申上候也。

追伸　旅順の敗将ステッセル将軍が最後の開城に及ぶまで座右に於て楽みし白菊の一株、辰喜代君に送り候に付、根分いたされ、校園の一區をけがさば幸甚に御座候。名称して小生は「ステッセル」と申居候。

右要用まで。早々　頓首

十一月二十三日　廣永中尉
井芹先生机下
右の品々検疫きびしき今日、完全にとどきしや否や、まことに心もとなく候。

14-10-16

廣吉寅雄

○明治37年7月28日付　済々黌宛——（階級・所属記載なし）

拝呈仕候。時下炎暑の候皆々様御揃益々御清適の御事奉大賀候。降て小子事蓋平の戦斗以来、續々起る戦斗の準備に忙わしく、本日迠御伺ひ奉らず失禮千萬の段、何卒御容謝被下度候。扨て蓋平の一寸した戦斗にも加わり、今度又大石橋の戦斗にも加わり申候。幸ひ無事敵彈を潜り出来得る丈任ムを盡した積りに候間、乍他事御放懐被下度候。今回の戦斗は重に砲兵戦のみにて候。随分悲惨の情況を呈し、我黌同窓生砲兵中尉久吉道雄氏、名誉なる戦死を遂げられ候。小生敵の砲彈はなかく見事に我軍に命中致し、負傷者戦死者も少々有之候。小生の衛生隊は、彼我の中間に猛進致し、砲彈を冒し傷者を救ひ申候。あまり危険を冒したる為、我隊の兵三名を殪し、駄馬六頭殺し申候。其時の光景、とても

廣吉寅雄

明治11年生、昭和26年没。熊本市新屋敷町。明治26年入学、34年卒業。一年志願兵。明治36～43年、大正3～9年、済々黌職員（体操担任）。第九代小堀流（水泳）師範。父秀雄は飯田熊

筆紙に盡し様無之。実は本日（廿四日）敵軍の主力を集中しある敵塁に、歩、砲兵聯合攻撃を致す筈の處、砲戦朝の十時半頃より日暮迄渡りても、敵の砲台沈黙致さず、歩兵突進の時機を得ず。残念ながら攻撃を翌日に譲り申候處、其翌日は敵は悉皆退却致し一匹も残らず、大石橋停車場倉庫を焼き、海城方面に退却致申候。依りて廿五日は一発の銃砲声をきく事なく大石橋を占領致候。先づは征露途中寸暇を得、御伺ひ傍々斯の如く御座候。草々　頓首

敵の死傷は五百に及べりと申候。

七月廿八日　廣吉寅雄

済々黌御中

6-03-19

○明治37年9月5日付　黌長宛――（階級・所属記載なし）

拝呈仕候。校長殿初め諸先生方、定めし御壮健の御事と存上候。降て小子事、幸ひ無事軍ム相勉め居候条、乍他事御放懐被下度候。

扨て、満州進入軍第一策戦目標たる遼陽は、九月四日未明吶喊の声と共に陥落致し、今尚萬歳の声堪へ間なく、實に愉快極まりて身の置處なき様有之候。小生も上陸以来、北方〳〵と進み、蓋平、大石橋、金山嶺、他山浦、鞍山店、（此の地帯僅かな戦斗）、ホーサンダイツイ、首山堡、遼陽と云ふ数回の戦斗

太（済々黌初代黌長）の二男で、廣吉家の養子となる。佐々友房（母は飯田熊太の妹）とは従兄弟。廣吉秀雄、佐々友房は西郷軍に加わり西南戦争に参加するが、このとき佐々は一番小隊長（のち三番中隊長）、廣吉は三番小隊長（のち二番中隊長）であった。

1　小泉正保。茨城県出身。明治36年7月、歩兵第24旅団長。明治38年1月、第3軍参謀長。大正6年没。

に残る隈なく参加致し、危機一髪に遭遇致せし事数回。幸ひ無事今に健在、今後又如何の情況に遭遇致すやら、兎に角旅順の陥落致す迠は、我方面の運動謀り難く、何れ其中御報導致す可く候。遡りて遼陽陥落に関し、我軍の尤も苦戦、敵の最も固守致せし陣地は、遼陽より南方、我軍に対して約一里余の首山堡と云う一帯の高地に主力を集め、全力を挙げて抵抗致し交戦二日に渡り、第二日目の夕、非常なる劇戦となり頑固極まる敵をして動揺せしめ、遂に彼等は遼陽城壁に向て退却致候。此日の戦斗に於て、遼陽の守兵に大打撃を加へ、其翼々日の九月三日、愈最後の戦斗は始まり、其日の夕刻に至る迠一向退却の模様なく、敵は未だ遼陽を棄つるの決心なく、あくまで抵抗致し、大に我軍の攻撃を阻害し、終日又相対するの止むを得ざるの情況に陥り居候處、其夜午前二時頃、遂に我軍の左翼第四師團と第六師團の一部、小泉少将揮下[1]、敵陣に向て愈々突撃となり、雨霰と打出す機関砲下を潜り、未明、全く敵塁を攻め取り、續て全軍突撃に移り、愈々遼陽を占領致せし次第にて候。小生は一個小隊を以て斃るゝ傷者を救ひ、最後の突撃には一個分隊を随へ小泉少将の突撃隊に加はりて首尾よく傷者を収容致候。然しあまり危険を冒したる為め、止むなる一名は即死、二名は負傷、二名は負傷まで至らずして凱歌を挙げて引揚げ申候。

堅固なる陣地に対し、突撃を行ふとは、只損害を招くのみなりしも、いつまで相対しても同じ事、それよりも、のるかそるか突撃に移れと云う元氣ありて初めて功を奏し、多少の損害を顧る時にあらず。累々たる屍を踏み越、踏踰、鉄条網に懸り狼井に陥り、悲惨極まり、然しながら實に我勇敢なる兵士一人残りても突込むと云ふ有様にて、一時敵を躊躇せしめ、躊躇したるが最後、機失せず全軍突入と云う工合にて占領致候。

こゝに其戰場の畧圖を認め置き候故、何卒、當時の戰況御一考を乞ふ。

挿図あり（次頁図）

敵は遼陽停車場ノ倉庫を焼き拂ひ、大きな建物は済々黌の二倍位ありて幾棟となく有之。これが皆焔々たる火に葬られ、天に漲り、實に愉快を覺え申し候。

先づは御伺ひ旁々、無事健在の御報導迠。早々　謹言

九月五日　於遼陽　廣吉寅雄

済々黌諸先生　御中

生徒諸氏へも宜敷先生方より御追手の節御傳言被下度願上候。

6-03-13

○明治37年9月26日付　黌長宛――（階級・所属記載なし）

謹で九月四日付の御懇状、満州原頭に於て奉拝披候。時下秋冷の候、黌長殿始め諸先生方益々御壮健の御事奉大賀候。降て小子事、幸ひ本日迠生命を拾ひ無

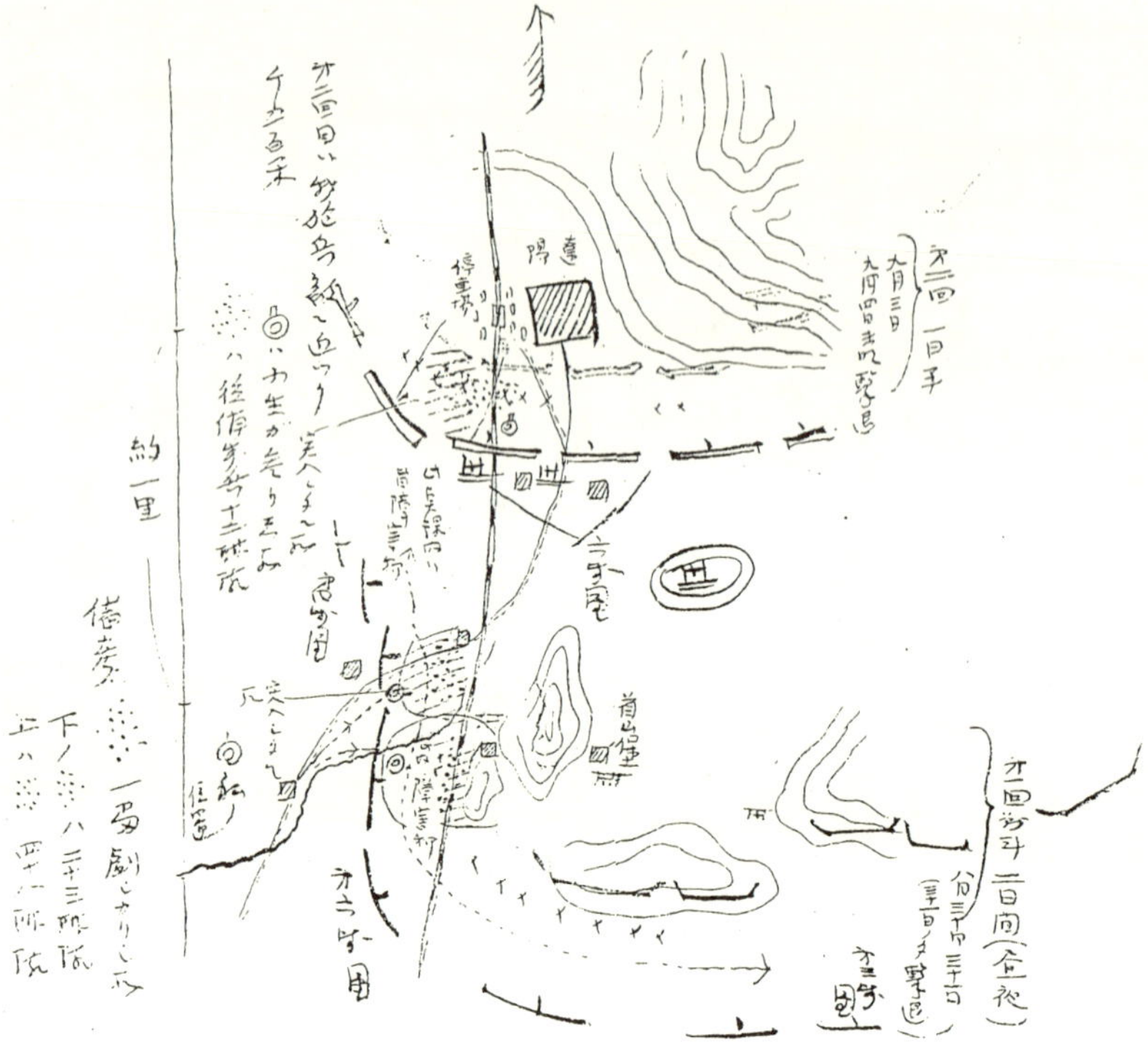
約一里

事従軍罷在候条、乍他事御放懐為被下度候。

却説、遼陽戦斗の景況は、已に新聞紙上に於て詳細御承知の御事と存上候。實に本回の（遼陽）戦斗は、古今未曽有なる大激戦なりしと思意致され候。八月三十日午前十一時頃より、彼我決戦の態度愈現われ、露兵の頑強なる抵抗は、遂に四日間の激戦を惹起すに至り申候。此間、彼我両軍の猛烈なる銃砲声、吶喊、夜襲、逆襲とは、一瞬の絶へ間なく實に其勇壮と悲惨とは、交々心目を相映じ、加ふるに天又大に雨を降らし、雷轟き、凄まじき光景何と形容致して可然幾多の形容句を並列致しても満足に實況を冩す事能わず候。斯の如くにして、第五日目、初めて遼陽を占領致せし時の愉快、又何とも申様なく、幾萬の貔貅□□躍り上りて萬歳を絶唱致し、士気益々旺盛と相成申候。

遼陽の良民は、我國の國旗を造り、我軍の遼陽進入と同時に雀躍、我軍を迎へ、戸毎々に急造國旗飜し、恰も内地の大祭祝日見た様に飾り、大に我軍の勝利を祝し申候。實に勇敢猛烈とにして、仁あり義ある皇軍斯の如しと感じ申候。遼陽一度我軍の有に帰し候てより、良民の安堵一方ならず、日本兵好、俄國兵不好、など口々立てゝ申居候。

九月十六日、遼陽城外に於て、第六師團の戦死将校、下士兵卒の鎮魂祭有之候。哀悼惜く能はざる拝神の喇叭は、嫋々満州の野一面に響き渡り、如何にも惋惜の情禁じ難く有之候。聊か表吊の誠を致すと同時に、讎敵膺懲の憤慨勃々として起り申候。戦局未だ全く終りを告げず、前途尚々遼遠の状態、敵隊は申すに及ばず、不肖目釘の續くまで全力を傾注し酬國致す可候。満州の寒熱何かあらん。職務を盡す毫も遺憾無之。日々髀肉を嘆じ居候間、何卒御安心被下度候。先づは御伺ひ旁々御返答迠。草々　不盡

九月廿六日　　廣吉寅雄　再拝

黌長井芹経平殿　諸先生御中　生徒諸君御中

6-02-13

○明治37年12月15日付　黌長宛――歩兵少尉（所属記載なし）

十一月十日付の御芳翰、仝月十九日拝被仕候。先以て黌長殿益々御壮勝の御事、奉大賀候處、満洲も近頃少々寒冷を催し、昨今の気温零下二十度位下降致候。尤も無風の際は、斯の如く下降致す事無之候。十一月上旬頃の降雪は軟雪に似て結晶粗大綿の如く、近頃の雪は硬雪にして結晶細粉状、恰も灰の如く有之候。凝固せらるゝ事なく行進に頗る困難、又、滑轉するの虞有之候。夜間は恰も虚脱せんとするの感有之候。凍傷者は未だ見當り申さず候。防寒用衣類の支給多々何不自由の事なく、今後強劇の寒に遇ひ候も安全と存候。私事先々月、沙河會戰の前々日より一寸した脚気の徴候を帯び、或は後送の不面目を来しは致

1　熊本県下益城郡守富村。熊本中学職員（明治35年～37年5月、体操担任）。

すまいかと、只管心配致候も、幸ひ劇しく相成らず、一日の休養も致せし事なく、沙河會戰にも参加致し、一先づやり通し申候。近頃は愈全癒致し、何の故障もなく職責を盡し、何の遺憾無之、大元気の程何卒御安心被下度候。

當方面の戰況は、其後何の変化もなく至りて静穏にて候。さはさりながら、敵と味方との巨离は、近き處は三、四百米突迄も接近致し、雙方睨み合の態にて候。私或る時暇を得て、第一線の散兵線に到り、展望臺より前方を望め候と、見渡す限り露軍の掩堡。其間より露兵三々伍々、右方左方に駈足で往来致し居るのを見受け申候。其露兵の服装は、白服を着し居るものあり、眞黒な服を装ふものもあり、千差萬別の服製、余程奇に有之候。或は又、冬服未支給かとも疑はれ申候。戰斗なき時分は、衛生隊程楽なものは無之候。一朝戰斗相始まり候と、夜も昼も差別なく、近頃の戰斗場裡の負傷者は、今迄よりも尚一層早く収容致ざれば、凍死の恐れある事にて候。去る十二月五日、熊本中李の簑田大九郎氏[1]、衛生隊小隊長として着任有之候。野田又男氏は、依然熱心職ムに就事中にて候。先づは御返禮旁々斯の如くに御座候。恐惶謹言

十二月十五日　　廣吉少尉

井芹経平殿

14-07-12

○明治38年1月1日付　饗長宛——歩兵少尉　出征第6師團衛生隊第1中隊

賀正

併祈御校隆盛

舊臘十二月十二日附ノ御慰問状ハ同月二十六日拝誦仕候。何時モナガラ御懇篤ノ御厚情ヲ蒙リ感鳴至極ニ奉存候。私事邦家ノ為メ誓テ職責ヲ全フ致ス覺悟ニ候間、可然御放慮被下度、先ハ不取敢御返答迠。恐惶頓首

明治三十八年一月一日　在北満州　廣吉寅雄

濟々饗御中

14-12-22

○明治38年2月9日付　饗長宛——歩兵少尉　出征第6師團衛生隊第1中隊

謹で　一月廿八日付の御書翰二月八日於沙河陣中有難拝誦仕候。御高堂益々御清福の御事奉大賀候。随て小子事相不変軍ム相勉め仕候条、乍他事御放懐被下度候。扨て満州軍一般の戦況は目下左程の変化無之候も、去る一月廿七、八日我左翼満洲軍方面に当り、露軍は一部の主力を提げ方囲運動を試み申候も其目的を達する能はず。多大の損害を受け退き申候も、露軍の損害は一萬と申候も其實は二萬位は確かにありしと信じ申候。満州軍の戦面、今や十六餘里に亘り

1　第2軍第8師団。立見尚文中将指揮下の軍。
2　同窓生（明治33年卒業）。歩兵少尉。のち鎮西中学教師（明治45年当時）。
3　同窓生（明治34年卒業）。
4　同窓生（明治32年卒業）。

確かに一大會戦は會戦にて候。

右の戦斗に関し、去る一月二十八日突然命に接し當隊は急行、立見軍[1]に至り當方面の加勢を致候。命を受けたる其夜の行程約八里、氣温０下二十九度、曠漠無限の雪の原野の夜行軍、其方向さへ見定め難く、星を便よりに漸く目的地に達せしは翌拂暁頃にて候ひき。戦斗の情況は暫らく相署し、此の會戦にて得たるロスキーのお守り（マリア誕生の繪）一個黒溝台附近の蘇麻堡北端に於ける累々たる露兵の伏屍中より取出申候故、紀念の為其中幸便に托し御贈附致す積りにて候。黒溝台附近に滞留すること三日間、今は舊位置に復帰致候。同窓生砲兵中尉田村徹氏と先達、面會致候。氏は従来第一軍近衛砲兵附なりしも目下砲兵第十三聯隊に復帰致し沙河の附近に、歩少尉田代傳吉氏は相不変健全、歩少尉外村長蔵氏[2]は先達負傷、内地後送と聞き申候。騎六聯附キ兵中尉伊藤大九郎氏は先日迄健全なりしも意味ある行へ不明（敵の騎兵、我軍の後方乃ち海城附近に出没せしと同意味ならんか）砲兵第六聯隊附砲中尉原寅雄氏（目下戦利野砲中隊附）健全、歩ノ十三歩兵少尉虎口苓太郎氏、拉木屯に対陣相不変健全。輜重兵少尉井原正規氏[3]、遼陽にありと聞候。歩兵中尉佐藤鶴雄氏近衛聯隊の大隊副官元氣、歩兵大尉星村氏、非常に元氣。仝生源寺大尉、歩兵中尉斉藤安貞氏[4]、歩十三ノ大隊副官、皆拉木屯附近にあり。野田又男氏健全、其他は一寸記臆に存せず。先づは御返事迠。

二月九日認む　　廣吉寅雄

井芹経平殿

6-06-01

○明治38年8月10日付　**鸒長宛**――歩兵少尉 出征第6師團衛生隊

拝呈仕候。　時下炎暑ノ候、御高堂御揃益々御清福ノ御事奉祝賀候。随テ當北満洲モ今ヤ連日ノ降雨一変致シ、昨今ノ快晴何ヨリノ幸福ニ候モ、炎威愈々相募リ盛夏三伏ノ候ト相成申候。幸ヒ無事大元氣軍務精勵罷在候侭、何卒御安心被下度候。先ヅハ時候御見舞迠申述候。匆々　謹具

八月十日　廣吉寅雄

井芹経平殿

　併て

祝樺太占領

14-12-14

深澤友彦

○明治37年9月27日付　黌長宛——副官 出征第6師團歩兵第13聯隊第3大隊

謹デ申上候。陳バ時下秋冷ノ候、先生ニハ御清康ニ居ラレ候段、大慶至極ニ奉存候。就テ此度不肖私ノ負傷ニ就キ誠ニ御丁寧ナル御見舞状ヲ辱フシ、御厚情ノ段、熱涙ノ迸出スルヲ忍得ザル次第ニテ、重々御礼申上候。私儀モ御蔭ヲ以テ療養一ヶ月ニテ退院仕リ、倍旧ノ元氣ヲ以テ職務ニ勉励仕居候。我ガ同窓ノ諸武勇ノ諸君モ、多々屍ヲ荒涼タル曠原ニ横エ、軍人最終ノ目的ヲ果シ、安カニ永眠ノ床ニ就レ申候。去ル三十、三十一日ノ両日、首山堡攻撃ハ非常ノ強襲ヲ施シタリト云フヨリモ、寧ロ肉彈ヲ堅壘ニ投ゲ付ケ申候。此瞬間多大ノ勇士ハ山ノ如クニ陣没仕リ、其惨状モ度合ヲ越シ、既ニ平気ト相成申候。九州ノ兵ハ実ニ死ナル事ハ知リ不申候。突吶ノ際、士官ヨリ後ルモノハ一人モ無之。戰死ノ際ニハ

陛下ノ萬歳ヲ唱テ瞑目スルアリ。或ハ残念ノ一声ト共ニ永眠スルガ如キ、実ニ悲壮ノ極ニ有之申候。只今ハ軍ノ志気益々旺盛ニ有之。不日、壮征致ス筈ニ御座候。

時下不順ノ候、先生ノ御祥禎ヲ奉祈候。余ハ他便ニ托シ申候。恐々謹言

遼陽ノ北五里余ナル小烟台

深澤友彦

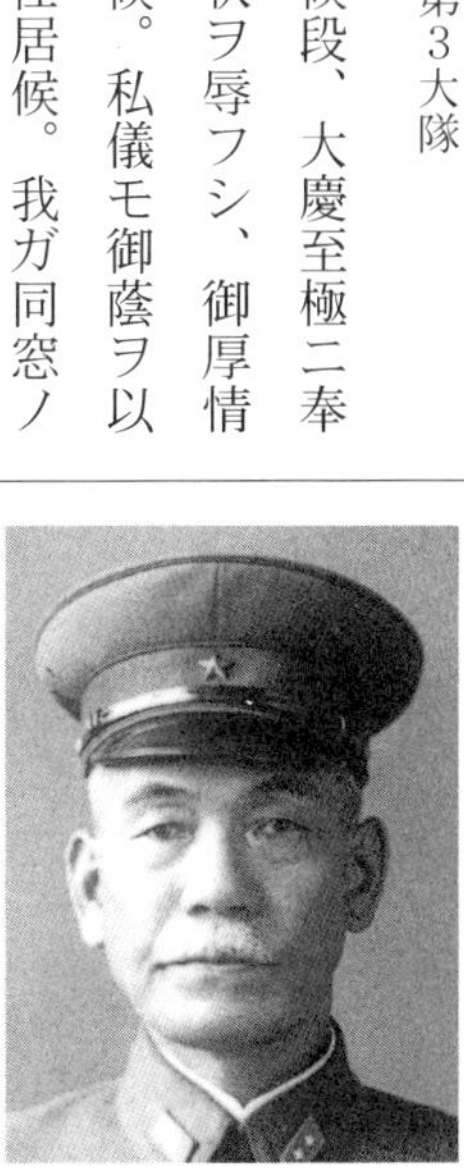

明治13年生、昭和45年没。熊本市藪ノ内町。明治27年入学、31年卒業。陸士12期。大正15年熊本幼年学校長。昭和9年陸軍戸山学校長。昭和9年陸軍中将。昭和12年留守第10師団長。退役後八王子市市長。

九月二十七日　深澤友彦

井芹先生

6-06-02

○明治37年9月27日付　生徒宛——副官 出征第6師團歩兵第13聯隊第3大隊

謹テ　一筆呈上仕候。陳バ時下秋冷相催候處、各位御勇壮御勤學ノ段、為国家大慶至極ニ奉存候。次ギニ私儀、去ル三十日遼陽、首山堡戰斗ノ際、少々負傷ニ就テ誠ニ御懇切ナル御見舞状ヲ辱フシ奉萬謝候。此度ノ戰斗ニ於テハ、我ガ濟々黌出身ノ各位モ、多々本校御教育ノ御蔭ニヨリ、見事ナル最后ヲ遂ゲラレ申候。兎ニ角日露ノ對抗ハ到底常備軍ノミデハ如何ナランカト。大国難ナレバ我ガ尊敬スル八百ノ各位、御保養専一御勉勵アラン事、不顧不當奉願候。先ハ一寸御礼申上候。

九月二十七日　歩一三、第三大隊副官　深澤友彦

遼陽の北方烟台

濟々黌生徒御中

14-06-21

福島寅寿

○明治37年12月30日付　黌長宛――（階級・所属記載なし）

粛啓　時下酷寒の候、御黌益御盛榮奉大賀候。降て小子出征以来相変らず軍務に服し候故、乍憚御放念被下度候。扨て御黌卒業以来既に三年余、未だ寸効なく残念至極に御座候。然るに此千歳一遇の時期に遭遇致し此名誉ある交戦に加はるを得たるは実に在黌中御懇切なる御教訓の致す處と深く感銘致し居、実は早速御伺申上べき存念の處、先日は却て御懇篤なる御慰問に接し赧顔此事に御座候。以後益奮励、一は以て御黌御高恩を報ひ他は以て国をはづかしめざらんことを期し候故、幸に御放慮被下度、先づは御慰問に対し御答禮迠。草々敬白

十二月卅日　　福島寅寿

井芹経平殿

6-03-08

○明治38年1月29日付　黌長宛――砲兵少尉　旅順要塞砲兵聯隊第5中隊

粛啓　時下厳寒の候、校長殿始め職員各位御清適の段奉大賀。降て小弟寸功だに立つるを得ず、遂に旅順口も陥落致し実に残念至極に御座候。併し國家のためには大に祝すべき事に御座候。残念ながら小弟表記の通り旅順守備と相成、目下砲臺の受授漸く終了致し、火砲弾薬の整理中に御座候。

福島寅寿
明治11年生。熊本県玉名郡小天村。
明治27年入学、34年卒業。陸士へ進学。

先づは御伺傍御一報迠。早々　敬白

一月廿九日　福島寅寿

14-04-10

○明治38年11月20日付　釁長宛――砲兵中尉　旅順要塞砲兵聯隊第5中隊

御釁益御隆盛奉大賀候。降て小弟御蔭を以て相変らず軍務に服し居候故、御放念被下度候。田顧すれば征露の大詔一たび煥發せられてより、茲に十有余ヶ月海に陸に連戰連捷我國光をして宇内に燦然たらしめる、此名誉ある第○軍に従事するを得たるは、実に小弟等の一大光栄とする處。之全く御釁在学中に於て諸先生方の御懇篤なる御薫陶の致す處と、今更ながら深く感銘の至りに候。尚例今平和は克復せしと雖、戰役中の心を以て心とし、諸先生の御高恩の萬分一を報ずる存念に候。先づは御慰問に對し御禮迠。尚當面には多少戰役紀念たるべきもの之あり候故、凱旋の際持参仕べく候。草々　不一

十一月廿日　福島寅壽

井芹経平殿

14-05-18

藤井宇志男

○明治37年12月28日付　職員宛――陸軍三等獸醫 出征第12師團獣医部附

奉拝啓候　日に増し寒氣相募り候處、諸先生御一同如何被為渡候哉。弥々御健勝の御事と奉拝察候。降て小官儀出征の際は種々御厚志を辱ふ致し奉拝謝候。其後第六師団砲兵隊に於て勤務罷在候處、不幸にも病氣にかかり帰国療養仕居候處、去十一月五日附をもて当部附被仰付、二十日御地を出發仕候。三十日当地へ安着し無事勤務に従事罷在候に付、乍憚御放襟被成下度候。

当地は御承知の通り寒氣甚敷、摂氏零下二十七度に相達し候へ共、幸に天氣打ち続き積雪深からず、山々は樹木に富み薪炭の好材料と相成り実に冬営上便宜の地に御座候。陣地は總て穴居致居候へ共、当部は家屋中にて寒氣も凌ぎ易く御座候。彼我の衝突絶ゆる事なく銃砲声は昼夜を分たず相聞へ申候。

先は御礼旁々御通知申上置候。頓首

明治三十七年十二月廿八日　於上石橋子認

出征第十二師團獣医部附

陸軍三等獣医　藤井宇志男　再拝

熊本縣尋常中学済々黌

諸先生閣下

14-09-17

藤井宇志男

明治10年生。熊本県阿蘇郡坂梨村。

明治25年入学、31年卒業。

東京農科大学獣医実科卒業。

大正11年第16師団獣医部長（一獣正）。

○明治38年1月31日付　釁長宛——陸軍三等獣医 出征第12師團獣医部附

拝啓仕候。御丁重なる御芳翰謹んで拝誦仕候。如仰旅順も一月、特に元旦に陥落。実に我國運の祥陽かと被存候。当地本月の暖氣の如き。先日露都の暴動此如次第、実に天祐と可申上也。謹んで帝國の萬歳を祝し、併て我同胞、特に我同窓生の武運長久を祈り候。先は御礼詞まで。余は期永陽可申上候。恐惶

明治三十八年一月卅一日

於上石橋子認　藤井三等獣医

井芹釁長殿　尊下

14-04-13

○明治38年4月22日付　釁長宛——三等獣醫（所属記載なし）

拝啓　御丁重なる芳翰難有拝誦仕候。今回奉天附近の戦闘に於て我軍振古未曽有の大捷を得たるは

陛下の御威徳によるは、申すも畏し出征将士の精勤ぶり内地同胞の熱情とに基くものにて、小官等の如き此名誉ある大義に参與するの栄を得たるは、一に御釁御薫陶の然らしむる處に有之候。謹で先生方を始め生徒諸君の芳志を謝し、為国家御自重あらん事を奉祈候。　拝具

明治三十八年四月二十二日　三等獣醫　藤井宇志男
井芹釁長殿　外職員生徒御一同御中

6-03-06

藤竹信之

○明治38年3月30日付　釁長宛――砲兵大尉（東京豫備病院渋谷分院）

謹啓　時下春暖の候、ます〱御清勝奉大賀候。さて今般小子負傷せるにつき、慰問の為め職員総代として福岡[1]、鬼塚[2]両先生、わざ〱留守宅へ御出で被下候ひしよし、御芳志まことに忝なく候。厚く御禮申上候。また小子出征中も、職員或は生徒諸君より、屢々御丁重なる慰問の御手紙をいたゝき難有おくればせ乍ら、ここに御礼申上候。小子よりは頓斗御禮状も差上ざりし段、平に御宥免被成下度願上候。

今回奉天附近の會戰に於ては、小子の聯隊は二十五日より活動を起こし、三月一日、二日と正面の敵と戰斗し、三日以後は逃ぐるを追ふて追撃し、全五日午後三時大蘇家堡東南方に陣地偵察中、約三千五百米の距離にありし敵砲兵の乱射に逢い、其砲彈片んの為に足部関節部を撃たれ申處、馬上にあり足を垂れ居

藤竹信之

明治11年生、昭和32年没。熊本市楠町。明治25年入学、30年卒業。陸士11期、陸大23期。大正12年野砲第2聯隊長。シベリア出兵に従軍。大正15年陸軍少将。

りし事とて、其衝力に従がい候為めか、比較的傷は重からず候へ共、乗馬も歩行も出来ざりし為め、遂に中途、しかも二百の部下を残して内地後送の悲運に陥り、何とも遺憾千萬に存仕候。但し尓後経過至て良好、二、三日前よりは稍々歩行も出来候間、来月は早々熱海附近へ轉地し、二、三週間も経ば全治すべければ、再び出征、ろ軍と砲火相見ゆるの幸栄を有せん事を楽しみ居候。右の通りの軽傷につき、乍憚御心配くださる間敷皆な様へ御知らせの程願上候。

14-05-07

○明治39年1月1日付　黌長宛——砲兵大尉　韓国平壌野戦砲兵第21聯隊本部

謹で　奉賀幸栄なる新年

併て　祈将来の御厚情

明治三十九年正月元旦　藤竹大尉

井芹経平殿

14-09-18

二子石官太郎

○明治37年6月24日付　黌長宛——歩兵大尉　外征野戰第12師團歩兵第14聯隊第12中隊

1　福岡收造。明治33年～昭和15年、済々黌職員（国語・漢文担任）。

2　鬼塚熊次郎。明治31～39年、済々黌職員(体操担任)。

拝呈　分袂以来は絶て御無音に打すぎ候御折遇遭接朶雲御懇情の段、千萬奉多謝候。時下孟夏、稍難凌相成候處、先以益御清暢御奉務の由、狂賀抃舞此事に御坐候。降て小生儀、外征後已に数閲月の長きに亘り候も、未一夜の病床に臥せず、一彈の身に加はる無く、極めて頑強御奉公中。嗚々、微功録すべきなきを慚愧罷在候。乍併前后已に数回の大小戰闘に参加し、特に昨廿二日、靉陽邊門に於ては、最困難なる任務の下に約一時間以上、二倍強の敵と對戰候も、部下二卆を微傷せしめたるのみ。特に前后の戰に於て、已に聯隊中に於て最大の負傷者を(十六名)發生せしも、未一人の戰死者無く、武運長久は小生中隊の特有物と自信致、部下一同士氣大に振ひ居候。愈明廿五日より、遼陽方面に北進致す事と相成候に就ては、途中数多の小戰を為したる后、遠からず驚天動地、所謂天下分目の大會戰可有之。其際は、小生素より渉識狭量、無論人に優るの偉勲を不能奏候も、軍人の面目、男児の本領上、敢て人后には落ちざる決心。重々従来の御垂教に背かざる様、萬々覚悟罷在候。是又御省慮被下度。兎に角露兵は天下の最強敵。沈着豪膽。特に体格及射撃術(砲兵をも総称す)の如きも我に優るも劣る所無し。而して常に我軍の連戰連勝するは、申す迠もなく大元帥陛下の御稜威による。併せて統帥部の策案宜を得ると、部下全体に奉公義勇の精神充溢するに原由する事と、閎く自信罷在候。愈是よりは実に黒雲深

二子石官太郎

明治6年生、昭和17年没。熊本県阿蘇郡草ヶ矢村。済々黌退学。中央幼年学校へ進学。陸士7期、陸大19期。済々黌では漢学者宇野哲人と同期。昭和2年陸軍中将。同年の東京湾要塞司令官就任時に「いざともに都の砦まもりなん寄せ来る波はよし荒くとも」の和歌を残す。

き北満州へと進入候故、随て返信等も不自由。若し音信無之候も、小生の名新紙上に顕はれざる限は依然無事にて魯助を相手に命の取り遣り致居儀と御承知願上候。先は近況御見舞まで。草々如此に御坐候。草々　敬具

臨終

祈済々黌の隆運

祝校長閣下の萬歳

鬉陽辺門古戰場に於て　二子石官太郎

井芹経平殿　侍史

小生一族飯島信儀、目下第五高等学校法学部に在学中に付、爾後は時々御伺可為致に付、よろしく御垂教願上候。出発前、乱筆平に御免被下度候。　14-03-02

○明治37年8月上旬　黌長宛——歩兵大尉　野戦第12師團歩兵第14聯隊第12中隊

粛啓　閣下御始貴校生徒各位より屡優渥なる書状を辱ふし、旧誼上御懇情の段深感佩罷在候。然に去七月三十一日当師團は前面約半里の位置に於て相對峙せし敵に向ひ一大進撃を行ひ、小生儀も幸に左翼旅團第一線戦闘部隊として奮進し、生来始めての猛烈にして悲惨なる激戦を交へ遂に同日全く該敵を撃退致候。此敵は、くろぱときん、将軍自指揮せし最新鋭なる約二ヶ師團強のものにして、

退却者はこさつく騎兵若くは砲兵を後方に扣へしめ撃殺の厳命を下し候赴（捕虜の言）為めに近来稀なる大激戦と相成、且つ数、審ならざるも敵の死傷二千以上、捕虜約三百名（中佐以下将校十名許有り）。我死傷、大隊長以下四百以内ならん。我中隊は全旅團中最大の損害（死傷合して約四十名）を蒙りたるも志氣益旺盛なるを以て御同祝被下度。小生も該戦闘に於て臀部に貫通銃創を蒙り候も傷況極てよろしく約三週間にて全治の見込あり。為めに後送を見合せ、残留治療の上是非共満州中原の大會には参加の存念に有之候間、是又御安神被下度。作戦の永びくに従ひ将校の補充益多きを要する折柄、御校よりも武学生志願者輩出の程希望に堪へず候。先は近況御通知旁御礼まで。早々　敬具

清國第十二師團思山岺定立病院内　二子石官太郎

井芹経平殿　侍史

6-03-03

○明治38年1月1日付　黌長宛――出征第12師團歩兵第14聯隊副官　歩兵大尉

恭賀新正

我々ハ目下遼陽ヲ去ル十四五里ノ処ニアリ。驚天動地ノ大快報ハ遠カラズ内地ニ響キ渡ルナラン。

乍末筆部下、生徒御一同へ宜しく御傳鳳奉仰候也。

併て祝貴黌の隆盛　祈各位の清福
目下満州軍は沙河左岸の地区に於て冬営準備中、何れ春陽の時を期して一大會戦を見るべく英氣修養中に御坐候。
先は年頭の御祝詞申述度如此に御坐候。恐々頓首
於盛京省沙河の線　二子石官太郎
井芹経平殿　外職員各位

6-02-24

○明治38年1月1日付　生徒宛――出征第12師團歩兵第14聯隊副官　歩兵大尉

拝呈　満校生徒諸君の同情を罩められたる朶雲を辱ふし、御懇志の段、千萬御厚禮申上候。先以時下霖雨の候、各位益御清暢御勉学の由、恐賀不斜奉存候。降て小生儀目下空前にして将絶後たるべき征露の大義軍に参加し、近き将来に於て来るべき天下分目の戦場たる満三省の中原に向ひ北進中に御坐候条、乍憚御放意被下度。生素より一塊の武弁、死あるを知て生あるを知らず。唯々誠心誠意以て義勇奉公の実を効さんと、千萬覚悟罷在候も、未だ盤根錯節利畧を分つの難境に陥らず、長時日の征旅、一の青史に録すべき微功も無之、轉慚愧の至に御坐候も天未だ此紫雲覧に幸ひせざる儀と御推恕被成下度。餘は遼陽城頭旭旗を翳して奉天を拝するの時萬縷可申述候。

終に臨み
祝済々黌の隆運　祈各位の清康研学
先は貴答まで。草々如此に御坐候。恐々頓首
清國賽馬集の陣頭に於て　二子石官太郎
済々黌生徒各位　侍史

6-02-14
○明治38年2月14日付　黌長宛――（階級記載なし）
外征野戰第12師團歩兵第14聯隊本部

拝啓　愈々益々御清穆ノ段奉大賀候。降テ小生儀以御蔭無事日々軍ムニ従事罷在候間、乍憚御安神被下度候。出発ノ際ハ夜中態々御見立被下、難有御禮申上候。小生廿七日乗船、廿八日無事柳樹屯ニ上陸、仝地ニ、六日間滞在、本月四日金州ニ引移リ、目下西関外ノ支那民家ニ宿営仕候。併シ幸ニ南京虫ノ襲来丈ハ免レ居候間、存分夜間モ安眠仕候。近来ハ日々旅順方面ニハ砲聲殷々トシテ間段無之候處、本日ハ頓斗耳朶ニ相入リ不申候。日々砲聲ノ耳邉ニ轟キ候ハバ、実ニ困苦ノ程一層被察候。二、三日前、南山ノ戰場ヲ吊ヒ申候。実ニ要碍不二ニシテ左右ニ金州湾、大連湾ヲ扣ヘ山上ヨリ瞥下スレバ周囲一物ノ蓋スルナク、加ユルニ多数ノ砲臺ヲ以テシ、山麓一円壕ヲ囲ラシ、山上ニハ電燈・電話等ノ設ケアリ、且ツ兵営ヨリ山下ニ至ル道路ハ大道砥ノ如クニ有之候。誠ニ天険ト

存申候。余ハ次便ニ譲ル。

14-12-27

○明治38年4月7日付　黌長宛——(階級記載なし)満州野戦歩兵第14聯隊本部

辱戦捷の御祝辞御懇情の段、千萬拝謝仕候。
降て小生無事頑健、乍憚御安意被下度願上候。
　　鉄嶺在小屯に於て
四月七日發　二子石官太郎
濟々黌職員各位御中

14-12-21

○明治38年4月7日付　生徒宛——(階級記載なし)在清國野戦歩兵第14聯隊本部

奉天大會戰の勝利に關し辱祝詞、千萬御厚禮申上候。
小生不相変頑健、乍憚御安意願上候。
　　鉄嶺在小屯　二子石官太郎
濟々黌生徒各位

14-11-15

○明治38年11月下旬　黌長宛——(階級・所属記載なし)

拝呈　先日は御懇篤なる辱朶雲、難有披見仕候處、先以厳寒の候、益御清健奉大賀候。次に小生儀、不相変頑強、愈来卅日鉄　出發、凱旋行軍の途に罷候条、乍憚御安神被下度。小倉帰着、事務一段落を告げ候上は、是非共一囲は帰熊致度存居候間、其節は拝鬢曖晤の栄を得んと楽居候。先は御機嫌伺旁近況御通知まで如此に御坐候。敬具

官太郎

井芹先生

6-02-09

○明治38年□月□日付　鬢長宛――（階級・所属記載なし）

敬呈　霖雨の候益御清穆奉大賀候。降て小生儀不相変頑健、乍憚御安神被下度。只管近く来るべき大會戦の時機を翹望致居候。叉手先頃御申越相成候貴鬢出身征戦者、当方面に於て分明しあるもの別紙[1]の通に御坐候間、御一覧被下度。先は要用のみ如此に御坐候。尚時候柄折角御自重相成度願上候。不匆。

北満州開原縣下　官粮塞の陣中にて

二子石官太郎

井芹先醒　侍史

6-04-04

○明治39年1月1日付　鬢長宛――（階級記載なし）小倉歩兵第14聯隊本部

1　「別紙」は所在不明。

恭賀新歳
小生儀従来出征中の處、客年十二月初旬無事凱旋候条、乍憚御安意被下度。實は早々御挨拶可申筈に有之候へども、何分復員後諸務多端、不得其意。欠敬平に御仁免被下度。尚将来とも不相変御眷顧の程奉希望候。何れ新年には帰郷の心算に付、其際は是非参堂可得拝紫の栄。先は御祝詞旁如此に御坐候。恐々謹言

二子石官太郎

井芹尊臺　坐下

6-03-02

古家時晴

○明治38年8月25日付　鸞長宛――（階級記載なし）陸軍御用船「立山丸」

拝呈　残暑の候先生如何御消光遊ばされ候や。定めし御壮健にて御暮らし遊ばされ候御事と奉存じ候。次で私も達者に候間、御安神下され度候。私も今年は夏期休業を利用し、御用船立山丸に乗組航海修業仕り居候。本船に乗組後初航海には門司より陸兵七百、機関砲数十門、榴霰彈壱万個、糧食品等を搭載して、

古家時晴
明治17年生。熊本県鹿本郡三岳村。
明治31年入学、36年卒業。東京高等商船学校へ進学。

ダルニー[1]に運送仕り、次航海には宇品より米及び挽割麦壱万五千俵を搭載し、尚夫より伊豫の松山に至り、陸兵八百名許り搭載しダルニーに向け航海仕り候。其途中旅順引揚軍艦バーヤン[2]が鎮遠[3]に曳かれて佐世保に廻航しつゝあるに、殆んど舷々相摩する程間近く出會し候。我舩司令官は兵士を甲板上に集められ、整列して萬歳を三唱し、彼よりも是に和し、実に愉快至極に御坐候ひし。而して本舩はダルニーにて陸兵を上陸させ、米麦を柳樹屯へ運送、同地にて陸揚致し候。同地よりは南山の大古戰場も程近く御坐候事とて、司令長官より通行券を得、驢馬に鞭ち支那人を従へ、金州城より南山地方散策仕り候。南山辺は未だ砲彈山の如く積み重り居り候。彼の乃木大将の子息勝典氏の墓所等吊ひ候に、実に悲嘆の極みに候。

色々と面白き事も沢山有之しも、舩務多忙にて報導も程兼申候。私も今度月末門司にて下舩致し、一寸帰國致し帰京の筈に候。先は暑中御見舞旁如斯に御坐候。尚他諸先生へも宜敷御傳聲願上候。早々　頓首

八月廿五日　柳樹屯にて認む

古家時晴

井芹先生御許へ

14-12-12

1　大連のこと。

2　ロシアの装甲巡洋艦。明治33年フランス製。旅順港内で着底していたのを引き上げた。のちの一等巡洋艦「阿蘇」。

3　もと清国の甲鉄砲艦。明治15年ドイツ製。日清戦争後日本軍艦籍に編入され、第三艦隊第五戦隊所属の二等戦艦となる。日露戦争では黄海海戦、日本海海戦などに参加した。

○明治□年7月3日付　饗長宛——（階級記載なし）東京商船学校

拝呈仕候。先日は御手紙を辱ふし難有存じ候。仰せに従ひ左に同窓生諸氏の現況報知可仕候。

日本郵船会社　伊豫丸　運轉士官　野尻百熙君
　目下病気下船中　肥前長寿君
仝　丹波丸　運轉士官　五野経三君
仝　若狭丸　〃　中野次郎君
仝　常陸丸　〃　木下惠作君
仝　常陸丸　修業生　松本儀三次君
仝　備後丸　〃　渕上大平君
仝　伊豫丸　運轉士官　冨田權六君
　一寸不分候　宮﨑義愛君
仝　営口丸　修業生　原　博君
仝　芝衆丸　修業生　筑紫佸行君
仝　近江丸　〃　有働鉄彦君
大坂商船会社　剣山丸　〃　梅田栄蔵君

日本郵船会社　天津丸　〃　寺本駒太郎君
東洋汽船株式会社　ろぜった丸　運轉士官　藤林又男君
仝　満州丸　運轉士官　檜前勵君
仝　古倫母丸　修業生　増住栄二郎君
呉海軍工廠派遣学生　佐伯重蔵君
右の通り候。
本年済々黌より当校入学試験受験者四名有之候。四名の志願者実に少なきにあらず。然も一名の豫備試験にすら合格するものなかりしは、誠に残念の至りに候。嗚呼、彼等は中學にて何を学びしぞ。思ふて是に至れば、実に心ぼそき次第に御坐候。井芹先生は四名の志望者を少なしとして閉口致され、愚生は其志願者の無能を嘆じ申候。
本月廿日には御黌に於て卒業生の為め茶話會御開催ある由にて御案内に預り、誠に感謝の至に御坐候。事情の許す限り出會仕度存じ居候へ共、少々都合有之、残念ながら御無礼仕る可く候。
先は右迠申述候。何れ其内種々申上べき考に御坐候。早々　謹言
七月三日　古家時晴
井芹先生の御許に
14-10-26

星村市平

○明治38年1月1日付　黌長宛——歩兵大尉
出征第6師團歩兵第13聯隊第12中隊

謹賀新年
　併て祈貴黌の隆盛
明治三十八年一月一日
　　　　　星村市平
熊本縣立中学濟々黌御中

14-09-16

○明治39年1月1日付　職員・生徒宛——歩兵大尉
出征第6師團歩兵第13聯隊第12中隊

恭賀新正
　併て祈貴黌の隆盛
明治三十九年正月一日　在満州
　　　　　歩兵大尉　星村市平
濟々黌職員生徒各位御中

14-09-13

星村市平

明治7年生、昭和24年没。熊本県玉名郡玉名村。明治21年入学、26年退学。成城学校へ進学。陸士7期。大正14年歩兵第6聯隊長。昭和3年陸軍少将。

細川隆春

○明治38年7月9日付　黌長宛——歩兵少尉　出征第6師團歩兵第23聯隊第8中隊

謹呈仕候。追々炎暑の候に相成申候處、益御清栄の御事と奉遥察候。降て私事相変らず壮健服務致居申候間、乍他事御休意被下度候。就ては当地愈雨期に相迫り、有名なる高粱も日一日と生長仕り殆ど只今は二尺余に相成居申候故、丈餘の生長は今の様子にては、二旬は出でざる事と存じ申候。野田、廣吉両少尉も至極健全にて、野田少尉とは同大隊の事に候故、毎日往復仕り、済々黌時代の奇談等思ひ出し、笑話の内に消光在罷申候。

目下休養の姿勢に御座候故、実は無事に苦む位に御座候。斯る次第に御座候故、一つも御報知致す様な事も無之候故、実は心ならずも今日迠で御無礼申上たる次第、何卒此段は不悪御放念被下度願上候。

時下炎暑の時期も目前と相成居申候間、國家の為め御攝生専一に奉祈候。先は御伺ひ迠で。早々　敬白

七月九日　細川隆春

井芹経平殿

14-08-04

細川隆春

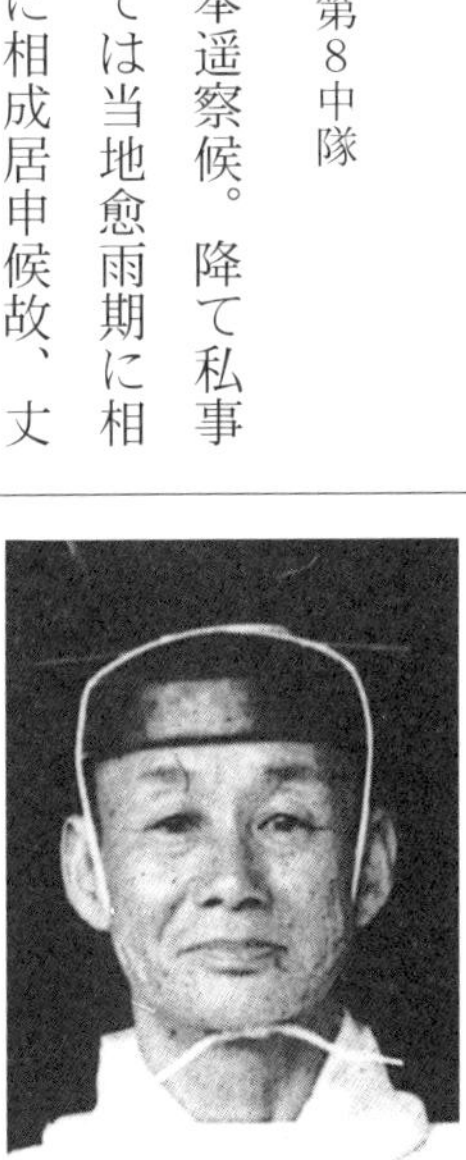

明治11年生、昭和43年没。熊本県飽託郡出水村。
明治25年入学、34年卒業。
明治39～41年、済々黌職員(体操担任)。細川家は細川本家、内膳家、刑部家の三つに分かれており、細川隆春は内膳家の三男。

○明治38年11月15日付　爨長宛――（階級・所属記載なし）

謹呈仕候。愈萬木枯死の有様と相成申候處、益御清栄奉賀候。降て私も只出征の名のみにて遂に成す事なく碌々消光在罷申候間、乍他事御放念被下度候。就ては先日は御丁寧なる御芳書に接し難有御礼申上候。扨て当地目下は寒気頓みに相加り、池、小川の如きは悉皆氷結仕り、人馬の交通には差支なき様相成申候。斯る有様に御座候へば、軍隊は毎々冬籠の準備多忙に御座候。当中隊には野田中尉先月より来られ候為め、朝夕済々爨の事ども相語り居申候。廣吉中尉も時々来遊致し、三人相寄り未来の事など相談じ、笑声の裡に一夜を明かせし事も少からず候。目下紀念品として種々捜索致し居候へ共、平和克復の今日、之れと言ふべきもの無之。誠に残念に御座候。されど皆々捜索中に御座候へば、不悪御思召被下度、先は不敢取御返事迄で。早々　頓首

十一月十五日　細川隆春

井芹経平殿

6-06-12

○明治38年12月5日付　爨長宛――（階級・所属記載なし）

拝呈　愈酷寒の候に相成申候處、益御多祥奉賀候。降て迂生相変らず頑健在罷

申候間、乍他事御休心被下度候。扨て本日家兄より、先生の御厚意を記し申越し、乍毎度先生の御厚意肝銘有難く御礼申上候。依て私の希望として申上候。私は家兄忠雄の談とか申す支那軍事教育云々と、先生の御話のブラジルの方は熟れを是とし、熟れを非とは申さず候に付、何卆熟れにても、私にして出来得る御見込み有之候はば、御配慮の程奉願候。私も何時迠も阿兄の世話に成度くは無之、何にか一奮発致し度く御座候に付、両所の内何れなりとも呉れ〳〵にも願上候。斯る次第に御座候故、済々黌の方は甚だあつがましき申分には候へ共、右両所とも都合悪しき折には、必ず御厚意に対し出勤仕るべく候間、左様不悪何卆御配慮の程奉願候。先は不敢取御返答申上候。早々　敬白

十二月五日　細川隆春

井芹経平殿

6-05-08

本田　晋

○明治37年10月10日付　黌長宛——陸軍二等軍医 出征第6師団后備騎兵第1中隊

祝御健康

本田　晋

辱御慰問御懇情之奉拝謝候。黒溝臺の會戰を無事に戰ひ収め□□知らず。第二の會戰果して何の時なるや。

14-12-29

○明治38年5月4日付　黌長宛——（階級記載なし）出征第6師團后備騎兵第1中隊

拝啓仕候。其後は打絶へ御無沙汰申上候處、貴所皆々様被御揃益御清逸の段、奉大賀候。降て不肖儀以御蔭日々無事軍ム罷在候間、乍慮外御安神被下度候。陳ば今般愚弟憲章儀[1]、以御蔭済々黌へ入学相済み申候由。就は重々御宅へ御扼介に相成り候事存じ候。一体老人のあまへ育に御座候故へ我侭者にして致方無之方に御座候得ば萬事宜敷御指導の程御願申上候。小生は出征以来、諸所転戦致し、目下営口より三十里計り上流、遼河右岸老達房と云ふ所に駐軍罷在候。此地よりは新民府も僅か六、七里所に御座候。本隊は遼河解氷後、河線兵站線の開設と同時に仝兵站線守備の任ムに付キ申候故へ、先ヅ今日の所にては生命は保険付キ方に御座候。併し后方勤ムは労多き割合に功少く兎角役損の方に御座候。目下遼河を運転するジャンクも多大の者にて日々数百の帆影を聯ね東走西航仕候。先に露国の為に徴発セラレ軍用船となり今又皇国の為に又忠実に奉ずる様、如何に亡国の民とは云へ、彼等の心中可憐に被存候。現下當地は梅花咲き柳芽生じ、原野も漸く青で稍や春色を添へ申候。戦況に付ては燈台下暗の

明治6年生、昭和3年没。熊本県下益城郡江頭村。済々黌卒業後、長崎医専へ進学。

1　本田憲章。明治44年済々黌卒業後、熊本医学専門学校へ進学。

方にて、漸く内地の新聞に由り知る位に御座候間、詳畧仕候。先づ御機嫌伺まで如此に御座候。敬具
五月四日　晋拝
経平様
皆々様へ宜敷御鳳聲御願申上候。

14-04-20

本田新資

○明治38年8月6日付　生徒宛——出征第12師團歩兵第47聯隊第12中隊 歩兵特務曹長

拝啓　時下炎暑の候、各位益々御壮健御勉学の由奉慶賀候。扨て今囬は御丁重なる御慰問に接し、御厚意の段奉感謝候。降て小生昨年二月出征以来、于今健康を保し各所の戰闘に参與し、目下海原東方約十里の處に在て対敵勤務に服し居候間、乍他事御承知被下度候。先は不取敢御礼まで如斯に御座候。匆々
明治三十八年八月六日　在地満州　陸軍歩兵特務曹長　本田新資
熊本中学濟々黌生徒各位

14-06-25

本田新資
明治9年生。熊本市内新坪井町。
明治25年入学、26年退学。

本田　選

○明治37年11月15日付　釁長宛——（階級記載なし）出征第1軍第2師團工兵第2大隊本部

拝啓　鳥見向連建国未曾有快事に属する征露交戦の頭年は杳然、已に僅数餘日に差迫内外持久又積年と日時多々、益々萬威宣揚を要する秋に有之候。然ば久敷御無沙汰打過し申居候處、憲臺始各位無為御変、益御清祥被為渉候御事と奉拝察候。降て小子事、前年八月外地引揚這般の事局に伴ひ、従軍の事と相成、四月進發後逐次轉戦、先々天祐の一因子により健在候条、何卆御安慮被成下度候。戦況に相關しては新紙如既報、皇軍向處無敵すでに南満州一帯の地、草賊掃清に帰したる次第に御坐候。□の遼陽快戦後曳て今回沙河の会戦と相成、今尚持續の前哨戦無絶間誠に壮烈相極居候。闘戦の地最早凍寒氷結、愈従是人為戦の外、天為戦との双敵差控へ、忠勇の将士尚一層奮励期する處に有之候。先は久方御伺まで　匆々　敬具

十一月十五日　選拝

井芹様

乍末筆高堂御一統に宜敷御傳声被成下度願入候。

14-05-03

本田　選《ひとし》

明治14年生、昭和24年没。外国語学校出身。奉天、昆明等の領事館に勤務。

ま行

牧柴茂雄

○明治38年1月15日付　黌長宛――（階級記載なし）出征第6師團第4野戰病院

謹賀新年
旧冬中は御無沙汰のみに打すぎ多罪の段、幾重にも御海恕被遊度奉願候。尚ほ御叮寧なる御慰問状被下難有奉深謝候。御高書にも、皆々様御多祥御越歳被遊候儀、奉恭賀候。降て小生儀も当楊家湾に於て無事加馬齢申候間、乍他事御放慮被遊度願上候。扨て敏彦様にも遼東守備軍司令部附、外交官部に御轉任に相成、里程は遠隔仕り居り候得共、大に便利を得、心強く被存候。当地の寒氣は、正月になり返て暖く相成、目下0以下六、七度位にて、慣れたる身にはさ程の苦痛は不感候。當方面の戰線は平静の方にて時々重砲の音に驚かさるゝ位にて、返て後方部隊に騎兵の逆撃有之。二、三日前にも鞍山店の敵騎四千許り現はれしとの会報に接し申候。次に待ちに待ちたる旅順も元旦を以て目出度陥落を告げ申候由、為國家喜慶此事に御坐候。先は年甫の御祝儀まで。餘は後

牧柴茂雄
明治14年生。熊本市京町本丁。
明治30年入学、31年退学。

便に譲り申候。謹言

一月十五日　牧柴茂雄

井芹先生　貴下

二曰　御母堂様御初め奥様にも宜敷御鳳聲願上候。

14-07-22

牧　相愛

○明治38年8月4日付　生徒宛——陸軍通訳官 出征第12師團管理部

拝復　温かなる同窓の友誼は、征露途上にある小生の御慰問を忝ふす。多謝々々。學生諸君一同の御健康を祝し、併せて小生の健在を御報致候。早々不尽

征露第二年八月四日　於開原の東方八里八棵樹認之

舊同窓生　牧相愛

熊本縣立中学（以下欠落）

14-10-30

牧　相愛

生没年不明。熊本県飽託郡池田村。済々黌草創期在籍。明治20年代より清国にて活動。日清貿易研究所（上海）。父相之は熊本県議。

松江辰冬

○明治37年6月26日付　黌長宛——砲兵中尉（所属記載なし）

　職員各位へも尊官より宜敷御鳳聲被下度奉願候。

拝啓　出発の際は御尊官御始め、職員各位の御厚情により送別の宴を忝ふし奉深謝候。扨て小弟事十二日午后長崎出帆、十六日花園口の南海岸塩大澳に上陸致し、南下しつつある敵に対し、北進追尾して今将に蓋平の南方約十里の地点に一時駐止罷在候間に、兵力畧我と匹敵する露軍は目下蓋平に立籠り、我攻撃を待ちて逆撃するの策案に有之申候趣、何れ明日あたりよりは愈々前進行為に轉ずる事ならんと預想仕居申候。委細は後便に譲り縷々可申述（蓋平占領まで生存しあらば）先は御礼旁々近況御通知迠。乱文乱筆をかへり見ず如斯に御座候。草々　不宣

六月二十六日　松江辰冬

3-01-08

松江辰《たつ》冬《ふゆ》

明治13年生、明治37年10月清国盛京省樹林子にて戦死。熊本県上益城郡御船町。
明治28年入学、32年卒業。
第六師団野戦砲兵第六連隊付。

松岡巳熊

○明治37年7月19日付　黌長宛――出征第5師團歩兵第41聯隊第2中隊 歩兵大尉

拝復　炎暑ノ候弥御清康奉賀候。却説、生事今回ノ戰役ニ従事、渡清候ニ付キ御一同ヨリ御慰労状御恵授被下、深々御厚情ノ程奉感謝候。去ル五月二十日上陸后、得利寺ニ於テ敵ノ南下軍ヲ撃退シ、旅順救援ノ目的ヲ打破シ、引続キ蓋平ヲ占領シ、旅順ノ敵軍ヲシテ救援隊ノ来着ヲ絶望ニ帰セシメタルハ、一大愉快ニ候。然レドモ前途尚ホ遠ク、敵ヲシテ城下ノ盟ヲ結バシムルニハ尚ホ数多ノ月日ヲ要スベク、増々奮励犬馬ノ労ヲ尽ス覚悟ニ候。幸ニ御安慮被下度候。戰況ニ就テハ、既ニ新紙ニテ御承知ノ事ト存ジ候間、御通信申上ズ候。先ハ御礼申上度此ノ如ク候。頓首

七月十九日　松岡巳熊

井芹経平仁兄大人

14-02-17

○明治37年12月22日付　黌長宛――出征第5師團歩兵第41聯隊第2中隊（階級記載なし）

度々御慰問下され厚く御禮申し上げ候。尓后、寒威益々加り、0下23度に降り、地下3尺迄は既に凍結し、時計も時に凍り、用を成さず候へ共、豊裕なる

松岡巳熊《みくま》
生年不明。明治38年2月凍傷がもとで新庄第五師団第二野戦病院において戦病死。熊本市相撲町。済々黌草創期在籍。明治27年、歩兵第13連隊付少尉に任官。

防寒被服と休養のため、益々健全軍務に従事し、最終勝利を期し、奮励罷り在り候間、乍他事、御休神被下度候。頓首

十二月二十二日

3-01-01

松田衛士雄

○明治37年12月24日付　黌長宛――（階級記載なし）出征後備歩兵第24聯隊

拝啓　御懇篤なる御慰問を蒙り感涙銘心致候。如何ばかり心強く益々其職に奮励致し、我本分に恥ざる様相働き可申覚悟に候条、御安心被下度。尚ホ御黌の新工事且ツ時局に伴ひ教育上御配慮等想像の不及所とも存候。

時下厳寒に差向ひ候折柄、先生の御健康併て御黌の隆盛を奉祈候。謹言

出征後備歩兵第二十四聯隊

十二月廿四日　松田衛士雄

済々黌長井芹経平殿

14-12-24

○明治37年12月24日付　生徒宛――（階級記載なし）出征後備歩兵第24聯隊

松田衛士雄

慶応3年生、昭和18年没。熊本県山本郡田原村。済々黌草創期在籍。

拝啓　御親切なる御慰問に接し、如何ばかり嬉しく、如何ばかり心強く思ひ候。一意専心其職に奮励し、我本分を誤らん事を期し候条、御安心被下度。時下酷寒に向ひ候折柄益々諸君の健康を奉祈候。頓首

十二月廿四日　出征後備歩兵第廿四聯隊　松田衛士雄

済々黌生徒御中

14-06-04

松前音熊

○明治38年1月1日付　黌長宛――歩兵大尉（中隊長）出征第4軍第5師團歩兵第42聯隊第9中隊

海陸連戦連勝、将ニ旅順、奉天ニ於テ彼ヲ粉砕セントスル、千載一遇ノ春ヲ迎エ、欣喜雀躍ノ至リニ御坐候。先以テ、御尊体益々御多祥被遊御越年奉恭賀候。降テ小生モ至テ頑健ニテ加年仕候間、乍御他事、御休意被成下度候。然ルニ御慰問ヲ辱フシ未ダ何等ノ功績モ無之、甚ダ赧顔ノ至リ千萬奉謝候。御校不時ノ難ニ際シ、復旧ノ御経営御焦慮ノ程、奉推察候。小生モ後ニ至リ耳ニシ申候モ、塵事ニ取紛レ御訪問モ不仕恐縮ノ至リ、御寛容被成下度候。今回開戦以来、如仰全窓ノ者大分死傷致シ、残念ノ至リニ御坐候。然シ彼ヲシテ常ニ悲惨ノ敗ヲ

松前音熊

生年不明。昭和8年没。

済々黌草創期在籍。

取ラシメ、其暴威ヲ碎キタレバ、死者モ更ニ遺憾ナキ事ト存居申候。今亦夕来ル可キ大會戦ニ於テハ、面白キ戦斗モ可有之事ト楽居申候。右ハ此段御祝詞旁々御礼申上候。猶ホ御校ノ御繁栄ヲ祈リ奉リ申候。匆々　敬具

元旦　奉天ノ南沙河ノ邉　松前音熊

井芹経平殿　外職員御中

14-06-14

○明治38年1月1日付　生徒宛——歩兵大尉 出征第4軍第5師団歩兵第41聯隊第9中隊長

曩ニ御慰問ヲ辱フシ奉謝候。時下酷寒ノ候、諸彦益々御武壮御勤学ノ段奉賀候。ニニ小生モ得利寺、蓋平、大石橋、析木城、鞍山站、遼陽、沙河等ノ戦斗ニ従事仕候モ、未ダ風雨ノ犯ス所トナラズ頑健ニ罷在申候間、乍他事御休意被成下度候。然ルニ開戦以来連戦連勝、今ヤ旅順ノ運命旦夕ニ迫リ、沙河ニ於テ彼我約二十里ニ亘リ相対シ、将ニ奉天ヲ衝カント致居申候。実ニ今回ノ會戦ハ普佛戦争以来ノ大戦ニシテ、加フルニ最新式ノ武器ト戦術ヲ用ヰタル事ナレバ、在来ノ戦術ニ一新変化ヲ来ス可キ事ト存申候。陸軍出身後外国語ノ仕用ハ殆ンド戦術研究ノ為メトノミ思居申候所、干戈ノ余暇屢々外国従軍武官ヨリ訪問ヲ受ケ、語学ハ至テ拙劣ノ小生、中隊附将校ニ少シ解スルモノ有之。約ク之ヲ通辯トシ事ヲ辯シ居申候モ、意ノ如ク交際スル事能ハザルハ実ニ遺憾ノ至リニ御坐

1　済々黌開校以来の名物行事。明治23年3月の佐々友房黌長の送別会では全校あげて阿蘇山、俵山で三昼夜通して実施された。

候。今回ノ戦勝ニヨリ、外国人ト交際スル事一層多ク相成ル可ク、従テ外国語ノ仕用益々切ナルト思居申候。右ハ御祝詞旁々御礼申述度、此段申上候。猶ホ、奉祈諸彦ノ御勤学候。匆々　頓首

松前音熊

済々黌生徒御中　　元旦

二伸　小生渡清以来機會ヲ得ル毎ニ漁魚ヲナサザルナク、亦タ山ニ狩リセザルナク、就中最モ面白キハ兎狩リ[1]ニシテ、網ナケレバ包囲撲殺スルヨク、他ニ方法無之。其法ハ兵卒ヲ以テ山ヲ大間隔ノ散兵ニテ包囲シ、各人ニ棒ヲ持タシメ次第ニ其包囲ヲ縮小シ、従テ各人ノ間隔小トナリ遂ニ濃密ナル包囲ヲ施行シ撲殺仕候。其撲殺ノ方法ハ横ニ拂ヒ其前足ヲ打折スル方法最モ良好ニシテ、上ヨリ打チ下ス方法ニテハ尽ク逸シ申候。兎狩ル毎ニ故国ニ於テノ兎狩リヲ思ヒ出シ、当大隊中ニ沼田大尉アリテ常ニ小生ト競争ヲ致シ居候。御笑覧申上候。目下酷寒厳敷、筆氷リ、手凍エ、乱筆御免。

14-04-16

松本仁三郎

○明治37年8月28日付　鬐長宛――出征第16師團歩兵第64聯隊第9中隊歩兵少尉

謹啓　御承知の通り久留米市に於て待命中の處、去る十七日久発、十八日門司港より上船、廿一日ダルニーに到着、廿四日其地発、氣車にて廿五日午后○○に到着、其附近に宿営仕候間、乍憚御報知申上候也。

時節柄御養生御専一に奉祈候。先は御報知迠。斯の如くに御坐候。早々　頓首

9／64　○○地に於て

八月廿八日　松本仁三郎

井芹経平様

14-10-19

○明治39年1月1日付　鬐長宛――清国旅順歩兵第64聯隊第12中隊歩兵少尉

謹奉賀新年

併て謝平素の疎遠

一月一日　歩兵少尉　松本仁三郎

井芹経平殿

14-05-11

○明治39年1月1日付　職員宛――清国旅順歩兵第64聯隊第12中隊歩兵少尉

松本仁三郎

明治15年生。長崎県南高来郡多比良村。

明治33年入学、36年卒業。

謹賀新年
明治三十九年一月一日　歩兵少尉　松本仁三郎
済々黌御中
14-01-24

松山才四郎

○明治38年1月1日付　黌長宛――高等文官 第4軍第4兵站司令部
新年の吉慶萬里同風芽出度申納候。
明治三十八年一月一日　遼陽にて
14-12-18

○明治38年1月1日付　生徒宛――高等文官 第4軍第4兵站司令部
新年の吉慶萬里同風芽出度申納候
明治三十八年正月一日　遼陽ニテ　松山才四郎
濟々黌生徒諸君
尚々昨冬は懇切なる御慰問状を辱し、深く御厚情感謝致候。
14-11-13

松山才四郎
明治元年生。熊本県上益城郡吉田村。東京専門学校卒業。明治23～27年、明治36～37年、済々黌職員（英語担任）。

○明治38年1月9日付　釁長宛——陸軍通訳官
第4軍第4兵站司令部

敬呈　時下寒気凛烈ノ候、益御清適奉賀候。陳バ御懇切ノ御慰問を辱し御厚情奉深謝候。小生ハ従征以来極めて頑健、後方勤務ニ尽悴致居候間、乍余事御放懐被下度候。校舎建築モ已ニ起工ニ着手セラレ候由、敬賀ノ至ニ御坐候。随テ種々御多忙ノ御事ト奉察候。同窓諸君中、死傷四十余人ニ及候由、誠ニ痛哭ノ至ニ御坐候。同時ニ済々釁が如何ニ多数ノ志士ヲ出シ、国家ニ貢献スル所多々ナルヲ証シテ餘アル事ト存候。

旅順ハ已ニ陥落、御同慶ノ極。随分高き價を以て購得アルニモセヨ、我國威ヲ発揚シ攻塞の実験ヲ我軍ニ與ヘタル点ヨリ思考セバ、幾多ノ忠魂モ瞑目之得べシト存候。本年ニ入リ大ニ暖気ヲ覺申候。土人ノ語ル所ニテハ、近年稀ニ見ル暖天気ノ由、是又天祐ノ然ラシムル所ト相歓居候。北方の戰雲未ダ容易ニ動クノ徴候無之、十余里ニ渡ル戰線相対シテ穴ヲ掘リ、古代ノ人類ニ返リ穴居致居候。其困苦ハ察スルニ餘リアリ候。茲ニ謹デ御懇情ヲ拝謝シ、貴釁ノ隆盛ト職員諸君ノ御健康ヲ祈申候。敬具

遼陽にて

一月九日　松山才四郎

済々黌長　井芹経平殿

6-01-15

○明治38年4月19日　黌長宛・職員宛――(階級記載なし)
第4軍第1兵站司令部

拝呈仕候。春色は満州の野にもほのめき来り申候。柳楊は何となく青味を萌し、芝生は已に点々緑斑を呈し候。我軍は奉天の大捷以来大部分は休養の有様に御坐候。各村到る處兵士の舎営ならざるは無之。間には、支那家屋のむさくるしきに、枝振り好き松樹を移植して嘻々として相楽む様、誠に無邪気可愛の観に御坐候。小生等は兵站の事務に忙はしく、日々俗務に追はれ居候。度々御懇切なる御慰問を辱し難有奉深謝候。御校も建築最中の事とて御多忙奉拝察候。第六師團は小生の司令部を去る四里の地に有之候得共、未だ訪問の機を得不申候。先は右御礼迠申述度。匆々　敬白

懿路にて　松山才四郎

四月十九日

井芹黌長殿

各職員御中

6-04-05

○明治38年8月7日付　黌長宛――(階級記載なし)
在鉄　第4軍兵站監部

酷暑の砌、正に御清穆奉敬賀候。迂生不相変頑強御放神被下度候。先頃御発刊の多士拝受、面白く拝見仕候。戰争は急に動くの模様も無之、日々の無聊に苦み居申候。話題は平和談判の成否に御坐候得共、確乎たる断案を下すの暇は何人も無之、各想郷的の立場より利益の解釈を試み相楽居候處、甚無邪気に御坐候。目下避暑休暇中には候得共、学校の建築等にも種々御多忙の御事と奉存候。當地は内地に比すれば余程涼しく朝夕は秋の思有之。野山には桔梗、なでしこ等の雑草咲乱れ、汗を流して花を尋ぬるも一興に御坐候。先は時候の御見舞迠。匆々　敬白

八月七日　松山才四郎

井芹先生梧下

14-01-06

松山武平次

○明治38年4月11日付　生徒宛——歩兵中尉 出征第6師團歩兵第23聯隊第6中隊

奉拝啓候。陳ば小官出征以来度々御書状下され、轉た奉萬謝候。分袂以降多事卒々、軍務にとりまぎれ平素の多罪不悪御海容上願候。却説此度奉天附近の会

松山武平次

戰には足部負傷致し候へ共、其後日にまし全快致し、過日帰隊仕居候間、御安心下され度候。前途遼遠の戦局に候へ共、済々黌の名誉を□□事如無□候。御承知の武平次、乍憚御休心奉願候。先は不敢取御禮かたがた平素の多罪御断りまで如此に御坐候。草々　不備

四月十一日　武平次

済々黌生徒御中

14-04-15

○明治38年8月2日付　生徒宛——出征第6師團歩兵第23聯隊第6中隊 歩兵大尉

前略　益々御勉學の由大賀至極に奉存候。二に、小弟も相変わず呑氣にて、消光罷在候間、御安心可被下候。戦地ほど氣楽なる生活は無之、毎日寝たり食ふたりするのが仕事に候。

寝ては起き起きてはたべる戦地かな

此の如き有様にて、弟の如き無精者には、極々適當の生活に候。然し、戦斗となれば、左様な訳には参らず、一週間か二週間は、食はず飲まず眠らずと云ふ有様に候。此時は少々的閉口の氣味も有之候。是れとても、兄等の如き学術の戦斗の困難に比すれば、雲泥の差有之候。然るに度々御慰問状に接し、恐縮千萬、唯だ々々難有奉存候と申すより外は無之候。目下満州の雨期の節にて、毎

明治5年生、昭和33年没。熊本市新屋敷。済々黌草創期在籍。明治32年、松山家の養子（旧姓深水）となる。陸士8期、陸大18期。昭和2年、陸軍中将。尼港（ニコライエフスク）事件では尼港からの全面撤退を推進して邦人被害阻止に貢献。養父松山守善は本邦弁護士業の草分け。のち深水姓にもどる。

日々々降雨のみ。道路一面沼澤の如く、車輌の運転は勿論、徒歩者と雖も、歩行頗る困難に候。此の雨期こそ、作戦上には非常なる妨害を與へ申候。然し、雨期も今数日にて経過することなれば、一大活動も近き将来に有之ならんと、出征兵士一同、心窃に喜びおり候。乍末筆、諸兄の御健康を祈る。敬具

八月二日　松山武平次

濟々黌生徒御中

14-06-07

○明治38年11月27日付　黌長宛――（階級記載なし）出征第6師團歩兵第24旅團司令部

謹啓　益々御精福の段慶賀の至りに不堪候。不肖碌々軍務に従事罷在候間、乍憚御放念被下度奉願候。如仰日露の戦役も再び平和の光日を見るに至りたるは、為國家慶賀の至りに奉存候。是固より至尊の御稜威に因ると而亦國民熱情なる後援によるにあらざれば、此の如き好果を得る能ざる事と、深く感謝の意を表はす所にて候。然るに先生よりは度々御慰状を賜たるのみならず、平和克復に就ても御慰問を寄せられ、御祭祀の段、萬腔の熱誠を以て感謝致候。戦役の紀念品たるもの寄贈せよとの事なれ共、差当心付不申、軍刀等は露國の分捕品有之候へ共、持ち帰ることは多分六ヶ敷からん。其他少なきものにして、小銃弾等なれば、多少は出来事と信じ居り候。先は御禮迠。早々　敬具

十一月廿七日　松山武平次
井芹経平殿
14-04-23

眞鍋吉次

○明治39年1月1日付　黌長宛――騎兵少尉
在外第16師團騎兵第20聯隊第2中隊

謹賀新年
一月元旦　騎兵少尉　眞鍋吉次
井芹先生　侍史
14-01-13

丸田良次

○明治38年1月1日付　黌長宛――（階級・所属記載なし）

謹賀萬正
黌の隆盛と先生の健康を祈る。巳の年の元日、旅順の陥落三十八年の将来トし

眞鍋吉次
明治18年生。熊本市薬園町。
明治31年入学、36年卒業。

丸田良次
経歴不明。

得申候。
正月元日　丸田良次
井芹経平様

14-12-15

右田勘次郎

○明治38年4月8日付　黌長宛――砲兵中尉 出征第5師團野戰砲兵第5聯隊

拝啓仕候。陳ば時下春暖の砌に御座候處、益々御壮健御勵精の段奉賀候。就ては御黌の工事も着々進行致し、日々盛大に趣き候由目出度存上候。扨て昨年来屡々叮重なる御慰問并に賞詞を辱ふし、実に感謝の至に御座候。下て野生今回の好運に際會したるも、偏に御黌諸賢の賜と深く感銘致居候。幸に出征以来至て健全、総ての戦に漏れなく参与致し、微忠を悉し居候。尚益々奮勵以て御黌の名誉を発揮するの覚悟に御座候間、乍憚御安意被下度。
先は御礼詞まで申述候。匆々不具
四月八日　右田勘次郎
済々黌長井芹経平殿　外職員御中

14-03-06

右田勘次郎
明治13年生。熊本県合志郡瀬田村。
明治28年入学、33年卒業。
陸士14期。昭和10年陸軍少将・関東軍兵器部長。のち和泉に改姓。

右田熊五郎

○明治37年5月18日付　　嚳長宛——海軍少尉 第４駆逐隊「春雨」

謹啓　御親厚なる御慰問状に加ふるに、過分の御讃辞を忝ふし、却って汗顔の至りに存候。我軍出征以来海に陸に連戦連勝、露助をして殆んど策の出づる所を知らざらしむるは、偏に

大元帥陛下御威徳の然らしむる処に候も、一は国民の熱誠煉りて以て此快事を得たるに外ならずと、軍人一仝感謝致居候。私事は日露戰争の働き役者たる駆逐艦に乗組居、千歳一遇中の一遇と実に愉快に存居候。且つ開戰當時より戦場殆んど臨まざるは無之候も、御蔭を以て今尚頑健の段、御休意被下度候。今や我軍遼東に上陸、已に旅順の咽喉を絶ち候間、其陥落日ならずと相楽居候。委細の海軍戦報は、聯合艦隊司令長官東郷海軍中将の公報（官報記載）大小洩らさず云ひ尽して遺憾無之候条、改めて御報導不致候。先は御礼迄。乍末筆益々御嚳の隆盛を祈上候。敬具

五月十八日　於第四駆逐隊「春雨」

右田海軍少尉

井芹先生閣下

6-06-08

右田熊五郎

明治12年生、昭和30年没。熊本県託麻郡出水村。明治27年入学、31年退学。海兵29期。海大11期。英国駐在ののち、大正10年「球磨」艦長。同14年海軍少将。

○明治38年1月27日付　饗長宛――海軍中尉　軍艦「春雨」

謹啓　時下不順の候愈々御清康奉欣賀候。降て私事も無異罷在候条乍憚御休神被下度候。回顧すれば開戦以来旅順港は國民一般、否世界各國民の耳目の集中する処に候ひしも、年新まると共に陥落致御同慶の至りに不堪候。就ては毎々御丁重なる御慰問に接し、生等匹夫なすなきの身感激に堪ゑざると共に汗顔の次第に御座候。尚今后一層奮励、御尊意に報ひ可申候。先は右御礼迠。敬白

一月廿七日　右田中尉

井芹饗長殿

14-02-05

○明治38年3月11日付　饗長宛――海軍中尉　軍艦「春日」[1]

謹啓　先日は多士御寄贈被下難有御礼申上候。出征長日月故山の慕はるゝ此頃、最も愉快を覚ゑ申し候。就ては私事、春日分隊長心得被仰付、去六日轉乗致候条、此様御承知被下度願上候。乍末筆尚益々御校の隆盛を祈上候。　敬具

三月十一日　右田中尉

井芹先生閣下

6-05-14

1　第一艦隊第一戦隊所属の一等巡洋艦。明治36年イタリア製。同年アルゼンチンより購入。日露戦争では旅順封鎖作戦、黄海海戦、日本海海戦、樺太攻略作戦などに参加する。

三友良矩

○明治38年8月1日付　生徒宛――歩兵大尉　出征第12師團歩兵第14聯隊第12中隊

粛呈　炎暑難凌候へども各位益々御清穆御勤学の段、慶賀措く能はざる所に御坐候。二に不肖も無恙軍務に精励いたし居候間、乍憚御休意可被下候。然に今般御叮嚀なる慰問状を辱ふし深く御礼申上候。尓後一層奮励し誓て御芳志の萬分一に酬ひ奉らむことを期し申候。

終りに臨んで益々各位の御健康と御多祥とを奉神祈候。　早々敬白

於清国満州古城子　歩兵第十四聯隊第十二中隊

歩兵大尉　三友良矩

八月一日

済々黌生徒　御中

14-09-19

光永忠喜

○明治38年12月22日付　黌長宛――歩兵少尉　東京赤坂近衛第3聯隊第12中隊

三友良矩

経歴不明。

光永忠喜

明治14年生。熊本県八代郡宮原町。

拝啓　向寒の候、黌長閣下には益々御壮健の事と奉遥察候。私儀不相変近衛歩兵第三聯隊第十二中隊附として、軍務に従ひ居申候。偖出征中は屡々御慰問の状を辱ふし、只気候風土と戰ひし私に取りては、耻かしき次第にて御座候。去十二月八日、無事東京に到着せしも、復員等にて今日迄忙がしさに遅遠仕候段、偏へに御海容願上候。

先生の健康と我黌の隆盛ならんことを祈申候。頓首

近衛歩兵第三聯隊第十二中隊　歩兵少尉　光永忠喜

井芹経平殿

14-02-21

宮川忠蔵

○明治37年11月10日付　黌長宛――出征第5師団歩兵第42聯隊第4中隊　歩兵少尉

謹啓　愈々御清栄、育英ニ御尽砕ノ事と奉察候。迂生儀四月以来山口歩兵第四十二聯隊補充大隊ニ召集サレ服務致シ居候處、先月十九日出征ノ命ヲ蒙リ、二十八日当地ニ着、表記ノ中隊附ヲ被命候。戰地ノ戰況、行軍、宿營、駐軍等ハ新聞紙上ニ委曲照會サレ申候ニ付、今更申シ上グル迄モ無之候モ、只一言添筆

明治29年入学、34年卒業。実兄の光永星郎は㈱電通の創業者。

宮川忠蔵

明治10年生。山口県熊毛郡高水村。東京専門学校卒業。明治36年5月～12月、済々黌教諭心得（英語担任）。

シタキハ北蛮ノ暴戻ナル為メ、土民著シキ損害ヲ蒙リタルコトニ御座候。満州ニ客タルモノ、詩人ナラヌモ愛新覚羅氏ノ民ニ対シテ一掬ノ涙ハ濺ガレ申候。満州朔北ノ風ニ對シテ迂子幸ニ健全、感冒ニモ罹ラズ脚氣ノ氣味モナク自ラ意氣衝天ヲ以テ任ジ居候間、御安心被下度。爾来御無沙汰ニ打過ギ候為メ、先ハ近状御報知申上候。尚先生ノ御健康ト祝福トヲ奉祈候。

十一月十日　砲聲殷々タルヲ聞キツヽ

14-12-06

○明治37年12月25日付　生徒宛――出征第5師團歩兵第42聯隊第4中隊 歩兵中尉

深厚なる諸君の同情を謹謝し、尚歳次の更ると共に益々希望の熱火を熾にせられん事を祈候。

十二月二十五日　於戰地　宮川忠蔵

濟々黌生徒諸君

14-11-04

○明治38年11月10日付　黌長宛――出征第5師團歩兵第42聯隊第4中隊 歩兵中尉

謹啓　屡々御懇切なる鳳翰を辱ふし奉謝候。小生よりも時々御左右相伺ひ可申の處、平和克復後の今日は、戰闘間に譲らざる程隊務諸般の整理に忙殺され失禮致し居候。貴黌の再築工事も進捗、一昨年末来御教育上不尠御不便も、近き将来には全然除去され候事、曽て校籍に有候小生、満黌の各位と共に慶賀措く能はざる處に御座候。校舎の再築設備の完成に依り、御教育も益々御理想に近き成果を得らる可く貴黌出身の濟々たる多士は、戰后膨脹せる新日本の諸□方面に渉り、大なる手腕を振はるゝ事と期し居候。
先は御禮旁貴黌には益々御隆運を祝し度、如斯に御座候。
乍末筆先生以下各位の御健康を祝し申候。小生健康御放念被下度候。敬具
御教育の資料たる参考品の件、出来得る限り尽力可致候。
十一月十日　在北満州　宮川忠蔵
井芹先生　侍史
14-07-21

宮崎顕親

○明治38年2月19日付　黌長宛——（階級記載なし）第6師團國民歩兵第1大隊第3中隊第2小隊
拝呈仕候。愈御清穆御座被遊奉賀候。二テ不肖其後久シク御無礼申上、何トモ申訳モ無御座、汗顔ノ至ニ存候。然ルニ小生モ今般國民大隊ニ編入セラレ、明後廿一日ヨリ台湾ニ向ケ出帆ノ事ニ御座候間、一寸御詫ビ旁々御報知迄申上候。

宮崎顕親
経歴不明。

余ハ着台後、委細可申上候。匆々　敬具

二月十九日　宮崎顕親

井芹経平殿

14-04-09

宮村九三郎

○明治38年8月□日付　黌長宛――(階級記載なし) 出征独立第13師團野戰砲兵第19聯隊第2中隊

謹啓　久敷御無音申上候處、先生御始メ済々黌一同益々御健勝、校運近日繁栄ニ赴キ候段、為邦家奉欣賀候。降テ私儀無事ニ消光申シ候間、乍他事御放神被下度候。偖、今回媾和成立ノ電報ニ接シ、其内容ハ如何ナルモノナルカハ詳知不致候得共、條件ノ概要ナリト云フヲ聞ケバ、未ダ本戦争ノ目的ヲ達セザル事遥ニ遠ク、加ふルニ永世不絶ノ禍根ヲ醸成シタルガ如キ感覚之候。殊ニ樺太ヲ分割スルガ如キニ至ッテハ沙汰ノ限ニ無之、實ニ七月廿七日早朝ルイコフヲ占領シテ二泊ヲ露営シ、廿九日午後七時頃俄ニ命アリ。

早速旅装出発ノ準備ヲ整へ、三食ヲ携行シテ敵ノ首将リヤプノフノ所在ナルオノールニ向ヒ、夜行軍ヲナス可シト。

宮村九三郎

明治6年生、大正12年頃朝鮮で没。熊本県八代郡鹿島村。明治22年入学、27年卒業。陸士へ進学。

1　長谷場純孝。鹿児島県出身。明治27年に帝国議会の議員となる。対露同志会の一員。

2　柴四郎のこと。頭山満、佐々友房、犬養毅、長谷場純孝らと対露同志会を結成した。

※この手紙はペン書きである。

即チ準備ヲ整ヘ出発セシハ午後九時ニシテ、静粛ナル急行軍ニ移リ、本日迠ニ署セルパレヲ、タヲラン、ダルダガンヲ經テ、卅一日午前十時、第一ハムダサニ達シ、聯隊ハ攻撃ノ隊形ニ移リ、時ニ前日ヨリ来往セシ敵ノ軍使（敵ノ首将ガ我司令官ヘ宛タル書簡ヲ持タル中佐軍使ト、卅日早朝タヲランニ来レリ）ハ、第一ハムダサニ来リ、降伏ノ談判ヲ開始セントセシモ、其資格ニ欠クル處アルヲ以テ、午後一時ヲ期シテ全権ノ来使ヲ約シテ卻ケタリ。由テ敵ノ参謀長大佐某ハ全権ヲ帯ビテ我司令官ト会見シ、□ラ問題ヲ提出シテ将校全部ノ帯劒ヲ乞シモ許サレズ、樺太島ニ在ル間ト再ビ乞ヒシモ許サズ。單ダ将官、同相等官ニ帯劒ヲ許シ、其他無條件ニテ、首将リヤプノフ中将以下将校七十餘、下士以下四千ニ近ク（捕虜ハ多数トナル丈ケ當局者ノ迷惑ナル可キヲ以テ、漸次抵抗スルモノヨリ○○事トセリ）降伏シ、七月卅一日、日没ヲ期シテオノールノ敵陣地及各人ノ武装ヲ除解セシメタリ。此時以後ハ迂生等ハ兵士等ニ向ヒ左ノ言ヲ以テセリ。「樺太ハ今日以後ハ無論我領土タルハ明ナルヲ以テ、些末ノ黴モ犯ス勿レ」ト。為メニ田畝ニ繁茂セル野菜スラ尚ホ犯スモノ無之候。八月廿一日亜歴山ニ於テ樺太軍及北遣艦隊ノ今回ノ祝捷会アリ。席上、来賓ノ一人タル長谷場代議士[1]（柴氏[2]ト共ニルイコフ占領頃ニハ来樺シアリシ）ハ来賓ヲ総代シテ單簡ニ述ベラル。曰ク、明治八年各ヲ交換ニ托シ、實ハ屈伏シテ敵キニ委シタル此領土ヲ、我力ヲ以テ回復シタル事、誠ニ歓ビノ涙ヲ禁ジ得ナク、殊ニ昨日迠敵ガ使用セシ此ノ倶楽部ニ於テ且ツ敵國（以下欠落）

14-12-25

宮村俊雄

○明治37年9月18付　釁長宛——歩兵少尉 出征第12師團歩兵第46聯隊本部

謹啓仕候。過日は優渥なる慰問状を頂戴し実に難有奉鳴謝候。降て小官も此千載一遇の好機に接するの光栄を擔□得て、全力を挙げ其天職に向って自運致し、君恩の万分の一を報ずるの決心に御坐候らへば、何卒御安神被下度候。先は乍延引御礼迠申述候。匆々　敬白

九月十八日　宮村俊雄拜

井芹経平殿　外御中

14-03-19

○明治37年9月23日付　釁長宛——歩兵少尉 野戦第12師團歩兵第46聯隊本部

謹啓仕候。時下秋冷の候に相成候處、皆々様御揃愈々御清栄の由、大賀の至りと存候。過日遼陽占領に関し、御祝詞に接し候段、深く御礼申上候。次に小官

宮村俊雄

明治14年生。大分県速見郡藤原村。明治31年入学、33年卒業。陸士14期。満州事変当時は歩兵第59連隊長。昭和7年陸軍少将。同年歩兵第22旅団長。

1　歩兵第46連隊長として紅沙嶺の戦いで軍功をたてた。

も、出征以来此に七回の戦闘に参與するを得たり。中には非常の激戦及苦戦を致候事も有之。敵も中々の者にて、稍相戦ふの價値あるものと存じられ候。別紙は遼陽攻撃戦闘の序幕たる紅沙岺の戦況にて、到底実況は拙筆にて現はすを得ず。否如何なる文士之を目撃するも、其真状を筆する能はずとの断定を下せし将校さへ有之候次第にて、現世紀の戦術に有る間敷戦闘法を実行致候。記事中の平井大佐[1]は天草出身の御方にて、又貴校出身の故西岡歩兵大尉が名与の戦死を致されしも、此戦闘中に御坐候。先は御礼旁戦況御笑覧に供し候。頓首

九月廿三日　宮村俊雄拝

井芹経平殿　外職員御中

6-05-05

宮本実蔵

○明治37年11月12日付　黌長宛──（階級記載なし）熊本豫備病院山崎第2分院第三号室

謹啓　久々御見舞も不申上、誠に申譯無き次第に御座候。漸次寒氣に相向ひ候処、先生には定めて御機嫌克く被遊候事と奉存候。次に私事、去る九月十一日

宮本実蔵

出征の途に上り、廿一日遼陽の北方二里余の地に屯在せる本隊に合し、爾来無事罷在候処、此度の沙河会戰に接し、十五日ラムチン附近の戰斗に於て不幸にも左上膊に微傷を蒙り候に付、野戰病院に入院致し候処、漸次後送と相成、去る五日當地病院へ安着罷在候。傷は最初より軽傷の事とて、昨今は余程快方に趣き申候間、乍憚御安意被下度候。
先は久々振り御見舞旁々御報知迠如此に御座候。草々　頓首
十一月十二日　宮本実蔵
井芹先生　侍史
14-02-16

宮脇幸人

○明治37年12月24日付　黌長宛——歩兵大尉 出征第6師團歩兵第13聯隊

謹呈　時下寒氣相増申候處、黌長殿始め各位益々御清栄恭賀の至に奉存候。
却説度々御懇切なる御慰問状を辱し、誠に御厚情の程感激の至り難有奉深謝候。
以御蔭不肖儀、無恙健全軍務罷在申候間、乍余事御海容被成下度奉願候。
沙河會戦以来已に閲月を経過し、彼我の主力依然戦線十余里に亘り、而かも曠漠

明治12年生、昭和34年没。熊本県菊池郡戸嵜村。
明治32年入学、34年卒業。
日露戦争後、教職を経て一時渡米。金光教坪井教会長。

宮脇幸人

明治9年生、昭和24年没。熊

たる原野に、且つ互に談話すら相交ゑ得る近巨离に於て對峙シアル。是れ古今の戦史にも例数なき事と存候。前面の敵状は大なる変化無之、長期の對峙いた仕方なく、唯々活動の機を楽待致居る仕第に御座候。目下私等は沙河鉄道橋側を占領致居申候。此附近は敵方に最も突出し、敵と相去ル僅に百米突に過ぎず候得ば、昼夜射撃の交換、又頃日は通訳人をして敵と談話を交へしめられ、或は弓矢及び花火等を利用して勧降状を送る等、斯る有様にて日々消費致居申候。目下当地の氣候は日中零下十度位にして廿二、三度迄低下致居、寒風一層身に染む様に相成申候。御承知の通り、病氣の戦役に伴ふは古今戦史の証明する處。然ルニ是迠病人は至テ少く、特に最可恐凍傷患者等は今日迠一名も無之、実に幸の至に存候。是全く給養及び防寒具等の支給完備の結果に外ならず。又た挙國一致國民熱誠の情は至大の感を與へ、一般の士氣益々旺盛に有之申候間、左様御承知被下度候。如仰最親愛なる同窓の諸士にして已に戦没せられたる事、実に哀悼の情に不堪候。不肖等今餘命相繋ぎ居候得ば、益々亡友の意図を継承し、充分に本分を尽し以テ平素御教訓の尊意に酬わん事を期し居申候。

先は不取敢御禮旁々御伺い迠如此に御座候。草々　敬具

十二月廿四日　宮脇幸人

済々黌職員各位

14-07-04

本市仲町。明治22年入学、29年卒業。陸士へ進学。父弾次は熊本中学、熊本師範学校、第五高等学校等の剣道師範。弟幸助は陸軍中将。

○明治38年4月10日付　生徒宛――出征第6師團歩兵第13聯隊歩兵大尉

前略　諸君益々御勇健奉賀候。度々御慰問状ヲ辱シ、御厚情難有萬謝ノ至ニ不堪候。奉天附近ノ大會戦モ全然皇軍ノ全勝ニ帰シ、実ニ慶賀ノ至ニ御座候。戦局ノ前途尚ホ遼遠、益々精練ナル軍隊ヲ要スベク目下迂生等ハ鐵嶺ノ南約一里余ノ各部落ニ宿営致居候。最早戦後ノ整理相終リ、日々専ラ教育ニ脳殺セラレ、為ニ寸暇ナキ次第ニ御座候。先ハ御礼旁々如此ニ御座候。敬具

四月十日　宮脇幸人

済々黌生徒諸君

6-01-11

○明治38年11月26日付　黌長宛――出征第6師團歩兵第13聯隊第4中隊中隊長

謹呈　度々御懇篤ナル御慰問状ヲ辱シ萬謝ノ至ニ不堪候。謹デ黌長殿始メ各位ノ御清康ヲ祝シ、尚ホ御黌ノ隆盛ヲ祈申候。

御承知ノ通リ第六師團ノ凱旋ハ来春二月末ノ予定ニテ、現在ノ位置ニ冬営、時期ヲ待ツ事ト相成、目下勲績調査ノ繁忙相極リ居申候。

右御礼旁々近況御報迠。匆々

於昌圖停車場[1]南方約一里　河家信子

1　奉天北方約一〇〇キロの地にある東清鉄道の駅。

十一月廿六日　宮脇幸人

職員御中

14-12-33

村上　透

○明治37年5月23日付　生徒宛――海軍少尉 水雷母艦「日光丸」[1]

拝啓　先生益々御健全大慶の至に奉存候。先日は御懇切なる御芳墨を賜り奉感謝候。小生儀以御陰開戦以来無事有罷候。全く在校以来先生の御訓育の賜物と存じ上げ申候。実は一々御報導申し上げ度候へ共、軍事上の都合により当時端書のみ、本日許可有之、取不敢御礼申し上げ候。尚、時候不順先生の御健康を祈り上げ候。

3-01-04

森川共三

○明治38年8月3日付　黌長宛――歩兵中尉 北韓後備第2師團後備歩兵第47聯隊第5中隊

村上　透
明治11年生、明治38年4月戦死。熊本県玉名郡江田村。明治26年入学、32年卒業。父二平は初代江田村村長。

1　第二艦隊第二特務隊所属の仮装水雷母艦。

森川共三
経歴不明。

拝呈仕候。陳ば愈炎暑の候にも不係、益御壮健の由大賀此の事に奉存候。小子事、常に御伺に届兼居候處、幾度か御懇切なる御慰問状を忝ふし、反つて慚愧の至りに御坐候。小生も渡韓以来已に一年余、未だ何等の功もなく、諸先生をして御満足せしむるだけの働きもなく、誠に残念に存居候間、當方面も愈戰争の進渉と共に、さル廿三日當時の宿営地を出発し、圖們江占領の目的を以て活動を起こし申候處、大洪水の為め途中滞留するの止むを得ざるに立至り、今や困苦と欠乏の裏に、宜しくはやるこころを引止められ月日を送り居候。併し最早や河水も大分減量致候間、不遠予定の行動に移るならんと相嬉しみ居候。先は右御禮旁如此に御坐候。尚諸先生の健康と御校の隆盛とを祈上候。

八月三日　於富寧　森川共三

済々黌諸先生御中

14-05-26

○明治38年8月3日付　生徒宛――歩兵中尉 北韓後備第2師團後備歩兵第47聯隊第5中隊

噫我親愛なる同窓の諸賢は日に苦学、殊に健康を保全せらると慶賀の至りに御坐候。渡韓以来幾度か御慰問の状を忝ふし、嘗て戰功もなく同窓の友をして肯綮に當る事も不有、反つて慚愧の至に存候。併し為ざるに非ず。時季に遭遇せざると御思召被下たし。今や當方面も戰期熟し、活動を起こし已に圖們江附近迄押し寄せ居候へば、不遠一大發展快勝の期を待ちて、諸賢の御厚意に酬ゆる存念に御坐候。
先は向暑の際、諸君の健康を祈ると同時に御報まで如此御坐候。敬白
八月三日　於冨寧　森川拝
済々黌生徒御中

14-05-26

守永健吾

○明治37年8月21日付　黌長宛——歩兵大尉　第4軍第10師團後備歩兵第46聯隊第8中隊

六月廿二日ノ尊翰八月十九日ニ於岫巖ニ拝見仕候處、益御健全ニテ黌務御鞅掌ノ赴ヲ奉欣賀候。御申越ノ如ク世界大歴史ノ光輝ハ御目前ニ慶賀此事ニ候。

各ノ如ク遅々タルハ後備ノ聯隊ニ付、第一軍囬送ニ付云々。
一、御離別后御起居御伺申上候筈處、実ハ前へ突込ノ一號令ノ后、萬事御報導考按ノ處、職務希望ノ如ナラズ、兵站線ニ駐在シ遺憾千萬ナレ共、今日迠軍紀如何セン。併シ戰略遼遠ノ大件ニ付、拳握申、養精神、他日ノ致命奮勇ヲ試スト、将校下士ヲ奮励シ、小生雖不當他日清國ヘノ□□別紙ノ如シ。

守永健吾
嘉永4年生。熊本市寺原町。陸軍教導団歩兵科、陸軍戸山学校卒業。明治29～37年、済々黌職員（体操担任）。

御一笑被下度。

一、久吉、三宮[1]ノ名誉ノ戰死、黌ヨリ出シ、噫々貴官御始メ職員生徒ノ満足無此上想像仕候。済々多士ノ今ハ續々戰死者出ル事、少シ不仁ノ如ナレ共、将来ノ精神教育ニ関シテハ希望此事ニ候。御意見ハ奉想像候。

一、当今ハ霖雨后大水ニ東清軍橋流出、糧秣運搬停止ニテ、工兵ト當中隊之ニ勤務従事シ入水。鉄橋運搬。中々六合飯ニテ不足相覺申候、面白シ。所謂全力尽スノ時機デ健吾隊中ニ小□□拝見申候。彈丸中ニセザル歎ノミ。御一笑〳〵。

一、諸先生へ宜敷御傳聲奉願上候。松山先生腰釼ヲ携へ、意氣頗ル豪ナリ。當地デハ支那駄馬徴発ハ先生ノ尤長ズル所ナリト。

一、河野氏モ不相變飲量ハ減少セズ。□□□其高貴ヲ如何セン。御一笑被下度。□余ハ例ニ依リ例ノ如シ。平時ハ如戰時、戰時ハ如平時ト□□終生ノ格言ナリ。御一笑被下度候。

一、本日位ヨリ遼陽へ◯◯ナルト。故ニ陥◯ハ多分本月中ニ一段落ト愚考。戰況□新聞、□□□ヨリ十日後ニテ知ルノミ。御一笑被下度候。

先ハ右迠。敬白

八月廿一日　健吾

1　三宮重雄。熊本市井川渕町。明治28年入学、32年退学。海軍二等機関兵。明治37年6月戰死。

黌長殿　諸先生御中

尚々生徒へ御序ノ節宜敷。未ダ二号活字ニ到ラザル歎ズルノミト。　14-05-16

○明治38年1月1日　黌長・職員宛——（階級・所属記載なし）

明治三十八年戦時の年始ヲ祝ス

一月元旦　守永健吾

黌長御始メ職員御中

二伸、昨年ハ度々深厚ナル御慰問ニ辱シ、萬謝ノ至ニ奉存候。本年も桜花頃ニハ拝して御厚意を奉仰候。近々宏大ナル新築も御着手の御模様ニテ、為国家ニ奉祝候。各先生益御健全ニテ戦時生徒の元氣勿論ナレ共、他日の双肩ニ重且大ナル重荷ニシテ、北窓ニ燈下の研究第一ニ御注意奉御願上候。戦争ハ我らノ□際一聲ニモ近候ニ付生徒の精神ハ関係無之候。尚□仕候。豚斗ニテ根源ヲ培養致スニ付元気髪溂闘の事ニ候。御笑念被下度候。道々逢麹車に流涎事も屡々有之候へ共、当軍ハ意外ノ芳酒ヲ得テ、如圖京悦御推察被下度候。是乎何配分大任の下タル幸福如ハ舌報ニテ。

我隊ハ蓄ト年を越したれば

今ぞ開かん時の非と

1　東司馬雄。明治33～39年、済々黌職員（国語担任）。

御一笑被下度候。先ハ茲ニテ留書々々。

太子河に朝日は映り流れ来る

千々に氷のきらめいており

実景々丶丶○舌報の后ならでハ内柴先生、東先生等[1]の前ニテ如此ハ世も○○○○。

6-01-12

○明治38年1月1日付　生徒宛――歩兵大尉 第4軍后備歩兵第46聯隊第8中隊

明治三十八年戰時の年始ヲ祝ス

元旦　守永健吾

濟々黌多士御中

二伸　旧冬ハ諸君御一同ヨリ御慰問ヲ辱シ萬謝ニ堪ズ。益々将来重且大ナル重荷各位の双肩ニ在ルヲ忘ル丶勿レ。

武士のこころは常に富士の呼吸き

向ふ敵をば吹き飛ばしつゝ

當地ノ寒気ハ朝稽古の横耳ヲ足踏團長ヨリ三、四本頂戴スルト思ヘバ最ト容易ナリ。年少生徒ヘ告グ。御笑々々。甕水筒一本ヲ傾ケシ后の乱筆御免を。

T.U君ヘ多謝々々

14-11-03

○明治38年4月10日付　甕長宛——第4軍后備歩兵第46聯隊第8中隊 歩兵大尉

□貴甕も日々建築、哈爾賓占領共ニ御開甕候事想像申上候。

拝啓　陽気愈発生ノ際、井芹先生御始メ各先生益御健全、為国家奉萬□候。

一、今田ハ亦々御鄭寧ナル御慰問ニ預リ、千萬難有奉萬謝候。各先生日々御教鞭ノ御多忙不係、屡々各ノ如き御厚意ハ弾丸雨飛の際ニ、胸中感覚した勇壮の精神ヲ鼓舞し、壮老ノ向期も重層元気ヲ発揚仕候。茲ニ深御礼申上候。

一、戦后ハ各隊共、休養ト補充ト総軍需品ノ整頓宜ニシテ、陽氣共々前進ノ路ニ登ント勇氣凛々ノ景況ニ有之候。各隊共戦死者の招魂の典礼ト共ニ相撲等ヲシテ元氣ナル事共ニ候。

一、為國家戦死シタル露兵死躰も、近頃漸クニ掃除も出来、野犬ノ肥腸ニシテ例物喫食シ、或ハ脳味噌ヲ頂戴シ、亦タ腸胃の競食ノ事共ニシテ、敗軍□惨状無之候節、敵惻恩ノ心も出来仕候。其他、軍需の散乱ノ景況、筆紙難尽候次第ニ有之候。確カ十年の乱暴ヨリ推考スルヲバ亦タ愉快此事ニ候。

一、当地ハ清帝ノ高祖の墳墓の土地ニシテ、一見以テ帝陵タルヲ知ルニ好位置ニシテ、殆ンド一般ニ本妙寺ト髣髴タル景況ニ有之候。○本妙寺ノ本堂位ノ朱塗ノ美殿七個位有之。且又黒門ヨリ舶ツキ位迠本妙寺ト同様。亦タ夫ヨリ階段も稍々、□□□共大体ハ同一ナリ。壱里半到ノ数百年ノ松樹茂繁シ、南面スレバ渾河ハ数十里ヲ囲流シ、無限の大原ヲ眺望シ、處々ニ点々タルハ各部落ニシテ、烟龍の急進スルハ此頃ヨリ貫通シタル撫順ニ通ズル鉄道ニシテ、我輸送ノ枝線ナリ。難有露先生ノ御遺物ニ有之候。是ヨリ青柳若クハ高粱ノ生□萌出セバ、是非、□ノ携服、□水筒ノ肩掛ニテ出軍スルノ先機ハ御一笑被下度候。我隊ニも少し脚気流行ノ徴有之、心配此事ニ候。亦夕各所ニ腸チフスノ流行も有之リ、当夏ニ相成候へバ、数十万の手間及死骸の腐敗物ヨリ、露先生の跋扈も如何ニ心配此事ニ候。之ヲ希望ノアル露先生ニシテ最ト相□□哉一笑仕候。

一、御申越ニテハ大分縣ノ財津少尉、嶋原ノ上田少尉、河野少尉ノ外ハ当聯隊ニハ御同窓ハ無之候。亦タ松山先生ハ第四軍司令部附ニテ意氣益々好之奉候。当時ハ□□の駿馬の事共ニテ、昔時ノ□武□□ラス。御一笑ニ候。先ハ一酔后大乱筆御推読ノ程奉願。先ハ御禮迠。早々敬白

健吾拝

四月十日

井芹先生
各先生　　貴机申上
尚々中山大□□氏へ宜敷□□。近頃ハ酩丁閑暇奉候、今少閑ヲ得□バ今田釣鯉
（以下欠落）
6-02-02

守永貞喜

○明治37年12月28日付　黌長宛——（階級・所属記載なし）

拝復　今回ノ戰役ハ我國未曽有ノ大快事ニシテ又其結果ハ國運ノ存亡盛衰ノ依テ別ルヽ一大岐道ナリ。此ノ大快事ニ遭遇シ其末葉ニ参加スルノ榮ヲ得タルハ、軍人ノ面目ニシテ又一死國恩ニ報ズルノ秋ナリ。然ルニ未ダ其萬分ノ一ヲ報ズルニ至ラズシテ遂ニ後送ノ不運ニ會ス。深ク遺憾トスル處ニ御座候。然ルニ曩キニハ貴殿初メ學生総代諸君、在熊ノ實家御慰問ヲ受ケ、今亦御厚情ナル御慰問状ヲ拝シ深ク感慨ノ至リニ存候。
回顧スレバ白河[1]ノ邉、高田原[2]ノ黌舎ニ在テ各位ノ御教訓ヲ受ケシハ今ヲ去ル十

守永貞喜
生没年不明。熊本市寺原町。済々黌草創期在籍。

1　済々黌近辺を流れる白川のこと。
2　明治12～26年、済々黌は熊本市高田原相撲町にあった。

有余年前ノ昔ニシテ、今日ノ地位ヲ得、此快事ニ参與スルノ光榮ヲ得ルニ至リタルモ、其賜ニ外ナラズ。是レヲ思ヒ彼ヲ思ヒハ轉タ想奮ノ情ニ不申堪候。今ヤ傷痍全治、内地勤務ニ従事日モ亦足ラザルノ思ヒアリ。古人云フアリ。七タビ人間ニ生レ朝敵ヲ滅セント。況ンヤ身健全アルニ於テヲヤ。再ビ出征ノ榮ヲ得ルニ至ルモ決シテ遠キニ非ラザル可ク、上ハ聖恩ニ報ヒ奉リ、下ハ臣民ノ本分ヲ全フセン事ヲ期ス。各位幸ニ御安意被下度候。茲ニ愚筆ヲ顧ミズ御黌職員並ニ在學諸君ニ深ク御禮申上候。敬具

十二月廿八日　守永貞喜

濟々黌々長

井芹經平殿

○明治38年4月30日付　黌長宛――歩兵第20聯隊補充大隊中隊長　6-04-14

拝啓　陳レバ先日ハ御黌発行ノ多士第参ヲ辱フシ難有拝讀仕リ、轉々二十余年前在黌當時ヲ想起セシム。今ヤ　皇軍連戰連捷、戰ヘバ必ズ勝チ、攻ムレバ必ズ取ル。是レ素ヨリ　陛下皇威ノ然ラシムル所、且ツ陸海将士忠勇ノ致ス所ナリト虽モ、亦一ハ兄等教職學生諸氏、國民ノ骨幹トナリ、以テ出征将士ヲシテ後顧ノ憂ナカラシムニ依ラズンバアラズ。然レドモ敵モ亦決シテ弱兵ニアラズ。

前途尚遼遠ナルト同時ニ、兄等ノ職責益々重大ヲ加フ。兄等幸ニ奮勵、以テ其終リヲ全フセラレン事ヲ切望ス。不肖不幸ニシテ遼遠ニ負傷、后送ノ不運ニ遭遇セルモ、今ヤ健全肥肉ノ嘆アラシム。茲ニ謹デ兄等ノ御厚意ヲ謝シ、併セテ多士ノ発行ヲ祝シ、且ツ御黌并ニ多士ノ益々隆盛ナラン事ヲ祈ル。恐惶々々

明治三十八年四月三十日　　守永貞喜

濟々黌職員學生御中

14-08-21

○明治39年1月1日付　黌長宛——第16師團歩兵第62聯隊第2中隊 歩兵大尉

新年ノ慶賀目出度、御高堂御揃御越歳被遊奉萬賀候。次ニ小子幸ニ南満州ノ大平原ニ於テ無恙加年仕候間、乍多事御安意被下度候。回顧スレバ光陰水ノ流ルヽガ如ク昨日ハ今日ノ昔ニテ、外征ノ将士ニ在テハ馬ヲ朔北ノ野ニ水飼ヒ、内地ニ在テハ或ハ人馬ノ教育補充ニ日モ亦足ラズ、或ハ國民後援策ニ心酔シツヽ巳歳ノ春ヲ向ヘシモ、既ニ一閲年圖ラザリキ今日、平和ノ春ヲ向ヘントハ定メテ御地ニ於テモ和氣相樂賑々敷御事ト奉遥察候。當地ニ於テモ零下二十度北風凛烈ノ間ニ於テ、遥ニ東方ヲ拝シ最モ目出度元旦ヲ祝シ申候。先ハ新年ノ御祝詞迠。余ハ永陽ノ候ニ讓リ申候。謹言

明治三十九年一月一日　守永貞喜

井芹經平殿

14-04-25

や・ら・わ行（含姓名不明）

山室宗武

○明治37年9月23日付　爨長宛——出征第3軍野戦砲兵第2旅團第18聯隊第4中隊 砲兵少尉

拝呈先頃は御丁寧なる御慰問状を辱ふし難有奉謝候。丁度御発送當時は未だ出征の途にありし為め、諸所に紛れ込み、先日落手仕り候。私儀去る七月八日出発、全二十五日「ダルニー」上陸以来、営城子、長岺子、湖家屯附近に於ける彼れが前進陣地の攻撃に参與致し、去月十九日より本攻撃陣地にありて対戰中に有之候。戰地の景況等は諸新聞の報ずる処により御承知の事なれば、別に御知らせ申す事も無之候。戰争に依て吾々軍人の得る処の利益は、殆ど文学者の洋行して欧米の文物政度を研究し、以て經歴を得ると等しく、軍人としては只此の戰争により平時の教育及火砲の精度を研究し、大ナル困苦缺乏に遭遇し、以て幾多の經験を得、自信力を養生するにある事は、私の多言を要せざる儀に候へ共、人生の死生観は戰場に臨んで始めて確立し、覚りを開くものなる事は、確かに私の今回の戰争に於ける賜物たるを信じ候。

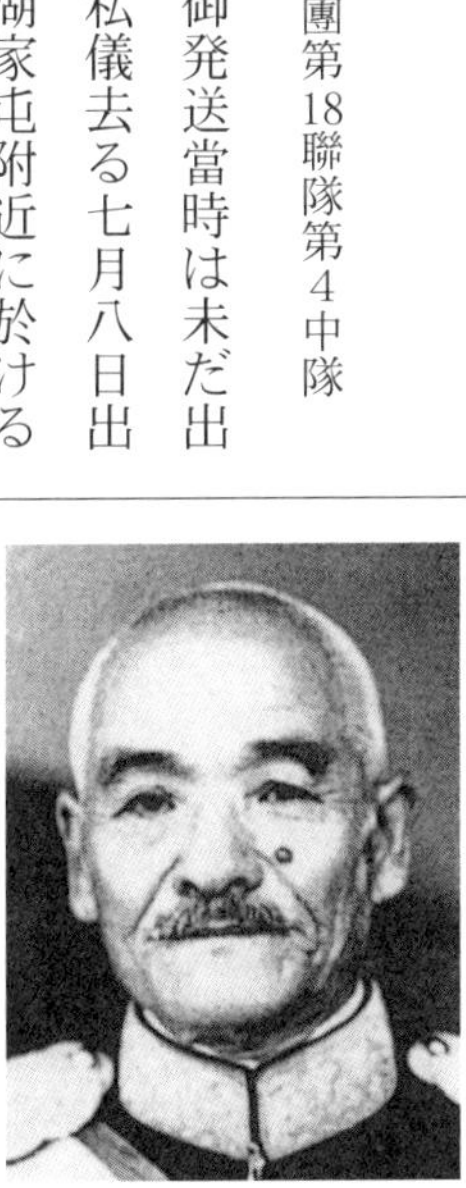

山室宗武

明治13年生、昭和38年没。熊本県飽田郡芳野村。明治28年入学、33年卒業。陸士14期。昭和11年陸軍中将。昭和13年、昭和19年、二度にわたり陸軍士官学校長をつとめる。山室宗文（済々黌出身、東京帝大卒、三菱信託銀行二代社長）は双子の兄。

回顧すれば先生の門に遊ぶ事五ヶ年、日夜御親切なる御訓陶を受け、時に或は月夜雪を踏で野兎を錦野に狩し、或は竹刀三尺の鳴動を以て藪の内の天地を振動せしめたるの勇、今や遼東の野に於て之を試むるの時に際会致し候。只往年の御訓陶を奉戴し、勇奮以て済々の多士たるに逆かざらん事を期し候に付、御安心被下度候。旅順の要塞も我軍の攻囲を始めて月余、漸時歩を進め、一塁又一塁と抜き取り、今日を以て彼れの咽喉たる四塁を署守致し候に付、遠からず陥落の栄を見る事と確信仕り候。一日も旅順街頭に於て万歳を三唱するの日の速かならん事を楽みつゝ務め居り候。時下気候不順の候、御自愛専一に奉祈候。先は御礼旁御伺迄斯の如くに御坐候。謹言

愚兄の大学入学に就ては種々御配慮に預り難有御礼申上候。尚将来も宜敷御願申上候。

九月廿三日　　山室宗武

井芹經平殿

14-01-03

山本猪熊

○明治37年3月19日付　釁長宛——輜重兵少尉 韓国野戰第12師團管理部附（於平壌）

謹啓　其の後は御無音に打過ぎ奉謝候。却説小生事二月十八日仁川港へ上陸致し翌十九日京城に入京致し申候。二月中は京城に滞在致し毎日営内の通りに毎日演習致し申候。三月一日は第十二師團司令部は平壌を目的として行進致し申候。平壌に至る間には左の通り兵站司令部の設置ありて、軍隊の給養を掌り居り申候間、給養上に関しては餘り不便は感じ申さず候。高陽、臨津鎮、開城、金川、南川店、新西幕、新酒幕、興水院、鳳山、黄州、中和、平壌。然れ共朝鮮部落は戸数少なく且つ不潔にして狭隘なるには大に宿営上大困難を感じ申候。兵卒等は普通幕営を致し申候。将校と雖普通四畳半位に六名位の割にて宿営致し申候。平壌は大同江に濱する市街にして京城に次ぐ繁盛の都會にて御座候。大同江は四、五日以前迠は氷上を無事に人馬通行せしも、此の頃は暖気なる為め解氷致し申候。日清戦争の古戰場なる玄武門、牡丹臺は今尚寂しげに当時の壮観を呈し居り申候。

我師團司令部は来る廿四日より順川に集中致す豫定に御座候。軍司令部及近衛師團は近日中に平壌に来り申候。敵の騎兵千五百は既に安州清川江の對岸に出没致し、我騎兵聯隊及歩兵第十四聯隊は安州に到着致し居り申候。十四、五日前、我三騎の斥候と敵の優勢の騎兵と遭遇し、我一騎（熊本縣阿蘇郡の出身騎兵一等卆）は遂に名誉の戰死を致し申候。何れ近きに目ざましき戰あるならん

山本猪熊《いくま》

明治13年生、昭和30年没。熊本県飽田郡黒髪村。明治27年入学、32年卒業。陸士へ進学。輜重兵大佐で退役。

と楽み居り申候。出戰以来新聞紙等を読む能はざる為め、日本の情況は少しも相分り申さず候。故に若し御暇もあれば何卆日本の情況を御傳へ被下度伏して願上候。右乱筆の段は御免被下度候。

三月十九日　山本拝

井芹先生

14-03-27

○明治37年6月7日付　饗長宛——野戰第12師団管理部 輜重兵少尉

謹啓　漸次炎暑の候に近き申候處、先生益々御清康の段奉慶賀候。降りて生儀相変らず無事軍務に従事在罷候へば、乍憚御休神被下度候。却説先達ては御懇篤なる御芳墨を賜り、眞に感謝の情に堪へ難く候。我第一軍の鴨緑江攻撃に関しては、官報に、新紙に詳細に御承知の御事と奉察候。依て茲に改めて再述するの必要を認め申さず候。然ども生等が初めて目撃したる危険の光景、悲惨の情状に至りては到底実見者に非らざれば、想像だに及ばざる処に御座候。砲丸の為めに身体は恰も蜂の巣の如く貫かれ全身血染となりたるあり。霰なす銃丸の為に貫かれ恨を飲んで倒れたるあり。或は手足を突貫せられ気息喘々として将に死に瀕せんとするあり。斯の如くにして戦場に散布したる死傷者は、岡の頂、山の谷、畑の畦等に累々として、堆く重なり居り申候。而して死傷者の遺

1　第12師団（久留米）、歩兵第12旅団（福岡）、歩兵第14連隊、第47連隊のこと。

棄したる武器、帽子、水筒、長靴、繃帯布等は、血跡斑々として此處彼處に散乱し、戦場は時ならぬ血の河を形成し、実に見る人をして戦闘なるものは斯くも悲惨なるか、斯くも惨烈なるかの慽情を喚起せしめ申候。然ども彼の露西亜軍が狼敗の極として戦場に遺棄したる速射野砲、弾薬車、機関銃、小銃、短剣、拳銃、衛生材料車、輜重車、パン焼車、及被服装具等の戦場附近に散在せしを目撃したる時には、思はず愉快く〳〵を連呼致し申候。敵の退路を悵くしたる蛤蟆塘の激戦に於て、我師團なる福岡聯隊[1]の第五中隊は中にも最も惨烈を極めたるものにして、牧澤中隊長を初めとし高石、堤の両少尉、下士以下約五十名の戦死者を出し、傷者を合せ殆んど中隊の五分の四を失ひ申候。此を以ても如何に我第十二師團が憤戦せしやを想像致され申候。此の戦争后、我第一軍は漸次に前進を続行し、今日に於ては既に鳳凰城附近一帯の地を占領し、我支隊は既に靉陽辺門及塞馬集等の地点を占領致し申候。我前哨線前には時々敵の優勢なる騎兵部隊（多きは五、六千、少なきは五、六百名）現はれ候も、常に我歩兵の為に多数の死傷者を残留して退却仕申候。然るに此の頃は敵のキ兵部隊の我前面に現出すること漸次に減少致し申候。察するに敵の作戦たる、最早退守の主義に出でしには非らざるか。

六月一日は彼の鴨緑江畦の激戦后三十日に相当せるを以て、我第十二師團は出征以来の戦死者、病没者の招魂祭を施行致され申候。来賓には久爾宮殿下を初とし第一軍司令官黒木大将、其の他第一軍各部長及参謀官等五十餘名にして、午前八時より逐次軍隊の参拝あり。終りて盛大なる宴會の催あり。其餘興には相撲、博多俄躍、琵琶、楽隊等の催ありて非常なる盛況を呈し申候。

先は御礼傍々御報知迠。早々　敬白

六月七日　猪熊拝

井芹先生

14-04-04

○明治38年1月1日付　黌長宛——輜重兵中尉 第12師團第4糧食縦列

新年の御慶萬里仝風目出度申納候。

先以て先生愈々御多恙御越年被遊候段、遙かに奉慶賀候。降りて愚生儀、尚武運強くして満州の片邉り砲聲殷々たるの裡に壮快なる新年を迎へ申候間、乍憚御放念被下度、先は新年の御悦び迠。早々　敬白

明治三十八年一月一日

清国満州盛京省下達街　山本猪熊

井芹先生

6-02-07

○明治38年8月19日付　爨長宛――糧食縦列長 第12師團第4糧食縦列

謹呈　炎暑の候に御座候處、先生には愈御清康御精勵の段奉大賀候。次に私事も無事勤務在罷候間、乍憚御安神被下度候。
扨て先達ては御懇切なる御慰問祠被下、千萬難有奉多謝候。目下当師團方面は至って静穏にして、各部隊共衛生事業及演習等に忙はしく、唯時々、彼我前哨中間に於て小斥候の衝突あるのみにて御座候。今般小生事第十二師團管理部附を免ぜられ、第十二師團第四糧食縦列長に転任致し候間、左様御承知有之度、先は時候御見舞傍々御報知迠。草々　敬白
八月十九日　山本猪熊
井芹先生

6-01-04

吉岡範策

○明治37年12月26日付　爨長宛――（階級記載なし）軍艦「春日」

拝啓　陳バ今般御懇切ナル御慰問状ヲ辱シ深ク奉感謝候。開戰以来我海軍連戰

吉岡範策

連勝、現状ノ効果ヲ収メ得タルハ、偏ニ上ハ　陛下ノ御稜威ト、下ハ国民諸氏ノ熱誠ナル後援ニ基クモノニシテ、我々軍人ハ只ダ各其分ニ応ジ職責ヲ尽セシノミニ御坐候。久敷旅順港内ニ蟄居セシ敵ノ主力艦隊モ、我海陸連合ノ力ニ由リ殆ンド全滅ニ帰シ、我艦隊ハ次デ将ニ来ラントスル彼第一艦隊ニ對シ、充分ノ準備ヲ整ヘ、遠来ノ珍客ヲ迎フル事ヲ得ルハ、御同様慶賀ノ至ニ御坐候。又、戰歿セラレタル同窓諸君ニ對シテハ、同情ノ念ニ堪ヘズ候。御黌ニテ右亡友諸氏ノ名誉ヲ表彰セラレ候御美挙ハ、御成効ヲ信ジ居申候。茲ニ職員諸彦ノ御健康ト御黌ノ倍御隆盛ナラン事ヲ奉祈候。敬具

十二月廿六日　於横須賀　吉岡範策　拝

井芹済々黌長殿　侍史

14-04-21

○明治38年6月22日付　黌長宛——海軍少佐 軍艦「出雲」

拝啓　陳バ日本海々戰ニ関シ、御丁寧ナル御慰問ヲ辱フシ、難有奉感謝候。今回ノ海戰ハ、　大元帥陛下ノ御稜威ト天祐トニ由リ、豫想以上ノ好結果ヲ獲テ、敵ノ第二、第三艦隊ノ全勢力ヲ事実上殲滅シ得タルハ、君國ノ為メ御同慶ノ至ニ御坐候。且又、該海戰ニ於テ我将卒ノ多年苦心練磨セシ有形無形上ノ勢力ヲ、遺憾ナク各方面ニ発揮シ、各其職分ヲ尽シ、上下ノ望ニ對フル事ヲ得タルハ、

明治2年生、昭和5年没。熊本県下益城郡東小川村。済々黌草創期在籍。海兵18期。海大2期。大正初期に「橋立」「浅間」「筑波」「金剛」艦長をつとめる。大正10年海軍機関中将。同年砲術学校長。

我々ノ最大唯一ノ快事ニテ御坐候。然レドモ敵ノ敗残艦隊ノ一小部ハ尚、浦塩港ニ蟄居シ、且ツ我海軍ノ任務ハ此後益重大ヲ加ヘ候ニ付キ、我艦隊ハ一層ノ訓練ヲ励居候。次ニ小生モ四月末、上村司令長官ノ旗艦タル出雲ノ砲術長ニ轉任シ、幸ニ頑健某任務ニ従事罷在候間、乍憚御休神被下度候。右ハ御礼迠、玆ニ謹デ貴黌ノ御隆盛ト職員各位ノ御健康ヲ奉祈候。頓首

六月廿二日　吉岡範策

井芹済々黌長殿　玉机下

14-01-18

吉田幸雄

○明治38年4月10日付　黌長宛——海軍大尉（所属記載なし）

開戦以来東航西走殆ど寧日無之、時には睡眠不足の結果にや、食事中飯椀さゑ取落すなど有之。再三の御慰問に対し幾十度か御返禮仕らんと思つゝ遂に其の意を得ず。幸にも本日、日本内地に便舩あるに任せ、寸意認め申候。生等御黌愈々益々御隆盛の御事何より結構に存入申候。實に國民の後援程頼母敷は無之候。当地四面皆白雪、小寒を覚え申候。例の霧（瓦斯）は時々襲来致候も、一

吉田幸雄
明治18年生。熊本県託麻郡出水村。
明治24年入学、30年卒業。

※　封筒の「差出人住所」は、「出征地○○○にて」としてある。

般の士氣頗る激烈、今にも浦塩を呑込ん風操に御座候。尚ほ種々御報致度事山山有之候も、御承知の如く、軍機の秘密は大に軍の進退に関し、乍不本意右にて相止申候。何卒悪からず御容赦被下度候。先は御礼迠。　敬白

四月十日　幸雄

井芹校長　座下

職員各位

6-02-03

○明治38年4月14日付　生徒宛——海軍大尉（所属記載なし）

連日の疲労、寸時あれば忽ち睡眠休養す。持たる茶椀取落する幾回なるを知らず。為に今日迠延引、御海容被下度候。

連戦連捷、皆悉

陛下の御威稜　に因る。吾人は唯、眼中敵なく弾丸なく一死報国あるのみ。然るに再三の御慰問に接し、渺たる此一身に余る光栄辞するに言なしに候。多謝々々。迂生、身を軍籍に委せし以来、未嘗て病に犯されしなし。蛮強其極に達す。願くば御安心あれ。戦の前途尚ほ遼遠、充分御静養、有為の期御待可有之候。当地満嶺悉く白雪瓦斯（霧）漸く盛ならんとす。士氣大に猛烈、既に浦塩を呑む。諸子に御報致し度事、筆頭躍らんと欲するも、軍機之を許さず。御

※封筒の「差出人住所」は「某出征地にて」としてある。

海容あれ。
右は御礼迄如此に御座候。敬白　幸雄生
済々黌生徒御一同へ

14-06-20

○明治38年6月30日付　黌長宛――海軍大尉
（所属記載なし）

謹啓　一に　陛下の御稜威と國民の協力に因れる日本海の大捷に對し、御懇重の御筆翰に接し恐縮の至に存候。毎度敵彈に縁遠く捨てし命を拾ひ得、実以不相済次第に候。先は右御礼迄。草々　敬白
六月下旬　幸雄
井芹校長座下　職員御一同各位

14-09-02

吉富福次

○明治37年6月4日付　黌長宛――（階級記載なし）
清國第2軍第16号陸上勤務補助輸卒隊本部

拝啓仕候。愈々御清栄御座被遊大賀不斜候。二二、小生無事日々豕舎ニ於消光罷在候間、乍憚御休意被下度候。却説、新紙上ニテ詳細御了承ノ御事トハ存候

吉富福次
明治元年生。熊本県下益城郡中山村。
明治16年入学、19年退学。
陸軍教導団歩兵科、陸軍戸山学校体操科卒業。明治29～30

得共、第二軍上陸後、金州城、南山砲台攻撃占領ノ情況聊カ左ニ御報道申上候ニ付、御一覧被下度候。

金州附近南山砲台ハ、充分堅固ニ防禦工事成効シ、第一、地ノ利ニ於テハ我軍ヲ眼下ニ狙撃シ得ル高地ニテ、第一線ニ鉄条網ヲ数千米突ノ間ニ構ヘ、第二第三線ハ完全ノ立射掩堡ヲ開堀シ、一米突毎ニ唐米袋ニ土砂ヲ充実シテ銃眼ヲ穿チ、線ノ長サハ、南山包圍攻撃ニ對シ何レノ方面ニモ当リ得ル様致シ、第四線ハ例ノ野砲陣地。頂上ハ一五珊知ノ砲台ニテ、実ニ十ヲ以テ百ニ当ルモ、容易ニ陥落ノ位置ニ無之候。此ニ對シ吾第二軍ハ、三面攻撃ノ作戦ヲ計画セラレシ様豫想仕候。金州城正面ハ第一師團之ニ当リ、中央老何山ヨリ見ル第四師團左側、海岸ヨリ第三師團之ニ当リ、廿五日ヨリ小戦数回、廿六日未明ヲ期シ惣攻撃ヲ開始シ、午前十時頃ハ金州城占領セシモ、南山ノ敵兵ハ猛烈ノ砲撃ヲ我軍ニ加ヘ、全然彼我必死ノ劇戦ハ開始セラレ、午后第一時ヨリ第二時迠ノ間ハ古来未曾有ノ劇戦ニテ、我軍ノ苦戦察ス可キナリ。第三師團ノ砲兵聯隊ハ砲弾全ク尽キ、補充ス可キ弾薬縦列ニ敵艦ヨリ側面砲撃ヲ被リ、連絡杜絶シ、已ムヲ得ズ乍遺憾、敵ヨリ左側前面ヨリ砲撃ヲ受ケツヽ沈黙ノ境遇ト相成申候。各師團壱個大隊宛ノ決死隊ヲ出シ、突貫ヲ試ミタル事数回ニ及候ヘ共、無効ニ帰シ、最后ノ突貫ニテ敵ハ午后四時頃ヨリ漸々退却ヲ始メ、午后第八時ニ至リテ愈陥

年、済々黌職員（体操担任）。日清戦争にも従軍した。

落ノ運ニ相成申候。十六時間余ノ劇戦ニテ、我軍ノ死傷者、将校以下三千以上近ク有之候。敵ノ死傷ハ無数ナリシ。当日小生ノ処属隊ハ、幸ニ弾薬運搬ノ任務ヲ帯ビ金州迠随属セシヲ以テ、生ハ仝附近最高山老何山、一名大和尚山ニ駆登リ、午前八時頃ヨリ当日ノ劇戦ノ情況観戦スル事ヲ得候ニ付、不取敢彼我對陣ノ地形ヲ見取、圖ヲ製シ帰陣シ、廿七日舎営ヲ金州ニ移セシヲ以テ現地ニ就キ、之ニ修正ヲ加ヘ候。畧圖一葉添附致候ニ付、御閑ノ際御一覧被下度。尚、軍ハ旅順口ニ向テ直チニ前進、不遠攻撃開始ノ筈、何レ此状着スル頃ハ、旅順ノ陥落新聞ニテ御了承ノ事ト存候。右、不取敢御報道申上度。旅順陥落ノ上、更ニ御通報申上ベク候。

乍末筆、御老母公様、御令夫人、及職員方ヘモ宜敷御傳言被下度願上候。

六月十一日　　吉冨福次

井芹先生

尚、此処ニ特筆賞讃スベキ一事件ハ、恰モ陥落一週日、余ハ高群医官、仝氏ハ七軒町ノ出身、外三四友ト共ニ故戦場ヲ徘徊中、南山ノ麓ニ第三師團某負傷軍曹、刀剣ノ杖ヲ気息喘々トシテ、何カ物ヲ探ルノ模様ナリシヲ以テ、余ハ近キ丁寧ニ笑釈シ、其来意ヲ問フ。軍曹答テ曰ク。余ハ攻撃当日流散弾ノ為ニ臀部及脚部ヲ負傷。処属中隊長ト共ニ戦闘中、不幸、中隊長ハ重傷ニテ即死セラレ、本日一週日ニ相当スルニ付、墓参ヲ兼ネ、鳥渡、戦死ノ場処此処附近ト思フ故、何カ記念ノ遺物トナルベキ物ハナキヤト探リツヽアルト申候。片手ニ野生ノ花ヲ携ヘ、刀剣ヲ杖ニ我身ノ負傷ヲ忘レタル者ノ如シ。余ハ軍曹ノ心情ヲ察シ、仝情ノ涙禁ズル能ハズシテ、憮然タル事数刻ニシテ、軍曹ヲ慰諭シテ別ヲ告グ。実ニ花モ実モアル大和男子、好模範トシテ特ニ之ヲ報ズ。其姓名ヲ聞ク事ヲ忘レタルハ、余ノ遺憾トスル処ニ御坐候。

14-07-08

○明治37年7月11日付　爨長宛——（階級記載なし）第2軍第6師團第16号陸上勤務補助輸卒本部

御芳章本日拝誦仕候。貴下時候ノ御支障無之益々御清栄御奉務被遊大賀此事ニ御座候。当地目今昼間ハ炎暑酷敷御座候得共、夜間ハ冷氣ヲ感ジ申候。蚊ハ皆無ニテ蚊帳ノ必要無之ハ至幸ニ候。奥大将ハ南山占領後ハ軍ノ編成ヲ変更。第五第四及近頃上陸ノ第六師団ノ三個ヲ以テ第二軍ヲ編成。露ノ南下軍ト得利寺附近ニテ遭遇戦ヲナシ非常ニ好結果ニテ戦勝ヲ得、赫タル武功ヲ納メラレ候。第三軍ハ南山攻撃参加軍ノ一部、第三、第一及ビ第十一師團ノ三個師團ヲ以テ編成。乃木大将、司令長官トシテ旅順口ノ攻撃ノ任ニ当リ居候。当方面ハ日々、或ハ二三日間ヲ経テ砲聲盛ニ聞ヱ申候得共、未ダ陥落ノ運ニ至ラズ候。然シ糧盡キ救援軍至ルノ退路ハ已ニ第二軍ノ為メ絶タレ、進退谷リタル敵露ニ候ヘバ、不日陥落ノ悲運ニ遭遇致候ハ瞭然ニ御座候。小生本月三日ヨリ大連湾ニ参リ、仝処水雷営ニ宿営致居候。従来支那家屋ニ悪臭ヲ嗅ギ不快ノ感ニ難堪有之候処、西洋形兵舎ニ入リシ事故、内地ニ帰リシ心地致シ爽快言フ可カラズ候。第二軍ハ糧食ノ運搬不便ニテ数週粟粥ヲ啜リ飢ヲ忍ビツヽ有之候間、為メニ容易ニ攻陥スベキ敵塁モ糧食ノ継続ナキ為メ、乍遺憾攻撃中止ノ難已場合モ有之候由、或参謀官ノ秘密直話ニ御座候。当隊ハ第二軍ニ糧食運送ノ任務ヲ帯ビ鉄道線ヲ利用シ日々未明ヨリ当港糧食庫ヨリ貨車三十臺ニ満載、金州停車場迠傳逓輸送中ニ御座候。

学校新築已ニ御着手、特ニ規模以前ノ校舎ニ劣ラザル由、戦下国家ノ為メニ賀スベキ次第ニ御座候。折角御自愛被成ベク祈上候。先ハ右御伺旁々如此御座候。

盡余ハ二便ニ譲リ可申候。早々　拝具

七月十一日　吉富生

井芹校長殿

二伸　本日六日公用ニテダルニー市街ニ参リ候処、仝処ハ非常ノ結構ニテ市街ノ構造ハ西洋造作三階多ク建連ラネ、或一部ハ支那商店向ニ建設シ、数年間ニ大半成就セシ露助ノ手腕実ニ驚キ入申候。特ニ市街並木ノ外圍トシテ立派ナル木柵ヲ設ケ一本ノ保護ニ、十勒内外覚悟シツヽ尤モ安全且ツ大切ニ其目的ヲ達セントスル点ニ至リテハ邦人ノ企及シ能ハザル処ニ御座候。然シ目今退却ノ跡ニテ吾軍人ノ外、住民共々寂寞ノ景況ニ御座候。第三軍兵站監部ハ全処ニ駐屯罷在候。乍末筆、職員諸君ニ宜敷御轉報聲願上候。

14-02-23

吉原　量

○明治37年7月15日付　黌長宛——砲兵少尉　出征第11師團野戦砲兵第11聯隊第3中隊

謹啓　御懇篤なる御芳箋に接し難有感佩此事に御座候。尚進んで貴意に添ふべく覚悟致居候間、右様御含み被下度候。御承知の如く當師團は旅順攻撃にて目下同地を去る僅々三里餘の所迨撃退し、是より所謂旅順要塞大攻撃に御座候。此頃は日々小部隊の戰闘有之。従て銃砲聲の絶間無御座候。何れ不日総攻撃の日を見る事と楽居候。先は不取敢右迨。　早々　頓首　在清國

明治卅七年七月十五日　陸軍砲兵少尉　吉原量

14-03-16

吉弘鑑徳

吉原　量

明治13年生、戦病死。大分県西国東郡高田町。

明治30年入学、32年卒業。

吉弘鑑徳

○明治37年9月26日付　嚳長宛――出征第6師團歩兵第13聯隊 歩兵中佐（聯隊長）

拝復　益々御清福の段奉賀候。早速御鄭重なる御祝辞を辱ふし却て慚愧の至に御座候。御承知の通り随分の激戦にて、為に多数有為の戰士を亡ぼしたるは残念の極に御座候へ共、九州男子の眞随を遺憾なく発揚したるは、誠に愉快に堪へざる次第に御座候。其後とも志氣は益々旺盛にて、眼中已に奉天なく、哈爾賓なきの有様にて候間、幸に御放念被下度、先は不取敢御禮まで。敬具

九月二十六日　吉弘鑑徳

井芹経平殿　侍史

6-01-01

○明治38年2月5日付　嚳長宛――出征第6師團歩兵第13聯隊 聯隊長

拝復　其後愈々御健勝奉賀候。降て当方至極元氣、乍憚御安心被下度候。扨て先達は御葉書被下難有。黒溝台附近の戰勝、為國家実に愉快の次第に御座候。目下当地何の変りもなく滞陣中に御座候。熊本の稲田氏[1]など再度筆を執りて、当地へ来られ候序では、又々珍しき事柄新紙上に表はす事と奉存候。尚ほ寒氣和ぐも無之と考居り候へば、折角御保養専一に奉祈候。一寸貴答迨申上度如斯御座候。

草々　頓首

嘉永5年生、大正3年没。元肥後藩士。熊本市古京町。はじめ師岡姓、のち吉弘姓をつぐ。明治8年大阪兵学寮。明治9年陸軍少尉補。西南戦争、日清戦争、台湾出兵、日露戦争に従軍。とくに日露戦争では歩兵第13連隊長。のち熊本聯隊区司令官となり、明治41年退役（歩兵大佐）。明治41年～大正元年、第五高等学校講師。

1　九州日日新聞より報道員として日露戦争の取材に派遣された稲田初太郎氏のことと思われる。

明治三十八年二月五日　吉弘鑑徳

井芹経平殿　侍史

14-02-01

米村末喜

○明治37年6月4日付　甕長宛――（階級記載なし）第二駆逐隊　駆逐艦「朧」

御手紙前進根拠地にて拝誦。戰運佳域に入りたる今日、益々身神の保養につとめ、其職分に對して耻ぢざる様懸念可致候。

井芹済々黌々長殿

追て　開戰間ぎわに陸上の騎兵隊に相當する駆逐艦（朧）[1]に轉乗、少年士官に取りては快活なる行動致し居候。ただこれまで陣中餘裕なく戰況の報道もせざりしは、遺憾の至りに御座候。個人としての生活は日々書留め居り候へば、何れ御覧に入るゝ折りもあらんと時機の到来を奉待候。

今夜旅順港外に警戒しつゝあり

月出る東の空ぞしたわるゝ

ふるさと人の影見ゆる心地して

米村末喜

明治12年生、昭和16年没。熊本県飽田郡中緑村。明治27年入学、31年退学。海兵29期。大正9年海大教官。「浅間」「伊勢」艦長。大正14年海軍水路部長。昭和4年海軍中将。

1　第一艦隊駆逐隊所属の駆逐艦。明治32年イギリス製。

探海燈の光りかすかなり旅順口
み空を照らす月清ければ
以て近頃勤務の状推断致し被下度候。
六月四日　米村拝
14-12-11

○明治39年1月1日付　済々黌宛――海軍大尉　海軍水雷術練習船

賀新玉
一月一日　海軍大尉　米村末喜
濟々黌御中
14-06-23

米村靖雄

○明治37年9月28日付　黌長宛――(階級・所属記載なし)

遼陽附近ニ於ケル私軽微ノ負傷ニ對シ、懇篤ナル御見舞被下、難有御礼申上候。御蔭ヲ以テ既ニ平癒仕リ、再ビ軍務ニ勉強罷在候間、乍憚御放念被下度願上候。右ハ不敢取御返事申上候。再拝

米村靖雄
明治15年生。熊本市新屋敷町。明治29年入学、30年退学。幼年学校へ進学。

28/IX　米村靖雄

井芹先生　虎皮下

6-04-10

○明治37年9月28日付　済々黌宛——出征第6師團歩兵第23聯隊第2中隊 歩兵少尉

只今ヨリ或ル任務ヲ帯ビ出發セントス。乱筆御免被下度候。

拝啓仕候。遼陽附近ニ於ケル小官軽微ノ負傷ニ対シ、早速御手厚キ御慰問状ヲ辱クシ難有御礼申上候。既ニ平癒仕リ軍務ニ勉強仕居候間、乍憚御安心被下度願上候。我黌出身ニシテ陣没セラレシ諸先輩、踵ヲ接シテ出来仕候ハ遺憾ナガラ又我黌ノ名誉ト存候。過日ノ戦闘ニ我ハ実ニ多大ノ損害ヲ受ケシモ、赳々タル男児ハ後援シテ尚内国ニアリ。聊力心ヲ強クスルモノ有之候。

右ハ一寸御返事申上候。再拝

28/9　米村靖雄

済々黌御中

14-06-11

笠　蔵次

○明治38年1月1日付　釁長宛――（階級・所属記載なし）

東風一タビ吹イテ妖霧散シ日月ノ照ラス所天地明カニ、皇威稜々トシテ八表ニ輝ク大御代ノ春ヲ迎ヘ欣喜雀躍ノ感ニ不堪候。釁長殿始メ諸先生方愈々御多祥愈々御健全御超年ノ御事ト察シ、恭賀至極ニ奉存候。屢々御叮寧ナル御書状ヲ恭クシ御厚情ノ程千萬奉感謝候。如仰戰局愈々進捗シテ、軍務愈多端ニ遼北ノ地天漸ク寒クシテ凛々タル朔風雪ヲ捲キ、幾多ノ戦闘ニ困難ヲ感ジ候ハンモ、上　大元帥陛下ノ稜威ヲ籍ク、下熱血湧ク國民ノ後援ニヨリテ益々奮ヒ益々進ミ、一塊ノ燒骨トナルニ非ザレバ再ビ郷土ニハ帰ラザル決心ニ有之候得バ、満州ノ寒氣吾ニ於テ何カアラン。陸續来着スル烏合ノ露勢何ゾ畏ルヽニ足ラン。反リテ我ニ興味ヲ與フル次第ニ付何卒御安神被下度候。

承レバ同窓ノ諸氏モ已ニ四十余名戦死若クハ負傷ノ由ニテ、御校ニ於テハ種々御盡心ノ由、定テ泉下ノ諸氏モ感涙ニ咽ブナラント奉存候。釁舎ノ再築工事モ規劃旧ニ倍シ着々竣功ヲ来シ申候赴キ、御苦心ノ程察セラレ候。尚冱寒ノ砌幸ニ御自愛御自重ノ程奉祈候。頓首

明治三十八年一月吉日　笠蔵次

釁長井芹經平殿

14-04-19

笠《りゅう》　蔵次

明治13年生。熊本県飽託郡花園村。明治28年入学、34年卒業。陸士15期。昭和9年8月～10年6月奄美大島要塞司令官。昭和10年陸軍少将。

○明治38年1月1日付　生徒宛――歩兵少尉 野戦第6師團歩兵第23聯隊第6中隊

御儀式ナガラ

謹賀新年

祝諸賢ノ健康

此程ハ面白キ御葉書被下、難有頂戴。丁度夜遅ク到着致シ、例ノ散兵壕ノ穴ノ中ノ事故、直様被リタル毛布撥キ退ケ、焚火ヲ吹キ付ケ拝讀仕リ候。我ガ第二ノ故郷ナル済々黌生徒一同トアルヨリ殊更嬉敷、過ギシ昔ノ事共思ヒ續ケラレ、長キ冬ノ夜モツラ〱ト夢ノ間ニ明サレ申候。扨御返事ニ付テ何カ戦場ノ面白キ事ナリトモ思ヒシガ、已ニ新紙ノ報ズル所委シケレバ、其話申スニモ及バズ。又出征以来約半年、數度大小戦ニ参加シ、其間ニ見タリ聞タリシテ感ジタ事モアリマスルガ、滅多ニ言ヒ出セバ赤耻ノ本ナレバ、是ハ後回シニ致シテ、係リ結ビトカ、テニヲハトカ云フ事ハソッチ退ケト云フ出鱈目ノ捻ジ付ケ歌一、二責メテ御正月ノ御物笑ニ迄申上候間、御一笑ニ付シ被下度願上候。夫レ詩ハ性情ニ本ヅキ、水田ノ蛙ノ何トカカントカト昔ノ人ノ申セシ通リ、戦地杯ニテハ随分物ニ觸レ、事ニ感ズル事モ多々有之。遂ニ下ラヌ片言歌ニ化ケ申候。併シ浅學不才ノ身、意至リテ筆従フ能ハズデス。今更在学中ニ今少シ勉強シテ置ケバ能カリシト思フハ獨リ歌而已デナク、普通ノ科ハ皆左様デス。在學中ニハ画ガ何ノ役ニ立ツカ、動物ガ何カ、植物ガドート、色々軽蔑シタノハ大ナ誤ニテ、人殺ノ商買ニモ矢張リ此等ノ物ガ何カノ場合ニ大ニ為ニナリ、不少戦術上ノ智識ヲ與フル事ガ度々有之候。余計ナ事迄口走リ、失敬仕リ候。嗚呼余リ前書バカリ六ヶ敷書イテ尾ガツマラズ、下手ノ蛇ノ画ニ相成候。

出征ノ途ニ付ク時

数ならぬ身の皇軍に列りて　いくさの庭に進む嬉しさ

首山堡戦斗后数多戦友を失ひて

かねてよりかくなるものと知りつゝも　止めかねたるわが涙かな

剣太刀身も砕くとも戦ひて　わがなき人の吊をせん

沙河戦斗の翌夕

計らざりき今まで命長へて　昔ながらの月を見んとは

沙河滞陣中初雪の時

あだし野にふれる白雪かきよせて　屍を埋む時ぞ来にける

敵状偵察ニ出デタル夕

紅のにしきとなるをしら雪の　よろひの袖にふりかゝるかな

沙河にて年も暮れんと□□

沙河に年暮れむとはしら雪の　恨の日々につもりこそすれ
敵と六、七十間位隔てゝ居るが、矢張元日には酒肴が澤山渡りし故、監視兵は片手に銃、片手に杯と云ふ様な風に、新玉の試し方々どんどん射撃をやりて居り、又穴の中にはわあく酒呑み居る
新玉は敵をもこめて祝ふかな　酒つきさゝば何と云ふらん
御一笑被下候はば幸甚、命あらば又御音信致す事もあるべし。サヨナラ

明治三十八年正月吉日
野戦第六師團歩兵第二十三聯隊
第六中隊　歩兵少尉　笠蔵次
済々黌生徒御中

6-04-17

○明治38年6月21日付　黌長宛――（階級記載なし）歩兵第23聯隊本部

六月二十日追送品到着致シ候故、御恵與ノ多士第三有難落手仕候。新築以来幾何モナクシテ宏大完備ノ黌舎ハ、火炎ニ罹リ殆ンド烏有ニ皈シ、國家ハ戦ヲ露國ニ開イテ漸ク多事ナラントスル秋、黌舎ノ復興其他ノ経営ニ就テ、不少碍障ハ道ノ縦横ニ當リ、定テ辛苦ヲ積マセラレタルナラント奉察入候。山崩ルレバ

之ヲ拓キ、水溢ルレバ之ヲ決シ、常ニ綽々トシテ諸般ノ事務ヲ整頓セラレ、余恩ハ外征ノ吾々ニ至ルマデ及ビ、内ニ在リテハ済々タル多士、文ヲ磨キ武ヲ練リ、一度多士ト云フ雑誌ヲ繙ケバ、其進歩発達ノ度ハ驚ク位ニ有之候。其夙夜□ニトメ、諸先生方ノ公務ニ精勵セラレシ功果ヲ奉仰ト共ニ、黌輝ノ隆盛ヲ奉慶賀候。爾来常ニ御無沙汰而已申上、今更申譯ナキ次第御容赦被下度願上候。時下追々暑氣酷敷相成申候折柄、御自愛専一ニ奉祈候。私事モ依然旧態ヲ墨守シ碌々消光罷在申候間、乍他事御安神被下度候。先ハ御禮傍御伺マデ申述候。早々

六月二十一日　歩兵第二十三聯隊本部　笠蔵次

済々黌長井芹経平殿

諸先生御中

6-05-09

○**明治38年12月28日付　黌長宛**——（階級・所属記載なし）

謹呈　向寒ノ砌益々御清康奉恭賀候。不肖事出征中ハ不絶御懇篤ナル御慰問被下深ク奉感謝候。去ル十一月十三日新兵教育ノ任務ヲ以テ帰還ヲ命ゼラレ昌圖表出発致シ、同月二十三日熊本ニ着致シ候ニ付、直様御礼ニ罷出ズル筈ニ有之候処新兵入営迄ニハ時日大ニ切迫シ諸種ノ要務ニ取紛レ、乍自由延引仕居候處、

帰国ノ途中聊カ風邪ノ氣味タリシガ何時迠モ直ラズシテ腸窒扶斯ニ変ジ、十二月七日ニハ遂ニ入院スルノ止ムナキニ立到リ、爾来今日迄病褥ノ中ニ日ヲ過シ候如キ果敢ナキ境遇ニ陥リ申候ニ付、乍不本意失礼仕候段、不悪御思召被下度奉願上候。別冊寫眞帖ハ在清国歩兵第廿四旅團副官大尉松山武平次ヨリ済々黌同窓生へ送リ呉レト申来リ候ニ付、実ハ私持参致ス筈ニ御座候へ共、前記ノ次第ニテ難叶候侭、乍自由以使差上申候ニ付、御受納ノ上可然御取計被下度御願申上候。

追テ松山大尉ニハ、野戦第六師團歩兵第二十四旅團司令部宛ニテ通信出来申候間、御参考迠申添候。早々　不宣

十二月二十八日認　笠蔵次

6-06-14

渡邊右文

○明治39年1月1日付　黌長宛——（階級記載なし）陸軍中央幼年學校第2中隊第6區隊

鳳暦の吉慶千里御向風目出度申納候。先以て各位御清勝に御超歳被遊候段奉賀候。次に私事も御蔭を以て無事重齢仕候間、乍憚御省念被下度候。

渡邊右文
明治21年生、昭和18年没。熊本市薬園町。
明治33年入学、35年退学。中央幼年学校へ進学。
陸士21期。昭和14年陸軍中将。
昭和15年第15師団長。

先は右御祝詞申上度如此に御坐候。恐々謹言
一月一日　渡邊右文
職員御中

14-03-21

渡辺新太郎

○明治38年1月1日付　嚳長宛——（階級記載なし）
大分縣速見郡別府町臨時憲兵派出所

謹賀新年　併謝平生の無禮
旧年は実に実に申訳なき御無沙汰仕、何とも申訳なき次第に候。何卆河海の量とて御ゆるし下され度候。然に私事、旧冬十二月七日突然の命令に接し、大分縣別府町に収容せる傷病兵監督の為め出張を命ぜられ、仝九日仝地へ着任仕候。尓来当地に於て執務致し居候間、御安神成下され度候。
御夫人様には尓後御安着あらせられし事と奉拝候。乍失禮、御模様御聞かせ下され度奉願候。御母堂様には無御変、御健康の事と奉存候。御両方様へ可然御傳言奉祈上候。
先は御年賀を兼ね、御伺迠如斯御坐候也。　頓首　渡辺新太郎

渡辺新太郎
経歴不明。二三学舎の関係者と思われる。

井芹先生
塾生諸君へ宜敷御傳へ下され度奉願上候。

14-01-08

渡邊友松

○明治37年9月7日付　黌長宛——砲兵少尉 出征第2軍徒歩砲兵第4聯隊第2中隊

一寸戰斗ノ有様ヲ一、二申述ブレバ、
卅一日ノ朝我歩兵某大隊ハ敵ノ陣地ナル高地ニ漸ク〳〵ニテ近接シ（三分ノ一ハ既ニ斃ル）一ヶ中隊位勇猛ナル将校ノ指揮ノ下ニ山腹ノ稜線ヲ駆ケ登リシ時、丁度山頂ニ在リシ敵兵走セ下リ来リ、両方既ニ二十米位ニ近接ス。私ハ丁度大隊ノ観測所ヨリ射彈ノ景況ヲ観測シテ居マシタガ、眼鏡ニテ見ルト能ク見エマス。此近接シタル両軍ハ見ル間ニ白刄戰ト相成リ、士官ハ軍刀ヲ振フテ走リ廻ル、切リ倒ホス、突キ殺ロサルヽト云フ間ニ、忽チ変ジテ石合戰トナリ、露兵終ニ退却シ始メ、我兵ガ追ヒカケテ捕ヘル、切ルト云フ有様ニテ、山頂ヲ占領シタカト思フ瞬時ニ敵ノ側方ヨリ猛烈ナル砲撃ヲ加ヘラレ、見ル間我忠勇ナル将士ハバタ〳〵倒レ、是レニ乗ジ露兵澤山出デ来タリ。残餘ノ将士ヲ射殺スハ、

渡邊友松
明治14年生。熊本市西子飼町。
明治28年入学、33年卒業。陸士へ進学。
明治33年、熊本県中学第一済々黌助教諭（天草分校勤務）。

※この手紙はペン書きである。ただし最後の五行は筆書き。本文中棒線で消してある部分は赤ペンで本人が消している。

銃剣ニテ突テ殺ロス、溝ノ中ヨリ山ノ下方ヘハネ落トスト云フ悲惨ナル状態ヲ演ジ申候。再ビ残念ナガラ露兵ノ手ニ帰シ申候。又露兵ガ凹地ニ集團シテ居ル所ニ、私ノ中隊ガ榴霰彈ヲ落トシカケマシタ。バタ〳〵倒レ手足ガ土煙ト共ニ空中ニ飛ビ上ガルノガ見ヘテ居マス。其レデモ露兵ハ逃ゲマセヌ。土地ニ伏シタキリ一人モ動キマセヌ。露兵ハ陸軍トシテハ世界ニ蒋々ル軍隊デス。砲兵ノ射撃ノ上手ナル事等ハ実ニ感服ノ外アリマセヌ。此レニ打チ勝ツ我軍隊ハ何ノ為メデショウ。

軍事通信ハ大辺八ヶ釜敷アリマスカラ、朱ニテ消シテアル部秘密デスカラ御取リ除キ下サイ。

既ニ新聞紙ニテ御覧ニナリマシタロー

遼陽攻撃ハ實ニ餘リ豫想ガ高カ過ギルト思フテ居タノデシタガ、中々其豫想モ及ビマセンデシタ。最初首山堡（遼陽ヨリ二里）南方敵ノ陣地ハ實ニ其防禦工事スバラシキモノニテ、我工兵隊等ノ到底作業シ得ベカラザル程度ニテ、私等ガ士官学校ニテ築城学ノ模型ヲ見ル様デス。實ニ立派ナ工事デス。

ソシテ單ニ工事ガ巧ミナルノミデナク、能ク地形ヲ有利ニ戰術的ニ利用シテ居ル事ノ上手ナ事モ感服致シマシタ。此様ナ有利ナ掩護物ニ敵ハ據リテ居リマシタカラ、是レヲ攻ムル我軍ノ苦戰ハ将校ノ死傷者ノ多キヲ見テ御想像下サイ。

戰死将校　　負傷将校

第二軍　第四師團　約二十九名　約四十八名

第三師團　約四十二名　約七十五名

第六師團　約三十一名　約五十二名

下士以下殆ンド万ニ近カラン

此レハ單ニ第二軍ノ将校ノミノ概数デス。此レガ八月三十日卅一日デシタ。敵ハ退却シテ遼陽城外ニ再ビ防禦工事ニ據リマシタ。八月二日ニ再ビ激戰ガ始マリマシタ。攻撃ハ猛烈果敢デシタガ、敵ノ砲撃モ亦スバラシキモノデシタ。我歩兵部隊ハ敵ノ機関砲（小銃彈ヲ一分間ニ六百發）ニテ大辺ヤラレマシタ。其死傷ハ又前記ニ彷彿タリデス。實ニ戰勝ノ價ハ偉大ナモノデス。八月廿六日海城ヲ前進攻撃運動ヲ起シマシテ、九月三日夜三時ヤット遼陽ヲ占領シマシタ。占領ハ占領ニ違ヒアリマセヌ。何卒将来ノ作戰ヲ御想像下サイ。軍ハ暫ク此地ニ駐軍デス。敵ノ陣地、堡塁溝ノ中ニハ、我軍ノ士卒ノ屍ハ實ニ山ノ如クデス。目モ當ツルニ忍ビマセヌ。多分従軍画報者ノ写眞ニ御覧ナルデショウ。私ハ幸ニ武運アリテ未ダ名誉ノ戰死ヲ致シマセヌ。

先ハ平素御無音ノマヽ（以上ナルベク秘密デ）

九月七日　於遼陽　　砲兵少尉　渡邊友松（三十三年卒業生）

井芹経平殿

本黌出身同窓生モ多数従軍日々戰斗ニ勤務シテ居マスガ、國家ノ為ニハ名誉ナル戰死負傷ヲナサレタ諸士モ多ク、斃レテ後チ止ムノ進取不撓ノ精神ハ不相変戰斗場裡ノ惨憺タル悲壮ノ内ニ曖々トシテ保タレテ居マス。

陣中多事不文不敬ノ段幾重ニモ奉謝候。

14-05-17

○明治38年1月1日付　職員・生徒宛——砲兵少尉 出征第4軍徒歩砲兵第4聯隊第2中隊

新年を賀す

諸先生方並に生徒諸君の御健康を祈る

先月は御慰問被下、特に生徒諸君の秀筆の繪葉書は陣中の苦を忘れ、御厚意の切なる、深く感謝申上候。幸に私も遼陽に、沙河会戰に、未だ健全罷在候間、益々奮て御同情に背かざらむ事を期し申候。早々　不一

明治三十八年一月一日　満州沙河陣中にて

砲兵少尉　渡邊友松

濟々黌職員生徒諸賢

14-11-16

姓名不明

○明治□年7月6日付(宛先不明)

愈々御健勝、慶賀の至りに御座候。迂生儀、出征以来頗る健康にて軍務に従事致し居候条、乍他事御安意有之度。當師團は目下某要地にありて日々小戦を交えつつあり。我軍の威気は頗る揚れり。何れ吉報御伝え可申候。右御返事迠。

七月六日

3-01-07

○(日付・宛先記載なし)

幾搖

星回邊塞趁征喝　風雪窓外披幾搖
□得床頭梅一株　晴香詠々有神通

元旦

朔雪何妨春信連　朝陽新是払雪眉
陣中酌酒迎合節　尚憶凱風楽夢時

14-10-24

※この葉書は掛け軸に貼布してあるため、差出人、宛先等の確認が出来ない。

※この書簡は赤い便箋に墨で書かれている。「赤」はお祝いの意味か？

封印された記憶
―『日露戦役記念帖』によせて―

大濱徹也

立志への問いかけ

熊本県立済々黌高等学校は、佐々友房らが明治一二年（一八七九）に創立した同心学舎にはじまり、一五年に開校した済々黌を母胎とする私学として地歩をかため、熊本県中学済々黌、熊本県尋常中学済々黌、熊本県立中学済々黌となり、戦後の学制改革のなかで高等学校と名を改め、現在に至っています。済々黌は、自由民権の風潮渦まくなかで、紫溟会を結成し熊本国権党の領袖となる佐々友房が黌長として基礎をかためた学校として、「忠君愛国」の正気を高くかかげ、時代に対峙します。その正気は、創立の根本精神とした三綱領、「正倫理明大義、重廉恥振元気、磨知識進文明」にもとづき、「日本国民たるの資格を煉成」するなかで、生徒の肉体にきざみこまれたのです。

済々黌の存在は、三綱領に提示された正気への思いとともに、自由民権の風潮が奔流する時代にあって、金五百円が下賜されたほどに明治天皇の期待した教育像でした。『明治天皇紀』の明治一六年五月二一日の条は、「熊本済々黌に賜金」として、つぎのように認めています。

思召を以て、熊本県済々黌に金五百円を賜ふ、済々黌は同県紫溟会の創立に係る、教ふるに中学校課程を以てす、校風健実、時流に趨らず、教育の実見るべきものあり、参事院議官渡辺昇其の地を巡察して、大に其の学風を称し、内帑を賜ひて之れを勧奨あらせられんことを上申す、仍りて此の特典を賜ふ

学校は、天皇の熱き眼ざしを一身に受け、「大義」を明らにすべく励みました。佐々友房は「大義」をつぎのように問い質します。

我邦民カ万世一系ノ皇統ヲ戴キ君臣ノ義ニ重ヌルニ父子ノ親ヲ以テスルモノハ是レ誠ニ宇内無比ノ国体タル所以ニシテ我邦民タルモノハ此大義ノ在ル所ヲ考ヘ須臾ラクモ日本国民タルノ責任資格ヲ抛棄ス可ラズ本黌諸子斯心ナクシテ可ナランヤ

この「大義」に生きる道は、「重廉恥振元気」人たることだとなし、「有事ノ日ニ方リテハ彊場ニ従事シ国民護国ノ義務ヲ全クセシメント欲ス是レ内心ノ道義以テ廉恥ヲ重ンシ外形ノ体力以テ元気ヲ振ヒ交々相涵養セシメント欲スル所以ナリ」と説かれました。こうした佐々の思いは、文明国日本をめざす上で、「文明」の知識に翻弄されることなく、国体への熱き信仰を身につけた国士の育成をめざしたものにほかなりません。

佐々が揚言した済々黌の魂を学校に根づかせたのが第五代黌長井芹経平です。井芹は、明治二一年に東京高等師範学校を卒業すると同時に、熊本県尋常師範教諭兼中学済々黌嘱託となり、済々黌教頭としての実務をとり、佐々以下の歴代黌長を輔佐し、二九年四月に黌長心得、三〇年に黌長に就任、大正一二年に辞任するまでの三五年にちかい歳月を済々黌とともに歩み、三綱領が提示した精神を身をもって示し、その生涯を学校にささげました。

日清戦争前夜の済々黌は、「皇国の精神鼓吹」に努め、清国を論難する作文教育をなし、世間の注目をあつめていました。時に熊本を訪れた文部省参事官岡田良平は、この激烈なる排外主義を憂え、八重野範三郎黌長を叱正したという。井芹は、この一件を聞くや、「日清間の国情は到底正面衝突の已むべからざるを絶叫し本黌の教育法は寧ろまだ生温き感あり」となし、県庁に岡田を問い、「激論数刻に及び遂に」説破、その教育方針を貫かんとしました。

かかる愛国への至情こそは、井芹の終生を貫くもので、「三綱領」を体現した存在感のある黌長として生徒の範となりました。日露開戦は井芹の心を激しくうちます。その思いは、明治三六年に創刊された校友会雑誌『多士』の第三号（明治38年2月28日）によせた論説「時局所感」にうかがうことができます。

井芹は、明治三七年二月一一日に「宣戦の大詔を生徒諸子と共に捧読した時は尊厳と公明と憤騒との情が勃々として興起したのであるが爾来回顧すれば僅かに十個月」として、日露戦争から学びとるべき意義を生徒に問いかけ、戦場にある同窓出身者の苦闘を追体験するなかに精神共同体としての学校の使命を想起しています。

崇高なる忠君的愛国の精神が武士魂の作用即ち勇健に高潔に仁愛に順正に活動の実現をなすことは所謂我国士の品格たる骨子である。中学教育に於て国民性を代表すべき品格の修成とは即ち此美徳の成功を謂ふのである。

我軍事行動の優勝なる美果を挙げつゝあるにつきて次に警戒すべき緊要の事があるがそは立志と云ふ事である。事は其大小に拘はらず立志が成功の予定必須条件なるを明確に承知すべきである。国民には其

国民の志があり学校には其学校の志があり個人には個人の志が必ずなくてはならぬ（略）

日本の勝利は、日清戦争後に「帝国将来に対するの志即ち国民積極の発動＝東亜平和の扶植帝国自衛利権を確立する大志大目的が定立」したが故に、「軍備の拡張」に努めたからだと解説されます。その上で井芹は、「出征将士をして大に安ずる様に努力せねばならぬ。斯かる思ひ入れ心懸が即ち国士の国士たる品格を修養するに骨子となるべきもの」となし、「我黌の同窓出身にて今回の戦争に参加せる将校の人が殆ど二百人下士以下は夫相当に多数でありて皆各自其方面の任務に当り赤心以て貢献に尽されて居る中であるが既に戦死負傷の人が早や四十人に達した」現実にふれ、生徒が負うべき責務を問いかけました。

学校は職員も生徒も共に交々新陳代謝するもの常に絶えないが此個人の聚合離散の如何に係らずして学校に一の活ける生命が恒久に存在永続するものがある。然して此生命は宛も個人の如く特有の性格を有するものであるが之を一般に校風と称して居る。然るに此校風の淵源なるものは其生命を組織する新旧個人が各方面に於て貢献する所の精神が学校なる一の中心に集積して活発に発動する様になり又必ず之に光輝を有する様になるのである。彼の同窓軍人諸君は皆各自の本領を以て忠節を国家に致し其赫々の烈勲は必ず我帝国の光栄たるに相違ないが半面には又我黌風の上に貢献する所実に大なるものがある。此等の高尚荘厳なる名誉の貢献によりて発展する我校風の如何に貴重にして且つ有勢なるかは予が贅言を要せぬであらう。

学校の生命たる忠君愛国の精神を以て進て益々黌風隆盛の美を成すに於て一層の発憤なくてはならぬ。確実なる立志の下に学生の品格の涵養と才能の啓発とに大に勖む所なくてはならぬ。

井芹黌長は、「三綱領」を実りあるものとすべく、戦場にある同窓出身者に雑誌『多士』などを送り、済々黌出身者の情報を広く求め、その勇姿を教職員生徒と共有することで、「学校の生命たる忠君愛国の精神」を育まんとします。生徒は、戦地からの便りに戦場を想起し、その苦闘を追体験するなかに「三綱領」が説く世界に思いをはせ、己が志を問い質していきます。いわば戦地便りは、同窓意識を器となし、戦場と学校を一つの精神共同体となさしめたものにほかなりません。生徒は、戦場からの問いかけに己を凝視し、明日に向けて飛翔する場をきずかんとしたのです。

呼応する声

『多士』第三号は、明治三七年二月一〇日の宣戦の詔勅、一〇月一〇日の勅語とともに、「済々黌出身名誉之戦死者」の肖像写真をかかげるとともに、「本黌卒業生及同窓生の戦死負傷者小伝」を掲載しています。その第一がハルピンで銃殺された沖禎介です。

沖は、ロシア軍の後方攪乱と輸送路を切断すべく、東清鉄道爆破作戦を命じられた「特別任務班」の一人で、チチハル南方のフラルギーで嫩江にかかる鉄橋爆破をめざして失敗、横川省三とともに捕縛され、三七年四月二一日刑場の露と消えました。記事は、「本黌高田原時代の同窓生」となし、「四月中旬」に銃殺されたことを報じ、「其の刑に臨み従容莞爾として場に上りしと云ふ」と結んでいます。

「小伝」には、「残念の一言と共に倒れ繃帯所に運ばれ霎事にして瞑せり」「敵の沈設水雷の為に艇と共に港に斃る」「繃帯を加へんとするや之を拒んで且つ曰く乞ふ余の負傷を兵に知らしむる勿れと言ひ終って瞑せりとぞ」と、死の相貌が克明に認められています。生徒は、三七年一二月までに軍籍に身をおくもの二八四人のうち、戦死者が一割の二八人であるという現実を凝視し、戦死者が奏でる記憶を共有するなかに、「忠君愛国」への思いを新たにしました。

ちなみに二八四人の内訳は、陸軍二三四人（将校・同相当官一八六人、准士官一一人、一年志願兵を含む下士三二人、通訳五人）、海軍三五人（将校・同相当官三四人、下士一人）、運送船乗組一五人。戦死者は陸軍が二二人（大尉五、中尉六、少尉六、曹長一、軍曹三、補充兵一、戦傷者は少尉四、特務曹長一、補充兵一、歩兵卒一）、海軍が六人（中尉一、少尉三、水兵一、運転士一）で、その多くが第一線の将校です。このことは、済々黌が軍の予備門たる性格を強くおびていたことをうかがわせます。こうした死の相貌は、硝煙と血に染められた大地からの便りと一体となった時、生徒の心をゆるがせ、帝国日本の健児たらんとする思いをうながします。

陸軍輜重兵少尉山本猪熊は、第一軍の鴨緑江攻撃に参加、「生等が初めて目撃したる危険の光景、悲惨の情状に至りては、到底実見者に非らざれば、想像だに及ばざる処に御座候」（明治37年6月7日、本書 四三〇頁）と、戦場の惨状を認めています。

砲丸の為めに身体は恰も蜂の巣の如く貫かれ全身血染となりたるあり。霰なす銃丸の為に貫かれ恨を飲んで倒れたるあり。或は手足を突貫せられ気息喘々として将に死に瀕せんとするあり。斯の如くにして戦場に散布したる死傷者は、岡の頂、山の谷、畑の畦等に累々として堆く重なり居り申候。而して死傷者の遺棄したる武器、帽子、水筒、長靴、繃帯布等は、血跡斑々として此処彼処に散乱し、戦場は時ならぬ血の河を形成し、実に見る人をして戦闘なるものは斯くも悲惨なるか、斯くも惨烈なるかの感情を喚起せしめ申候。然ども彼の露西亜軍が狼敗の極として戦場に遺棄したる速射野砲、弾薬車、機関銃、小銃、短剣、拳銃、衛生材料車、輜重車、パン焼車、及被服装具等の戦場附近に散在せしを目撃したる時には、思はず愉快〱を連呼致し申候。

こうした血河流れる戦場の様子は、南山、奉天、沙河と戦闘ごとに詳細に伝えられ、新聞が報ずる世界以上に、身近な戦場譚として生徒の心にきざまれたのです。それだけに愛国の激情に駆られた言動が慰問文を色どりもしました。そのため前線からは、済々黌で学ぶことの意味を問いかけ、一過性の愛国心がもたらす「戦争熱に浮さるる学生の狂態」を戒める便りが再々よせられています。第一軍近衛師団歩兵第一聯隊歩兵大尉天草種雄は、その思いを「戦局の進捷は是を帝国の陸海軍人に佑し、諸君、希はくば冷静なる頭脳を以て清心学生の本分たる学芸に奮励せられん事切望の至に堪ず」「学生諸君！戦争は是を外吹く風ときゝ流し、大国民的態度を以て其本分に盡砕せられん事、くれぐれも切望に堪ず」（明治38年1月1日、本書　四頁）と、認めております。

また第二軍野戦砲兵第十三聯隊砲兵中尉田村徹は、歯の浮くような奉天戦勝の祝文を書くよりも、「ア、タ方ガ生命ヲ存シテ外征ノ士ヲシテ遺憾ナク戦ハシムルハ、実ニ容易ノコトニハ無之カト被存候。」とし、「ア、タ方ノ最大義務、其義務ノ如何ナルモノナルカハ余程考ヘテ見ナケレバ誤マルモノニ候。誤マラザル薬トシテ最モ効能アルモノハ即チ、ア、タ方ノ三綱領。是ヲ誤マル位ナラ此ノ三綱領ヲ焼印ニデモ起シ、要スレバア丶夕方ノ胸ノ真中ニ焼印ヲ捺シテ置イタラ必ズ間違ハ無之カト被存候。」（明治38年4月13日、本書 二四七〜二四八頁）と、言いはなちます。

かかる母校生徒への熱き心は、野戦砲兵第二聯隊砲兵少尉園田保之がロシア軍負傷兵へ日本兵が「真に戦場にありては一滴千金にも換へ難き」貴重な水筒の水や「何程金銭を投じても時機によりては容易に得られぬ巻煙草を惜しげも無く恵む」光景を外国武官が撮影したことを紹介し、「二十世紀序幕の大戦争に於て如何に日本が文明の鎧を着、正義の楯を翳して進しか」を、世界に知らせたきものと説き、語学修得の重要性を訴えたなかにも読みとれます。

此度小生が戦地に於て最も感じたるは語学にて御座候。多くの外国武官、外国新聞記者の間に立混りたるとき、語学の拙きは赫顔汗背位の事にて相済まず候。小生なども士官学校にて一寸許り独逸語を修め候事とて英語は殆ど記臆に存ぜず、英語を通用語となしおる彼等連中に対しては真に体の良き唖に御座候。（略）年若き有篤なる済々黌の健児諸君、決して々々語学を忽にせられざらむことを希望に不絶候。

（明治37年8月9日、本書 二一八〜二一九頁）

語学の重要さは、第五師団歩兵第四十一聯隊第九中隊長歩兵大尉松前音熊も外国従軍武官と「意ノ如ク交際スル事能ハザルハ、実ニ遺憾ノ至リ」とし、「今回ノ戦勝ニヨリ、外国人ト交際スル事一層多ク相成ル可ク、従テ外国語ノ仕用益々切ナルト思居申候」（本書 三九一〜三九二頁）と認めた一文にもうかがえます。いわば戦場での出会いは、文明国につらなったとの自負とともに、外国と交際する上で語学力が急務の課題であるとの実感をなさしめたのです。

将兵が身をもって学んだ日露戦争体験は、戦勝熱に狂奔することなく、世界の「大国民」たる思いにほかなりません。その思いは、「支那家屋の陋臭」（砲兵少尉園田保之、明治37年6月23日、本書 二一四頁）を厭い、大連上陸後に「当市街は日本とは大に趣を異にして居ります。実に不潔でく、名物は蝿、糞、奇妙な臭気、ゴみ。婦人は一人も見ません。美少年は沢山居ります」（澤友彦、明治37年9月30日、本書 一六六頁）という見聞が生める未開野蛮な清国という認識に裏づけられたものでもありました。この認識は、日清戦争体験によって生まれ、日露戦争に勝利した日本人の脳裡に強く刻印され、朝鮮・中国・アジアへの蔑視感情の原点となったものにほかなりません。

井芹甕長をはじめとする済々黌生徒への手紙は、戦場の死と戦火の下にある街や村での見聞、のどかな田園風景、そこで生きる民衆の姿を直截な筆致で描いています。在黌生は、こうした便りをとおし、いまだ見たことのない大陸への思いを新たとなし、世界を視る場をきずいていったといえましょう。前線の将兵には、「敵国の内情ヲ観察すば、今や露都の街は修羅場と化し、殺気地に満ち妖雲天を蔽ひ、日月朦朧として光なし」（陸軍輜重兵大尉里見鉄男、明治38年2月12日、本書 一五八頁）と描かれていますように、ロシア革命の状況が届いていていました。

いわば生徒は、前線の将兵と情報を共有することで、大日本帝国の新たなる飛翔をになわんとしたのです。『多士』の「詞藻欄」にはかかる生徒がいだける思いが認められています。四年福島政雄は、「戦争後の戦争あることを記憶せよ」（第三号、明治38年2月28日発行）となし、「今日の青年は戦後の国民なり、戦後の国民は、更に、平和の戦あることを覚悟せざるべからず」として、「国光を永遠に保たむ」ために、「大国民」

たるべき責務をよびかけています。

今後、我が国の運命を双肩に荷ひ、我が国政を整理し、国力を増進せしむべき大責任ある今日の青年の、大に発奮努力するにあるのみ、されば、我等は、学を修め、知徳を進め、以て、戦勝後の大国民としての素地を成し、世界の競争場裡に立ち、優に、列強を凌駕する実力を養はむことを心がけざるべからざるなり。故に、我等は、啻に、戦勝を祝するのみならず、戦争後の戦争あることを深く心に銘し、将に、我等の肩上にかゝらむとする、重大なる責任あることを忘るべからざるなり。

この言は、「平実の言真摯の筆を以て青年の責任を説く剴切懇到真に懦夫をして醒起せしむに足る」との講評を受けていますが、戦場からの声に応じ、済々黌に学ぶ青年の責務を問い質したものにほかなりません。かかる「大国民」たらんとの志は、日露戦争をめぐる記憶を共有するなかで、育まれていきます。

聖なる場

井芹黌長は、戦地にある同窓生への手紙で、戦役記念品を学校に寄附してくれるように依頼していました。この要請は、戦地からの書簡をもとに、戦役紀念室を設置し、「戦歿学友を悼む」場となし、「三綱領」を体現した記憶を共有する聖なる場を形成せんとしたことによります。

済々黌は、開戦とともに『多士』において同窓戦死者を顕彰し、戦地にある同窓将兵等の思いを追体験するなかに戦争の記憶を共有し、三綱領が問いかけた大義を内に精神として昇華する教育に励んでいました。

それだけに戦後の明治三九年七月には、「記念碑建設主意書」を同窓生諸子に頒布、「我同窓の士にしてこの役に従ひしもの、下士以上三百有余名。其中陣歿せしもの三十余名の多きに達せり」と説き、「諸士の為に碑を黌内に建設して、其芳烈を長へに記念せんと欲す。是れ一には幽明の間に同志の心契を表し、一には又後進子弟の感化開導に資するもの尠からざるを信ずればなり」となし、「希くは諸君、吾儕ノ微衷を諒し、資を投して斯挙を翼賛せられんことを」と「忠烈之碑」建設を訴えたのです。ここに忠烈之碑は、五一名の戦死者名を刻し、一一月中旬に竣工しました。

まさに忠烈之碑は、「本黌固有の精神は、済々たる多士の頭脳を鋳冶し、文武其の器に随ふて、各々其の異彩を発揮せざるなし。而かも時艱にして節愈々顕はるゝ者は、実に之を征露の役における本黌出身の戦死病歿者諸君に見る。其の振古未曾有の大戦に臨んで、一死君国に報ぜし者、真に平生の学ぶ所に背かずと云ふべし」と、同窓生総代山田珠一が祭文で問いかけましたように、済々黌の精神の原器というべき世界を封じこめたものにほかなりません。その世界は、戦地から送られてきた同窓生の書簡や戦利品などの記念品がかたり伝う記憶を学校の記憶として共有し、「本黌固有の精神」を生み育てる聖なる場となっていったといえましょう。

かかる戦争をめぐる聖なる空間は、すでに戦時下において、熊本県阿蘇郡小国村が戦役記念室を設置し、戦地からの手紙や絵ハガキ類を集め、戦死者の写真に略伝をつけて展覧するなど、各地にみられました。その場は、郷党出身将兵の戦争体験を想起し、日露戦争をめぐる記憶を共有するなかに郷土を共にする精神の一致をはかり、「義勇奉公の念を養成」せんとした世界にほかなりません。その営みは、靖国神社の遊就館につらなり、国家神話の原点に位置づけうるものといえましょう（大濱『明治の墓標』河出文庫）。

戦場に斃れた将兵への思いは、明治天皇をして、日清戦争後に振天府（明治二九年一〇月竣工）、北清事変後に懐遠府（明治三四年一〇月竣工）を造営せしめ、日露戦争後の明治四三年四月に建安府を建立せしめます。『明治天皇紀』は振天府造営によせる天皇の志をつぎのように認めています。


凱旋将士獲る所の兵器諸物を献ず。上曰くこの物貴ぶに足らざれど、皆朕が将士の血を蹀し、屍に枕し、万艱報効して致す所なり、これを後世に伝へざるべからずと、勅して一府を造り、以てこれを蔵す。名づけて振天府といふ、府成る。上又曰く、凱旋する者は賞を受る差あり、而して死する者與からず、朕太だ愍む、宜しく親王以下諸将校の肖像を徴し、士卒の姓名を録し、併せてこれを府に蔵し、朕が子孫及朕が子孫の臣民たる者をして、この府を観、以て征清将士の尽忠を知らしむべし。（原漢文）

まさに三府はかかる意思を体現した聖なる世界にほかなりません。そこには、戦利品とともに、各戦争で戦病死した将校相当官以上の写真をすべて集めて額に収めて掲げ、戦病死者全員の所属・兵種・姓名等を列記した巻物と軍旗が安置されていました。その様子は、明治三五年三月二七日に東京市会議員が侍従武官岡沢精の案内で振天府の拝観をした時、都新聞主管でもあった宮川鐵次郎が『振天府拝観記』として紹介したなかにうかがうことができます。

巻物は、「皆錦襴の表装軸は光りまばゆき水晶」でつくられ、袱紗の上に安置されていました。天皇はその字体、行間の開け様、裏装、見かえしの工合にいたるまで指示したそうです。また写真を集める際、正装のものがなければ浴衣姿でもよしとし、その氏名、履歴、戦功から父母兄弟妻子のことまで詳細に天皇は問い質したとの説明がなされています。

天皇は、この戦争記念館に親しく足をはこび、皇太子教育の場とするのみならず、文武諸官に拝観させました。かつ、明治四三年三月一九日には、東京・広島両高等師範学校教職員生徒と各府県視学等二八二人に、ついで同二八日には女子高等師範学校教職員生徒一二一人に振天府を拝観させております。この拝観は、文部大臣牧野伸顕の請願をいれ、「教育上利する所大なるものあるべきを思惟」(『明治天皇紀』)したことによります。この行事は、卒業時の慣例となり、「良兵良民」を育てる教師に強き誇りをもたせたのです。

井芹経平が日露戦争に臨み営んだ事業は、かかる戦争記念館をめぐる構想につながる世界であり、済々黌がかかげた三綱領を体現して生きた同窓生の聖なる場をきずかんとしたものにほかなりません。それだけに昭和天皇の行幸では、日露戦役記念帖、日露戦役戦死者の額が天覧に供されたのです。これらは、「天覧品御説明要項」によれば、それぞれつぎのように紹介されています。
三、日露戦役記念帖
日露戦役に出征致しましたもの、三百名を越えて居ります。而して此の書簡は、戦地より黌長への通信で御座います。中に将官になりました者二、三名御座います。
五、日露戦役戦死者の額
日露戦役に戦死致しました者が五十一名をります。其の忠誠を顕はす為め、校庭に忠烈碑を建てゝ居ります。こゝに掲げてある額は、ハルピンで露兵の為めに殺されました沖禎介であります。沖は本黌の同窓生であります。

さらに「附」では、「八、日露戦役記念書簡集」として、さらに説明をくわえています。

日露戦役に、本黌出身者の従軍せしもの三百余名があって、その当時学校から軍中慰問の書状を発した。之等に答へた戦地よりの通信を集めたるもの、十五巻、五冊、外に戦死者の分三幅である。

いわば日露戦争従軍同窓生の書簡の整備（戦死者のものを掛け軸となし、一五巻五冊にまとめた）は、振天府のありかたに学んだものといえましょう。こうした営みは、済々黌が同窓生の日露戦争をめぐる記憶を共有することで、国民として大きく飛翔する場をきずかんとしたがためです。その思いは、日露戦争中より『多士』で問い質された世界、大国民たらんとする立志を根づかせんとの烈しき志にほかなりません。

埋もれた世界から

日露戦後の教育は、第二期国定教科書が小学六年生の『尋常小学読本』巻一一の第二八課「同胞こゝに五千万」と勝鬨の声をあげたのをうけ、巻一二の第二四課「大国民の品格」で説かれた「世界に通用する国民の育成」を課題としていました。そこでは、「世界強国の国民たる名誉を負ふ」にふさわしい「文明国人」たる公徳が説かれ、「国力我に劣れるの国民を見て、ややもすれば軽侮の念を以て之を迎へ」るごとき態度を論難し、「大国民」たる度量を身につけることが説かれています。

かかる「大国民の品格」への熱き想いこそは、国の盛衰が国民の器量にありとした昂揚期のナショナリズムを受け、日露戦争の勝利がもたらした「一等国民」との肥大化した国民意識が生める清国などアジアへの蔑視が広く顕在化していただけに、欧米市民社会と共有しうる品格ある言動を問いかけさせたのです。済々黌の教育は、日露戦争の熱気に翻弄されながらも、『多士』を場となし生徒に「大国民」たる道を凝視させることに努めていました。戦場の将兵も「三綱領」に学んだ世界を想起し、同窓後輩に向かい学舎でなすべき責務をかたりかけ、「大国民」たれと説き聞かせようとしています。

ここにみられる世界は、同窓意識を場となし、戦争の記憶を共有するなかに国民たる強き自覚をうながします。井芹は、村や町から靖国神社遊就館、さらに宮中の振天府など三府につらなる記憶の宮殿を、忠烈碑をめぐる聖なる場として造営することで、「三綱領」を時代に生きる精神の糧として問いつづけようとしたのではないでしょうか。いわば「日露戦役記念帖」は、戦争が生める記憶を共有するなかに、日本国民たる己が責務を問い質し、明日に向け大きく飛翔する場を生み育てる器にほかなりません。ここでかたりつがれた物語は、済々黌同窓生の神話となり、国家有為なる士たるべき強き立志への思いを育てもしました。

その思いは、日清戦争下の熊本において、松江時代の教え子との出会いを「叶へる願い」（『小泉八雲全集』第5巻、昭和12年）として描いたハーン、小泉八雲の世界につうじるものでもあります。「叶へる願い」は、明治二七年の秋、日清戦争によせる「国民の熱誠は凝聚して静粛となった」熊本の空気を一身に受け、前線に行くために熊本師団へ転勤して来た松江中学での教え子小須賀淺吉との対話をとおし、「陛下の為めに死」ぬこと、「戦争で死ぬのは名誉」とする日本人の死生観を問い質したものです。

小須賀淺吉は、「死といふ概念は生者からのみならず、此世からの全き別離を意味する」のではないかと問いかけるハーンに対し、「我々は死を全き別離とは考へません、我々は死者も我が家に居る如く考へて、毎日言葉をかけます」と、死者とともに生きている思いをかたります。

我々は死後も家族と一緒に居ると思ひます。両親や友達にも逢ふでせう。即ち此世に遺つて居るでせう
——今と同様に光を見ながら。

それだけに生者は、供養よりも、「自分を思慕して呉れる者を要求する」死者の声に応じねばなりません。かかる死者によせる思いこそは、外国での戦死者のために、記念碑を建立せしめたのです。

「そして此戦争で殺された兵士の霊は」自分が問うた。「国難の時には、国を護り給へと常に祈られるのだらうね」

「そうですとも、我々は全国民に敬愛せられ、崇拝されるのです」彼は既に死ぬと極まつた者の様に「我々」と云つたが、それは、全く自然に聞こえた。

この死、とくに戦死をめぐる師弟の対話は、「夏の闇が落ちかかる迄話し続け」、「清正の古城」熊本城の兵営から「兵士の歌ふ太い声が夜の中へ転げ出した」空気につつまれ、歌のリズムに合せて肩をゆすっていた淺吉が目覚めた者のごとく、暇乞いをなし、「紀念《かたみ》」に持参した写真をおいて去ることで終ります。夜の帳にこだました「熊本籠城」の軍歌は、ハーンと淺吉のみならず、熊本健児に郷党の悲運を背に国家のために立身せんとの強き想いを想起せしめる哀歌として、心ゆるがせた歌であったといえましょう。

西も東も
　みな敵ぞ。
南も北も

みな敵ぞ。
寄せ来る敵は
　不知火の
筑紫のはての
　薩摩潟。

天地も崩る
　ばかりなり、
天地は崩れ
　山川は
裂くるためしの
　あらばとて、
動かぬものは
　君が御代。

まさに「日露戦役記念帖」に封じこめられた世界は、「叶へる願い」が問い質した死者の思いをふまえ、維新革命におくれをとったがために狂おしいまでに「天皇の国」へ共鳴することで自己の場を確かめんとした肥後人の思念が凝結したものにほかなりません。そこには、明治日本を生み育てた原器があり、近代日本を己の足で歩まんとした青年の正気が奔流しています。それだけに、その封印を解く作業は、二〇世紀日本の在りかたを己の眼で読みなおし、明日の歴史をきずく上で欠かせない営みではないでしょうか。

ここに「日露戦役記念帖」が一書として刊行されることは、戦争を凝視することなく歴史を告発してきた戦後日本の営みに対し、死者の呻きと嘆きを共有する場から歴史を問い質すことを可能としてくれましょう。それは、一済々黌の栄光と挫折が問いかける記憶の譜にとどまるものではなく、日本と日本国民とは何であったかを歴史を場にして検証せしめる器でもあります。それだけに本書が明日をきずく精神の糧となるべく、書簡をめぐる世界について紹介し、解題としました。

思うに戦後日本は、「国民の記憶」を共有することを拒否するなかに歩んできたのではないでしょうか。それだけに昔日の秋、済々黌が営んだ世界から歴史を読みとる作法を身につけ、己が場を確かめたいものです。いささか所懐を述べ擱筆します。

日露戦争関係年表

月	日	事　項（※は済々黌関係）
明治37年（1904）		
2	4	緊急御前会議、開戦決定。
	8	陸軍、仁川に上陸。海軍、旅順口外のロシア艦隊を攻撃。
	10	宣戦の詔勅（国民は翌日の紀元節の日に開戦を知る）。
	16	第一軍第12師団、仁川より上陸開始。
	23	日韓議定書締結（日本軍の韓国における軍事行動を承認させる）。
	24	第１回旅順口閉塞作戦。
3	1	大蔵省、第１回国債１億円を発行。
	13	幸徳秋水「与露国社会党書」を『平民新聞』に発表し共通の敵「軍国主義」と戦うことを提言。
	27	第２回旅順口閉塞作戦。後に軍神とされる広瀬武夫海軍少佐戦死。
	27	幸徳秋水「嗚呼増税」を『平民新聞』に発表し軍国主義による国民への重圧を批判。
4	12	東清鉄道爆破工作をめざす横川省三班、失敗して捕縛され、21日ハルピンにて銃殺。
	30	ロシア、バルチック艦隊派遣を決定。
5	1	第一軍、鴨緑江を渡河し九連城占領。
	3	第３回旅順口閉塞作戦。
	26	第二軍、南山占領（日本軍の死傷者4000人以上）。
	31	第三軍編成。
6	6	第三軍、塩大澳より上陸開始。
	20	満州軍総司令部を編成し、司令官に大山巌、総参謀長に児玉源太郎。
8	10	黄海海戦。
	19	第三軍の第一次旅順総攻撃（～9月30日）。
9	3	ロシア満州軍司令官クロパトキン、奉天へ退却を下令。
	4	第二軍、遼陽を占領（死傷者は日本軍２万３千、ロシア軍１万８千）。
	29	徴兵令改正公布。後備役を５年から10年、補充兵役を７年４カ月から12年４カ月に延長。
		９月、与謝野晶子「君死に給うこと勿れ」を『明星』９月号に発表。
		※９月、新校舎再建工事開始（旧校舎は前年12月８日焼失、新校舎の完成は日露戦争のため遅延し明治39年６月16日に移転）。
10	10	第一・二・四軍、沙河でロシア軍主力を攻撃。
	15	バルチック艦隊、リバウ軍港を出港。
	26	第三軍の第２次旅順総攻撃（～11月11日）。
11	26	第三軍の第３次旅順総攻撃（～１月１日）。
12	6	二百三高地（爾霊山）を占領。
		※12月12日、第１回職員慰問状発送。

明治38年（1905）

1	2	旅順開城。
	5	第二軍司令官乃木希典、ステッセル中将と水師営で会見。
	12	大本営、第三軍を再編し鴨緑江軍を編成。
	22	血の日曜日事件（ペテルブルクで群衆の冬宮への請願デモに発砲）。
		1月、大塚楠緒子「お百度詣」を『太陽』1月号に発表。
		※1月、第2回職員慰問状発送。
3	10	奉天占領（日本軍死傷者7万2千。後この日を陸軍記念日とする）。
		※3月26日、第3回職員慰問状発送。
4	21	緊急閣議招集、日露講和条約を決議。
5	27	連合艦隊（司令官東郷平八郎）、対馬沖でバルチック艦隊を破る(日本海海戦、後この日を海軍記念日とする)。
		※5月31日、第4回職員慰問状発送（以上の職員慰問状の他に生徒慰問状が4回送られたが年月日は不明）。
6	9	米大統領ルーズベルト、日露講和勧告。
	14	ロシア国内で戦艦ポチョムキンの反乱。
7	7	日本軍第13師団、樺太南部に上陸。翌日大泊（コルサコフ）占領。
8	10	日露講和会議、ポーツマスで開催。
	12	第二次日英同盟に調印。
9	5	日露講和条約に調印。東京日比谷の講和反対国民大会が焼き打ちに発展し軍隊が出動して鎮圧。
	7	東京市と郡部に戒厳令施行（～11月29日）。
11	17	第二次日韓協約。韓国を保護国化し京城に統監府を設置（初代統監伊藤博文は翌年3月2日に着任）。
12	7	満州軍総司令官大山巌元帥が凱旋。
	9	第一軍司令官黒木為楨大将が凱旋。
	21	第一次桂太郎内閣総辞職。

明治39年（1906）

1	7	第一次西園寺公望内閣成立。
	12	第二軍司令官奥保鞏大将が凱旋。
	14	第三軍司令官乃木希典大将が凱旋。
	17	第四軍司令官野津道貫大将が凱旋。
	20	鴨緑江軍司令官川村景明大将が凱旋。
2	19	ロシア捕虜全員79,454人の送還完了。
4	28	日本捕虜2,104人の帰国完了。
	30	征露凱旋陸軍大観兵式を青山練兵場で挙行。全17個師団が参集。

参考文献一覧

済々黌名簿編纂委員『済々黌同窓会名簿』一八九二
済々黌『熊本縣立中学済々黌一覧』一九〇二
済々黌『熊本縣立中学済々黌現状一覧』一九〇四
済々黌『熊本縣立中学済々黌現状一覧』一九〇五
済々黌『多士・創立三〇周年記念号』一九一二
熊本県元菊池郡役所『菊池郡勢史』一九三二
井芹経平先生傳記刊行会『井芹経平先生傳』一九三三
能田益貴『楳渓津田先生傳纂』津田静一先生二十五回忌追悼会、一九三三
高森良人編『五高七十年史』五高同窓會発行、一九五七
荒木精之『熊本県人物誌』日本談義社、一九五九
江原会『野田先生傳』一九六〇
伊豆富人『熊本人物鉱脈』熊本日日新聞社、一九六三
熊本兵団戦史編集委員会『熊本兵団戦史　満州事変以前編』熊本日日新聞社、一九六五
寺西紀元太『済々黌物語』西日本新聞社、一九七二
鈴木喬『ふるさとの想い出写真集　明治大正昭和　熊本』佐藤今朝夫発行、一九八〇
済々黌一〇〇年史編纂委員会『済々黌百年史』済々黌百周年記念事業会、一九八二
柏木明編『境静かにして』柏木明発行、一九九二

藤井和洋編『藤井家系譜』藤井弘発行、一九九四
旭出版編『江原会会員名簿』熊本県立熊本高等学校江原会、一九九五
井野忠治『蔵原家先祖記鑑抄』一九九七
角田政治『肥後人名辞書・全』(復刻・青潮社、一九七三)
熊本県教育会葦北郡支会編『芦北郡誌』(復刻・名著出版、一九七三)
熊本県教育会阿蘇郡支会編『阿蘇郡誌』(復刻・名著出版、一九七三
宇土郡役所編『宇土郡誌』(復刻・名著出版、一九七三)
上益城郡長『上益城郡誌』(復刻・名著出版、一九七三)
下益城郡教育支会『下益城郡誌』(復刻・名著出版、一九七三)
鹿本郡長高田亀喜『鹿本郡誌』(復刻・名著出版、一九七四)
球磨郡教育支会編『球磨郡誌』(復刻・名著出版、一九七三)
熊本県教育会菊池郡支会編『菊池郡誌』(復刻・名著出版、一九七三)
熊本県教育会玉名郡支会編『玉名郡誌』(復刻・名著出版、一九七二)
石川愛郷編『八代郡誌』(復刻・名著出版、一九七三)
『熊本県史料集成　第十二集　明治の熊本』(復刻・国書刊行会、一九八五)
『熊本県史料集成　第六集　熊本県郡区便覧』(復刻・国書刊行会、一九八五)

あとがき

『日露戦役記念帖』との運命的な出会いは平成四年の夏のことであった。巻物状に整理された書状は、一巻が約二〇米突（メートル）にも及ぶ分量である。巻物を広げる瞬間、永く封じ込められていた明治の空気がわき上がるのを感じた。同時に明治の青年の叫びも聞こえたような気がした。

あれからはや八年がすぎた。そして今、平成一〇年度からの本格的な解読作業がついに完成の日を迎えようとしている。三年近くに及ぶ九名の編集委員の献身的な努力は、少々自画自賛気味ではあるが本当に涙ぐましいものであった。そのことは、換言すれば、『日露戦役記念帖』が九名の素人集団を突き動かして出版作業へ向かって驀進させるほどのすばらしい価値を秘めるものであったということである。本書をご精読くださって、その「価値」を十分ご理解いただいたものと確信している。

時代はもはや二一世紀。この国のあらゆる分野・領域で、二〇世紀を通じて蓄積されたシステムに疲労が蔓延し、国を挙げての大転換が迫られている今日である。だからこそ、二〇世紀初頭に生きた先人の魂の叫びを活字化して世に問うことは、今、私たちに課された重大な責務であるといえよう。そうした思いが編集委員一同の胸中に共通して横たわっていたように思う。そして、私たちをさらに奮い立たせてくれたのは、現在八〇歳から九〇歳代を迎える書簡の主の子に当たる方々からの出版へ向けての熱い声援であった。九五年の星霜を経た父君の書状を手にして、いかにそれが数行の短いものであっても、涙を流しながら読まれる姿に接し、なんとしてでも早く出版に漕ぎつけたいとの思いを強くしたものである。

本作業を進めるにあたり全面的にご支援くださった緒方孝臣前黌長、川上清司現黌長、そして荒牧洋輔事務長に対し心より感謝申し上げたい。また、本事業を済々黌創立一二〇周年記念事業の中核と位置づけ物心両面からご支援くださった城野楯夫会長をはじめとする同窓会の皆様に深甚なる謝意を表するとともに、こうした出版物の刊行を引き受けてくださった（株）同成社にも深くお礼を申し上げたい。

最後に、本書が日本近代史の、わけても日露戦争研究の進展に大いに資するものとなることを期待して任を終えたい。

二〇〇一年一月

編集委員会幹事・片岡正實

なお編集委員会のメンバーは左記の通り（五十音順、肩書は現在）

有田経裕（熊本県立済々黌高等学校講師、一九三五年生）
泉田智宏（　〃　教諭、一九四二年生）
岩尾龍興（　〃　教諭、一九四〇年生）
岡　千晶（　〃　講師、一九四九年生）
片岡正實（　〃　教諭、一九五〇年生）
高瀬邦一（　〃　教諭、一九四五年生）
冨田枝里（熊本県立水俣高等学校教諭、一九七五年生）
冨永浩行（熊本県立大矢野高等学校教頭、一九四七年生）
松村美賢（熊本県立済々黌高等学校教諭、一九五四年生）

日露戦争従軍将兵の手紙

■監修者略歴■
大濱徹也（おおはま・てつや）
1937年　山口県に生まれる
　　　　東京教育大学文学部卒業
現　在　筑波大学教授
著　書　『乃木希典』『明治の墓標』『明治キリスト教会史の研究』
　　　　『天皇の軍隊』『兵士』ほか

2001年3月20日発行

監修者　大　濱　徹　也
編　者　済々黌日露戦役記念帖
　　　　編集委員会
発行者　山　脇　洋　亮
印　刷　㈱城野印刷所

発行所　東京都千代田区飯田橋
　　　　4-4-8東京中央ビル内　同成社
TEL　03-3239-1467　振替00140-0-20618

Printed in Japan The Dohsei Publishing Co..
ISBN4-88621-214-X C3021

金港堂發行

日露戰爭記大附録

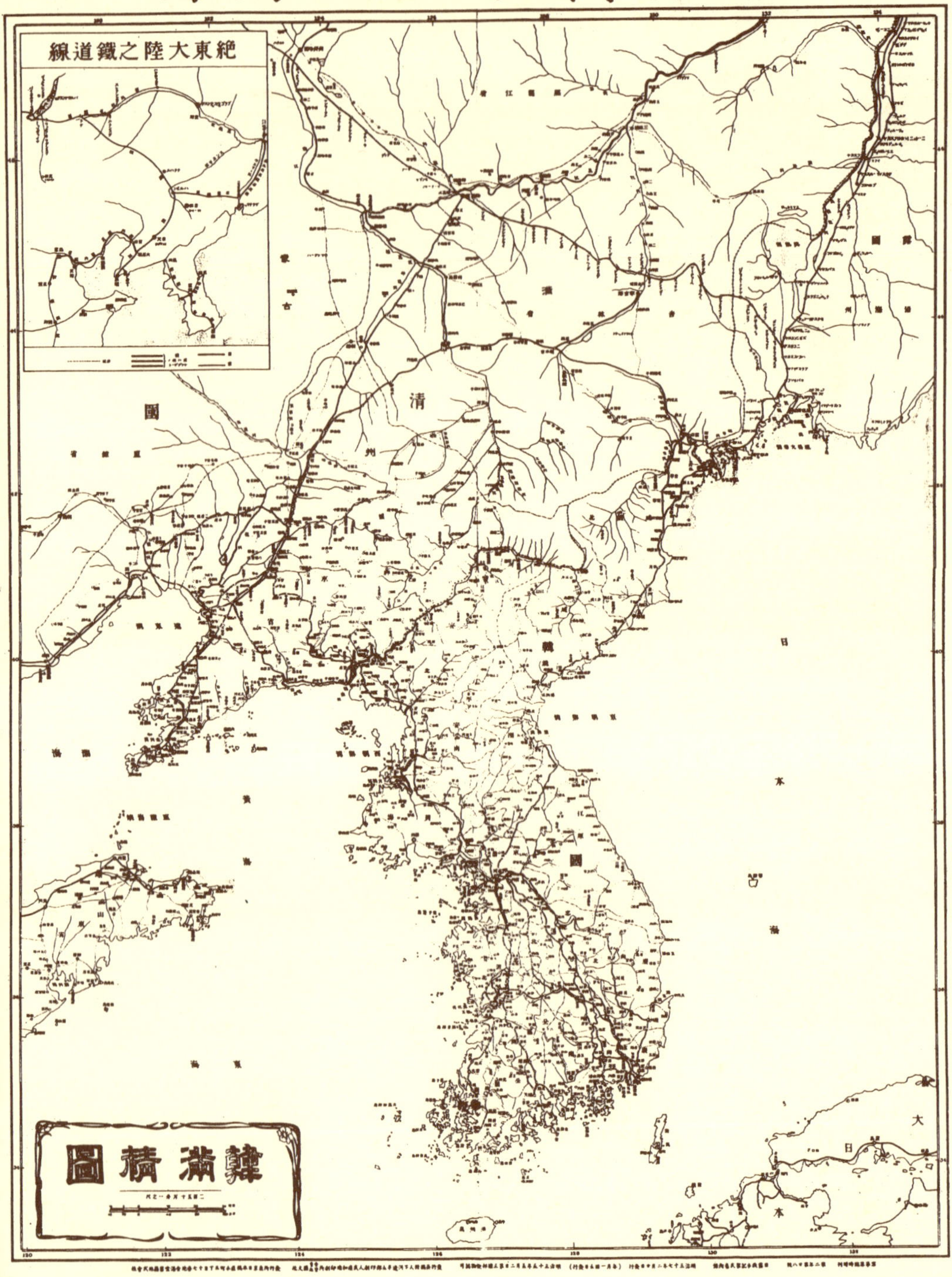

第二年第八號
明治三十七年二月廿日發行
(毎月一回五日發行)